MARIO BEKESCHUS

Im Eichtal

MARIO BEKESCHUS

Im Eichtal

NIEDERSACHSEN-KRIMI

GMEINER

Immer informiert

Spannung pur – mit unserem Newsletter informieren wir Sie
regelmäßig über Wissenswertes aus unserer Bücherwelt.

Gefällt mir!

Facebook: @Gmeiner.Verlag
Instagram: @gmeinerverlag

Besuchen Sie uns im Internet:
www.gmeiner-verlag.de

© 2024 – Gmeiner-Verlag GmbH
Im Ehnried 5, 88605 Meßkirch
Telefon 0 75 75 / 20 95 - 0
info@gmeiner-verlag.de
Alle Rechte vorbehalten
1. Auflage 2024

Herstellung: Mirjam Hecht
Umschlaggestaltung: U.O.R.G. Lutz Eberle, Stuttgart
unter Verwendung eines Fotos von: © Pilguj / shutterstock.com
Druck: CPI books GmbH, Leck
Printed in Germany
ISBN 978-3-8392-0599-0

Für meine Eltern

PROLOG

»Willst du unsterblich sein?«

Die silberne Pinzette hatte die kugelrunde Gewebestruktur fest im Griff und reflektierte das grelle Licht der Arbeitslampe. Leise murmelte er vor sich hin und glaubte für den Bruchteil einer Sekunde, sein Spiegelbild in der tiefblauen Iris zu erkennen. Die Offenbarung stand kurz bevor.

Der Rausch hatte ihn gepackt, er durchströmte das schier unendliche Adergeflecht aus Venen und Arterien und schenkte ihm ein wohliges Gefühl, das sich immer weiter in seinem Körper ausbreitete. Er atmete flach und konnte ein leises Stöhnen kaum unterdrücken. Trotz der Erregung, die nun die Macht über ihn ergriffen hatte, war er hochkonzentriert und betrachtete voller Faszination das Objekt seiner Begierde. Aber er wusste auch, dass der Abschied bevorstand, endgültig, und so ging er die Zeremonie in Gedanken noch einmal durch. Die Reihenfolge musste unbedingt eingehalten werden, ein Fehler durfte ihm nicht unterlaufen. Schließlich nahm er einen letzten tiefen Atemzug und begann behutsam, das Objekt in das kleine, mit Flüssigkeit gefüllte Gefäß einzuführen. Nachdem er die Pinzette mit einem nach Zirbenöl duftenden Stofftuch abgetupft und in Reih und Glied neben die anderen Utensilien gelegt hatte, verschloss er das Gefäß mit einem schwarzen Schraubdeckel. Die innere Anspannung drohte ihn nun fast zu zerreißen, aber der nächste Schritt war unausweichlich. Ein letzter Blick, Wehmut ... dann drückte er das Gefäß sanft in die vorgefertigte Höhle, bis es in seiner letzten Ruhestätte aus Fichtenholzwolle vollkommen unsichtbar und für immer verschwunden war.

Später erst, nachdem sich eine erneute Sehnsucht in ihm aufgebäumt hatte, bahnte sich die lange Nadel ihren Weg durch die äußere Hülle. Als er plötzlich auf einen Widerstand stieß, konnte er einen Aufschrei nur mit Mühe unterdrücken und biss sich auf die Lippen, bis er den metallischen Geschmack seines eigenen Blutes wahrnahm. Im Hintergrund setzte Wagners »Götterdämmerung« zum großen Finale an und die Klänge der Musik umhüllten ihn in diesem Augenblick der vollkommenen Euphorie, wie nur die Fruchtblase einer Mutter ihr ungeborenes Kind umhüllen konnte.

Er würde es noch einmal berühren dürfen, er würde es vielleicht sogar noch einmal ansehen dürfen und er würde mit seinen Fingern eindringen dürfen. Eindringen in die Unsterblichkeit.

1. KAPITEL

Samstag, 29. November

Detlef Konopke bereute es immer häufiger, sich dieses Viech überhaupt zugelegt zu haben. Nero war mehr als ein Hobby, mehr als eine ihn erfüllende Aufgabe, die er nach seinem vorzeitigen Ruhestand gesucht hatte. Nero war eine Vollzeitbeschäftigung – 24 Stunden am Tag, sieben Tage in der Woche. Der Hund hatte für Detlefs Geschmack einen viel zu ausgeprägten Bewegungsdrang, wollte überall herumwühlen und hinscheißen, aber es hatte ja unbedingt dieser kleine verzogene Jack Russell Terrier sein müssen. Weil er doch so niedlich sei und nicht so groß und man ihn deswegen doch auch ganz wunderbar in einer Stadtwohnung halten könne. Und man hätte dann auch endlich einen echten Grund, täglich eine große Runde spazieren zu gehen, wo besonders Detlef ein paar Kilo weniger nicht schaden würden. Bei dem Gedanken an Utes Redeschwall klingelten Detlef immer noch die Ohren. Aber da Ute immer Recht behielt und er so wenigstens seine Ruhe hätte, war Nero vor einigen Wochen auf direktem Wege aus dem Tierheim am Biberweg in ihre Dreizimmerwohnung am Leibnizplatz eingezogen. Hinterlistig, wie der kleine Rüde nun mal war, hatte er sich bei den Probespaziergängen und diversen Kennenlerntreffen von seiner allerbesten Seite gezeigt. Aus guter Haltung käme er, sei an eine Wohnung gewöhnt und nur deshalb im Tierheim gelandet, weil sein Besitzer plötzlich und unerwartet einen Schlaganfall erlitten hatte. Doch kurz nach seiner Ankunft bei den Konopkes zeigte Nero sein wahres Gesicht – oder eher seine wahre Schnauze.

Angewidert stülpte Detlef Konopke den dunkelgrauen Hundekotbeutel über die frischen Ausscheidungen seines Vierbeiners und steuerte auf direktem Weg in Richtung des nächsten Mülleimers. Eine kurze Analyse der Hundekacke blieb Detlef allerdings nicht erspart, denn die gehörte zu Neros täglichem Gesundheitscheck mit anschließender Berichtspflicht bei Ute. Kein Durchfall, kein Blut, eher eine beeindruckende Wurst in Form eines Zapfens. Das Tier war gesund. Wo steckte der kleine Racker eigentlich schon wieder? Die Sicht wurde minütlich schlechter, Nebelschwaden hüllten den Weg entlang des Flussufers zunehmend ein und die feuchte Kälte, die von der Oker emporstieg, ging Detlef durch Mark und Bein. Da half weder seine geliebte Steppjacke noch die etwas dickere Jeans, die er extra für seine Abendspaziergänge angeschafft hatte. Auf eine Mütze hatte er bewusst verzichtet. Diese würde zwar seine mittlerweile eiskalten Ohren wärmen, ihn aber einfach total bescheuert aussehen lassen.

Orientierung gaben die roten Signallichter des höchsten Bauwerks der Stadt, das sich auf der gegenüberliegenden Seite des Flusses in den dunklen Abendhimmel erhob. Von den Einheimischen »Langer Heinrich« oder liebevoll einfach nur »Schorni« genannt, verursachte der weiße, fast zweihundert Meter hohe Schornstein des Braunschweiger Heizkraftwerks Mitte jedes Mal Heimatgefühle bei Detlef, wenn er ihn über die Autobahn fahrend schon aus großer Distanz erblickte. Heute ließ er ihn im wahrsten Sinne des Wortes einfach links liegen.

Rot wie Schornis Signallichter waren auch die kleinen LEDs des auffällig blinkenden Hundehalsbandes, das Ute extra gekauft hatte, um Nero auch im dichtesten Gestrüpp irgendwann ausfindig machen zu können, vorausgesetzt, dieses Halsband kam tatsächlich zum Einsatz. Detlef war es peinlich, mit einer bellenden Discokugel Gassi zu gehen, und so hatte er dem Hund heute schnell das braune Ledergeschirr umgelegt und ihn wie immer an dieser Stelle abgeleint. Ein fataler Fehler, wie sich nun herausstellte.

»Nero! Bei Fuß! Komm jetzt her!« Detlef war genervt und rief quer über die Wiese. Hatte er dort in Richtung Ringgleis ein Rascheln gehört? Immer wieder rieb er sich die kalten, steifen Finger und grüßte gequält, aber freundlich die ältere Dame, die ihm mit Elfi, einer kleinen schwarzen Promenadenmischung, entgegenkam. Den Namen der Hundehalterin kannte er nicht, aber natürlich den der Hündin. So was blieb nicht aus, wenn man sich täglich mindestens einmal über den Weg lief.

»Na, ist uns der Nero mal wieder ausgebüxt?«, erkundigte sich Elfis Frauchen neugierig.

»Ja, der ist schneller als der Blitz«, stöhnte Detlef.

»Der wird schon auftauchen. Irgendwann tauchen sie alle wieder auf. Am Ende sind wir doch ihre Rudelanführer und geben ihnen ihr Fressen, nicht wahr?«

»Wenn Sie das sagen. Einen schönen Abend noch.« Detlef stand der Sinn nicht nach Hunde-Small-Talk, und so würgte er Elfis Frauchen ab und verließ den Weg in Richtung der abschüssigen Uferböschung. Irgendwo hier musste der Köter sich doch verstecken. Ausgerechnet in diesem dornigen Buschwerk.

Unbeholfen stakste Detlef durch das feuchte, schmierige Gras und kam dabei beinahe ins Straucheln. »Verdammt noch mal! Ab morgen gehst du an der Leine! Hast du mich verstanden? Nero! Kommst du jetzt! Sofort! Neeeroooo!« Als letzter Trick halfen jetzt wohl nur noch Leckerlis. Aber auch die hatte Detlef nicht dabei, natürlich nicht.

Polizeikommissaranwärter Mads Johannsen vermisste Braunschweig schmerzlich. Vor allem aber vermisste er Jan. Er wusste noch immer nicht, was das zwischen ihnen nun genau war, aber immer dann, wenn Mads' Zeit es zuließ, folgte er seinem Herzen, packte seine Siebensachen und verließ das triste Studentenwohnheim in Nienburg an der Weser, um seiner alten WG in der Katharinenstraße einen Besuch abzustatten. Sein Zimmer war schon wieder vermietet, exakt zwei Tage nachdem Mads Braunschweig verlassen und zum nächsten Theorieblock an die Polizeiakademie zurückgekehrt war. Der Wohnungsmarkt war angespannt und insbesondere das Univiertel sehr begehrt. Nun hatte Thao aus Vietnam sich für ein Auslandssemester eingemietet und veranstaltete exotische Kochevents in der großen Wohnküche. Wegen der intensiven Essensgerüche, die sich deswegen nicht nur dort, sondern gelegentlich in der ganzen Wohnung und im Extremfall auch im Treppenhaus verbreiteten, war Mads froh und dankbar, nicht auf der Gästecouch übernachten zu müssen. Die stand nämlich in eben jener Wohnküche und damit unmittelbar neben Thaos Street-Kitchen-Refugium. Dann doch lieber eng umschlungen mit Jan unter dessen Bettdecke. Wenn er ehrlich zu sich war, kam er genau deshalb her. Aber so richtig eingestehen konnte er sich das noch immer nicht. Bei all der WG-Romantik hielt Mads konsequent an seinen Sportgewohnheiten fest, und so gehörten Joggen und Radfahren auch an den Wochenenden in Braunschweig zum Pflichtprogramm. Während Jan es heute Abend vorzog, Thao bei den Vorbereitungen für selbst gemachte Frühlingsrollen zur Hand zu gehen, hatte Mads sich seine Laufschuhe angezogen und war auf dem Weg nach draußen.

»Wo rennst du denn heute lang?«, erkundigte sich Jan interessiert durch die offene Küchentür.

»Ich weiß es noch nicht so genau, einmal kreuz und quer.«

»Okay, aber sei bitte pünktlich zum Essen wieder da! Und verlauf dich nicht bei dem Wetter da draußen!«, entgegnete Jan und tauchte zum Abschied mit einem breiten Grinsen im Türrahmen auf. »Ich würde ja mitlaufen, aber Thao …«

»Schon gut, ich komme auch allein zurecht«, antwortete Mads und versuchte, sich seine Enttäuschung nicht anmerken zu lassen. Wenn er schon mal in Braunschweig war, wollte er sein Sportprogramm eigentlich gerne gemeinsam mit Jan durchziehen.

»Nero, was hast du denn da schon wieder?« Detlef Konopke fasste sich an den kahlen Hinterkopf, hob dann mahnend den Zeigefinger und betrachtete zerknirscht das völlig verschmutzte Fell seines Terriers, das nur noch wenige Spuren der weißen Färbung erkennen ließ. Ute würde ihm die Hölle heißmachen, wenn er mit Nero so nach Hause kam, und natürlich würde es Detlef sein, der ihn trotz aller tierischen Widerstände abbrausen durfte. Aufgeregt und schwanzwedelnd lief der kleine Hund hin und her und gab den Blick auf das Erdloch frei, das er halb verborgen unter einem Busch ausgebuddelt hatte. Kopfschüttelnd kramte Detlef in der Jackentasche nach seinem Smartphone. Gott sei Dank gab es die Taschenlampenfunktion, äußerst praktisch, wenn man im Dunkeln unterwegs war. Ob während der heimlichen nächtlichen Heißhungerattacken vor dem Kühlschrank, weil Ute ihn mal wieder auf Diät gesetzt hatte, oder – und das war die wichtigere Variante – bevor er die Nachttischlampe anschaltete und sie dadurch um ihren Prinzessinnenschlaf brachte. So war er schon mancher Schimpftirade entgangen.

Der Schein der digitalen Taschenlampe war erstaunlich hell und Detlef leuchtete zunächst das Erdreich ab, das Nero rund um den kleinen Krater aufgewühlt hatte. Der Terrier kläffte unentwegt und sprang kurzerhand in das Erdloch zurück. »Was hast du denn bloß?« Detlef richtete das Licht direkt auf Nero, der schon wieder wühlte, konnte aber nicht erkennen, was ihn in solche Aufregung versetzt hatte. Von Neugier gepackt ging Detlef schließlich in die Hocke, vernahm das laute Knacken seiner rechten Kniescheibe und reckte sich, um besser sehen zu können. Aber auch diese Verrenkung brachte ihn nicht weiter. Sollte er Neros Buddelei einfach ignorieren oder zum letzten Mittel der Wahl greifen und sich allen Ernstes hinknien? Wenn seine Hose auch noch dreckig würde, bräuchte er den Heimweg gar nicht anzutreten. Grasflecken zogen in der Regel nicht nur eine von Utes Predigten nach sich, sondern auch die Reinigung. Krampfhaft überlegte Detlef, was er tun sollte, und entschied sich schließlich – Utes drohenden Meckereien zum Trotz –, seiner Neugier nachzugeben. Erleichtert, dass zumindest das Ziehen im Meniskus in wenigen Sekunden vermutlich beendet sein würde, ließ er sich endgültig auf die Knie sinken und versuchte, eine bequemere Position einzunehmen. Nero tänzelte noch immer kläffend um ihn herum, als Detlef plötzlich eine vertraute Stimme hinter sich hörte.

»Kann ich Ihnen helfen? Haben Sie etwas verloren?«

Noch bevor Detlef antworten konnte, hatte sich Elfi zu Nero gesellt und beschnüffelte neugierig dessen Hinterteil.

»Nein, danke!«, rief Detlef Elfis Frauchen zu, das sich ihm von hinten näherte und ihm neugierige Blicke zuwarf.

»Hat er was ausgebuddelt, unser Nero? Pfui, Elfi, pfui!«

»Kann sein, das versuche ich gerade herauszufinden. Das Tier ist völlig außer sich.«

»Das ist die Rasse«, entgegnete Elfis Frauchen besserwisserisch und hatte Detlef mittlerweile erreicht. »Diese Terrier sind zu groß geratene Wühlmäuse, wenn Sie mich fragen! Ich weiß schon, warum ich Elfi damals ausgewählt habe. So ein liebes und ruhiges Tier!«

»Aber ein versautes!«, konterte Detlef und musste sich das Lachen verkneifen.

»Wie bitte?« Elfis Frauchen war die Empörung eindeutig anzuhören.

»Entschuldigung, aber Ihre Elfi leckt meinem Nero gerade die Eier. Na ja, zumindest ist er dadurch abgelenkt. Manchmal sind Hunde halt auch nur Menschen. So, und jetzt schaue ich mal nach, was Nero hier angerichtet hat.«

»Also wirklich, so sind Hunde nun mal. Das ist der Trieb. Oder wollen Sie meiner Elfi etwas Unnatürliches unterstellen? Und dann Ihre Anzüglichkeiten, das ist ja widerlich!« Elfis Frauchen hatte mittlerweile ihre Hände in die ausladenden Hüften gestemmt und warf Detlef einen giftigen Blick zu. Detlef ignorierte ihre Drohgebärden und feierte sich für einen kleinen Augenblick selbst. Nicht nur, weil ihm dieses kurze Wortgefecht Spaß bereitete, sondern weil er just in diesem Augenblick eine zündende Idee hatte. »Vielleicht könnten Sie mir doch helfen? Sie müssten bitte mal eben mein Handy halten und leuchten.«

Seine Oberschenkel brannten und der Schweiß schmeckte salzig auf seinen spröden Lippen, aber Mads liebte dieses Gefühl einer Mischung aus völliger Gleichgültigkeit und purem Adrenalinkick, das irgendwann eintrat, wenn er eine gewisse Kilometerzahl überschritten hatte. Nach einer Runde durch den Inselwallpark war er querfeldein in Richtung des Westlichen Ringgebietes gejoggt und hatte sich schließlich auf Höhe des Hoffmann-von-Fallersleben-Gymnasiums für eine Rückkehr über das Ringgleis entschieden. Der in den letzten Jahren auf einer aufgegebenen Bahnanlage ausgebaute Weg umrundete als grüner Ring mittlerweile einen Großteil der Braunschweiger Kernstadt und hatte sich zu einem beliebten Naherholungsgebiet gemausert. Auf Höhe des Eichtalviertels durchquerte Mads ein kleines Birkenwäldchen und steuerte geradewegs auf die neue Fußgängerbrücke zu, die extra im Rahmen der Ringgleiserweiterung in der Nähe des Heizkraftwerks über die Oker gebaut worden war. Kurz vor der Brücke registrierte er zuerst eine kleine, untersetzte Frau, die sich beide Hände vor das Gesicht geschlagen hatte. Dann sah er zwei Hunde, die wie ein Knäuel ineinander verschlungen waren. Ein älterer Mann saß auf dem angrenzenden Rasen und erbrach sich neben zwei schwarzen Müllsäcken. Mads blieb sofort stehen.

»Hilfe! Hilfe! Wir brauchen Hilfe!«, waren die ersten Worte, die Mads erreichten, nachdem der Mann sich mit dem Handrücken die Kotze vom Mund gewischt hatte. Danach fiel er rücklings um und blieb reglos vor den Füßen der kleinen Frau liegen.

2. KAPITEL

Eine platzende Braunschweiger Mettwurst, bei der die unter Hochdruck stehende Füllung die Schweinedarmummantelung einfach explosionsartig aufriss – so stellte sich Biggi Höfgens das vor, was mit ihrem Schädel passiert war. Vorsichtig ertastete sie mit den Fingerspitzen ihrer rechten Hand den Kopfverband und das überdimensionale Pflaster, das die frische Naht ihrer Platzwunde an der Stirn schützte. Gut, dass sie sich als Hannoveranerin mit Fug und Recht dem Vergleich mit einer Braunschweiger Mettwurst widersetzen konnte, und gut, dass der attraktive Assistenzarzt in der Notaufnahme mit einem zwinkernden Auge von einem Teillifting ihrer in die Jahre gekommenen Runzelstirn gesprochen hatte. Mit einer glimmenden Zigarette im linken Mundwinkel stand sie am Wohnzimmerfenster und versuchte sich in Wims neuer Umgebung zu orientieren. Angestrengt schaute sie in den großzügigen Garten der Nachbarn, aber das gegenüberliegende Haus war in dem aufziehenden Nebel beinahe verschwunden. Biggis folgenreicher Sturz und dieses gespenstische Wetter, so hatte sich Wim seinen ersten Abend in der neuen Wohnung sicher nicht vorgestellt. Die trübe Brühe da draußen passte allerdings zur grauen Jahreszeit, die Biggi hasste wie der Teufel das Weihwasser. Vor allem hasste sie den November, der übermorgen aber sein jähes Ende finden würde. Die Adventsbeleuchtung in vielen Fenstern ließ keinen Zweifel aufkommen, dass die schlimmste Zeit des Jahres noch bevorstand: Heiligabend und das, was man für gewöhnlich als »Festtage« titulierte, rasten ungebremst auf sie zu und Biggis Magen verkrampfte sich bei dem Gedanken an »Jingle Bells«, aufgesetzte Heiterkeit und den bevorstehenden Shoppingwahnsinn. Vielleicht rührte das flaue Gefühl aber auch von ihrer vermeintlichen Gehirnerschütterung her? Porca miseria! Während sich ihre Hand vom Kopfverband löste und reflexartig ihren Bauch zu streicheln begann, gönnte sie sich einen weiteren tiefen Zug Nikotin und Teer. Als der Qualm ihre Lunge erreichte, wurde ihr jedoch schlagartig schummrig und sie begann zu husten. Beinahe spuckte sie die Zigarette dabei aus und musste sich für einen Moment auf der Fensterbank abstützen. Sie kippte das Fenster, ließ die kalte Luft in das leere Zimmer und in ihre gereizten Atemwege einströmen und fixierte die kleine Tanne im Garten, deren Umrisse gerade noch zu erkennen waren. So schnell ein Anflug von Schwindel sie heimgesucht hatte, so schnell schien er sich Gott sei Dank auch wieder zu verflüchtigen. Aber was war denn das da vorne? Biggi blinzelte und versuchte ihren Blick scharf zu stellen. Ja, doch, da war etwas im Garten, rechts neben der Tanne, etwas Rotbraunes, etwas Buschiges. Konnte das sein? Die Nebelwand, die minütlich dichter zu werden schien, erschwerte Biggi die Sicht erheblich, aber dennoch war sie sich nun sicher: In Nachbars Garten streifte ein Fuchs umher. Ein Fuchs! Mitten in der Stadt. Ein Fuchs in der Fuchstwete. Verblüfft wich sie ein paar Schritte zurück und ließ sich auf einem der Stühle nieder, die zwischen Umzugskartons und Wims gewöhnungsbedürftiger Stehlampe standen. Ein Fuchs … Ob Sinnestäuschungen auch zu den Symptomen einer Gehirnerschütterung gehörten?

Rosalie Helmer hatte sich am Morgen ihre bequemen Freizeitklamotten angezogen und den Samstag schließlich doch im Büro verbracht, da sie nach einer kleinen Joggingrunde wieder einmal nichts mit sich und ihrer freien Zeit anzufangen gewusst hatte. Nach dem Tippen einiger Vernehmungsprotokolle, die im Laufe der Woche liegen geblieben waren, stand nun der Schreibtisch ihres neuen Kollegen auf dem Programm. Bewaffnet mit einer Rolle Küchentücher und einer Flasche Allzweckreiniger verharrte sie unschlüssig mitten im Raum und hing ihren Gedanken nach. Bis zur allerletzten Sekunde hatte sie diesen Moment hinausgezögert, aber nun lief der finale Countdown bis zu seinem Eintreffen. Etwas mehr als drei Monate waren vergangen, seitdem sie Wim Schneider zum letzten Mal persönlich begegnet war. Jener Tag der Personalauswahlgespräche, an denen sie den Kürzeren gezogen hatte, war auch der Tag gewesen, an dem sie ihn überhaupt zum letzten Mal gesprochen hatte. Kein Anruf, kein klärendes Gespräch im Nachgang, kein kollegiales »Auf gute Zusammenarbeit«-Gesuch. Rosalie würde nicht einmal wissen, ob Wim Schneider pünktlich zum Dienstantritt nach Braunschweig umgezogen war, wenn Biggi Höfgens sie nicht auf dem Laufenden gehalten hätte. Die beiden Frauen hatten nach ihren gemeinsamen städteübergreifenden Ermittlungen vor einem halben Jahr die gesamte Zeit über Kontakt gehalten, wenn auch unregelmäßig.

Die Fuchstwete war ruhig gelegen, beinahe gediegen und dennoch zentrumsnah. Der alte Herr – von ihm als neuen Kollegen zu reden, ging ihr gehörig gegen den Strich – hatte sich also nicht nur für die Rückkehr in die Heimat entschieden, sondern auch für das perfekte Rentnerdomizil ganz in der Nähe des Viertels seiner Kindheit und Jugend.

Back to the roots, das volle Programm. Twete, über diesen Begriff war Rosalie schnell gestolpert, nachdem sie aus Düsseldorf nach Braunschweig gezogen war. Tweten oder Twieten gab es anscheinend nur in Hamburg, Marburg und natürlich hier. Das hatte sie erst mal im Netz recherchieren müssen. Ob Wim Schneider sich mittlerweile mit dem Internet angefreundet hatte? Der Rest der Republik sagte jedenfalls schlichtweg »Gasse« zu dieser Form einer kleinen Verbindungsstraße. Wieder so eine Besonderheit in dieser Stadt, aber Braunschweig bestach zweifelsohne auch ohne Tweten durch skurrile Straßennamen. »Sack« am Rande der Fußgängerzone war aber eindeutig Rosalies Favorit. Wenn schon nicht dorthin, so passte Wim Schneider als Ur-Braunschweiger doch eigentlich ganz hervorragend in eine Twete. Mit mahlenden Kiefern raffte Rosalie sich auf und näherte sich dem Schreibtisch, an dem bis vor einem halben Jahr noch Manfred Wiegand und bis vor wenigen Wochen Mads Johannsen gesessen hatte. Und nun also Wim Schneider, Auge in Auge mit ihr, der Unterlegenen. Rosalie sprühte wiederholt die Schreibtischoberfläche ein und malträtierte mit eindeutig zu viel Druck das durchtränkte Küchentuch. Putzen war ein wunderbares Mittel, um Frust abzubauen. Als sich plötzlich jedoch ihr Handy in der Seitentasche ihres grünen Kapuzenpullis meldete, wurde sie von einer Sekunde auf die andere auf den Boden der Tatsachen zurückgeholt.

Biggi hatte den Standort gewechselt und packte in der Küche den Karton mit Geschirr aus. Beim Anblick der blau-weißen Bunzlauer Keramik mit Pfauenaugenmuster wurde sie wehmütig. Genau das gleiche Service hatte Biggis schlesische Oma Gertrud schon besessen. Wim und seine Traditionen. Zwischen jeden der Teller hatte er sorgfältig ein Blatt Küchentuch gelegt. Biggi hob das Geschirr so achtsam wie möglich aus dem Karton, musste aber pausieren, als Kopfschmerz und Schwindel sich wieder bemerkbar machten. Diese Geschichte durfte man wirklich niemandem erzählen. Alles hatte so reibungslos funktioniert, erst das tadellos arbeitende Umzugsunternehmen, dann eine freie Autobahn, und Wims Schwester Sigrid konnte mit einem verstauchten Knöchel leider nicht mithelfen und alles unter ihr Kommando reißen. Sie schmollte in Helmstedt vor sich hin und ihre Kontrollanrufe wurden von Wim konsequent ignoriert. Mitten auf der A 2, zwischen Lehrte und Hämelerwald, hatte sich Biggis volle Blase dann zum ersten Mal gemeldet. Kurz hinter Peine war sie bereits unruhig von einer Pobacke auf die andere gerutscht und hatte Wim gebeten, doch bitte etwas schneller zu fahren. Aber Wim war stur auf der rechten Spur geblieben und hatte sich minutiös an die vorgegebene Geschwindigkeitsbegrenzung gehalten. »Entschuldigung, aber ich fahre gerade mit einem völlig überfrachteten Seat mein Leben durch die Weltgeschichte, da werde ich nichts riskieren«, hatte er sie angemault und den vor ihnen fahrenden polnischen Lkw auf Abstand gehalten. »Warum bist du denn in Hannover nicht noch mal auf die Toilette gegangen?«

»Weil ich da vielleicht noch nicht musste? Wenn sich einer mit plötzlich eintretendem Harndrang auskennen sollte, dann ja wohl du!« Biggi hatte mehrfach und sehr bewusst die blau umrandeten Augen verdreht und vor sich hin geflucht. Natürlich auf Italienisch, beim Lernen ihrer Lieblingssprache musste sie schließlich täglich am Ball bleiben. Wenigstens hatten sie heute mal keine Hitzewallungen heimgesucht. Die neue Hormonersatztherapie in Form einer Creme schien allmählich zu wirken. Grazie dio!

Als sie nach einer gefühlten Ewigkeit endlich in die Fuchstwete eingebogen waren und Wim nach mehrmaligem Vor und Zurück das Auto in der engen Einfahrt abgestellt hatte, gab es für Biggi kein Halten mehr. Kommentarlos hatte sie Wim den Wohnungsschlüssel aus der Hand gerissen und war die Stufen in den ersten Stock hinaufgesprintet. Schon im Wohnungsflur hatte sie sich ihre Jeans heruntergerissen, um sich endlich in der Gästetoilette mit einem gekonnten Schwung und in einer kaum in Worte zu fassenden Vorfreude auf der Klobrille niederzulassen. Wenigstens der Toilettendeckel war bereits nach oben geklappt, eine typisch männliche Angewohnheit, für die sie in diesem Fall ausnahmsweise dankbar gewesen war. Vor lauter Elan hatte das Unheil dann jedoch seinen Lauf genommen, denn kaum hatten Biggis nackte Schenkel den eiskalten Kunststoff berührt, war sie samt der Klobrille zur Seite gerutscht und mit dem Kopf gegen die Rippenheizung geknallt, die rechts neben der Toilette an der Wand hing. Erst hatte sie Sterne gesehen, dann war ihr kurzerhand schwarz vor Augen geworden und schließlich hatte sie das Blut registriert, das sich deutlich von dem weißen Heizungslack absetzte.

»Ist alles in Ordnung?«, hatte sie Wim besorgt durch die Gott sei Dank nicht abgeschlossene Toilettentür rufen hören, bevor sie sich mit letzter Kraft wieder über die Kloschüssel gehockt hatte. Auf dem Fußboden liegend alles einfach laufen zu lassen, war absolut keine Option für Biggi gewesen, und so verrichtete sie schnell ihr kleines, aber äußerst dringendes Geschäft. Erst nach dem Hochziehen ihrer Hose hatte sie Wim dann doch um Hilfe gerufen.

»Bitte, was hat der Mann gefunden?« Rosalie stockte der Atem, und während sie Mads' Ausführungen lauschte,

setzte sie sich auf die frisch geputzte Schreibtischoberfläche.

»Wenn ich es dir doch sage. Hier sind Leichenteile in
zwei Müllsäcken. Ein Hund hat alles ausgebuddelt. Ich
kann da gar nicht so genau hinschauen, so ekelig ist das,
und ich will das auch gar nicht, weil ich nicht im Dienst
bin. Und wie das müffelt! Aber eines kann ich dir sagen:
Wir brauchen hier das volle Programm! Ganz sicher!
Einen Rettungswagen eingeschlossen, der Mann ist kaum
ansprechbar und hat garantiert einen Schock.«

»Und du bist dir ganz sicher, dass es menschliche Überreste sind?«, hakte Rosalie nach.

»Ich denke schon«, bestätigte Mads.

»Alles klar. Kannst du vor Ort bleiben und dich um
die beiden Zeugen kümmern, bis wir da sind?«, entgegnete Rosalie und ging in Gedanken bereits die nächsten
Schritte durch.

»Sicher! Ich bleibe hier und rühre mich nicht von der
Stelle. Mannomann, ich hatte mir unser Wiedersehen
eigentlich anders vorgestellt.«

»Ich auch, Mads. Aber lass uns an unserem Cocktail-
abend unbedingt festhalten.«

»Glaubst du allen Ernstes, dass du demnächst die Zeit
für ein gemeinsames Getränk haben wirst? Eine Mord-
ermittlung kennt keinen geregelten Feierabend und ich
kenne dich ja nun mittlerweile auch schon ein paar Tage.«

Rosalie zögerte einen Augenblick. »Wie gesagt, lass uns
wann anders darüber quatschen, jetzt muss ich mich erst
mal um den Einsatz kümmern, und ich befürchte, ich werde
noch ein unangenehmes Telefonat führen müssen.«

»Inwiefern?«, erkundigte sich Mads.

»Wim Schneider ist in der Stadt.«

3. KAPITEL

Wim plagte das schlechte Gewissen. Er hatte gewusst, dass die Schrauben der Klobrille nachgezogen werden mussten, und schlichtweg vergessen, Biggi vorzuwarnen. Nun hatten sie den Salat. Eigentlich sollte Biggi in einem kleinen Stadthotel in der City übernachten. Jegliche Situationen, in denen er sie in Verlegenheit hätte bringen können, galt es tunlichst zu vermeiden. Darüber waren sie, nach ihrer Aussprache im Harz, bei der Biggi Wim ihre Gefühle gestanden hatte, stillschweigend übereingekommen. Die vereinbarte Distanz einzuhalten, stellte sich jetzt als echte Herausforderung dar, denn die Umstände hatten sich geändert. Nicht nur, dass Biggi partout nicht davon abzubringen gewesen war, ihm beim Umzug zu helfen, es war auch zu diesem vermaledeiten Unfall gekommen. Mit der Kopfverletzung konnte er Biggi unmöglich allein lassen und hatte daher von der kostenlosen Stornierungsoption des Hotels vor 18.00 Uhr Gebrauch gemacht. Widerworte und Gefühlsausbrüche waren Wim erspart geblieben, stattdessen hatte Biggi sich dankbar gezeigt und ihm vielleicht einen Hauch zu liebevoll die Wange gestreichelt. Ob das an ihrer Schädelprellung, ihren Wechseljahren oder an emotionalen Beweggründen lag, konnte Wim auch nach mehrmaligem Überlegen nicht genau zuordnen.

Aber auf jeden Fall musste er nun so schnell wie möglich den Kühlschrank für die kommenden Tage und für zwei Personen füllen, denn weder würde Biggi morgen abreisen, dessen war er sich sicher, noch würde er ab Montag viel Zeit für einen Großeinkauf haben. Den kleinen Supermarkt in Hannovers Südstadt würde Wim schon ein wenig vermissen, vor allem die nette Kassiererin mit den niedlichen Grübchen im Gesicht, an deren Bluse ruhig immer ein Knopf mehr hätte geöffnet sein dürfen. Wim hatte herausgefunden, dass die Supermarktkette seines Vertrauens aber wenigstens eine riesengroße Filiale an der Hamburger Straße in Braunschweig betrieb, so groß, dass das Einkaufsparadies als Center eingestuft wurde. Dort, wo früher einmal das Pressehaus der Braunschweiger Zeitung gestanden hatte, waren gleich zwei neue Supermärkte errichtet worden und Wim staunte nicht schlecht, als er das völlig umgestaltete Areal vom Parkplatz aus erblickte. Er würde sich hier künftig zwar den einkaufswütigen Massen hingeben müssen, so viel stand fest, aber an einem Samstagabend hatte er vielleicht Glück.

Schon die Obst- und Gemüseauslage am Eingang ließ keine Wünsche offen, die Spirituosenabteilung war dann einfach nur beeindruckend. Als Wim mit einem halb vollen Einkaufswagen am Kühlregal mit den Wurstwaren angelangt war, blieb er verdutzt stehen. Seine insgeheimen Befürchtungen hatten sich bewahrheitet, es gab sie also auch hier: Menschen mit einer Vorliebe für vegane Fleischersatzprodukte. Wim schüttelte den Kopf und beobachtete eine Frau um die 40, die mit einer schlichten, weit geschnittenen Kleidungsvariation und einem Haarschnitt, der auf ihn weder richtig männlich noch eindeutig weiblich wirkte, konzentriert die Inhaltsstoffe einer Packung mit veganen Hackfleischbällchen studierte. Vegane Hackfleischbällchen waren eindeutig eine der beknacktesten Erfindungen der Lebensmittelindustrie, fand Wim. Bei aller perfekten Optik konnte ein industriell geformter Ersatz-pamps aus Erbsen, Haferflocken oder Kidneybohnen niemals im Leben eine echte Fleischerfrikadelle ersetzen. Zu allem Überfluss stand die vegane Hackfleischexpertin auch noch exakt vor jenem Kühlregal, das Wim ansteuern wollte, um mit gebührendem Abstand zum fleischlosen Fleisch eine Packung Tiroler Schinkenspeck zu ergattern. Ob er sie vielleicht einfach ansprechen sollte? Es konnte ja nicht so schwierig sein, einen Schritt zur Seite zu gehen. Andererseits befürchtete er, dass sie ihn in aller Öffentlichkeit zurechtweisen könnte, wenn er seine Bitte nicht korrekt gendern würde. Und sich einfach vorbeidrängen wollte er auch nicht, sonst fühlte sie sich noch belästigt. Zwangsläufig musste Wim an seinen Bekannten Ludger Pohl denken, der sich während des gemeinsamen Klinikaufenthaltes im Harz wegen seines übergriffigen Verhaltens vom Kurschatten zum Kur-Albtraum entwickelt hatte. Mehrfach hatte Ludger in den letzten Monaten versucht, Wim anzurufen, aber mit einem plumpen Sexisten wollte Wim nichts zu tun haben. Während er die unangenehmen Erinnerungen an Ludger zu verdrängen versuchte und sich stattdessen den Gedanken über mögliche Alternativen zum Schinkenspeck hingab, begann es in Wims Hosentasche plötzlich zu vibrieren. Das konnte ja nur Biggi sein, vermutlich stand irgendetwas nicht auf dem gemeinsam verfassten Einkaufszettel oder ihr war spontan noch etwas eingefallen. Umständlich nestelte Wim seinen Hosentaschencomputer, wie er ein Handy zu nennen pflegte, aus dem Innenfutter und staunte nicht schlecht, als er den Namen von Rosalie Helmer auf dem Display erblickte. Was wollte die denn jetzt von ihm? Dienstantritt war doch erst am Montag und Wim stand nicht der Sinn nach belanglosen Fragen, ob er

gut angekommen sei oder ob er für seinen ersten Arbeitstag irgendeinen Wunsch hätte. Ihm war bewusst, dass der
Einstieg schwierig werden würde. Rosalie Helmer hatte
eindeutig an Selbstüberschätzung gelitten, als sie sich auf
die freie Stelle bei der Mordkommission beworben hatte,
und wäre sie bei klarem Verstand gewesen, hätte sie einfach
einen Rückzieher gemacht. Aber sie hatte es mit ihm aufgenommen, obwohl sie hätte wissen müssen, dass er den
Zuschlag bekommen würde. Dieser Schritt, das musste
Wim ihr lassen, verdiente auch ein gewisses Maß an Respekt.
Dennoch würde sie ihn wohl kaum mit offenen Armen
willkommen heißen, sodass der Grund für ihren Anruf
vielleicht doch nicht so belanglos war.

»Schneider!«

Rosalie räusperte sich. »Guten Abend, Herr Schneider.
Hier ist Rosalie Helmer. Es tut mir leid, Sie an Ihrem ersten Abend in Braunschweig stören zu müssen, aber es ist
sehr wichtig. Sie sind doch schon in der Stadt? Ich hörte
so etwas im Vorfeld.«

»Hallo, Frau Helmer, ja, da hat vermutlich Biggi Sie
richtig informiert. Ich bin heute umgezogen. Was gibt es
denn? Ich stehe gerade mitten im Supermarkt«, entgegnete Wim mit gedämpfter Stimme und behielt die vegane
Hackfleischexpertin im Blick. Vielleicht bewegte sie sich
ja bald vom Fleck.

»Dann erst mal herzlich willkommen in Ihrer neuen
alten Heimat. Ich weiß, dass Sie den Dienst erst übermorgen antreten, aber wir haben einen spektakulären Leichenfund, und zwar jetzt in diesem Augenblick, und ich
dachte …«

»Was ist passiert?«, unterbrach Wim Rosalies Ausführungen und konnte sich ein Schmunzeln nicht verknei-

fen. Da war aber jemand gehörig über den eigenen Schatten gesprungen.

»In der Nähe des Heizkraftwerks Mitte wurden Leichenteile in zwei Müllsäcken gefunden, direkt an der Uferböschung der Oker«, erläuterte Rosalie.

»Also da, wo der Lange Heinrich steht?«

»Bitte was?« Mit einem »Langen Heinrich« konnte Rosalie nichts anfangen. Seit ihrem Umzug nach Braunschweig war sie bislang nur Heinrich dem Löwen in allen erdenklichen Varianten begegnet.

»So heißt dieses Monstrum von Schornstein, Frau Helmer. Hat damals in den 1980er-Jahren gehörig den Fernsehempfang gestört, als es gebaut wurde.«

»Ach so, ja, genau, das ist die Gegend, um die es geht. Dort gibt es eine Fußgängerbrücke über den Fluss, und zwar, Moment ... zwischen der Feuerwehrstraße und dem Juteweg. Irgendwo dort muss der Fundort sein. Ich mache mich gerade auf den Weg dorthin, aber Mads Johannsen ist schon vor Ort.«

»Ihr Azubi vom Hochhaus-Selbstmord? Ist der nicht weg aus Braunschweig und wieder auf der Akademie? Biggi hat so was erzählt. Oder besucht er seinen ... also hatte der nicht was mit einem Mitbewohner am Laufen? Na, Sie wissen schon.«

Rosalie blieb einen Moment still. Offenbar war nun auch sie verblüfft, in welcher Detailtiefe Wim Schneider von seiner Kollegin mit Informationen versorgt worden war. »Ja, er ist wieder in Nienburg, aber über das Wochenende besucht er hier seinen Freund. Ich denke, mehr müssen Sie nicht über sein Privatleben wissen. Jedenfalls ist er am Ringgleis gejoggt, als er zufällig den Mann gesehen hat, der kurz zuvor die Müllsäcke mit den ...«

»Schon gut, ich wollte nicht indiskret sein.« Wim unterbrach Rosalie ein weiteres Mal. »Und zu den Müllsäcken: Was hat denn dieser Mann bei so einem trüben Wetter an der Uferböschung der Oker verloren?«

»Er war auf der Suche nach seinem Hund, der ihm beim Gassigehen entwischt war, und der Hund hat wohl die Säcke ausgebuddelt.«

»Verstehe! Und nun wollen Sie mich fragen, ob ich kurzfristig auch zum Fundort kommen möchte, weil wir in Bälde eh zusammen in dem Fall ermitteln werden? Frau Helmer, ganz hervorragend. Ich bin in ein paar Minuten da.«

»Wie jetzt? So schnell?«, fragte Rosalie überrascht.

»Ja, so schnell. Ich bin nämlich gerade an der Hamburger Straße und kann fast aufs Ringgleis spucken. Der Lange Heinrich ist zum Greifen nahe, wäre er nicht im Nebel verschwunden.«

Biggi hatte sich dazu entschlossen, schon mal den kleinen runden Küchentisch aufzubauen und ihn zusammen mit den beiden Stühlen direkt am Fenster zu platzieren. Wim würde es sicher mögen, wenn er beim Frühstück in Nachbars Garten gucken konnte. Oder hatte er dann vielleicht Sorge, dass man ihn womöglich auch sah? Als ihr Blick Richtung Zimmerdecke ging, stellte sie fest, dass sie die Hängelampe versetzen oder mit einer Affenschaukelkonstruktion aufhängen müsste, damit sie Licht über dem neuen Sitzplatz hatten. Aber es gab ja auch kleine Tischlampen mit Akku, die dadurch sogar ohne Kabel auskamen. Aber ob Wim dazu in der Lage wäre, diese aufzuladen? Gegen neugierige Nachbarn könnten Scheibengardinen helfen. Biggi seufzte und würde es einfach drauf ankommen lassen. Mit immer noch dröhnendem Schädel begann sie, den Tisch zu decken, als ein Signalton ihres Handys ihr plötzlich den Eingang einer SMS ankündigte. Sie hörte diesen Ton selten und genau deshalb war ihr sofort klar, wer sich da gemeldet hatte. Was wollte Wim wohl jetzt von ihr?

Ich muss zu einer Leiche. Ich beeile mich. Gruß W.

Warum rief er denn nicht an? Biggi machte kurzen Prozess und wählte Wims Nummer.

»Ich dachte, du schläfst vielleicht«, meldete er sich außer Atem.

»Nee, ich decke gerade den Tisch.«

»Welchen Tisch? Du hast doch wohl nicht etwa …«

»Sollen wir vielleicht auf dem Fußboden essen?«, fiel Biggi Wim ins Wort.

»Du sollst dich doch nicht anstrengen!«

»Lieb, dass du dich sorgst, aber ich weiß, was ich mir zumuten kann.«

»Warum sollte ich mich nicht sorgen?«, grummelte Wim. »Also ich bin jetzt auf dem Weg zu einem Leichenfundort.«

»Aha! Das kommt aber schon ein wenig, sagen wir mal, überraschend?«

»Ja, das kann ich nicht abstreiten. Ich stand gerade bei den veganen Hackfleischbällchen, als die Helmer sich gemeldet hat.«

»Vegane Hackfleischbällchen? Was um alles in der Welt wolltest du uns denn servieren? Ich brauche bitte den puren Fleischgenuss!«

»Ich doch auch«, entgegnete Wim und lachte kurz auf. »Aber das war halt mein Standort im Supermarkt, als der Anruf kam. Jedenfalls wurden wohl Müllsäcke mit Leichenteilen entdeckt. Na ja, und da hat die Helmer eins und eins zusammengezählt und sich gedacht, dass es wohl Sinn macht, mich schon mal vorab zu informieren. Außerdem wusste sie anscheinend von dir, dass ich schon in Braunschweig bin. Oder hat sie noch andere Quellen, die sie über mich auf dem Laufenden halten?«

»Ist das jetzt schlimm, dass ich ihr das erzählt habe? Du klingst ein wenig vorwurfsvoll.«

»Biggi, ich will mit dir jetzt wirklich nicht über Rosalie Helmer und Vertraulichkeit diskutieren, aber in diesem Fall war es tatsächlich von Vorteil, dass du sie über meine Rückkehr nach Braunschweig informiert hast. Also, wie dem auch sei, ich habe die Einkäufe im Kofferraum deponiert, das sollte bei diesen Außentemperaturen kein Problem sein, und gehe da jetzt schnell hin. Der Fundort ist fußläufig zu erreichen. Und du ruhst dich bitte weiterhin aus.«

»Den Teufel werde ich tun, Wim Schneider! Wo muss ich hin?«

4. KAPITEL

Waidmannsheil Riddagshausen 1887 e.V. Zufrieden verschloss Enno Schwerdtfeger die Flasche mit der Metallpolitur und freute sich über das nun wieder glänzende Vereinswappen. Alles war perfekt. Perfekt vorbereitet für die alljährliche Vollversammlung mit anschließendem Abendessen, die in weniger als einer Stunde im Clubhaus beginnen würde. Die komplette Organisation lastete auf seinen Schultern, aber was tat man nicht alles als 1. Vorsitzender? Das Büfett würde in Kürze angeliefert werden – Motto: »Wild durcheinander« – und die Frauen hatten sich bei der Tischdeko wieder einmal selbst übertroffen. Seine Ansprache hatte Enno mehrfach umgeschrieben und er hatte sich vorbehalten, in letzter Sekunde noch die große Nachricht zu verkünden. Nur der alles entscheidende Anruf aus Hannover ließ auf sich warten. Wie lange so eine Kuratoriumssitzung wohl dauern würde?

»Bärbel, hast du den Kopf abgestaubt?«, rief er seiner Frau zu, deren Trippelabsätze er im Nebenraum hören konnte.

»Ja doch, ich bin fast fertig. An deinem Heiligtum von Geweih kann ich eigentlich alle zwei Tage Spinnweben entfernen.«

Das, was seine Frau als »Heiligtum« bezeichnete, war tatsächlich außergewöhnlich und, soweit Enno wusste, im Braunschweiger Land einzigartig. Die Rede war nicht von irgendeinem Geweih, sondern dem stattlichen Zwölfender, der auf einem präparierten Albino-Hirschkopf thronte. Kindheitserinnerungen holten Enno ein, der in dritter Generation Mitglied im Jagdverein war. Mit seinem Großvater Otto war er seinerzeit jedes Wochenende auf der Pirsch gewesen, morgens um halb vier hatten sie in eisiger Kälte auf dem Hochstand ausgeharrt, um ihn zu finden. Legenden rankten sich um das prächtige Wild, das damals mehrfach zwischen Cremlingen und Weddel gesichtet worden war. Und eines Morgens, sie hatten die Hoffnung beinahe aufgegeben, war das stolze Geweih plötzlich am Waldrand aufgetaucht. Majestätisch hatte sich das Tier im Schutz der Morgendämmerung und auf der Suche nach Futter auf das Feld vorgewagt und war wegen des schneeweißen Fells doch nicht zu übersehen gewesen. Enno hatte sich kaum getraut zu atmen, als Opa Otto das Gewehr angelegt und mit einer beeindruckenden Ruhe sein Ziel ins Visier genommen hatte.

Der präparierte Hirschkopf wurde später im Clubhaus, das damals noch Vereinsheim hieß, an prominenter Stelle an die Wand genagelt und Otto Schwerdtfeger zum Ehrenmitglied ernannt. Der Grundstein für das private Jägereimuseum Waidmannsheil war gelegt. Mittlerweile zählte die Sammlung mehrere Dutzend Exponate und hatte sich auf einen kleinen Anbau ausgeweitet. Der Waldkindergarten, Schulklassen, junge Familien und vor allem Kinder konnten sich hier für Hasen, Fasane und Waschbären begeistern, und so hatte sich das Jägereimuseum zu einem beliebten Ausflugsziel gemausert. Selbst das Staatliche Naturhistorische Museum war eine Kooperation eingegangen und hatte ein neu gestaltetes Diorama mit einem präparierten Exponat aus dem Bestand der Jägerschaft bestückt und auf der Beschilderung einen entsprechenden Hinweis aufgenommen. Der Waidmannsheil-Vereinsvorstand war zudem

Mitglied in dem neu gegründeten Braunschweiger Freundeskreis zur Förderung von Naturkundemuseen geworden, der sich regelmäßig zu Arbeitstreffen in den Räumlichkeiten des Naturhistorischen Museums traf.

Mit dem Erfolg, der öffentlichen Anerkennung und dem Wachstum der privaten Ausstellung kamen aber auch der Platzmangel und steigende Kosten für die Unterhaltung. Die Vereinskasse war noch gut gefüllt, aber weil man das an sich immer noch moderate Eintrittsgeld nicht weiter erhöhen wollte, musste dringend etwas passieren. Und deshalb hatte Enno Schwerdtfeger es sich zur Aufgabe gemacht, Fördergelder zu akquirieren, mit denen man die Räumlichkeiten würde erweitern und die Ausstellung modernisieren können.

»Corinna und Fritz haben gerade abgesagt, sie müssen kurzfristig als Babysitter bei ihrem Enkel einspringen. Und Justus kann nicht kommen, weil er sich nicht gut fühlt.«

Bärbel Schwerdtfeger tauchte im großen Saal auf und hielt einen Staubwedel in der Hand.

»Ein bisschen Schwund ist immer. Und bei über 50 Zusagen fallen drei Absagen ja kaum auf«, entgegnete Enno und rückte die letzten Stühle in die korrekte Ausgangsposition. Wenn er eines nicht haben konnte, dann waren es solche kleinen Ungenauigkeiten.

»Da hast du wohl recht. Hat Hannover sich noch gemeldet?«

»Nein, bislang nicht. Die Sitzung hat vor zwei Stunden begonnen und die Vorsitzende hatte mir zugesagt, dass sie sich bei mir meldet, sobald sie fertig sind.«

»Zwei Stunden sind noch nichts bei so einer Gremiensitzung. Wir wissen doch selbst, wie lange wir hier manchmal zusammenhocken. Da mach dir mal keinen Kopf.«

»Stimmt wohl. Aber ich würde die guten Nachrichten so gerne heute Abend verkünden.«

»Bist du dir denn sicher, dass wir einen Zuschlag bekommen?«

»Also laut Frau Janßen stehen die Chancen sehr gut. Aber ein Selbstläufer ist es natürlich nicht.«

»Nachher sind wir schlauer. Lass uns jetzt mal einen Jägermeister trinken, die anderen kommen gleich.«

Biggi starrte auf die geöffnete Navigationsapp und näherte sich dem historischen Jute-Portal, das inmitten der neu gebauten Wohnblöcke ein wenig aus der Zeit gefallen wirkte. War sie schon zu weit gelaufen? Irgendwo rechts musste sie abbiegen, um zur Oker zu gelangen, aber vermutlich hätte sie diesen einen Weg zuvor einschlagen müssen, den sie bereits hinter sich gelassen hatte. Im Moment sah hier alles eher nach Sackgassen aus, die direkt zu den nach hinten versetzten Häusern führten. Und der Nebel machte es nicht gerade leichter, sich als Ortsfremde zurechtzufinden. Eine Viertelstunde Fußweg hatte Google Maps ihr angekündigt, mindestens 25 Minuten war sie nun schon unterwegs. Gedankenverloren fasste sie sich an ihren Kopfverband und entschied sich, die Spinnerstraße wieder ein Stück zurückzugehen. Der Anflug von Übelkeit, der Biggi immer wieder heimsuchte, wurde von ihr genauso ignoriert wie der Umstand, dass sie eigentlich sicher war, unterwegs noch einmal diesen Fuchs gesehen zu haben, der mitten im Wohngebiet durch die Vorgärten gestromert war. Aber konnte das wirklich sein? Vielleicht mutete sie sich gerade einfach zu viel zu und vielleicht hätte sie lieber auf den Arzt hören und sich schonen sollen. Aber andererseits wartete eine zerstückelte Leiche auf sie und das konnte sie sich nicht entgehen lassen.

Der Fundort war weiträumig abgesperrt und die Blaulichter von Polizei- und Rettungswagen wiesen den Weg zur Einsatzstelle schon aus der Ferne. Rosalie schloss Else, wie sie ihr Fahrrad nannte, an einer Straßenlaterne an und entdeckte zuerst Mads. Auffällig groß und schlaksig wie eh und je war er kaum zu übersehen und saß mit einem gewissen Abstand und zwei Hunden an der Leine auf einer Bank. Sie winkte ihm kurz zu, bevor er mit einem Kopfnicken in Richtung Wiese deutete, wo es in wenigen Augenblicken und nach über einem halben Jahr zum ersten persönlichen Aufeinandertreffen kommen würde. Trotz der schlechten Sicht erkannte sie Wim Schneider an seiner bulligen Statur.

»Guten Abend, Frau Helmer.«

»Herr Schneider«, begrüßte Rosalie ihren neuen Kollegen schmallippig und spürte, wie ein Schwall Stresshormone sie in innere Unruhe versetzte.

»Hier haben wir unsere Fundstücke«, begann Wim direkt mit einer Erklärung und zeigte auf einen der beiden prall gefüllten Müllsäcke, der am oberen Ende leicht geöffnet war.

»Der Kriminaldauerdienst ist angefordert und unterwegs. Die Kollegen müssten gleich da sein«, entgegnete Rosalie und zog Gummihandschuhe aus ihrer Jackentasche. »Ach, so ein Mist, jetzt habe ich nur ein Paar dabei.«

»Das ist gar kein Problem, Frau Helmer. Biggi und ich wollen gleich noch zu Abend essen, da muss ich mir die Finger jetzt nicht noch schmutzig machen, geschweige denn, mir den Appetit verderben.« Wim rümpfte die Nase und schaute Rosalie erwartungsvoll an. »Riskieren Sie ruhig einen Blick. Keine delikate Angelegenheit.«

»Das heißt, Sie haben noch gar nicht …«

»Warum sollte ich? Ich bin doch gar nicht befugt. Noch nicht jedenfalls. Und wie Sie sich vielleicht denken können, gehören Gummihandschuhe auch nicht zu meiner Standardausstattung, wenn ich im Supermarkt bin. Wobei das wahrscheinlich nicht schaden könnte in Zeiten wie diesen. Wie dem auch sei: Bis übermorgen müssen Sie dienstlich wohl noch ohne mich klarkommen.«

»Aber hier vorbeischauen wollten Sie dann schon?«, fragte Rosalie und konnte sich nicht dagegen wehren, dass sie Wims süffisanten Auftritt als unverschämt empfand. »Und, ich zitiere, ›hervorragend‹ fanden Sie meine Idee, Sie frühzeitig zu informieren, auch?«

»Nun entspannen Sie sich mal, Frau Kollegin. Natürlich war das die richtige Entscheidung von Ihnen, denn ich glaube kaum, dass dieser Fall am Montag geklärt ist. Wir werden uns also wohl noch ein paar Tage länger damit beschäftigen müssen, und da ist es prima, dass Sie mich dank der Standleitung zwischen Biggi und Ihnen von Anfang an mit ins Boot holen.«

Rosalie räusperte sich, um ein paar Sekunden Zeit zu schinden, und war bemüht, auf diese weitere Spitze nicht näher einzugehen. »Ist Biggi also auch in Braunschweig?«

»Ja, allerdings!« Es war die unverkennbare Raucherstimme, die erklang, bevor Biggi aus einer Nebelwand trat und geradewegs auf Rosalie und Wim zusteuerte.

»Hallo, ihr zwei, da bin ich.«

»Hat unser Herr Schneider also in alter Manier gleich Bescheid gesagt und Verstärkung angefordert?« Rosalie freute sich sichtlich und nahm Biggi intuitiv in den Arm. »Aber was ist denn eigentlich passiert? Das sieht ja böse aus. Ein Unfall?«

»Tja, unsere Biggi ist ja nun wirklich nicht auf den Kopf gefallen, aber heute hat sie mal eine Ausnahme gemacht. Und ich habe ihr nur Bescheid gesagt, dass ich mich verspäte. Es war bestimmt nicht meine Idee, sie hierherzubestellen. Eigentlich soll sie sich ausruhen, aber man kennt ja Biggi und ihren dicken Schädel. Und jetzt macht sie dem auch alle Ehre!«, amüsierte sich Wim und zwinkerte Biggi zu.

Diese verzog keine Miene, schmiss ihre erst zur Hälfte aufgerauchte Zigarette auf den feuchten Rasen und trat sie mit deutlichem Nachdruck aus. An irgendetwas musste Biggi ihren Ärger über Wims blöden und vor allem unnötigen Kommentar auslassen. In ihrem pochenden Kopf formte sich bereits die passende Retourkutsche, aber sie verkniff es sich zu sagen, was sie von Wims Taktlosigkeit hielt. Dafür wusste sie im Gegensatz zu ihm, was sich in der Öffentlichkeit gehörte. Ein offener Zwist vor Rosalie wäre nicht nur peinlich, sondern auch unprofessionell. Und zu guter Letzt wollte Biggi ihrem ehemaligen Kollegen nicht den Einstand im neuen Job durch eine Szene kaputt machen. An den Status »ehemalig« konnte und wollte sie sich noch nicht so recht gewöhnen und entschied sich mit spürbarem Stich im Herzen dazu, Wim als Reaktion lediglich einen scharfen Blick zuzuwerfen.

»Oh, das tut mir leid!«, sagte Rosalie und überbrückte damit spontan die unangenehme Redepause, welche mittlerweile entstanden war. »Also, wie dem auch sei. Ich werde mich selbstverständlich vorrangig um alles kümmern und die volle Verantwortung übernehmen, denn ich bin ja gerade die einzige diensthabende Beamtin hier. Ich denke, darauf können wir uns verständigen?«

»So hatte ich mir das auch gedacht«, sagte Wim und griff freundlich, aber bestimmt Biggis linken Unterarm. »Komm, wir gehen einen Schritt beiseite und lassen die junge Kollegin mal machen. Die will schließlich noch was werden. Und wer weiß, vielleicht wird das hier der Fall ihres Lebens: der Ripper von Braunschweig oder so was.«

Mads beobachtete das diskutierende Ermittler-Trio, während Nero und Elfi mittlerweile genug voneinander hatten und im Wechsel an ihren Leinen zerrten. Er würde aber noch ein Weilchen den Hundesitter spielen müssen, denn Detlef Konopke und Gisela Bruns, die Besitzerin von Elfi, wurden gerade ärztlich behandelt.

Als Mads den Wagen der Kriminaltechniker ankommen sah, erkannte er am Steuer Christina Pannier. Die Leiterin des Kriminaldauerdienstes und Expertin im Bereich der Spurensicherung an Tatorten hatte er bereits während seiner Praxiszeit im Polizeikommissariat Münzstraße kennen- und schätzen gelernt. Sie war glücklich mit ihrem Burkhard liiert und ging mit ganzem Herzen in ihrer gut funktionierenden Patchworkfamilie mit vier Kindern aus zwei Ehen auf. Hätte sie mehr Freizeit, die sie nach eigener Aussage oftmals vermisste, dann wäre sie nach Mads' Empfinden ganz sicher eine Kandidatin, um für Rosalie eine echte Freundin zu werden. Diese konnte Rosalie gut gebrauchen, denn private Kontakte hatte sie in Braunschweig bislang kaum geknüpft und ihrer Ex-Freundin Anne trauerte sie immer noch hinterher. Aus Selbstschutzgründen hatte Rosalie daher nach eigener Aussage ihr Liebesleben aktuell gegen ein Leben im Büro eingetauscht und Mads beobachtete diese Entwicklung mit Sorge.

Christina Pannier würde gut zu ihr passen, war sie doch genauso sportlich und durchtrainiert wie Rosalie. Das sah man sofort, und ihr Teint war auch jetzt im tristen November noch sommerlich gebräunt und vermittelte ein Gefühl von Urlaub am Mittelmeer. Womöglich ging Christina aber schlichtweg regelmäßig ins Solarium oder schluckte täglich Betacarotin-Dragees aus der Drogerie, das kannte Mads von seiner Tante Uschi. Ihre einst langen dunklen Haare hatte Christina vor einigen Jahren raspelkurz schneiden lassen. »Weil ich ja in meinem weißen Ganzkörperkondom eh ständig eine Kapuze auf dem Kopf habe, die jegliche Frisuren zerstört.« Mads hatte ein paar Tage beim Kriminaldauerdienst hospitiert und sich in den an sich leichten und atmungsaktiven Schutzanzügen nie richtig wohlgefühlt. Ihm war aber bewusst, dass diese unerlässlich waren, um einen Tatort nicht zu kontaminieren und die relevanten Spuren nicht zu zerstören. Jegliches Beweismaterial musste der Prüfung vor einem Gericht standhalten können.

»Mads! Das ist ja eine Überraschung! Was machst du denn hier?«, begrüßte ihn Christina freudestrahlend, als sie aus dem Wagen stieg und ihre Arbeitsausrüstung aus dem Kofferraum holte.

»Mich hat der Zufall geschickt«, antwortete Mads und band die beiden kläffenden Hunde an der Rückenlehne der Bank fest.

»Sind das deine? Bist du wieder in Braunschweig?«

»Ich besuche meinen … Ich besuche einen Freund am Wochenende. Meine alte WG, na ja, und jetzt war ich am Ringgleis laufen, und ob du es glaubst oder nicht, aber ich war fast live dabei, als die Müllsäcke gefunden wurden. Und ich habe die Polizei verständigt. Die beiden Vierbeiner hier gehören den Zeugen.«

Während Mads die Hunde im Auge behielt, zogen Christina und ihre beiden Kollegen sich ihre Schutzanzüge über.

»Max und Thorsten kennst du ja noch. Mel ist krank. Aber die Lage scheint überschaubar, das bekommen wir zu dritt hin. Mein Gott, ist das eine Suppe. Wüsste ich nicht, dass das mein Job ist, würde ich meinen, ich sei bei den Dreharbeiten zu einem Horrorfilm gelandet.«

Die beiden Spurenermittler grüßten, und gerade als Mads zu einer Antwort ansetzen wollte, klingelte sein Handy. Jan. Den hatte er im Eifer des Gefechts vollkommen vergessen. »Sorry, da muss ich mal eben ran.«

»Kein Thema, wir müssen auch anfangen. Vielleicht bis später und sonst lass dich wieder einmal blicken.« Christina warf Mads einen Luftkuss zu und entfernte sich mit ihrem Team in Richtung Flussufer.

»Hey, na, vermisst du mich schon?«

»Hallo! Wo steckst du? Ich mache mir langsam Sorgen. Bist du bis nach Lamme gejoggt, oder was?« Mads musste grinsen, als er Jans aufgeregte Stimme hörte.

»Nein, nein. Ich bin gar nicht so weit weg, aber ich bin mitten in einen Mordfall geraten.«

»Wie bitte? Oh Gott, ist dir was passiert? Geht es dir gut? Bist du verletzt?«

»Atmen, Jan, atmen. Mir geht es gut und ich komme auch bald nach Hause.« Er legte auf und wunderte sich über sich selbst. Er hatte gerade »nach Hause« gesagt.

5. KAPITEL

Detlef Konopke hatte seine Frau aus dem Rettungswagen angerufen und selten hatte er Ute so kreidebleich gesehen wie in dem Moment, als sie ihn in ihre Arme schloss. Wann hatte Ute ihn überhaupt zum letzten Mal so richtig umarmt?

»Didi, was machst du denn nur für Sachen?« Ute hatte Tränen in den Augen und Detlef war ein wenig gerührt.

»Ich? Das war Nero. Der bekommt jetzt bestimmt eine Ehren-Hundemarke, weil er bei der Aufklärung eines Mordes behilflich war.«

»Du hast am Telefon was von Leichenteilen gesagt. Ich kann mir das gar nicht vorstellen.«

»Das musst du auch nicht. Es reicht, dass ich das gesehen habe.«

»Aber ich will alles wissen. Ich möchte dich doch verstehen.«

Detlef Konopke rang mit der Fassung und suchte nach den richtigen Worten, als Elfis Frauchen nach ihrem Arztgespräch den Rettungswagen verließ und sich zu den beiden gesellte.

»Guten Abend, Bruns mein Name, ich bin die zweite Zeugin. Es waren blutige Oberschenkel und ein Torso mit Brüsten dran. Mehr konnte man auf die Schnelle ... Mir wird schon wieder schlecht.«

»Lassen Sie es gut sein, Frau Bruns. Ich werde meiner Frau das zu Hause in Ruhe erzählen, wenn ich mich von dem Schock erholt habe. Jetzt will ich nur weg von hier.«

»Ich ja auch und meine Elfi dreht schon durch, die hat Kohldampf. Aber die nette Polizistin hat gerade zu mir gesagt, dass man unsere Aussagen noch schnell aufnehmen will.«

»Auch das noch«, entgegnete Detlef Konopke genervt. »Hätte ich Nero doch bloß die blinkende Discokugel angelegt.«

»Das Loch ist höchstens eineinhalb Meter tief. Gerade so, dass das Erdreich die beiden Müllsäcke bedecken konnte. Dennoch ist der Ablageort vermutlich bewusst hier gewählt worden. Dafür spricht das dornige Gestrüpp, das das Versteck unwegsam macht.« Christina Pannier hatte den Fundort für die erforderliche Fotodokumentation mit nummerierten Schildern markiert und ihre Kamera ausgepackt.

»Entweder hatte der Täter oder die Täterin nicht die Zeit oder die Kraft, tiefer zu graben, oder er oder sie war sicher, dass alles unentdeckt bleiben würde«, überlegte Rosalie laut.

»Gehen wir erst mal von einem Mann als Täter aus. Kraft braucht man wohl tatsächlich, um einen Körper zu zerlegen und diese vollgestopften Müllsäcke zu transportieren, oder? Und in meiner Gegenwart müssen Sie sich übrigens mit einer genderfreundlichen Sprache nicht abquälen. Ich bin da tiefenentspannt«, entgegnete Wim.

Rosalie warf Biggi einen fragenden Blick zu, die prompt die Augen verdrehte. »Wie Sie meinen. Möglich wäre auch, dass unser Täter wiederkommen wollte und sich nicht so viel Mühe gegeben hat, weil er vorgehabt hatte, das hier später ordentlich zu Ende zu bringen. Fraglich ist, ob es sich trotzdem um den finalen Ablageort handelt und er dann eventuell noch tiefer gegraben hätte oder ob es nur eine Art Zwischenlösung war, weil er geplant hatte, die Leichenteile woanders zu entsorgen.«

Wim überlegte kurz. »Gut kombiniert. Beides ist denkbar, also …«

»… also erst mal solltet ihr euch darüber Gedanken machen, dass hier was fehlt«, unterbrach Christina Pannier das Gespräch.

»Ach ja?«, fragte Biggi erstaunt.

»Definitiv. Wenn ich mir das hier anschaue, dann fehlen Kopf und Hände.«

Christina Pannier hatte die Müllsäcke inzwischen geleert und den Inhalt auf einer Plane ausgebreitet. »Thorsten, übernimm du bitte mal die Dokumentation der Leichenteile.«

Angewidert drehte Wim den Kopf zur Seite. Eine Leichenschau hatte noch nie zu seinen Interessen gehört und das hier setzte dem Ganzen das Krönchen auf.

»Da wollte jemand die Identifizierung erschweren«, schlussfolgerte Biggi und zündete sich erneut eine Zigarette an.

»Ja, das liegt auf der Hand«, bestätigte Wim.

Rosalie fasste sich nachdenklich an das Kinn. »Oder wir finden in der Oker, was wir suchen. Was ich mich die ganze Zeit frage, ist, warum der Täter die Leichenteile nicht einfach in den Fluss geworfen hat.«

Wim nickte anerkennend. »Sehr gut, Frau Kollegin! Frau Pannier, wir brauchen Taucher!«

»Was ist denn bloß passiert?« Gisela Bruns war die Aufregung nach wie vor anzumerken. Sie hatte Detlef Konopke den Vortritt bei der Zeugenbefragung gelassen, der immer noch ganz käsig ausgesehen und so schnell wie möglich nach Hause gewollt hatte.

»Das müssen wir herausfinden«, sagte Rosalie. »Ich

danke Ihnen auf jeden Fall, dass Sie mir meine Fragen noch beantwortet haben. Sie können dann auch gehen.«

»Wer macht denn so was nur? Einfach eine Leiche zerstückeln?«

Rosalie zuckte mit den Schultern. »Sie verstehen sicher, dass ich Ihnen keine näheren Auskünfte zu unseren Ermittlungsansätzen geben kann.«

»Wenn Sie meinen. Das steht eh Montag in der Zeitung und nachher schon im Internet. Ich habe die rasenden Reporter hier doch schon rumlaufen sehen.«

»Ich denke, dass die Polizei das ganz gut steuern kann, welche Informationen in der Presse nachzulesen sind.«

»Wissen Sie, meine Schwester wohnt ja in Süddeutschland. Und ich weiß es noch genau, da haben die auch mal eine zerstückelte Leiche aus einem See gefischt. Die war in einem Koffer. Und da fehlten Arme und Beine und der Kopf. Wahrscheinlich passte nicht alles in so einen Koffer hinein. Jedenfalls stand das damals ganz groß in allen nur erdenklichen Medien. Ich weiß jetzt aber gerade gar nicht, wo genau das passiert ist und was daraus geworden ist.«

»Ja, so was gibt es leider immer wieder mal. Und die Ermittlungen gestalten sich dann natürlich schwieriger, wenn Körperteile fehlen. So, aber nun muss ich weiterarbeiten. Sie möchten sicher auch nach Hause.«

»Fehlt denn bei unserer Leiche auch etwas?«, versuchte Gisela Bruns ihr Glück erneut und legte den Kopf ein wenig zur Seite.

»Das kann ich Ihnen nicht ad hoc beantworten.«

»Also Herr Konopke hat ja nur den Torso und die Schenkel gesehen und die Säcke waren ja fast voll bis oben hin. Da passte kaum noch etwas rein, wenn Sie mich fragen. Genau wie bei dem Leichenfund im Koffer damals.«

»Danke für diesen Hinweis, Frau Bruns.«

»Immer gerne, Frau Helmer. Ich bin doch die Miss Marple vom Eichtal. Ich verpasse keinen Tatort.«

Es war später geworden als gedacht, als sich der Einsatzort langsam leerte.

»Ich fasse mal zusammen«, begann Christina Pannier in der kleinen Runde der Beteiligten, die noch übrig geblieben waren.

»Weibliche Leiche, mindestens mittleren Alters, was ich mal ohne medizinische Untersuchung anhand der Hautbeschaffenheit und einiger weniger grauer Schamhaare unterstelle. Die Hände wurden oberhalb der Handgelenke abgetrennt. Sieht mir auf den ersten Blick nach einem unsauberen Cut mit Ausfransungen aus, also wurde wohl eine Säge oder Ähnliches benutzt. Mittelhand und Finger wurden nicht vorgefunden. Der Kopf fehlt ebenso, hier ebenfalls unsauber abgetrennt, genauso wie bei allen anderen zerlegten Gliedmaßen. Für so einen Vorgang benötigt man Kraft, was die These eines männlichen Täters meines Erachtens stützt. Ich schicke alles in die Rechtsmedizin nach Hannover. Die Taucher unserer technischen Einsatzeinheit starten gleich morgen früh für eine umfangreiche Suche rund um den Fundort, ich denke, dass das vertretbar ist und wir so lange warten können. Ich kann nicht erkennen, dass hier ansonsten ein Beweismittelverlust droht, wenn wir nicht unverzüglich mit einem nächtlichen Tauchgang starten. Treffen morgen früh um 08.00 Uhr. So haben wir uns doch alle den Sonntag vorgestellt, oder?«

»Vielen Dank, Christina, und einverstanden. Wir werden hier ein paar Kollegen über Nacht positionieren, die alles im Blick behalten«, ergänzte Rosalie. »Das Areal ist ja bereits großräumig abgesperrt. Außerdem wird morgen früh eine Hundestaffel die gesamte Uferböschung weiträumig auf beiden Seiten des Flusses absuchen. Wir müssen versuchen, die fehlenden Teile zu finden. Wenn sie nicht auf dem Grund der Oker liegen, dann wurden sie vielleicht in einem weiteren Müllsack verscharrt? In diese hier passte kaum noch etwas rein. Vielleicht hatte unser Täter ja auch ein Platzproblem?« Rosalie seufzte und fasste sich kurz an die Schläfe. »Puh! Da wird sich der neue Chef aber freuen. Was für ein Einstieg. Für Sie natürlich auch, Herr Schneider.«

Wim schaute erstaunt zu Rosalie und kämpfte offensichtlich mit seinen Gesichtszügen. »Neuer Chef? Die Stelle der Leitung der Mordkommission sollte doch erst Anfang des Jahres nachbesetzt werden. Bis dahin haben wir den Fall bestimmt aufgeklärt.«

»Ach, hat Sie niemand informiert? Das tut mir leid. Herr Degenhardt beginnt am Montag, zusammen mit Ihnen. Er wurde von seiner alten Dienststelle in Magdeburg tatsächlich kurzfristig eher freigegeben, weil seine Nachfolgerin schon da ist und ihren Dienst direkt antreten kann«, entgegnete Rosalie, hielt dem irritierten Blick von Wim stand und genoss ein wenig selbstgefällig den Moment. »Hätte ich seine Kontaktdaten, dann wäre er heute Abend sicher auch schon dabei gewesen. So müssen Sie sich noch gedulden.«

»Na, dann sind wir ja Montag in der Personalstelle schon zu zweit und ich lerne den neuen Kollegen direkt kennen«, konterte Wim.

Mads warf Rosalie einen mahnenden Blick zu und versuchte so, die Situation ein wenig zu deeskalieren. Er wusste aus eigener Erfahrung, wie schnippisch Rosalie werden konnte, wenn ihr etwas quersaß, und das Auftreten von Wim Schneider schien ihr nicht zu schmecken. Es war allerdings Biggi, die unfreiwillig die Reißleine zog, nachdem sie ein lautes Gähnen nicht länger unterdrücken konnte.

»Wie dem auch sei, ihr Lieben. Ich bin todmüde, mir ist arschkalt und mein Magen hängt mir in den Kniekehlen. Wollen wir uns auf den Weg machen?«

»Du hast recht«, sagte Wim dankbar. »Und wir haben ja auch noch einen kleinen Fußweg durch die nebelige Nacht zurück zum Supermarktparkplatz vor uns.«

»Ich kann Sie fahren.« Christina Panniers Angebot folgte prompt.

Biggi schüttelte reflexartig den Kopf und schloss für einen Moment die Augen, als ein kurzer Schwindel sich bemerkbar machte. »Das ist sehr freundlich, aber ich denke, wir gehen zu Fuß.« Sie hakte sich bei Wim unter und schob ihn von der Rasenfläche in Richtung Fußweg. »Gute Nacht oder buona notte!« So viel Italienisch musste noch sein.

6. KAPITEL

Alles ist schiefgelaufen. Ausgerechnet jetzt, ich hätte auf dich hören sollen. Aber hinterher ist man immer schlauer! Dabei war es ein guter Notfallplan. Ich konnte doch unmöglich alles in der Wohnung lassen! Du hast doch auch gesagt, dass ich aufpassen muss. Und jetzt? Ich bin so wütend, dass dieser Idiot unter den wilden Brombeerbüschen herumgekrochen ist. Ausgerechnet an einer steilen Uferböschung entlang! Kannst du dir das vorstellen? Alles hatte so gut funktioniert. Es war gar nicht so schlimm, wie ich dachte. Du hattest recht, es kommt auf das richtige Werkzeug an.

Mein Schatz, du bist nicht nur wunderschön, du bist einfach so unfassbar klug! Ganz bald wäre ich in unseren Wald gefahren, dort kenne ich mich aus. Da werden sie niemals suchen, zu weit weg und fernab von allem. Du meintest doch auch, dass es nicht anders gehe und ich handeln müsse. Für uns! Für uns beide! Ich habe das doch nur für uns beide getan. Wir müssen dich retten! Wir müssen alles daransetzen, dass du nicht für immer gehst. Dafür werde ich alles geben, das habe ich versprochen und daran halte ich mich. Was bin ich ohne dich?

Und jetzt? Polizei! Überall Polizei! Wirklich überall! Mit weißen Schutzanzügen sind sie durch den Matsch gekrochen, mit Scheinwerfern haben sie alles ausgeleuchtet, Flatterbänder, Markierungsschilder, Fotoapparate. Was mache ich bloß, was mache ich bloß? Ich muss den Rest auch noch loswerden. Ich muss mich befreien, ich kann das nicht einen Tag länger. Und ich muss deine Augen retten, damit ich dir wieder in die Seele blicken kann.

7. KAPITEL

Das lodernde Feuer tauchte den Salon der altehrwürdigen Villa Valerien in ein gemütliches Licht. Der Sitz der Stiftung »Dr. Hasso und Elsbeth Baumann« lag im gediegenen Zooviertel Hannovers, einer der ersten Wohnadressen der Landeshauptstadt. Die unmittelbare Nähe zu den wilden Tieren im hier ansässigen Erlebnis-Zoo sorgte auch heute für einen Hauch von Fernweh und Exotik, als die Schreie eines Pfaus die Stille des späten Samstagabends durchschnitten.

»Möchtest du noch einen letzten Whiskey?« Franz Maria Baumann stand mit der Kristallkaraffe in der Hand am silbernen Servierwagen neben der großen Holzschiebetür und hatte sich gerade nachgeschenkt. Der Siegelring an seinem rechten Ringfinger spiegelte sich in dem geschliffenen Glas. Sein langjähriger Weggefährte Georg Holthusen saß auf dem dunkelbraunen Ledersessel am knisternden Kamin, wirkte wegen seines ausgeprägten Rundrückens in sich zusammengesunken und hielt als Zeichen der Zustimmung sein leeres Glas in die Höhe.

»Ein Absacker geht noch! Aber dann muss ich nach Hause. Es ist gleich Mitternacht und Gitte fühlt sich nachts allein immer so unwohl im Haus.«

»Immer noch?«

»Ja, immer noch. Erst wollte sie unbedingt aus Ricklingen an den Stadtrand ziehen, aber jetzt, wo wir am äußersten Zipfel von Wettbergen angekommen sind, bekommt sie es plötzlich immer häufiger mit der Angst zu tun«, antwortete er nachdenklich.

»Habt ihr denn eine Alarmanlage oder irgendeine Form von Sicherheitssystem?«

»Nicht so ausgeklügelt wie hier, aber so, dass es laut wird, falls Einbrecher kommen.«

»Na ja, im Zooviertel ist das ja vielleicht auch noch mal eine andere Nummer«, entgegnete Franz und kehrte zum Kamin zurück. »Bitte sehr, dein Drink, wie immer ohne Eis. Prost, mein Lieber!«

»Prost! Bei dem Thema: Ist die Rechnung der Security-Firma für die Wartung der Außenkameras eigentlich schon eingegangen?«

»Tja, auch das hätte ich Luise heute Abend gerne persönlich gefragt. Ich habe keine Ahnung«, grummelte Franz und nippte an seinem Whiskey. »Sie ist ja die Herrin der Finanzen.«

»Also wo wir beide jetzt allein sind, will ich ganz ehrlich zu dir sein. So geht das mit deiner Schwester nicht weiter. Sie torpediert mit ihrem Verhalten nicht nur unsere lang geplanten Abläufe und Verfahrensschritte, sondern sie sorgt auch dafür, dass die Stiftung in ein schlechtes Licht gerückt wird. Und das, mein Freund, wäre ganz sicher nicht im Sinne deines Vaters gewesen.« Georg Holthusen beobachtete den flackernden Schatten, den der ausgestopfte Fasan auf dem Kaminsims an die Wand warf, und vermied es, Franz direkt anzuschauen.

»Ich weiß, da hast du absolut recht«, seufzte Franz resigniert und schlug die Beine übereinander. »Was sie sich heute Abend geleistet hat, ist inakzeptabel.«

»Wir müssen endlich die Stiftungsstatuten ändern. Jede finale Förderentscheidung des Kuratoriums von ihrer

Zustimmung abhängig zu machen, ist auf Dauer nicht mehr tragbar. Ach, was sage ich, das ist eigentlich ab sofort nicht mehr hinnehmbar. Du bist genauso der Erbe wie sie.«

»Nun reg dich nicht auf, Georg. Ich werde mit Luise sprechen und sie dann bei Gelegenheit auch noch mal dezent nach ihrem Gesundheitszustand fragen.«

Georg Holthusen nickte und nahm einen weiteren Schluck des goldgelben Single Malt. »Wenn sie denn mit dir spricht. Das ist bei ihr ja auch nicht selbstverständlich.«

»Ich nehme das Sofa und du bekommst das Bett, ich dulde keine Widerrede!«, sagte Wim, während er etwas ungeschickt mit dem Spannbettlaken im Wohnzimmer hantierte und Biggi mit der Zahnbürste im Mund im Türrahmen stand.

»Ei...v...anden.«

»Elefanten?«

»Mment, isch musch auschpuck...«

Wim schüttelte den Kopf und beobachtete, wie Biggi eine Kehrtwende hinlegte, im Flur beinahe gegen zwei Umzugskartons stieß und wieder im Badezimmer verschwand.

»So, jetzt kann ich mich wieder verständlich artikulieren. Einverstanden!«, rief sie ihm zu und ging im Anschluss unüberhörbar zum gurgelnden Finale ihrer Zahnhygiene über.

»In Ordnung«, entgegnete Wim und schloss leise die Wohnzimmertür. »Gute Nacht, schlaf gut. In sechs Stunden klingelt der Wecker.«

Wim hatte es sich gerade bequem gemacht, als Biggis Silhouette noch einmal auf der anderen Seite der Milchglasscheibe auftauchte.

»Gute Nacht, Wim, denk dran, was man in der ersten Nacht in der neuen Wohnung träumt, geht in Erfüllung.«

Sollte er sich noch einmal aufraffen? Wim zögerte. Erwartete Biggi irgendeine Geste vor der Nachtruhe? Sollte er sie in den Arm nehmen oder Ähnliches? Nein, bloß nicht. Die selbst gesteckten Grenzen einhalten, das war der Plan und daran würde er sich halten. Er wollte ihr kein zweites Mal wehtun.

»Danke, Biggi, ich werde morgen berichten. Ich hoffe, dass ich weder von Notaufnahmen noch von veganen Hackfleischbällchen, geschweige denn von zerstückelten Leichen träume. Guts Nächtle!«

Bärbel und Enno Schwerdtfeger standen in der Küche des Clubhauses und bestückten die Geschirrspülmaschine mit schmutzigen Tellern, Gläsern und Besteck. Die letzten Mitglieder waren gerade gegangen und zumindest die Küche wollte das Paar schnell noch aufräumen. Für alles Weitere hatte sich ein Trupp Freiwilliger gefunden, der sich zu einem Restefrühstück am morgigen Vormittag einfinden würde.

»Bist du sehr enttäuscht?«, erkundigte sich Bärbel vorsichtig und zog den Gummizug ihrer grauen Stretchhose zurecht. Sie liebte dieses bequeme Material, das nicht nur ihre viel zu fett gewordenen Oberschenkel einigermaßen in Form presste, sondern auch nirgends scheuerte oder drückte.

»Enttäuscht, das klingt so negativ. Es wäre halt schön gewesen, die gute Nachricht heute Abend zu verkünden. Frau Janßen hatte mir den Anruf ja auch nicht wirklich zugesagt.«

»Sondern?«

»Sie hatte mir eine positive Rückmeldung in Aussicht gestellt, wenn es zeitlich passt. Das ist etwas unverbindlicher, als ich es wohl erhofft hatte. Vermutlich hat die Kuratoriumssitzung doch länger gedauert als ursprünglich gedacht, und sie wollte nicht mehr so spät anrufen.«

»Das mag sein. Kannst du eventuell morgen mit ihr telefonieren?«

»Das habe ich auch schon überlegt, aber ich möchte nicht zu aufdringlich sein und unangenehm auffallen. Von dieser Förderung hängt so viel ab. 90.000 Euro, das ist enorm viel Geld, das wir unbedingt benötigen. Stell dir nur mal vor, die haben sich, aus welchen Gründen auch immer, heute Abend noch nicht entschieden. Ich will nicht riskieren, in Ungnade zu fallen, weil ich ungeduldig bin und an einem Sonntag anrufe und nerve. Außerdem habe ich nur die Telefonnummer der Stiftung, nicht ihre private Nummer, und ich glaube kaum, dass sonntags jemand in der Stiftung erreichbar sein wird.«

»Mmmh, das klingt für mich plausibel. Und warum hat sie deine private Nummer? Das verstehe ich nicht so ganz.«

»Weil ich auf dem Förderantrag Kontaktdaten für etwaige Rückfragen angeben musste.«

»Ach, logisch!« Bärbel Schwerdtfeger verpasste ihrem Mann einen kleinen Klaps auf den Hintern. »Dann muss ich ja nicht eifersüchtig sein.«

»Sowieso nicht. Die Frau ist mindestens Ende 60, würde ich sagen. Dann lieber meine knackige Bärbel«, entgegnete Enno und nahm seine Frau in den Arm. Er liebte sie genau so, wie sie war.

Rosalie hatte sich für die bevorstehende Nachtruhe noch nicht umgezogen und lag auf ihrem Sofa. Die Radtour nach

Hause ins Magniviertel hatte gutgetan, aber einen freien Kopf hatte sie noch immer nicht. Für heute hatte sie genug von Leichenteilen, und alles, was sie an zerstückeltem Menschen mit ihrem Smartphone fotografiert hatte, musste irgendwie raus aus ihren Gedanken, damit sie später in den Schlaf finden konnte. Also schloss sie ihre Fotocloud und gab als Ablenkung »Yves Degenhardt« als Suchbegriff in die virtuelle Suchmaschine ein. Binnen Sekunden wurden verschieden Ergebnisse angezeigt, unter anderem ein ganz frischer Presseartikel über seine Verabschiedung in Magdeburg. Auf dem dazugehörigen Foto überreichte der Polizeipräsident ihm einen großen Blumenstrauß, und trotz dieser herzlichen Geste schien Rosalies künftiger Vorgesetzter kaum Emotionen zu zeigen und wirkte in seinem schwarzen Maßanzug und dank eines akkuraten Seitenscheitels irgendwie streng. Die Frau neben ihm hieß laut Bildunterschrift Laura Degenhardt und war dementsprechend wohl seine Gattin. Ihre halblangen Haare hatten entweder eine bemitleidenswerte Struktur oder waren mit einem Glätteisen gequält worden. Rosalie fühlte sich beim Anblick der stufigen Frisur an Spaghetti Sepia erinnert, wobei die unnatürliche schwarz-blaue Haarfarbe wohl nicht von einem Tintenfisch stammte, sondern eher auf eine Coloration zurückzuführen war. Wie der Degenhardt wohl im Polizeialltag unterwegs sein würde? Mit italienischen Halbschuhen oder mit schicken Sneakern am matschigen Okrufer? Rosalie bevorzugte einen sportlichen Look, war aber auch nicht die Chefin des Ladens. Beim Gedanken an die verpasste Beförderungschance und Wim Schneider zog sich ihr Magen zusammen. Man durfte sicherlich gespannt sein, wie sich die zwei so geben würden, der neue Chef und der neue Kollege. Das Zusammentreffen der beiden würde sie jedenfalls genauestens beobachten. Das versprach nicht nur einen gewissen Unterhaltungswert, sondern auch das Einschlagen von ein paar Grenzpflöcken, die vor allem dem alten Herrn Kriminalhauptkommissar zwar nicht schaden, aber sicherlich auch nicht schmecken dürften.

In Schlangenlinien bahnte sich das Ringgleis seinen Weg vorbei am Heizkraftwerk Mitte und an ein paar Kleingartenparzellen in Richtung Hamburger Straße. Wim Schneider und Biggi Höfgens hatten diesen Weg deutlich vor ihm eingeschlagen, aber Mads hatte sich noch mit Rosalie verquatscht. Irgendwann waren seine Glieder aber schon ganz steif gefroren gewesen, und so hatte Mads sich schließlich auch verabschiedet und Jan per WhatsApp seine Heimkehr angekündigt. Für einen langen Aufenthalt im Freien ohne viel Bewegung hatte er definitiv die falschen Klamotten am Leib. Die ersten Laufschritte waren auch nach ein paar Aufwärmübungen noch schwerfällig gewesen. Nach dem Überqueren der grünen Fußgängerbrücke hatten seine Muskeln aber schließlich angefangen, wieder ordnungsgemäß zu arbeiten. Mittlerweile hatte auch sein Magen kräftig zu knurren begonnen und trotz des neuen Mitbewohners, der ihm irgendwie noch suspekt war, hatte er sich wahnsinnig auf das Ergebnis von Thaos Kochkünsten gefreut. Mads hatte den Ausläufer des Hasenwinkels gerade passiert und in seinen gewohnten Laufrhythmus zurückgefunden, als er plötzlich und wie aus dem Nichts von hinten zu Boden gerissen wurde. Ungebremst schlug er rücklings auf dem angefrorenen Asphalt auf, und ehe er sichs versah, hatte sich eine maskierte Gestalt über ihn gewuchtet und nahm ihm jede Gelegenheit, sich aufzurichten. Panisch japste Mads nach Luft und wollte schreien, aber die große

Hand an seiner Kehle schnürte ihm den Hals zu. Atem und Stimme versagten, und als sein Kontrahent blitzschnell den anderen Arm hob und Mads aus dem Augenwinkel eine Messerklinge erkannte, wusste er, dass dies nun sein Ende sein könnte. Noch einmal versuchte er verzweifelt, sich zu drehen und mit den Beinen zu strampeln, aber durch das Gewicht auf seinem Schoß und die mangelnde Sauerstoffzufuhr war er wie gelähmt. Der erste Stich erwischte ihn an der Schulter und löste in Mads einen unbeschreiblichen Schmerz aus. Der zweite Stich bohrte sich zwischen seine Rippen, der Panik folgte Todesangst. Der dritte Stich sorgte für eine Explosion in seiner Bauchhöhle, aus und vorbei. Bevor völlige Dunkelheit eintrat, sah Mads noch einmal Sterne und das verzerrte Gesicht von Jan vor seinem inneren Auge, der sich über ihn beugte und liebevoll küsste. Dann erkannte er Rosalie, die hinter Jan stand und ihm zulächelte. Abschied.

8. KAPITEL

Sonntag, 30. November

Brigitte Holthusen stand im rosafarbenen Jogginganzug und mit geschlossenen Augen auf der Terrasse, schnaufte wie ein abgehalftertes Brauereipferd und kreiste mit den Armen. Kopfschüttelnd beobachtete Georg Holthusen seine Gitte, wie er sie seit Jugendtagen nannte, und hielt eine Tasse Kaffee in der Hand. Im ungeheizten Hauswirtschaftsraum war es auch nicht gerade warm, aber zumindest konnte man hier noch nicht den eigenen Atem vor Augen sehen. Gittes lockiger Hinterkopf hingegen wurde bei jedem ihrer schwerfälligen Atemzüge von einer deutlich erkennbaren Wolke gasförmiger Feuchtigkeit eingehüllt, die sie aus den Tiefen ihrer angeschlagenen Bronchien herauspresste. Die hartnäckige Atemwegserkrankung war im Laufe der Jahrzehnte chronisch geworden und machte Gitte nun schon ihr halbes Leben zu schaffen.

Das frisch aufgewärmte Dampfbügeleisen zischte vor sich hin und Georg überlegte, ob er sein Oberhemd wohl selbst würde aufbügeln müssen oder ob Gitte ihm diesen Gefallen ausnahmsweise tat. Zum PSBW, dem Politischen Sonntagsbrunch Wettbergen, musste es zumindest ein tadelloser Kragen sein, den Rest würde er kaschieren können, indem er einfach einen Pulli darüberzog. Ob dieser neue Möchtegern-Kommunalpolitiker auch in der Vinothek aufkreuzen würde? Ein aalglatter Schaumschläger par excellence. Georg hatte den Namen schon wieder verdrängt, wollte er mit diesem Kaliber des aufstrebenden Nachwuchses aus der Partei doch nichts mehr zu tun haben. Mit dem ersten Tag seiner wohlverdienten Rente hatte er auch alle Mandate niedergelegt und sich aus der Hannoverschen Politikszene zurückgezogen. Nur eine Hand voll wichtige Ehrenämter, wie den Sitz im Kuratorium der Baumann-Stiftung, hatte er als liebgewonnenen Zeitvertreib noch behalten. Hier konnte und wollte er sich weiterhin einmischen und einbringen. Trotz des Rückzugs aus der aktiven Politik war er nach wie vor hervorragend vernetzt und galt als Urgestein des Ortsverbands, bei dem er sich zu bestimmten Anlässen immer noch ab und an blicken ließ. Und so suchte man auch gerne seine Nähe; sich jedoch für fremde Zwecke ausnutzen zu lassen, kam für Georg nicht in Frage. Aber genau darauf lief es immer wieder hinaus, wenn es um die Verteilung von Pöstchen und Posten oder auch nur um eine simple Kandidatur ging. Ein Anlass wie der PSBW war prädestiniert dafür, von allen Seiten belatschert zu werden, und je mehr Georg darüber nachdachte, umso mehr verging ihm die Lust auf die Veranstaltung. Als Gitte kurzatmig in der Tür erschien, stellte Georg seine Tasse auf das Bügelbrett und ging zu seiner Frau.

»Wie geht es dir heute Morgen?«

»Die kühle Luft tut mir ganz gut, aber es ist wirklich schweinekalt da draußen. Ich weiß noch gar nicht, was ich gleich anziehen soll. Am besten Zwiebellook. In der Vinothek kann es ja schnell bullig warm werden. Dann ist es gut, wenn man was ausziehen kann. Hach, ich freue mich jetzt schon wie doof auf die Schnittchen.«

»Meine Freude hält sich in Grenzen, wenn ich ehrlich

bin«, entgegnete Georg Holthusen und hielt dem prüfenden Blick seiner Frau stand.

»Aha, wieso denn das jetzt?«

»Ich hatte erst gestern einen anstrengenden Abend und ich ahne schon, was und wer mich da heute erwartet. Aber keine Sorge, wir gehen hin. Versprochen ist versprochen.«

Gittes Gesicht hellte sich auf. »Na, Gott sei Dank. Ich wäre da aber auch ohne dich hingegangen. Meine Damen lasse ich nicht hängen. Ich habe extra den großen Ecktisch reserviert, damit wir alle beieinandersitzen und Prosecco trinken können. Aber was war denn überhaupt los gestern Abend? Du warst wirklich sehr spät zu Hause. Habt ihr so lange getagt?«

»Im Gegenteil, es war eher eine kurze Veranstaltung. Wir sind nicht zum Abschluss gelangt. Es wurden zwar alle Beschlussvorschläge diskutiert, aber keine Entscheidungen getroffen.«

»Dann kann die Sitzung ja nicht der Grund für deine späte Rückkehr gewesen sein. Ich kenne dich, Georg Holthusen, du bist doch wieder mit Franz im Kaminzimmer versackt. Stimmt's oder habe ich recht?«

»Ja, auch das, aber von ›versacken‹ kann keine Rede sein. Wir haben angeregt diskutiert und ich habe Franz eine deutliche Ansage gemacht.«

»Eine Ansage?« Gitte zog die Augenbrauen hoch. »Hattet ihr Streit?«

Georg Holthusen zog die Schultern hoch. »Wenn es um Luise geht, ist die Stimmung ja selten gut.«

»Seine Schwester also! Was hat diese Person denn nun schon wieder verzapft?«

»Wenn sie denn mal etwas verzapft hätte, sie ist gar nicht erst zur Sitzung erschienen.«

Biggi hatte sich in den frühen Morgenstunden mehrfach übergeben und Wim mit ihren gequälten Würgegeräuschen aus dem Schlaf gerissen. Nur weil sie ihm resolut mit körperlicher Gewalt gedroht hatte, lag sie nun, einen Putzeimer neben sich, erschöpft und leise schnarchend in Wims Bett und nicht in der Notaufnahme des Krankenhauses. Ihre ausgeprägte Blässe und die tiefen Augenringe gefielen Wim überhaupt nicht. Immerhin hatte sie später zwar kleinlaut eingeräumt, sich wohl übernommen zu haben, um dann jedoch im selben Atemzug deutlich zu betonen, dass sie aber kein kleines Kind mehr sei, das man deshalb gleich zum Arzt schleifen müsse. Wim hatte schließlich nachgegeben und schloss nun so vorsichtig wie möglich die Wohnungstür, als er sich um kurz vor acht auf den Weg machte. Die Straßen waren menschenleer und der Nebel hatte sich über Nacht noch nicht aufgelöst. Keine optimale Wetterlage für einen besonderen Polizeieinsatz. Leichenspürhunde kamen im Alltag eines Kriminalhauptkommissars immer wieder mal vor, einem Tauchereinsatz hatte Wim allerdings sehr lange nicht beigewohnt, es musste Jahre her sein. Damals waren sie an der Ihme in Hannovers Szenestadtteil Linden auf der Suche nach einer vermissten Frau gewesen, die angeblich von der Dornröschenbrücke gesprungen, aber dann nicht wiederaufgetaucht war. Die Suche war seinerzeit erfolglos verlaufen, dafür meldete sich die Frau dann aber zwei Tage später bei der Polizei, dass es ihr gut gehe und wohl ein Missverständnis vorliege.

Wim bog links in die Straße Hinter der Masch ein und blieb kurz vor dem Einfahrtstor seiner alten Grundschule stehen. Das gelbe Gebäude mit den großen weißen Sprossenfenstern sah aus wie eh und je. Erinnerungen an unbe-

schwerte Völkerballspiele auf dem Schulhof, Kindergottes-
dienste in der benachbarten St. Laurentius Kirche und den
Geschmack von frischer Milch aus Glasflaschen tauchten
vor seinem inneren Auge auf. Ein Lächeln huschte ihm über
das Gesicht und er erwischte sich dabei, wie ihm ganz warm
ums Herz wurde. Sein Braunschweig. Es war nicht nur eine
Rückkehr an seine alte Wirkungsstätte und ein Umzug in
seine Heimatstadt. Es war wirklich wie Nachhausekommen.

Christina Pannier koordinierte den Einsatz und stand an
der Uferböschung, als eine kleine Gruppe Polizeitaucher
in ihren schwarzen Neoprenanzügen in die Oker wate-
ten. Um keinen Preis der Welt würde sie bei diesen Temperaturen mit den Kollegen tauschen wollen. Da halfen
nicht mal wärmende Schutzschichten über der Haut. Aber
auch ohne Eisbaden wurde sie das Frösteln und die kalten
Schauer, die sie an diesem Morgen heimgesucht hatten, einfach nicht wieder los. Die schrecklichen Geschehnisse der
vergangenen Stunden ließen die erfahrene Kriminaltechni-
kerin kaum einen klaren Gedanken fassen. Was war gestern
Abend bloß passiert? Wer hatte Mads das angetan? Immer
noch um Fassung ringend, schaute sie auf die gegenüberliegende Feuerwehrstraße in Richtung Ringgleis und versuchte sich einen Reim aus dem zu machen, was ihr in aller
Herrgottsfrühe von einer völlig aufgelösten Rosalie Helmer
am Telefon berichtet worden war. Das Gebell der Hundestaffel und Wim Schneider, der plötzlich in ihrem Augenwinkel auftauchte, zwangen Christina Pannier jedoch dazu,
sich wieder zu sammeln.

»Morgen, Herr Schneider!«

»Guten Morgen, Frau Pannier. Hier läuft ja alles über-
pünktlich, das freut mich. Die Hunde sind am Schnüffeln

und die Taucher sind wohl schon abgetaucht? Ich sehe Luftblasen. Wo ist denn Frau Helmer? Die ist doch sonst immer die Erste am Tatort.«

Mit ernster Miene schaute Christina Pannier ihrem Gegenüber ins Gesicht. »Sie wissen es noch gar nicht, oder?«

»Nein, was soll ich wissen? Haben wir etwa neue Leichenteile gefunden? Ist der Kopf aufgetaucht?«

»Weder noch. Frau Helmer hat wohl mehrfach versucht, bei Frau Höfgens und Ihnen anzurufen, aber Sie beide nicht erreicht.«

Wim schaute erstaunt. »Was ist denn um Himmels willen passiert?«

Nach den richtigen Worten suchend, rang Christina Pannier mit der Fassung. »Mads Johannsen … er … er wurde gestern Abend niedergestochen. Auf dem Heimweg, gleich dort drüben.«

Franz Maria Baumann hatte die Faxen dicke. Er war nicht länger dazu bereit, sich von seiner älteren Schwester auf der Nase herumtanzen zu lassen, und war ihrer Macken mehr als überdrüssig. Das, was sich Hannovers Vorzeige-Mäzenin, wie die Presse sie gerne titulierte, gestern Abend herausgenommen hatte, war ein Aussetzer zu viel. Luise hatte ihn blamiert, sie hatte das gesamte Kuratorium düpiert und damit den über die Landesgrenzen hinausreichenden hervorragenden Ruf der Stiftung in Gefahr gebracht. Aus allen Teilen der Republik waren die Kuratorinnen und Kuratoren angereist, um an der nur halbjährlich stattfindenden Sitzung in der Villa Valerien teilzunehmen. Kostspielige Spesen würden in Rechnung gestellt werden, und zwar für nichts.

Seit der Gründung der Stiftung gab es eine Satzung, die die Vergabe der Fördergelder minutiös regelte und zu deren Einhaltung sich alle Mitglieder des Kuratoriums verpflichtet hatten. Und alle befolgten dieses Regelwerk, alle bis auf die extravagante Chefin. Wer war ausgerechnet ferngeblieben, obwohl sie das letzte Wort und die finalen Befugnisse innehatte? Wer war den ganzen gestrigen Abend und auch heute Morgen nicht erreichbar? Luise Janßen, geborene Baumann. Schon zu seinen Lebzeiten Vaters Liebling, nach seinem Tod die Auserkorene, der Kopf der Baumann-Stiftung, 1. Vorsitzende des Kuratoriums und in Anbetracht ihres sich verschlechternden Allgemeinzustands mit viel zu viel Macht ausgestattet, wenn es nach Franz ging. Anfangs hatte er die Pille zähneknirschend geschluckt und stillschweigend hingenommen, nur die zweite Geige zu spielen. Luise war die Ältere und Hasso Baumann wollte mit einer Frau an der Spitze der Stiftung ein Zeichen setzen. Frauen an die Macht, als ob das Geschlecht etwas mit fachlicher Kompetenz zu tun hätte. Als Franz dann realisierte, wie viel Arbeit mit der Stiftung verbunden war, gab es tatsächlich eine Phase in seinem Leben, in der er dankbar war, in Luises Schatten zu stehen. Aber nachdem es ihm einfach nie möglich gewesen war, aus diesem schier übermächtigen Schatten herauszutreten, seine Schwester zunehmend Alleingänge hinlegte und vor allem seitdem es auch seine Freunde im Leben weiter gebracht und ihn überholt hatten, fraß sich der Frust immer tiefer in sein Seelenheil. Würde seine zunehmend verwirrte Schwester wenigstens noch in Hannover wohnen, dann wäre Franz schon längst persönlich bei ihr vorbeigefahren und hätte sie zur Rede gestellt. Tatsächlich lebte sie aber dank ihres dritten und mittlerweile verstorbenen Ehemanns in Braunschweig und ließ sich immer seltener in Hannover blicken. Franz versuchte es erneut, aber auch ein weiterer Anruf bei Luise brachte keine Klarheit. Seine Schwester war einfach nicht erreichbar und in ihm begann allmählich der Gedanke zu keimen, dass hier etwas überhaupt nicht stimmte.

9. KAPITEL

Punkt 09.00 Uhr öffnete das Naturhistorische Museum seine Pforten und die ersten Familien hatten sich bereits einige Minuten eher vor dem Haupteingang eingefunden. Ungeduldig zogen einige Kinder an den Jacken ihrer Eltern oder liefen aufgeregt zwischen den riesigen Dinosaurierfiguren auf dem Museumsvorplatz hin und her. Das Stimmengewirr steigerte sich noch einmal hörbar, als die Türen endlich aufgeschlossen und Einlass gewährt wurde. Lara Windhorst kannte diese Abläufe bereits, denn sie verbrachte fast jeden Sonntagvormittag mit ihrem Vater im Museum, während Mama sich um das Mittagessen kümmerte. Und genauso hatte es Laras Vater Heiko schon mit seinem Vater gehandhabt. Das altehrwürdige Museum im Braunschweiger Univiertel stand nicht nur für moderne Wissenschaft und Forschung, sondern auch für Tradition. Zu einer der beliebtesten Attraktionen gehörte das Aquarium im Keller, das nicht nur viele bunte Fische, sondern auch einige Terrarien beherbergte. Während die meisten Kinder sich auf der Suche nach einem weltberühmten Zeichentrickfisch an den Scheiben der tropischen Unterwasserwelten die Nase plattdrückten und von ihren Eltern gebremst werden mussten, um nicht mit ihren Patschehänden gegen die Glasfronten zu hauen, wurde den Terrarien oftmals weniger Beachtung geschenkt. Besonders vor den Schlangen hatten viele Kinder eher Angst, und so hatte der große Star des Museums in der Regel seine Ruhe. Brunonia hieß nicht nur die Schutzgöttin von Braunschweig und Lenkerin der Quadriga auf dem wiederaufgebauten Schloss am Bohlweg, sondern auch die Königin unter den hiesigen Reptilien. Ihren 20. Geburtstag, ein nahezu biblisches Schlangenalter für Tiere in Menschenobhut, hatte man presse- und öffentlichkeitswirksam zelebriert. Das lag nun auch schon ein paar Jahre zurück. Das außergewöhnlich große grüne Baumpythonweibchen war zwar weder giftig noch aggressiv, aber es tötete auch im hohen Alter seine Beute blitzschnell und effizient durch Umschlingen. Lara wusste alles über Morelia viridis, so der lateinische Fachbegriff der Gattung, und war von der leuchtend grün-bläulichen Färbung der Schlange fasziniert. Und so stand Lara auch an diesem Sonntagmorgen vor Brunonias Terrarium und begrüßte ihre Freundin freudestrahlend, die es sich gerade in der Nähe ihrer kleinen Wasserstelle gemütlich gemacht hatte. Als die Schlange sich jedoch plötzlich ein wenig aufzubäumen und zu würgen begann, wich Lara Windhorst ängstlich ein paar Schritte zurück und stieß dabei gegen ihren Vater, der hinter ihr stand.

»Papa, was hat Brunonia? Ist sie krank? Sie verhält sich so komisch.«

Liebevoll streichelte Heiko Windhorst seiner kleinen Tochter über den blonden Schopf und setzte zu einer Erklärung an. Als Brunonia nach mehrfachem Würgen jedoch ihren offensichtlich unverdaulichen Mageninhalt ans Tageslicht befördert hatte, blieben ihm die Worte im Halse stecken. Lara Windhorst hingegen schrie das ganze Aquarium zusammen und rannte davon.

Stockstarr und mit Tränen in den Augen stand Rosalie vor der großen Glasscheibe und schaute auf das Intensivbett.

Mads war an so viele Schläuche angeschlossen, dass man ihn kaum erkennen konnte und nur die Apparate links und rechts neben ihm signalisierten, dass sein junges Leben noch nicht endgültig ausgelöscht war. Schräg hinter ihr hatte Jan auf einem der Besucherstühle Platz genommen und schnäuzte sich immer wieder die Nase. Ein Gemisch aus Rotz und Tränen. Das Zittern, das ihn immer wieder heimsuchte, übertrug sich auf das Taschentuch in seinen Händen und brachte es beinahe zu Fall.

»Liebe Frau Helmer, Sie sollten nach Hause fahren und sich ausruhen. Die Eltern von Mads Johannsen sind informiert und werden innerhalb der nächsten Dreiviertelstunde eintreffen.«

»Danke, Herr Dr. Weissensee. Immer wenn wir beide uns begegnen, geht es um Leben und Tod«, entgegnete Rosalie und hielt den Blick stur geradeaus gerichtet, als der diensthabende Oberarzt mit der markanten Nickelbrille neben sie trat.

»Wir haben alles in unserer Macht Stehende getan. Und ich hätte mir auch gewünscht, dass wir uns nach Ihren Ermittlungen im Gaußberg-Fall unter anderen Umständen wiedersehen.«

»Wie dem auch sei, Herr Doktor. Ich kann hier nicht weg. Mads braucht mich doch.«

»Er braucht Familie und Freunde ganz bestimmt. Aber er hat am meisten von Ihnen, wenn Sie ausgeruht und mit klarem Kopf für ihn da sind. Bitte nehmen Sie sich eine Auszeit. Und wie ich das Ganze einschätze, werden Sie Ihre Kräfte ja auch für die Ermittlungen benötigen.«

»Es ist zum Verzweifeln. Wir haben nichts. Wir haben nur die beiden Radfahrer, die ihn mitten in der Nacht blutüberströmt in einer dunklen Ecke gefunden haben, und natürlich weiß ich, wann ich mich von ihm verabschiedet hatte. Er muss schwerverletzt ein paar Stunden dort gelegen haben, wenn er sich direkt auf den Heimweg gemacht hat, wovon ich ganz stark ausgehe. Ein Wunder, dass er noch lebt. Wenn ich darüber nachdenke, wird mir schlecht, schlecht vor Wut und vor Verzweiflung. Wissen Sie, was ich meine?«

»Ja, das kann ich nachvollziehen. Wir können von Glück reden, dass Ihre Kollegen sein Smartphone mit dem Finger entsperren konnten. Sonst wüssten wir weder, wer er eigentlich ist, noch hätten sie seinen Freund und Sie ausfindig machen können. Er hatte ja keine persönlichen Gegenstände dabei.«

»Ich hätte das schon mitbekommen, vermutlich nur nicht so schnell. Aber natürlich haben Sie recht. Ich werde alles daransetzen, diesen versuchten Mord aufzuklären. Das bin ich Mads schuldig, dann müssen die Leichenteile halt warten.«

Erstaunt schaute Dr. Weissensee über den Rand seiner Brille. »Was denn für Leichenteile?«

Der Duft von geräuchertem Fleisch und würzigem Käse lag in der Luft und die ersten Schnapsgläser waren schon wieder gefüllt. Man musste seine Mannschaft bei Laune halten, und so hatten Enno und Bärbel Schwerdtfeger nach einer kurzen Nacht bereits alles für einen deftigen Frühschoppen hergerichtet, dem eine Aufräum- und Putzaktion im Clubhaus folgen sollte.

»Guten Morgen, bin ich zu früh?« Bärbel legte die Papierservietten beiseite, die sie gerade umständlich faltete, als Justus Bellinghausen seinen Kopf zur Tür hereinsteckte und freundlich grüßte. Er hatte seine braunen Haare unter einer schwarzen Mütze versteckt und seine Hornbrille war beschlagen. Um seinen Hals hatte er sich in mehreren Lagen einen roten Wollschal gewickelt.

»Justus! Bist du über Nacht gesundet? Geht's dir wieder gut?« Bärbels Begrüßung klang beinahe überschwänglich.

»Ja, doch, es geht mir besser. Es war eine kleine Unpässlichkeit gestern Abend. Halskratzen, Triefnase und so. Mir war nicht nach feiern und vor allem nicht nach essen zumute.«

»Aber heute steht dir wieder der Sinn nach Jagdwurst?« Enno zeigte auf die Reste des Vorabends.

Justus Bellinghausen winkte ab. »Das noch nicht unbedingt. Mein Appetit lässt noch auf sich warten, aber ich wollte gerne helfen, weil ich mich doch freiwillig gemeldet hatte. Ich mache mir mal einen Tee.«

Bärbel Schwerdtfeger nickte zufrieden. »Das ist wirklich lieb von dir. Setz dich mal, den Tee mache ich. Salbei für den Hals mit einem Löffel Waldhonig?«

»Sehr gerne! Vielen Dank«, entgegnete Justus und hängte seinen Mantel an einen Garderobenhaken. »So, Enno, nun aber mal raus mit der Sprache. Wie hat die Stiftung entschieden? Bekommt der Verein das Geld?«

Enno Schwerdtfeger machte ein zerknirschtes Gesicht und schüttelte den Kopf. »Keine positiven Nachrichten aus Hannover.«

»Also eine Ablehnung?« Justus verzog keine Miene.

»Nein, auch nicht. Einfach gar keine Rückmeldung.«

»Ach was? Dann ist die letzte Messe ja noch nicht gelesen, wie ich immer zu sagen pflege. Und wenn es nicht klappt …«

»Ich weiß, dass du kein Freund der Erweiterung und Modernisierung bist«, unterbrach ihn Enno Schwerdtfeger und verschränkte seine kräftigen Oberarme vor dem Bauch.

Justus Bellinghausen hatte seine Brille abgesetzt und putzte die Gläser. »Das habe ich so nicht gesagt.«

»Ach nein? Wer hat denn in der Vorstandssitzung gegen den Antrag gestimmt?«

»Also erstens war ich da ja nicht der Einzige und zweitens kennst du meine Beweggründe ganz genau. Wir sind doch zuallererst mal ein Jagdverein, dann ein privates Museum und vor allem sind wir alle ehrenamtlich unterwegs. Ich mag es halt so, wie es ist. Soll die Qualität dessen, was wir uns über Jahre und Jahrzehnte hier aufgebaut haben, darunter leiden, dass wir größenwahnsinnig werden?«

»Größenwahnsinnig? Jetzt übertreibst du maßlos! Weißt du was? Ich diskutiere das einfach nicht mehr mit dir, Justus, denn der Antrag wurde auf der Grundlage eines mehrheitlichen Beschlusses gestellt. Das war ein ganz demokratischer Prozess. Also lass uns doch das Thema am besten wechseln. Du kannst dich ja noch früh genug freuen, falls wir bei der Verteilung der Fördergelder tatsächlich nicht zum Zuge kommen.«

»Leute, jetzt hört doch mal auf zu streiten«, sagte Bärbel Schwerdtfeger beschwichtigend, als sie mit einer Tasse dampfendem Tee aus der Küche zurückkehrte. »Es ist jetzt, wie es ist. Ganz sicher wird sich heute oder morgen diese Frau Janßen bei dir melden, Enno, und dann haben wir Gewissheit.«

»Danke, Bärbel.« Justus ging auf sie zu und nahm den Tee entgegen. »Wir streiten nicht, wir diskutieren, oder?«

Enno Schwerdtfeger hatte die Augen zu schmalen Schlitzen zusammengezogen und schaute einmal mehr auf sein Handy. Konnte der erlösende Anruf nicht einfach genau jetzt kommen? Es wäre der perfekte Moment.

»Das ist ja alles so fürchterlich und ich Idiot habe mein Handy ausgestellt.« Verlegen rieb Wim sich den Nacken und konnte noch immer nicht fassen, was Christina Pannier ihm berichtet hatte. »Und Biggi war ja auch nicht erreichbar, sie musste sich dringend ausruhen.«

»Niemand macht Ihnen einen Vorwurf, Herr Schneider. Es ist, wie es ist. Auch wenn Sie erst morgen Ihren Dienst offiziell antreten, so ist es doch gut, dass Sie nun vor Ort sind, und es ist noch besser, dass Rosalie Helmer Ihnen offenbar so viel Vertrauen entgegenbringt, dass sie Sie jetzt schon einbindet.« Christina Pannier wählte ihre Worte mit Bedacht, um Wim zumindest ein wenig das schlechte Gewissen zu nehmen.

»Nett, dass Sie das so sagen. Der arme Bengel, hoffentlich wird der wieder. Und es gibt wirklich keinerlei Ermittlungsansatz?«

»Leider nein. Womit wir einen galanten Übergang zu unserer Suchaktion hier hätten. Immer noch kein Fund durch die Tauchertruppe und eine Fehlanzeige durch die Hundestaffel. Wir beenden den Einsatz jetzt oder gönnen den Kollegen wenigstens mal eine Pause. Was meinen Sie?«

Wim schaute auf seine Armbanduhr und nickte zustimmend. »Kein Kopf und keine Hände. Wir tappen wohl auch hier im Dunkeln.«

Als Christina Pannier sich einige Zeit später verabschiedet und ihm den Rücken zugedreht hatte, fühlte Wim sich endlich unbeobachtet genug, um die furchtbaren Ereignisse dieses Morgens zu betäuben. Möglichst unauffällig griff er in seine Mantelinnentasche und holte den kleinen Flachmann heraus. Der wohltuende Geschmack von Anis und Fenchelsamen beruhigte ihn augenblicklich und wärmte von innen.

10. KAPITEL

Neugeboren fühlte sich anders an, aber als Biggi nach einem ausgiebigen Tiefschlaf am frühen Sonntagvormittag aufwachte, ging es ihr deutlich besser als einige Stunden zuvor. Grazie dio, die Übelkeit war weg. Zunächst noch ein wenig orientierungslos, stellte sie fest, dass sie sich offenbar in Wims neuem Schlafzimmer befand und in seinem Bett lag. Umzingelt von diversen Umzugskartons und einem halb eingeräumten Wandschrank musste sie sich eingestehen, dass es in ihrem Leben schon romantischere Momente in den Laken eines Mannes gegeben hatte. Biggi lauschte, aber es war mucksmäuschenstill. Wahrscheinlich war Wim noch unterwegs. Nur die Rippenheizung unter der Fensterbank gab ein paar glucksende Geräusche von sich. Die würde Wim wohl mal entlüften müssen. Vorsichtig richtete Biggi sich auf und drückte den Rücken durch. Irgendwo in der Mitte ihrer Wirbelsäule deutete ein dumpfes Knacken auf das Lösen einer Blockade hin. Mit Bedacht aufstehen, so lautete ihr Plan, um den schwächelnden Kreislauf in Schwung zu bringen. Eine ordentliche Portion Nikotin würde den Genesungsprozess ganz sicher beschleunigen. Der Gedanke an die erste Zigarette des Tages gab ihr Auftrieb. Auf dem Weg ins Wohnzimmer schlurfte Biggi durch den Flur und warf einen flüchtigen Blick in den Ganzkörperspiegel neben der Garderobe, den Wim von seiner Vormieterin übernommen hatte. Einfach zum Gruseln. Das, was unter dem Kopfverband zum Vorschein kam, war keine Frisur, sondern Modell »Griff in die Steckdose«. Unabhängig davon, dass ihr die Haare zu Berge standen, benötigten ihre ungeschminkten Augen dringend einen blauen Kajalanstrich und ihr zerknautschtes Gesicht schien über Nacht extrem gealtert zu sein. »Die zickige Dreifaltigkeit«, wie Wim sie ab und zu mit einem zwinkernden Auge nannte, war da noch untertrieben. Schnell wandte Biggi sich wieder von ihrem Spiegelbild ab und betrat das Wohnzimmer. Auf der Fensterbank neben der Balkontür lag ihre Schachtel Zigaretten, nur ihr Feuerzeug war mal wieder weit und breit nicht zu sehen. Während Biggi langsam voranschritt und ihre unmittelbare Umgebung mit den Augen scannte, ein durchaus anspruchsvolles Unterfangen ohne Lesebrille, die sie nicht trug, da deren Fassung wegen der Prellung des Jochbeins schmerzte, näherte sie sich dem Fenster. Der Nebel des Vortages hatte sich allmählich gelichtet und Nachbars Tanne war nun wieder klar und deutlich zu erkennen, genauso wie der Fuchs, der halb versteckt zwischen zwei Büschen hockte und erwartungsvoll zu Biggi nach oben schaute. Wenigstens sah sie keine Sterne mehr.

Es war dem Zufall geschuldet, dass sich die aus Österreich stammende Gastwissenschaftlerin Dr. Mia Armbrüster an einem Sonntag in ihrem Büro im Naturhistorischen Museum aufhielt. Sie wollte unbedingt an ihrer Habilitation im Fach Zoologie weiterarbeiten, bevor sie ihrem Zeitplan noch weiter hinterherhinkte. Ihr Forschungsaufenthalt in Braunschweig neigte sich allmählich dem Ende entgegen, ihre To-do-Liste hingegen war noch ellenlang. Als die Tierpflegerin völlig außer Atem in der Tür erschien und berichtete, was im Keller passiert war, entschwanden die vielen bunten Diagramme und unzähligen Notizen jedoch von einer Sekunde auf die andere in die Belanglosigkeit.

»Ich komme sofort!« Mia Armbrüster schnappte ihren dunkelblauen Blazer, den sie über die Rückenlehne ihres Stuhls gehängt hatte, und hastete in das Untergeschoss. Das Aquarium war von einem Mitarbeiter der Museumsaufsicht bereits geräumt und abgesperrt worden. Ein kleines blondes Mädchen stand mit seinem Vater direkt hinter dem Flatterband und kämpfte mit den Tränen.

»Hallo, ich bin Mia Armbrüster«, begrüßte die Wissenschaftlerin Lara Windhorst. »Und du hast also diese Entdeckung bei unserer Brunonia gemacht?«

»Ihre Brunonia hat meiner Tochter den Schrecken ihres Lebens verpasst, gute Frau. Ich habe die Polizei verständigt.« Schützend stellte sich Heiko Windhorst vor seine Tochter.

»Sie haben was? Sollten Sie die Einordnung der Ereignisse nicht vielleicht dem fachkundigen Personal überlassen?« Mia Armbrüster war bemüht, ihren Unmut im Zaum zu halten. Übertriebener Aktionismus schien hier fehl am Platz.

»Da gibt es nichts einzuordnen. Ihre Schlange hat eine Fingerkuppe ausgekotzt! Mit Nagel dran.«

Nachdem sie sich von Jan verabschiedet hatte, stand Rosalie vor dem Haupteingang des Klinikums Salzdahlumer Straße und hatte sich eine ihrer Notfallzigaretten angezündet. Wenn dies kein Grund zum Qualmen war, was dann? Sie musste versuchen, sich zu beruhigen, sich wieder auf ihren Job zu fokussieren. Sie wurde gebraucht, nicht nur von Mads. Die Ermittlungen, in die sie gerade in hohem Tempo hineinschlitterte, waren mehr als ungewöhnlich und Rosalie drehte sich bei dem Gedanken an die mediale Aufmerksamkeit, die kaum zu vermeiden sein würde, der Magen um. Ein Anruf bei Christina Pannier hatte nicht nur Gewissheit gebracht, dass die Arbeit der Taucher und Hundestaffel ohne Ergebnis geblieben war, sondern auch, dass Wim Schneider vor Ort gewesen war und den Einsatz begleitet hatte. Immerhin. Zwei Delikte dieser Art in so kurzen zeitlichen und räumlichen Abständen waren verdächtig, und auch wenn Rosalie noch keine Idee hatte, wo genau die Verbindung lag, hatte sie das Gefühl, dass es zwischen dem Fund der Leichenteile und dem Mordversuch an Mads womöglich einen Zusammenhang gab. Kurz bevor ihre Zigarette bis auf den Filter heruntergeglommen war, klingelte ihr Handy und kündigte zu ihrer Überraschung ein weiteres Telefonat mit Christina Pannier an. Hatte die Kollegin noch etwas vergessen?

»Christina, du schon wieder?«

»Ja, leider. Wo bist du?«

»Vor dem Krankenhaus. Ich denke, dass ich bald nach Hause radele. Mads' Eltern treffen jeden Moment ein.«

»Fühlst du dich einsatzbereit?«

»Es geht mir nicht gut, aber wenn du mich schon so fragst … Was ist passiert?«

»Ein weiterer abgetrennter Körperteil ist aufgetaucht.«

»Im Ernst, seid ihr in der Oker doch noch fündig geworden?«

»Nein, eine Fingerkuppe liegt in einem Schlangenterrarium im Naturhistorischen Museum. Kannst du vorbeikommen?«

Gitte Holthusen war in ihrem Element und sie war beschwipst. Ihre Wangen glühten bereits – neben ihrem

Redeschwall, der im Kanon mit dem Gesäusel ihrer Freundinnen kaum auszuhalten war, ein deutliches Zeichen für mehr als 0,5 Promille zur Mittagsstunde. Georg Holthusen hatte sich daher in den Innenhof der Vinothek zurückgezogen, wo er nicht nur vor politischen Diskussionen geschützt war, sondern sich auch nicht sehenden Auges für Gitte schämen musste. Nach 40 Ehejahren kannte er seine Frau eigentlich in- und auswendig, aber unter Alkoholeinfluss war sie nicht mehr sie selbst und ihm fremd. Unangenehm bis peinlich konnte sie werden und war in diesen Situationen immer für eine böse Überraschung gut. Für Georg, der vor dem Abend eigentlich nie etwas trank, war diese Wesensveränderung kaum auszuhalten. Die feuchte Kälte kroch an seinen Beinen empor und dennoch wollte er lieber hier draußen stehen und der kleinen Kellnerin mit dem herauswachsenden grauen Haaransatz beim Entleeren eines Mülleimers zuschauen, als sich dadrinnen völlig deplatziert zu fühlen. Vielleicht würde ein Telefonat mit Franz Ablenkung bringen. Außerdem war Georg neugierig, ob es mittlerweile Neuigkeiten von Luise und vielleicht sogar eine Erklärung für ihr Fernbleiben bei der Kuratoriumssitzung gab. Das neue Smartphone mit kalten Fingern zu bedienen, war gar nicht so leicht, aber schließlich gelang es Georg Holthusen, die Nummer seines Freundes aus den Kontakten herauszusuchen.

»Dies ist die Mailbox von Franz Maria Baumann. Ich kann Ihren Anruf gerade nicht persönlich entgegennehmen, Nachrichten bitte nach dem Piep.«

Enttäuscht drückte Georg Holthusen die rote Hörertaste und war gerade im Begriff, sein Smartphone wieder einzustecken, als es plötzlich klingelte. Da war Franz wohl in einem Funkloch gewesen. Zu seiner Überraschung wurde aber nicht die Nummer von Franz angezeigt, sondern die seiner vermissten Schwester.

Wim wählte bewusst einen Umweg, um nicht direkt in die Fuchstwete zurückkehren zu müssen. Stattdessen schlenderte er durch das Eichtal, nippte hin und wieder an seinem Flachmann und versuchte, einen klaren Kopf zu bekommen. Die Ereignisse überschlugen sich. Erst die Leichenteile am Okerufer, dann der Überfall auf den Polizeikommissaranwärter und nun auch noch eine Fingerkuppe im Museum. Brav hatte er sich bei Rosalie Helmer bedankt, dass sie ihn so konsequent auf dem Laufenden hielt und ihn in die Ermittlungen involvierte, aber auf einen Python namens Brunonia, Kindergekreische und Schlangenkotze hatte er wirklich keine Lust mehr. Also hatte er Biggis Pflegebedürftigkeit vorgeschoben und einen dezenten Hinweis gegeben, dass er ja auch noch gar nicht offiziell im Dienst sei, und den Damen Helmer und Pannier freiwillig das Feld überlassen. Sollte die Helmer mal machen und sich beweisen. Wim wusste im Grunde seines Herzens, dass sie eine sehr gute Beamtin war, auch wenn sie sich das eine oder andere Mal selbst im Weg stand und manchmal sogar über das Ziel hinausschoss. Wie sehr, hatte sie seinerzeit am Gaußberg glorreich bewiesen. Andererseits hatte sie in vielerlei Hinsicht geglänzt, und dass sie ihm doch recht unkonventionell bei den verdeckten Ermittlungen in seiner Harzer Kurklinik geholfen hatte, wusste Wim bis heute sehr zu schätzen. Es hätte alles glattlaufen und auf eine unbeschwerte Zusammenarbeit zusteuern können, wenn es nicht zu dieser elenden Konkurrenzsituation zwischen ihnen gekommen wäre. Der Zweikampf um die Nachfolge von Manfred Wiegand hallte nach, das Ergebnis umso mehr.

Wim erwischte sich bei dem Versuch, die in ihm aufsteigenden schlechten Gefühle einfach wegzudrücken. War es Mitleid mit Rosalie oder die Sorge, dass sie ihm aus Rachegelüsten auf der neuen Dienststelle Steine in den Weg legen könnte? Oder war er verwirrt, weil er insgeheim vielleicht so was wie eine väterliche Zuneigung für die junge Kollegin empfand, wenn er ganz ehrlich zu sich selbst war? Wim schüttelte den Kopf. Vatergefühle, lächerlich. Da half nur ein Ouzo. Doch als Wim in Gedanken an Oma Inge zum »Prost, Gemeinde!« ansetzen wollte, benetzte nur noch ein Tropfen seine Zungenspitze. Der Flachmann war leer.

11. KAPITEL

Gleich morgen komme ich dich endlich wieder besuchen, mein Schatz. Das verspreche ich dir. Ich habe solche Sehnsucht und ich kann es kaum erwarten, mich wieder neben dich zu legen. So wie immer, nur du und ich, geküsst von der Dämmerung, der Nacht, dem Mond und den Sternen.

Sie können mir nichts anhaben, ganz bestimmt nicht. Also bist du auch in Sicherheit. Mach dir also bitte keine Sorgen. Ich hoffe, die Taucher haben bitterlich gefroren, als sie in der Oker gesucht haben, was sie nicht finden konnten. Und dann diese Hunde überall. Schon wieder Hunde. Die halten mich wohl alle für dumm! Aber nicht mit mir. Ich lasse das nicht mit mir machen.

Und darum musste er auch bestraft werden, verstehst du das, mein Schatz? Er hat selbst schuld. Warum hat er diesen armen, alten, verwirrten Menschen denn auch geholfen? Warum hat er die Polizei gerufen? Er hat sie alle gegen mich aufgestachelt. Keinen Meter ist er denen von der Seite gewichen, hat immer wieder Fragen gestellt, hat den großen Retter gespielt, sich um die Hunde gekümmert, er wollte wohl ein Held sein. Ein jämmerlicher Held. Aber nur die wenigsten werden Helden. Das kann ich sogar nachfühlen.

Aber nun ist es vorbei, mein Schatz. Er kann uns nichts mehr anhaben. Er wird nie wieder etwas Unrechtes über

mich behaupten können, denn er wird von nun an schweigen. Schweigen für die Ewigkeit. Kein Held, er wird kein
Held sein.

12. KAPITEL

»Alles, was Schlangen nicht vertragen oder verdauen können, würgen sie wieder aus, so wie Katzen das auch mit ihrem Gewölle handhaben.«

Rosalie fiel es schwer, den Blick von der attraktiven Biologin zu wenden, die fachlich in ihrem Element schien und Christina Pannier und sie gerade in die Geheimnisse der Schlangenverdauung einweihte. Die Sache hatte nur zwei Haken: Rosalie stand nach ihrem Besuch im Krankenhaus überhaupt nicht der Sinn nach Schmetterlingen im Bauch. Im Gegenteil, die Ungewissheit, ob Mads die heimtückische Attacke überleben würde, lastete in diesen ersten Stunden nach der Tat wie Backsteine auf ihren Schultern. Außerdem saß sie hier einer Akademikerin gegenüber und mit diesem Berufsstand hatte sie zuletzt schlechte Erfahrungen gemacht, auch wenn man eine Grundschuldirektorin mit den Fächern Deutsch, Religion und Mathematik sicher nicht unbedingt mit einer Naturwissenschaftlerin vergleichen konnte. Also versuchte Rosalie, die anziehende Wirkung, die Mia Armbrüster auf sie ausübte, so gut es eben ging zu ignorieren. Ihr inneres Ich auf Abstand zu halten und eine kleine Schutzmauer rund um ihre gekränkte Seele aufzubauen, war sinnstiftender, als sich Hals über Kopf einer kleinen Schwärmerei hinzugeben. Zumindest rein äußerlich sahen sich ihre strohblonde Ex-Freundin Anne und die brünette Mia Armbrüster kaum ähnlich, sodass Rosalie sich nicht schon beim bloßen Anblick ihres Gegenübers schmerzlich an ihren gescheiterten Beziehungsversuch aus dem Sommer erinnern musste.

»Zusammengefasst bedeutet das also, dass die Fingerkuppe für Brunonia unverdaulich war?«, fragte Christina Pannier nach und machte sich ein paar Notizen.

»Genau, vermutlich lag es am Fingernagel beziehungsweise dem Keratin, aus dem er besteht. Ich kann mir gut vorstellen, dass ihr so eine harte Hornsubstanz Schwierigkeiten bereitet hat. Brunonia hat zwar mit ihren zwei Metern eine stattliche Länge, ist aber auch nicht mehr die Jüngste. Und Schlangen sind sehr empfindsame Lebewesen mit einem sehr hohen Anteil von Magensäure, um ihre Beute vollständig zersetzen zu können. Hier kann das Gleichgewicht auch mal durcheinandergeraten. Wenn zum Beispiel die Temperatur im Terrarium zu hoch oder zu niedrig ist, kann sich das bei einem wechselwarmen Tier unmittelbar auf die Verdauungstätigkeit auswirken. Dann können auch Stress und natürlich die Futterqualität eine Rolle spielen und hin und wieder kommt es auch mal vor, dass Schlangen ohne einen erkennbaren Grund ihr Futter wieder auswürgen. Aber das ist eher selten der Fall.«

»Das klingt ja wahnsinnig interessant. Wo Sie gerade das Futter ansprechen. Das ist für mich der springende Punkt. Wer füttert die Schlangen? Also wer hat Zugang zu den Terrarien? Die Fingerkuppe muss ja irgendwie zu Brunonia gelangt sein«, hakte Rosalie nach und war bemüht, sich wieder voll und ganz auf die Sachebene dieser Vernehmung zu konzentrieren.

»Und fressen Schlangen ohne weiteres Menschenfleisch?«, ergänzte Christina Pannier.

Mia Armbrüster räusperte sich und klemmte sich eine Haarsträhne hinter das Ohr. »Es mag unpopulär sein, aber wir haben hinter den Kulissen eine behördlich genehmigte Kleintierzucht, um auch Lebendfutter reichen zu können. Schlangen benötigen das unbedingt. Wir füttern fernab der Öffnungszeiten vor allem Mäuse, aber ganz sicher keine Fingerkuppen. Zugang zu Futter und Terrarien haben eine Hand voll Mitarbeiterinnen und Mitarbeiter: der Museumsdirektor und sein Stellvertreter, Tierpflegerinnen, der Sicherheitsdienst ... ich natürlich, für meine Forschungszwecke. Habe ich wen vergessen? Am besten, ich überprüfe das noch mal und stelle Ihnen eine Liste zusammen. Ach so, und der Hausmeister. Aber der ist auf Kur im Schwarzwald und scheidet aus.«

Rosalie nickte. »Sie stellen die Liste zusammen? Was ist denn mit dem Direktor? Wir sollten ihn verständigen. Ansonsten wäre das natürlich prima und bitte machen Sie auch kenntlich, wer wann gearbeitet hat.«

»Herr Professor Reichert befindet sich aktuell auf einer Forschungsexpedition auf den Galapagosinseln, sein Stellvertreter, Herr Dr. Gassdorf, liegt leider mit einer akuten Blinddarmentzündung im Krankenhaus. Ich könnte versuchen, ihn zu Hause zu erreichen, aber so was gehört sich eigentlich nicht und wahrscheinlich würde er in seiner Lage auch gar nicht telefonieren wollen. Ich befürchte, Sie müssen also mit mir vorliebnehmen. Meine Tätigkeit hier ist zwar nur befristet und ich bin auch nur eine von mehreren Wissenschaftlerinnen vor Ort, aber Reptilien sind mein Spezialgebiet. Ich hoffe, die Museumsleitung entsprechend vertreten zu können. Und zur Frage nach dem Menschenfleisch: Bei Schlangen werden Reize vor allem über die gegabelte Zungenspitze verarbeitet. Nimmt die Schlange Blut oder Fleischgerüche wahr, springt sie an. Ich glaube kaum, dass sie da zwischen Tier und Mensch unterscheidet. Denkbar wäre aber auch eine Mischung.«

»Eine Mischung«? Rosalie zog fragend die Augenbrauen hoch.

»Ja, man könnte ja zum Beispiel eine Maus oder einen Hamster mit einer Gliedmaße wie einer Fingerkuppe spicken, wenn Sie verstehen, was ich meine.«

Christina Pannier rümpfte die Nase. »Puh, das wird ja immer unappetitlicher, aber ein Punkt beschäftigt mich dann doch noch und der hat nichts mit Brunonias Fressgewohnheiten zu tun.«

»Ja bitte?«, fragte Mia Armbrüster verunsichert.

»Entschuldige, Rosalie, wenn ich da jetzt nachhaken muss, aber wir sprechen hier von Personen, die Zugang zum Museum haben und von Listen und Arbeitszeiten. Was ist denn mit Transpondern?«

»Wir haben noch keine elektronischen Schlüsselkarten, falls Sie das meinen, jedenfalls nicht flächendeckend und nicht für den Eingangsbereich. Bislang wurden erst die Türen einiger Besprechungsräume umgerüstet.«

»Einen Versuch war es wert«, entgegnete Christina und hob die Schultern. »Dann halt doch die klassischen Listen.«

»Du hast ihr Handy im Haus gefunden und der Wagen steht auch in der Einfahrt?«, fragte Georg Holthusen überrascht.

»Wenn ich es dir doch sage! Mir hat das keine Ruhe gelassen. Du weißt ja, wie tüddelig sie zuletzt immer mal wieder gewesen ist. Und da ich heute am Sonntag nichts Besseres vorhatte, bin ich mal eben rübergefahren, um nach dem Rechten zu schauen«, entgegnete Franz Maria Baumann.

»Von Hannover nach Braunschweig ist es ja nun auch nicht so weit.«

»Eben. Aber als ich in die Sackgasse eingebogen und auf das Haus zugefahren bin, habe ich ihren Mercedes schon von Weitem gesehen.«

»Aber sie war nicht zu Hause?«

»Nein. Luise ist zwar immer wieder zerstreut, aber hören kann sie noch sehr gut. Und nachdem ich mehrfach geklingelt hatte und sich nichts und niemand rührte, wurde ich noch unruhiger.«

»Und dann bist du ins Haus gegangen?«

»Genau. Ich weiß, wo Luise einen Ersatzschlüssel deponiert hat. Der berühmte Blumenkübel. Aber als ich rein bin, fiel mir sofort auf, dass etwas nicht stimmt. Ihre Handtasche stand auf der Kommode im Flur, daneben lagen das Handy und der Autoschlüssel, und die Tasche mit den Sitzungsunterlagen befand sich noch auf ihrem Schreibtisch im Arbeitszimmer.«

Georg Holthusen überlegte nur kurz. »Das klingt für mich nicht so, als wäre sie in Aufbruchstimmung gewesen.«

»Richtig! Das mit ihrem Handy liegt mir besonders quer, denn das hatte sie eigentlich immer dabei, wenn sie rausgegangen ist. Deswegen habe ich es mir geschnappt, um nachzuschauen, mit wem sie zuletzt telefoniert oder geschrieben hat.«

»Konntest du das Handy denn so ohne Weiteres entsperren?«

»Da ist meine Schwester so simpel gestrickt wie mit ihrem Ersatzschlüssel. Man nehme das Geburtsdatum für den Sicherheits-Pin.« Als es am anderen Ende der Leitung still wurde, beendete Franz Baumann seine Ausführungen. »Und was soll ich sagen, Georg, ich telefoniere gerade mit ihrem letzten Gesprächspartner.«

Nach einem langen Abend und einem arbeitsreichen Vormittag im Clubhaus stand den Eheleuten Schwerdtfeger der Sinn nach frischer Luft und einem ausgiebigen Spaziergang. Gemeinsam mit vielen anderen Sonntagsausflüglern hatte es sie an die Teiche in Riddagshausen verschlagen, auf denen sich dank der zunehmend frostigen Temperaturen allmählich eine hauchdünne Eisschicht bildete.

»Ich hoffe, dass deine Pläne zur Weiterentwicklung des Museums keinen Keil in unseren schönen Verein treiben«, sagte Bärbel Schwerdtfeger besorgt und hatte sich bei Enno untergehakt. Ihr Gewicht lastete an seinem Unterarm und verursachte ein leichtes Ziehen in der lädierten Schulter.

»So dramatisch wie du sehe ich das nicht. Mit Widerstand der alten Garde hatte ich gerechnet. Bloß immer schön an Bewährtem festhalten und nichts Neues ausprobieren. Dass aber auch einige Jüngere querschießen, das ärgert mich schon. Ich dachte eigentlich, dass gerade bei dieser Gruppe mehr Offenheit für Erneuerung und Modernisierung vorherrscht.«

»Wenn die Entscheidung erst mal gefällt ist und alle die neuen Räume sehen, wird sich das wohl legen. Und dann die zusätzliche Ausstellungsfläche. Ich habe mal gelesen, dass ein Museum nie genug Ausstellungsfläche haben kann.«

»Du hörst dich an wie die Armbrüster.«

Irritiert schaute Bärbel zu ihrem Mann. »Wer soll das sein?«

»Na, die neue Topwissenschaftlerin im Naturhistorischen. Also einigermaßen neu, drei, vier Monate oder so. Sie bleibt ein halbes Jahr, um zu forschen, wenn ich das richtig verstanden habe.«

»Mmmh, von der hast du noch nie etwas erzählt.«

»Du betonst doch immer, dass dich, Achtung, ich zitiere: ›die alten Männer im Museum‹ nicht interessieren.«

»Genau, finde den Fehler, Herr Schwerdtfeger. Die Armbrüster ist vermutlich kein alter Mann?«

»Kein Grund zur Sorge oder zur Eifersucht. Sie ist nicht mein Fall und ich glaube auch kaum, dass ich der ihre bin. Aber sie ist sympathisch und sorgt in unserem Arbeitskreis für frischen Wind. Mit ihrem Vorgänger wäre eine Kooperation nicht so reibungslos verlaufen, aber sie ist tatsächlich offen und zugänglich.«

»Also wenn das kein Schwärmen ist, dann weiß ich es nicht.«

Enno Schwerdtfeger blieb stehen, nutzte die Gelegenheit, um sich aus der Umklammerung seiner übergewichtigen Frau zu befreien, und nahm sie in den Arm. »Ich mag es ja, wenn du eifersüchtig wirst. Und du bist und bleibst mein Bärbelchen.«

Als Wim seine neue Wohnung betrat, war die Heizungswärme, die ihm entgegenschlug, eine Erlösung. Er wusste selbst nicht so genau, wie lange er unterwegs gewesen war, aber es dämmerte bereits und sein Gesicht war so eingefroren, dass es sich taub anfühlte. Nachdem er kreuz und quer durch das Eichtal gelaufen war, hatte es ihn wieder auf das Ringgleis verschlagen. Für einen Moment hatte er zwar darüber nachgedacht, doch noch einmal in Richtung Hamburger Straße zurückzukehren, aber irgendwie hatte sich alles in ihm dagegen gesträubt, heute noch einmal in die Ermittlungen einzusteigen und an der Stelle vorbeizugehen, an der Mads Johannsen überfallen worden war. Der dann folgende Spaziergang in die entgegengesetzte Richtung führte durch das Westliche Ringgebiet und hatte ihm dank der Streckenführung ganz neue Sichtachsen und spannende Eindrücke verschafft. Die Zeit war nur so verflogen. Eine Trinkhalle am Madamenweg sicherte ihm dann den Rückweg, auch wenn sein geliebter Ouzo es bis heute nicht in kleine Fläschchen geschafft hatte. Aber zwei Weinbrände taten es notfalls auch und dieses ganze Wochenende war ein einziger Notfall. Sein Bauchgefühl ließ ihn selten im Stich, und so ahnte er bereits, dass etwas nicht stimmte, als er Biggi teilnahmslos am Wohnzimmerfenster sitzen und in den Garten starren sah. Sie wandte den Blick nicht einmal ab, als Wim sie begrüßte und sich ihr gegenüber auf einen Stuhl setzte.

»Ist alles in Ordnung bei dir? Muss ich mir Sorgen machen?«

Im Rahmen ihrer eingeschränkten Möglichkeiten schüttelte Biggi vorsichtig den Kopf und zog die Schultern hoch. »Ich weiß es nicht.«

»Wie, du weißt es nicht? Was soll das heißen?« Wim war irritiert. So kannte er Biggi nicht. Ihr Verhalten war äußerst merkwürdig, sie wirkte beinahe apathisch.

»Vielleicht ist meine Kopfverletzung doch schlimmer als befürchtet.«

Wim runzelte die Stirn. »Soll ich einen Arzt rufen? Geht es dir nicht gut? Du musst mir jetzt bitte sagen, was los ist, Biggi! Sonst kann ich dir nicht helfen.«

Langsam drehte sich Biggi um. »Wim, ich glaube, ich drehe langsam durch.«

»Wieso, was ist denn, verdammt noch mal? Jetzt rede!«

»Ich sehe immer einen Fuchs.«

»Einen Fuchs?«

»Ja, einen Fuchs. Mitten in der Stadt. Im Garten, auf dem Weg zur Oker, mehrmals schon.«

Wim konnte seine Verwunderung kaum für sich behalten, wollte Biggi aber nicht noch mehr verunsichern. »Ja, und deswegen drehst du durch? Also bitte, das ist doch kein Grund. Und außerdem hast du dich bestimmt vertan. Es war die ganze Zeit total nebelig und garantiert war das einfach eine große herumstreunende Katze, Modell Garfield oder so was.«

»Nein, Wim. Ich sehe einen Fuchs. Einen Fuchs in der Fuchstwete.«

13. KAPITEL

Rosalie hatte die Einladung zum Essen spontan angenommen und war sehr dankbar, dass Christina Pannier sie auf andere Gedanken bringen wollte. Die naheliegendste Option, das italienische Restaurant im benachbarten Haus der Wissenschaft, hatte sonntags aber genauso Ruhetag wie Rosalies Lieblingskneipe im Univiertel. Am Ende waren die Frauen dann im gemütlichen »Troja« am Bültenweg gelandet. Mit knurrendem Magen blätterte Rosalie in der Speisekarte voller türkischer Fleisch- und Fischspezialitäten.

»Ich nehme die Lammkoteletts«, entschied sie spontan und schaute erwartungsvoll zu Christina Pannier.

»Oh, du bist aber schnell. Ich tendiere zu irgendwas aus dem Tontopf.«

»Danke, dass wir hier zusammen essen. Es ist genau das, was ich jetzt brauche.«

»Weil du dich ansonsten wieder im Büro einquartiert hättest?« Christina Pannier zwinkerte Rosalie zu, als diese über den Rand der Speisekarte lugte.

»Du kennst mich mittlerweile ziemlich gut«, entgegnete Rosalie beinahe verlegen.

»Wir hatten zwar nur vereinzelt oder anlassbezogen miteinander zu tun, aber dein Ruf eilt dir ein wenig voraus, wenn ich das so direkt sagen darf.«

»Ist dem so?« Rosalie wurde unwohl zumute. Sie fühlte sich ertappt.

»Bitte nimm das nicht persönlich, Rosalie. Wir alle arbeiten oft rund um die Uhr, das bringt unser Job mit sich. Aber du bist da echt ein bisschen drüber.«

Rosalies Herz schlug bei den klaren Worten ihrer Kollegin augenblicklich schneller. Sie versuchte, einen neutralen Gesichtsausdruck zu wahren, konnte aber nichts dagegen tun, dass ihr rechtes Augenlid nervös zu zucken begann. Ein Warnsignal ihres eigentlich robusten Körpers, wenn die Seele sich gestresst fühlte. Symptome dieser Art kannte sie von Anne nur allzu gut, bei sich selbst wollte sie sie aber partout nicht zulassen. Christina hatte jedoch einen wunden Punkt getroffen. Hier, in der Umgebung rund um den Botanischen Garten, ließ es sich kaum vermeiden, dass Rosalies Gedanken immer wieder abschweiften und sie von ihren Erinnerungen an die Ermittlungen im Frühjahr eingeholt wurde. Bilder tauchten vor Rosalies innerem Auge auf, von der Villa am Gaußberg, von einem Gartenhaus und von …

»Rosalie, ist alles okay? Du bist ganz blass geworden, bitte verzeih meine direkte Art. Ich wollte dir nicht zu nahe treten. Eigentlich ist ja jetzt auch Feierabend und wir sollten es gut sein lassen mit dem Dienst. Lass uns entspannen und einen schönen Abend verbringen.«

»Ich … ach, das ist in Ordnung. Du hast recht. Entschuldige, ich muss mal eben an die frische Luft.«

Fluchtartig verließ Rosalie das Restaurant und lehnte sich gegen einen Baum am Straßenrand. Draußen hatte es zu nieseln begonnen und die Baumkrone bot ihr durch das fehlende Blätterdach keinen Schutz vor der Nässe. Aber das war Rosalie in diesem Augenblick vollkommen gleichgültig. Sie schaute Richtung Himmel und ihr Blick verschwamm, als ihre Tränen sich mit den feinen Regentropfen vermischten.

Noch vor einigen Stunden wäre Georg Holthusen nicht wirklich zu ihr durchgedrungen und sie hätte den Sinn dessen, was er ihr berichten wollte, nicht richtig erfassen können. Als er sie am frühen Nachmittag nach Hause gebracht hatte, war Gitte sternhagelvoll gewesen und konnte kaum noch geradeaus gehen. Auch jetzt, nach mehreren Stunden Ausnüchterung auf dem heimischen Sofa, hatte der Rausch des Vormittags sich in ihrem Körper noch lange nicht vollständig abgebaut und Georg nahm noch immer ein leichtes Lallen wahr, wenn sie sprach. Aber sie schien nun zumindest so weit aufnahmefähig, dass er ein halbwegs normales Gespräch mit ihr führen konnte. Krümel klebten an ihrem Mundwinkel, als sie während eines späten Abendbrotes sichtlich erstaunt auf seinen Bericht reagierte. »Das ist ja ein Ding. Und ruft Franz jetzt die Polizei? Er muss doch was machen!«

»Er will bis morgen warten, weil er meint, dass man so schnell nicht nach einer erwachsenen vermissten Person fahnden würde.«

»Na, der hat Nerven. Aber vermutlich hofft er darauf, dass die Alte nicht wiederauftaucht.«

»Gitte, sag doch so was nicht.«

»Wieso? Habe ich vielleicht recht? Und was ist überhaupt mit dir? Machst du dir denn ernsthaft Sorgen?«

»Zumindest mache ich mir Gedanken. Luise ist mir ja nicht egal, im Gegenteil: Ich bin seit geraumer Zeit beunruhigt und derjenige im Kuratorium, der am lautesten danach ruft, dass sie an der Spitze der Stiftung untragbar geworden ist. Ich habe sie vorsichtshalber sogar noch mal am Donnerstagabend angerufen und sie an die Sitzung erinnert.«

»Wie überaus fürsorglich von dir! So kenne ich dich gar nicht«, bemerkte Gitte und biss genüsslich in ihre belegte Körnerbrötchenhälfte.

»Was soll denn diese Spitze nun wieder?«, fragte Georg verblüfft und dachte darüber nach, ob seine Frau im Suff jetzt auch noch eifersüchtig geworden war oder sich von ihm vernachlässigt fühlte.

»Das war doch keine Spitze, nur eine Feststellung.«

»Dieses Gespräch ist mir gerade zu anstrengend. Werde du erst mal wieder nüchtern.«

»Ich bin völlig klar im Kopf, mein Lieber«, erwiderte Gitte mit halb vollem Mund und schmatzte, während sie weiterreden wollte. »Ich lasse mich aber nicht …«

Erschrocken blickte Georg Holthusen zu seiner Frau, die mitten im Satz von einem plötzlich einsetzenden Hustenanfall unterbrochen wurde, der ihr Gesicht in Windeseile rot anlaufen ließ. »Ein Sonnenblumenkern … ich habe mich … mein Spray! Ich brauche mein Asthmaspray!«

Für einen kurzen Augenblick erwischte Georg sich dabei, wie er es genoss, dass Gitte vor sich hin röchelte und schnaubte. Es wäre die Gelegenheit, aber dann überkam ihn rechtzeitig das schlechte Gewissen, und als er aufsprang, um ins Badezimmer zu eilen, riss er vor lauter Elan seinen Stuhl um.

»Bist du aufgeregt wegen morgen?« Biggi nahm eine Gabel Pasta und konnte dem Geschmack der faden Bolognesesauce aus dem Glas wenig abgewinnen. La dolce vita ging anders. Aber was sollte sie auch erwarten, wenn Wim Schneider einen Großeinkauf machte? Disastro! Die Fahne, die von Wim ausging, übertünchte der Essensgeruch jedoch nicht. Für den Moment behielt sie ihren Verdacht aber lieber für sich.

»Aufgeregt? Na ja, eigentlich nicht. Ich weiß ja, was mich erwartet.«

»Du meinst Rosalie?«

»Und das Dienstgebäude. Konnte doch keiner ahnen, dass die Truppe immer noch in der Münzstraße hocken muss. Ist mir aber auch lieber als rauszufahren. Die zentrale Lage ist schon ein Riesenvorteil im Gegensatz zum Stadtrand.«

»Aber irgendwann müssen die das mit dem Wasserschaden und der Schimmelbildung in der Friedrich-Voigtländer-Straße doch mal hinbekommen.«

Wim zuckte mit den Schultern. »Von mir aus können sie sich damit gerne Zeit lassen.«

»Und Rosalie?«

»Was soll mit der sein?«

»Meine Güte, Wim, muss man dir denn alles aus der Nase ziehen?«

»Also dafür, dass du heute Morgen noch völlig neben der Spur warst und irgendwelche Füchse gesehen hast, kannst du aber schon wieder ganz schön nerven.«

Biggi ignorierte Wims Kommentar und hielt dagegen. »Du sollst meine Frage beantworten. Ihr seid doch künftig ein Team und nach den Schwingungen, die ich so an der Oker wahrgenommen habe, muss sich da noch einiges einspielen.«

»Da liegst du falsch. Es ist alles in Ordnung, wahrscheinlich haben dich auch da deine Sinne getäuscht.«

Biggi verzog den Mund, aber als Wim wie aus dem Nichts plötzlich ihre Hand nahm, überkam sie ein kurzer Schauer. »Und so ein Team wie uns beide wird es sowieso nie wieder geben.«

Christina Pannier hatte sich mehr als einmal entschuldigt, hatte sie doch schnell registriert, dass sie mit ihrer Bemerkung zu weit gegangen war. Dass die ansonsten immer so tough wirkende Rosalie auch eine sensible Seite hatte, überraschte Christina zwar, es gefiel ihr aber auch. Der Abend im »Troja« war doch noch harmonisch verlaufen, und nachdem alle Tränen getrocknet waren, hatte Rosalie nach anfänglichem Zögern ein wenig Einblick in ihr Seelenleben gewährt. Auf ihren Schultern lasteten so einige Päckchen. Ein dienstliches Fehlverhalten bei den Ermittlungen am Gaußberg, mit dem sie noch immer haderte. Wim Schneider, der zunächst Vorbild und nun eher Feindbild zu sein schien. Der Verlust von Manfred Wiegand, der trotz aller widrigen Umstände auch ein Mentor für sie gewesen war. Für die Tragödie mit Mads Johannsen hatten beiden Frauen noch die richtigen Worte gefehlt. Die Sorge um ihn schien alles zu erdrücken. Neue Informationen hatte es bis zum Abend noch nicht gegeben, sein Zustand war unverändert kritisch. Christina hatte Rosalies Verbindung zu ihrem ehemaligen Polizeikommissanwärter nicht richtig einschätzen können, es schien sich im Laufe seiner praktischen Ausbildungszeit aber so etwas wie eine Freundschaft zwischen den beiden entwickelt zu haben, was die Situation für Rosalie noch unerträglicher machte. Und dann war da natürlich noch Anne Thormeyer. Rosalie hatte die Trennung anscheinend noch nicht vollends überwunden und lediglich berichtet, dass ihre Ex-Freundin nach wie vor krankgeschrieben sei und wohl eine Reha in Bad Pyrmont antreten wolle. Dort gab es eine Spezialklinik für ausgebrannte Lehrkräfte. Mit jedem Wort und jedem Satz von Rosalie war ganz langsam das Lächeln in ihr Gesicht zurückgekehrt und nach einem kleinen Verdauungsschnaps hatte Christina den Eindruck, einer deutlich gelösteren Kollegin gegenüberzusitzen. Vermutlich hatte sie sich einfach einmal alles von der Seele reden müssen. Als die beiden Frauen sich zum Abschied umarmt hatten, war es Rosalies duftendes Haar gewesen, das in Christina kurzfristig für Irritationen gesorgt hatte, denn sie spürte nicht nur ein angenehm warmes Kribbeln im Bauch, sondern auch, dass ihre Brustwarzen sich aufgerichtet hatten. Schnell hatte Christina dieses Gefühl wieder beiseitegeschoben und es schlichtweg auf die körperliche Nähe zurückgeführt, für die sie seit jeher sehr empfänglich war. Dass sie Rosalie Helmer an diesem Abend aber noch einmal ganz neu kennen- und schätzen gelernt hatte, musste sie sich ohne Umschweife eingestehen, nicht mehr, aber auch nicht weniger.

Als Christina nun nach einem sehr langen Tag die Haustür aufschloss und Burkhard sie bereits freudestrahlend mit zwei gut gefüllten Gläsern Rotwein im Wohnzimmer begrüßte, spielten ihre Gedanken an Rosalie von einer Sekunde auf die andere keine Rolle mehr. Christina war zu Hause und sie wusste, wo sie hingehörte.

Die langen Gänge im Naturhistorischen Museum waren in Dunkelheit getaucht und nur hier und da schimmerte das gedämmte Licht der Notbeleuchtung. Tag oder Nacht, hell oder dunkel, all das spielte für ihn keine Rolle, denn er kannte die Wege in- und auswendig. Jeden noch so versteckten Winkel würde er mit verbundenen Augen finden und dieses Wissen bereitete ihm ein Gefühl von Erhabenheit und Macht. Und so schweifte er auch dieses Mal selbstsicher, aber mit Bedacht durch sein Museum und strich immer wieder zärtlich hier und da mit den in Handschuhe gehüllten Fingerspitzen über die Glasscheiben der Vitrinen und die Felle der präparierten Tierexponate. Stundenlang konnte er vor den Dioramen mit ihren regional gestalteten Naturlandschaften innehalten, sie betrachten, genießen, Demut und manchmal auch Erregung fühlen. Er zwang sich jedes Mal, auf diese Momente hinzuarbeiten und die Kurve der Lust Stück für Stück aufzubauen.

Am meisten bedeutete ihm jedoch das Terrarium im Keller, wo die Königin bereits auf ihn und sein Geschenk wartete. Der kleine Plastikbeutel mit den aufgetauten Fingern befand sich griffbereit in seiner Jackentasche. Nur noch wenige Augenblicke trennten ihn vom Höhepunkt seines Rundgangs, den er sich jedes Mal und ganz bewusst bis zum Ende aufhob. Als er sich jedoch der Treppe zum Untergeschoss näherte, stockte sein Atem, denn das, was er plötzlich sah, schürte Panik in ihm. Panik und eine kaum zu bändigende Wut. Konsequent und äußerst diszipliniert vermied er es, während seiner nächtlichen Besuche künstliches Licht zu benutzen, aber der Mond, der einen schwachen Schein in das Treppenhaus des Museums warf, tat heute sein Übriges und gewährte ihm nun den Anblick eines rot-weiß gestreiften Absperrbandes.

14. KAPITEL

Montag, 1. Dezember

Sie fühlte sich ein bisschen wie eine Mutti, die ihren Sohn morgens verabschiedete und ihm einen wunderbaren ersten Schultag wünschte. Im tiefsten Innern würde sie allerdings lieber eine andere Rolle an seiner Seite einnehmen – noch immer –, da konnte er sich noch so kratzbürstig und eigenwillig aufführen. Es waren genau diese Eigenarten, die Biggis Herz immer wieder höherschlagen ließen. Nun stand Wim im Mantel und mit seiner Arbeitstasche in der Hand an der Wohnungstür und schaute wie ein Schaf, als sie ihm ein kleines Päckchen in die Hand drückte.

»Für mich?«

Biggi verdrehte die Augen und spürte sofort die frische Operationsnarbe, als sich ihre Stirnfältchen in Bewegung setzten.

»Für wen denn sonst?«

»Aber das wäre doch nicht nötig gewesen.«

»Es ist mir aber wichtig.«

Wim wirkte beinahe hilflos und Biggi war kurz davor, es zu bereuen, ihn in diese Situation manövriert zu haben.

»Okay, dann danke und ich packe es wann aus?«

»Am besten im Büro, denn dafür ist es gedacht. Für deinen ersten Arbeitstag in deinem neuen Job. Und jetzt ab mit dir. Melde dich mal Richtung Feierabend, damit ich uns was Schönes kochen kann.«

»Wie lange bleibst du denn eigentlich noch?«, fragte Wim verunsichert.

Biggi spürte einen Stich in der Magengegend. »Wie lange darf ich denn?«

»So war das nicht gemeint. Ach Mensch, ich kann heute Morgen wohl sagen, was ich will. Bleib natürlich, solange du magst. Du bist mein Gast.«

Biggi rang sich ein Lächeln ab. »Keine Sorge, ich werde im Laufe der nächsten Tage ganz sicher nach Hannover zurückfahren, vielleicht schon morgen. Ich habe gar nicht genug Klamotten dabei und brauche auch eine Krankschreibung. Aber du kennst ja die Abläufe, ich kann drei Tage ohne gelben Schein zu Hause bleiben und Cassensmeier habe ich schon Bescheid gesagt.«

»Cassensmeier? Weiß er etwa, dass du bei …«

»Bin ich dir etwa peinlich?«, unterbrach Biggi ihn und spürte erneut ihren Magen. »Ich glaube, du musst jetzt los. Du willst doch nicht an deinem ersten Tag zu spät kommen. Die kennen dich da noch nicht so gut wie ich und haben vielleicht kein Nachsehen mit dir.«

»Ja doch, gleich. Mensch, Biggi, ich bin ein Trampel und es tut mir leid. Bis heute Abend.«

Biggi presste die Lippen aufeinander und nickte stumm, bevor sie die Tür hinter Wim ins Schloss fallen ließ. Arrivederci!

Yves Degenhardt hatte sich über seine neue Truppe im Vorfeld schlaugemacht. Es ging doch nichts über eine ordentliche Recherche und besonders auf das Gespann Schneider und Helmer war er gespannt. Mit dem Schneider würde er sich wohl anfreunden müssen, so einem erfahrenen Beamten konnte man nichts mehr vormachen. Und auch wenn dieser heute ebenfalls seinen Dienst antreten würde, so richtig neu war der alte Kriminalhauptkommissar in Braunschweig nicht und auch nicht unbekannt. Da hatte der Schneider einen Vorteil. Aufmerksam hatte Yves Degenhardt die vielen Presseartikel und sämtlichen internen Berichte über den Gaußberg-Fall studiert und wusste daher auch, dass Rosalie Helmer seinerzeit eher eine unglückliche Figur abgegeben hatte. Ihr Vorgehen wirkte alles andere als professionell. Aber die junge Kommissarin hatte ihre Ausbildung für den gehobenen Polizeivollzugsdienst in Nordrhein-Westfalen als Jahrgangsbeste absolviert, konnte ausgezeichnete Zeugnisse ihrer letzten Dienststelle in Düsseldorf vorweisen und engagierte sich mittlerweile als Ausbilderin für den Nachwuchs sowie im VelsPol Nordwest, dem Verein lesbischer und schwuler Polizeibeamter in Niedersachsen, Bremen und Hamburg. Ermittlungsfehler hin oder her, mit der Helmer würde er schon deshalb sorgsam umgehen müssen, weil sie ansonsten vermutlich gleich eine politische Welle lostreten würde. Yves Degenhardt konnte zwei Frauen im Bett grundsätzlich eine Menge abgewinnen, aber nur wenn er auch live dabei war. Bollerlesben mit platinblonden Kurzhaarfrisuren und mit mehr Haaren auf den Zähnen, als er sie auf seiner gut trainierten Brust hatte, waren nicht sein Fall. Wenigstens sah die Helmer auf den Fotos durchaus feminin aus. Er hoffte inständig, dass sie ihn mit Regenbogenpins und einem Vortrag über die Charta der Vielfalt verschonen würde.

Mit seinen knapp 1,73 Metern Körpergröße bevorzugte Yves Degenhardt Budapester Halbschuhe mit einem kleinen Absatz, die ihn den 1,80 Metern wenigstens ein bisschen näher brachten, und auf einen ordentlichen Krawattenknoten legte er allerhöchsten Wert. Ein letzter skeptischer Blick in den Spiegel, aber die Frisur saß genauso perfekt wie sein dunkelgrauer Anzug.

Der eiskalte Nieselregen sprühte Rosalie ins Gesicht und fühlte sich an wie die zweite Dusche am Morgen. Auf ihren Haaren, die nach einem Besuch beim Friseur ihres Vertrauens vor ein paar Tagen nun von haselnussbraunen Strähnen durchzogen waren, sammelte sich die Feuchtigkeit. Sie schniefte leise und öffnete kurzentschlossen den Regenschirm, auch wenn sie es nicht mehr weit hatte. Else hatte sie heute im Fahrradkeller stehen lassen und sich entschieden, die kurze Strecke in das Kommissariat zu Fuß zurückzulegen. Am Bohlweg angekommen wirkten die Häuserfronten noch grauer, als sie es eh schon waren, und einmal mehr beeindruckte Rosalie der städtebauliche Kontrast, der hier durch das gegenüberliegende Schloss entstanden und ihres Erachtens an Hässlichkeit kaum zu überbieten war. Wie hatte es Manfred seinerzeit einmal passend formuliert: »Braunschweig hat zwei große Angriffe erlebt. Den ersten in der Bombennacht 1944 und den zweiten durch die Architekten nach dem Krieg.« Manchmal vermisste sie ihren Kollegen immer noch.

Nachdem sie die Straße überquert hatte, entschied sich Rosalie für den Weg durch die Schlosspassage und blieb vor dem Schaufenster eines Geschäfts mit regionalen Produkten stehen. Honig von den Okerbienen, eine heimische Kaffeemischung, Braunschweiger Bier. Rosalie schluckte und ließ die Schultern hängen. Nicht nur die Nässe setzte ihr zunehmend zu. Braunschweig hatte ein Neuanfang sein sollen, nachdem sie ihrer alten Heimat am Rhein den Rücken gekehrt hatte. Nun stand sie hier am Ende eines verkorksten Jahres und die Highlights in ihrer neuen Heimat konnte sie an einer Hand abzählen. Ankommen fühlte sich anders an, zu Hause sein fühlte sich anders an, ein »Heimatrausch«, wie das Schild über der Ladeneingangstür es nannte, fühlte sich anders an.

»Testen Sie mal den Honig, der ist wirklich zu empfehlen.«

Rosalie zuckte zusammen, als sie einen Schatten neben sich wahrnahm und die Stimme sofort erkannte. Hatte man denn nicht mal in der versteckten Schlosspassage seine Ruhe?

»Was machen Sie denn hier?« Möglichst emotionslos schaute sie Wim Schneider für einen kurzen Augenblick an, bevor sie ihren Blick wieder geradeaus auf verschiedene regionale Köstlichkeiten und bunte Präsentkörbe richtete.

»Wie wäre es mit einem ›Guten Morgen, Frau Kollegin‹?«, entgegnete Wim, hörbar um Freundlichkeit bemüht.

»Ja, natürlich, guten Morgen.« Rosalie zog die kalte Luft durch die Zähne, und als ein kurzer blitzartiger Schmerz einsetzte, realisierte sie, dass dies kein Traum war. Gab Wim Schneider sich am Ende nun doch ein bisschen Mühe?

»Ich hatte noch ein paar Minuten, ganz entgegen meinem sonstigen Timing war ich etwas zu früh dran. Da wollte ich eine kleine Runde um den Block drehen. Na ja, und dann sah ich Sie hier stehen. So ganz allein.«

»Um diese Uhrzeit verirrt sich ja auch kein Mensch hierher. Sind Sie aufgeregt?«

»Ich bin in freudiger Erwartung, sagen wir es mal so«, antwortete Wim und schmunzelte ein wenig.

Rosalie konnte sich ein Lächeln kaum verkneifen. »Na, solange Sie nicht schwanger sind. Soll ich Sie mit reinnehmen?«

Er würde den durchfahrenden Güterzug noch abwarten. Seitdem sein Gehör ein wenig nachgelassen hatte, störte ihn der Geräuschpegel der nahe gelegenen Bahntrasse nicht mehr so sehr wie früher, gleichwohl benötigte er für ein Telefonat dieser Wichtigkeit absolute Ruhe. Sein Elternhaus »auf der Bult«, wie man in Hannover zu diesem Stadtteil zu sagen pflegte, nach dem Tod von Hasso und Elsbeth Baumann zu verkaufen, war keine Option für Franz gewesen. Und so war er nach Absprache mit Luise vor einigen Jahren hier selbst eingezogen. Die Villa aus den 1930er-Jahren war eigentlich eine Nummer zu groß für einen alleinstehenden Mann seines Alters, so prunkvoll und großzügig, wie der Sitz der Stiftung im Zooviertel war das Familienanwesen jedoch bei Weitem nicht. Abgesehen von der Lärmbelästigung durch die Bahn fühlte er sich hier wohl.

Heute aber schritt er von einer inneren Unruhe getrieben den langen Flur seines Hauses auf und ab. Um Punkt 09.00 Uhr würde er die Polizei anrufen und Luise als vermisst melden. Seit Georg zuletzt mit ihr telefoniert und sie an die Sitzung erinnert hatte, war sie wie vom Erdboden verschluckt. Ein letztes Mal griff Franz zum Telefonhörer, wählte die Braunschweiger Festnetznummer seiner Schwester und landete wieder auf dem Anrufbeantworter. Luises Handy hatte er an sich genommen, für den Fall der Fälle, aber hier war außer einer Nachricht von ihrer Freundin Lore alles ruhig geblieben. Franz malte sich aus, dass seine Schwester vielleicht niemals wiederauftauchen könnte. Wie lange es wohl dauern würde, bis man sie für tot erklärte? Was würde passieren, wenn ihre Leiche gefunden wurde? War sie in der seelischen Verfassung, sich irgendwo, womöglich an einem geheimen Ort, das Leben zu nehmen? Oder war sie am Ende Opfer eines Verbrechens geworden?

Was, wenn sie noch lebte und sie jemand entführt hatte? Luise war nicht mehr die Jüngste und gegen einen oder mehrere Täter hätte sie sich kaum zur Wehr setzen können. Ob man mit einer Lösegeldforderung an ihn herantreten würde? Hatte er einen Hinweis übersehen, einen Erpresserbrief oder Ähnliches? Vielleicht beobachtete man ihn schon? Franz erwischte sich im Chaos seiner Gedanken dabei, dass eine unterschwellige Angst ihn zu vereinnahmen drohte. Auf Zehenspitzen ging er zu den lichtdurchlässigen Vorhängen am Fenster, die vor neugierigen Passanten schützen sollten. Ein kurzer Rundumblick in den Garten und auf Straße und Gehweg bestätigte ihm, dass zumindest niemand offensichtlich vor dem Haus stand oder mit einem Fernglas in einem parkenden Auto saß. War das der Anfang eines Verfolgungswahns? Franz zog den Vorhang wieder zu und kaute auf dem Nagel seines Zeigefingers. Eine schlechte Angewohnheit seit Kindertagen, für die er früher von seinem Vater Schläge mit dem Rohrstock kassiert hatte, die er aber bis ins hohe Alter nie hatte ablegen können.

Dass Luise sich einfach so irgendwohin abgesetzt hatte, konnte er eigentlich ausschließen. So ein Verhalten, und das auch noch ohne Auto, Handy und Handtasche, passte noch weniger ins Bild als seine Selbstmordtheorie. Als die große Standuhr aus edlem Kirschbaumholz zur vollen Stunde schlug, hallte der Gong in seinem Kopf nach. 09.00 Uhr. Er würde jetzt die Polizei anrufen, es half ja alles nichts.

15. KAPITEL

Es gab immer noch ein Leben außerhalb der Jägerschaft. Spätestens am Montagmorgen wurde Enno Schwerdtfeger jede Woche daran erinnert und in der Regel konnte er sich nur schwer dazu aufraffen, in die Firmenzentrale zu fahren und seinem geregelten Job nachzugehen. Aber irgendwie musste er seinen Lebensunterhalt und das kostspielige Hobby ja finanzieren. Wenigstens hatte er es dank ärztlicher Atteste in den letzten Jahren hinbekommen, sich weitestgehend von Nachtschichten und auch von einigen Wochenenddiensten zu befreien. Seine Stellung als Gebäudemanager tat ihr Übriges. Führen und Leiten von Mitarbeitenden lagen ihm mehr, als für andere zu arbeiten, und darum war er auch für seinen Posten im Jagdverein wie geschaffen.

Bärbel hatte mit wehenden Fahnen vor ihm das Haus verlassen, um es pünktlich zu ihrem Fußpflegetermin zu schaffen, als sich Enno antriebslos in seinen Geländewagen gesetzt und auf den Weg zur Sudetenstraße gemacht hatte. Hier im Industriegebiet waren neben seiner Firma viele kleine und mittelständische Unternehmen angesiedelt. Auf seinem Weg zur Arbeit passierte er auch das Naturhistorische Museum. Als er sich der Kreuzung an der Pockelsstraße und damit dem Haupteingang näherte, stellte er zu seiner Verwunderung fest, dass nicht nur ein Polizeiauto vor dem Gebäude parkte, sondern auch der Übertragungswagen eines regionalen Fernsehsenders. Glücklicherweise sprang die Ampel rechtzeitig auf Rot und der Verkehr kam an der perfekten Stelle zum Stehen. Enno verrenkte sich, um sich aus dem Seitenfenster einen Überblick zu verschaffen, eine kleine Herausforderung, wenn man dank eines Bierbauchs zwischen Autositz und Lenkrad eingeklemmt war. Aber außer einer kurzhaarigen Frau mit einem Koffer in der Hand, die gerade in das Polizeiauto einstieg, konnte er auf die Schnelle nichts erkennen. Angestrengt ließ er seinen Blick in alle erdenklichen Richtungen schweifen, bis dieser auf der gegenüberliegenden Straßenseite haften blieb, auf der sich eine kleine Ansammlung neugieriger Passanten gebildet hatte. Mit der neuen Gleitsichtbrille sah er weder in die Ferne noch in die Nähe optimal und gerade in dem Augenblick, als er überlegte, ob ihm ein oder zwei Gesichter bekannt vorkamen, klingelte sein Handy und zeigte eine Hannoversche Festnetznummer an. Es war der Anschluss der Stiftung »Dr. Hasso und Elsbeth Baumann«.

Mia Armbrüster strich ihre bis zum Hals zugeknöpfte Seidenbluse glatt und zog ihren roten Lippenstift nach. Das Outfit, das ihr ein Höchstmaß an Seriosität verleihen und ihre Verunsicherung kaschieren sollte, war nach einem längeren Aufenthalt bei den Terrarien im Keller zur Herausforderung geworden. Ihr war heiß. Peinlich berührt registrierte sie den süßlichen, mit Schweiß versetzten Eigengeruch, den sie verströmte. Jetzt hieß es Ruhe bewahren und sich möglichst nicht anmerken lassen, dass sie sich überfordert fühlte. Warum nur war die Museumsleitung ausgerechnet jetzt abwesend? Aber Hadern half nicht, sie war die einzige Expertin im Haus. Die Frau von der Spurensicherung war gerade wieder gegangen, eine erneute Inaugenscheinnahme von Brunonias Reich war erforderlich gewesen, und nun galt es nur noch, die Medien zu befriedigen. Die Presseanfragen häuften sich und hatten mittlerweile auch überregionale Dimensionen angenommen. Der Fund von Leichenteilen an der Oker schien im Vergleich zu einer menschenfressenden Schlange regelrecht zu verblassen. Zu klären, ob es hier vielleicht Zusammenhänge gab, war die Aufgabe der Polizei, erste Ergebnisse wurden im Laufe des Tages erwartet. Neben all den kriminalistischen Fragestellungen bereiteten Mia Armbrüster aber vor allem zwei Punkte große Sorgen. Erstens: Wer hatte sich Zutritt zum Terrarium verschafft und Brunonia mit einer Fingerkuppe gefüttert? Der Gedanke, dass es jemand aus den eigenen Reihen sein könnte, schnürte ihr den Hals zu. Und zweitens: Wie war es um den guten Ruf des Museums bestellt, wenn die Medien das Thema verhackstückten? Würden die Menschen das Museum meiden oder würden sie sich vor Brunonias Terrarium drängeln, ständig Fotos machen und gegen die Scheibe klopfen? Den Baumpython aus der Ausstellung zu nehmen und abzuschirmen, wäre dann in puncto Tierwohl die logische Konsequenz, hätte aber zur Folge, dass dem Museum eine ihrer Hauptattraktionen abhandenkäme, zumindest vorübergehend. Es war zum Verzweifeln. Man konnte von Glück reden, dass Montag der allgemeine Ruhetag des Museums war und sie nicht noch enttäuschte Schülergruppen und neugierige Rentner abfertigen mussten. Noch einmal tief ein- und ausatmen, dann öffnete Mia Armbrüster ihre Bürotür und trat der Fernsehreporterin mit Mikrofon entgegen. Die Kamera war frontal auf sie gerichtet und das grelle Scheinwerferlicht zeigte deutlich, dass sie auf der glänzenden Stirn noch einmal abgepudert werden musste.

Biggi zählte Unterhosen. Nicht die von Wim, denn seine Feinrippschlüpfer mit Eingriff ordnete sie ganz klar außerhalb ihrer freundschaftlichen Zuständigkeiten ein, sondern ihre eigenen. Die mitgebrachte Wechselwäsche würde nur noch bis morgen reichen, den Ersatz für alle Fälle mit eingerechnet. Entweder musste sie waschen, sich etwas Frisches kaufen oder nach Hause fahren. Um auf Unterwäsche gänzlich zu verzichten, fühlte sie sich zu alt und vor allem war es dafür zu kalt. Eine Blasenentzündung als Krönung zu ihrer Kopfverletzung käme einem Totalschaden gleich und außerdem hatte sie nach Wims Odyssee der letzten Monate von urologischen Beschwerden und seiner Blasen-OP die Schnauze gestrichen voll. Es ging ihr heute besser, zumindest körperlich, und das sollte auch so bleiben. Die Übelkeit hatte sich verflüchtigt, der Wundschmerz ließ allmählich nach und einen Fuchs hatte sie heute noch nicht gesichtet. Es war aber ihre Seele, die an diesem Morgen zu ihrem Unwohlsein beitrug. Biggi fühlte sich einsam. Das war er nun also, der endgültige Abschied. Ein Abschied auf Raten, der sich wegen einer lockeren Klobrille hinauszögerte, aber der nicht mehr aufzuhalten war. Sie würde künftig allein ermitteln, zumindest ohne Wim. Dabei hatte sie gehofft, dass er sich in letzter Minute doch noch umentscheiden und bei ihr in Hannover bleiben würde. Aber nun waren sie vorbei, die Zeiten des Dreamteams Schneider und Höfgens. Wer ihm in der Polizeidirektion Waterloostraße folgen würde, war noch unklar. Cassensmeier hatte sie vertröstet. Er sei sehr bemüht, die vakante Stelle spätestens Anfang des Jahres nachzubesetzen, bis dahin könne man aber auch ein wenig Personalbudget einsparen, was auch nicht zu verachten sei. Es habe ja auch während Wims Erkrankung ganz gut funktioniert, ohne ihn.

So schnell war man also ersetzbar, so schnell drehte sich die Erde weiter, wenn man nicht mehr da war. Sollte das der Dank für fast drei Jahrzehnte Polizeidienst in Hannover sein? Molto triste!

Als sie das Schlafzimmer verließ, stieß sie mit ihrer Schuhspitze gegen einen Umzugskarton im Flur. Mit schwarzem Filzstift hatte Wim in seiner unverkennbaren Handschrift das Wort »Fotos« auf den Deckel geschrieben. Biggi zögerte nur für einen Augenblick, dann siegten Neugier und Wehmut. Als sie das erste Fotoalbum aufschlug, grinste sie eine jugendliche Sigrid an. Wims Schwester war auf dem Bild höchstens 20 und machte in ihrem Badeanzug im Braunschweiger Stadtbad eine hervorragende Figur. Im Vergleich zu früher dürfte sie sich heute vom Umfang her beinahe verdoppelt haben. Es folgten Fotos von einer Familienfeier und vom Braunschweiger Rummel. Das nächste Fotoalbum zeigte Wim bei der Bundeswehr in einer Lüneburger Kaserne und Biggi konnte sich das Lachen nicht verkneifen. Auf nahezu allen Fotos hatte Wim diesen für ihn typischen Gesichtsausdruck, der verdeutlichte, dass ihm Lust und Laune gänzlich fehlten. Album Nummer drei versprach laut Beschriftung Eindrücke von Betriebsausflügen nach Celle und Hameln, war im Karton aber irgendwie verkantet. Biggi musste beide Hände zu Hilfe nehmen, um an Wims dienstliche Erinnerungen zu gelangen, und gerade, als sie das Album endlich aus seinem Gefängnis befreit hatte, stieß sie gut verpackt zwischen Sigrids Hochzeit und Wims Einweihungsfeier auf mehrere Flaschen Ouzo. Ihre feine Spürnase funktionierte also doch noch.

»Dann hoffe ich auf gute Zusammenarbeit! Wie ich mir diese organisatorisch vorstelle, habe ich auf dem nächsten Flipchart-Papier skizziert.« Während Wim seelenruhig die Hände in den Schoß gelegt und Arbeitstasche und Biggis Geschenk auf den Schreibtisch abgestellt hatte, war Yves Degenhardt in seinem Enthusiasmus kaum zu bremsen und blätterte um. Der neue Chef schien vor lauter Eifer beinahe in eine Art Schnappatmung zu verfallen, während Rosalie hingegen deutlich sichtbar mit ihren Kiefergelenken Nüsse hätte knacken können. Wim warf seiner Kollegin einen kurzen Blick zu und zog skeptisch die rechte Augenbraue hoch. Rosalie reagierte mit einem verschmitzten Lächeln und drehte ihren Kopf prompt in Degenhardts Richtung, als er sie direkt ansprach: »Ich bin das aus Magdeburg übrigens so gewöhnt, dass wir uns bei der Polizei alle duzen, und ich finde, dass das auch den Zusammenhalt stärkt. Was meinst du, Rosalie?«

Rosalie hob die Schultern. »Von mir aus. Ich kenne das in der Regel auch so, bin da aber offen. Notfalls greift ja immer die Grundregel, dass der Ältere das Du anbietet, oder, Yves?«

Wim schmunzelte und registrierte, dass Degenhardts rechter Mundwinkel kurz zuckte. Die junge Kollegin bot unterschwellig Paroli, das gefiel Wim und das brauchte dieser Flipchart-Affe da vorne auch.

»Mein Name ist Schneider, Herr Degenhardt. Das Du ist etwas, was man sich meines Erachtens erarbeiten muss. Es sagt sich schließlich immer leichter ›Du Arschloch‹ als ›Sie Arschloch‹. Meinen Sie nicht auch?« Wim gab die Antwort lieber, bevor er gefragt wurde.

»Ich kann niemanden zu seinem Glück zwingen, Herr Schneider, und respektiere Ihre Entscheidung selbstverständlich. Ich gebe aber zu, dass ich es aus Gründen der Teambildung begrüßen würde, wenn wir uns da alle auf Augenhöhe begegnen würden.«

»Ach, wissen Sie, mit meiner Körpergröße und meinem überstrapazierten Body-Mass-Index ist das mit der Augenhöhe bei mir immer so eine Sache, aber daran habe ich mich gewöhnt und das werden Sie ganz sicher auch.«

Bis auf den nervösen Mundwinkel verzog Yves Degenhardt keine Miene und schien den Widerstand, der ihm entgegengebracht wurde, vorerst hinzunehmen.

»Also gut, wie gesagt, die Arbeitsaufteilung habe ich mir so vorgestellt, dass …«

»Entschuldigen Sie, wenn ich Sie kurz noch einmal unterbrechen muss, aber könnten wir das Organisatorische vielleicht ein anderes Mal besprechen? Ich weiß nicht, ob Sie bereits darüber informiert worden sind, dass Leichenteile an der Oker gefunden wurden und eine Schlange im Naturhistorischen Museum eine Fingerkuppe ausgekotzt hat. Und wir reden nun seit einer geschlagenen Stunde über organisatorischen Killefitz.« Wim hielt Degenhardts mahnendem Blick stand und fühlte sich an die eine oder andere Gesprächssituation mit Cassensmeier erinnert, der ebenfalls gerne große Reden geschwungen hatte, anstatt auf den Punkt zu kommen.

»Herr Schneider, bitte überdenken Sie Ihre Ausdrucksweise. Der aktuelle Fall ist der nächste Tagesordnungspunkt auf meiner Agenda, ich möchte aber zunächst …«

»Vielleicht den Bericht der Rechtsmedizin und der Kriminaltechnik lesen?«, warf Rosalie ein und zeigte auf ihren Monitor. »Wir haben soeben eine E-Mail aus Hannover erhalten.« Als sie Wim einen kurzen Blick zuwarf, meinte sie, ein Grinsen zu sehen.

Jan hatte seine Vorlesung sausen lassen und sich stattdessen mit dem Bus ins Krankenhaus begeben. Schon während der

Fahrt war ihm unwohl bei dem Gedanken daran gewesen, heute Morgen vielleicht auf Mads' Eltern zu treffen, wusste er doch um die Zurückhaltung, die Mads zu Hause gewahrt hatte, solange er selbst noch nicht ganz sicher gewesen war, wohin die Reise für ihn gehen würde. Mads hatte sich viele Gedanken gemacht, unzählige Gespräche mit Jan, aber auch mit Rosalie geführt und sich wegen seiner Bisexualität, die sich immer stärker herauskristallisierte, innerlich vollkommen zerrissen gefühlt. Aber wie auch immer es sich zwischen ihnen beiden entwickeln würde, Affäre, Freundschaft plus oder sogar eine Beziehung, Jan stand zu seinen Gefühlen für Mads, und ihn nun in diesem Intensivbett so liegen zu sehen, war mehr, als er ertragen konnte. Die diensthabende Ärztin hielt sich mit Informationen ihm gegenüber zurück. Genaueres konnte er nur über Mads' Angehörige erfahren. Über diesen Weg oder aber über Rosalie, die vermutlich als Polizistin mehr Befugnisse hatte als er, der nur ein Bekannter, ein Freund, nicht aber ein anerkannter Lebensgefährte war. Ungeachtet des Status, den Jan in Mads' Leben hatte, seine Besuchszeit war begrenzt, und so versuchte er Mads in aller Kürze zu zeigen, dass er für ihn da war. Mads atmete flach, seine Augen waren geschlossen und das Koma, in das er gefallen war, machte ihn für Jan auf den ersten Blick unerreichbar. Aber er war der festen Überzeugung, dass Mads seine Anwesenheit spürte, dass er wahrnahm, dass Jan seine Hand hielt, und spürte, wie Jan seinen Kopf auf Mads' Schoß legte und bitterlich zu schluchzen begann.

16. KAPITEL

Schon wieder läuft es nicht nach Plan. Erst die verdammte Autobatterie und jetzt das. Ich bin so wütend! Jetzt waren sie auch in unserem Museum! Ist es denn zu glauben? Sie haben alles untersucht, akribisch, sie haben alles angefasst und beschmutzt! Das hätte nicht passieren dürfen. Ich habe schon wieder einen Fehler gemacht.

Und dann überall Kameras und Fotografen. Sie zerstören die Schönheit und die Ruhe der Toten. Genau wie diese Frau, die einfach überall ihre Finger im Spiel hat. An der Oker ist sie auch schon rumgekrochen, musste alles ganz genau unter die Lupe nehmen und dokumentieren. Es hört einfach nicht auf, mein Schatz! Sie lassen uns nicht in Ruhe. Und es ist alles meine Schuld. Aber mach dir keine Sorgen, ich werde mir etwas einfallen lassen, mir fällt immer etwas ein. Du kennst mich doch. Ich bin nicht auf den Kopf gefallen.

Es tut mir so leid, dass du auf mich warten musst, aber die aktuellen Geschehnisse zwingen mich dazu. Hab nur noch ein bisschen Geduld, mein Schatz, dann komme ich zu dir.

Ich sehne mich so nach dir, ich kann es kaum erwarten, mich wieder neben dich zu legen. So wie immer, nur du und ich.

17. KAPITEL

»Eine vertagte Entscheidung ist besser als eine endgültige Absage, oder?« Bärbel Schwerdtfeger versuchte Enno am Telefon zu beruhigen. Ihr Mann war eindeutig in Rage. »Wann wird das Kuratorium sich denn jetzt wieder zusammensetzen?«

»Das ist es ja! Die Dame im Sekretariat war da sehr unkonkret. Ach was, die hat einfach dichtgemacht. Ein neuer Termin müsse erst gefunden werden, das könne ein bisschen dauern, alles nur Floskeln. Ich könnte in die Tischkante beißen, so sauer bin ich. Ich wollte doch so schnell wie möglich loslegen«, entgegnete Enno aufgebracht und hörbar kurzatmig.

»Aber es hätte doch eh noch einen Augenblick gedauert, bis du die Förderentscheidung schriftlich bekommen hättest und das Geld geflossen wäre. Da kommt es doch jetzt auf die paar Tage auch nicht mehr an.«

»Ein paar Tage? Also, Bärbel, wirklich, auf wessen Seite stehst du eigentlich? Nimmst du diese Stiftungshanseln jetzt auch noch in Schutz? Es gibt laut den Förderrichtlinien die Option für so etwas wie einen vorzeitigen Maßnahmebeginn, auch ohne Geld auf dem Konto. Wenn ich es richtig begründet hätte, dann wäre es dieses Jahr vielleicht noch losgegangen, auch ohne einen finalen Förderbescheid. Wenigstens Angebote hätte ich einholen können. Man weiß ja, wie lange das alles heutzutage dauert. Alles, was ich für einen Start brauche, ist diese beschissene Bewilligung des

Kuratoriums, aber so? Du glaubst doch selbst nicht, dass die bei einem so hochkarätig besetzten Gremium zeitnah einen neuen Termin hinbekommen. Ich sage dir, die entscheiden sich erst im Januar.« Enno Schwerdtfeger konnte sich kaum noch beherrschen und wusste, dass seine Frau gerade in der vollen Bandbreite abbekam, was sie nicht zu verantworten hatte. Aber so war das in einer Ehe, da musste die bessere Hälfte auch mal als Prellbock herhalten.

»Warten wir es ab. Und lass deinen Unmut bitte nicht an mir aus! Du kannst das doch jetzt eh nicht ändern.«

Enno schnaufte in den Hörer und fasste sich an die Brust. Da war es wieder, dieses ätzende Herzrasen, das ihn ab und an heimsuchte. Er saß noch immer in seinem Geländewagen auf dem Firmenparkplatz und ihm stand eher der Sinn danach, jetzt auf die Jagd zu gehen und irgendwen oder irgendwas zu erschießen, als sich um die Treppenhausreinigung und Belüftungsanlagen irgendwelcher Gebäude zu kümmern.

»Lass gut sein. Tut mir leid, wenn ich gerade so grantig bin. Das ist die Enttäuschung.«

»Vielleicht hättest du deine Erwartungen doch ein wenig zurückschrauben sollen. Du steigerst dich da viel zu sehr rein. Das sage ich dir schon die ganze Zeit! Wer nichts erwartet, kann auch nicht enttäuscht werden. So, und jetzt sammele dich und heute Abend besprechen wir alles noch mal in Ruhe.«

»Besten Dank für deine Weisheiten. Da gibt es nichts mehr zu besprechen, für mich ist das Thema erst mal durch, sonst bekomme ich noch einen Herzinfarkt!«

Yves Degenhardt hielt den Bericht der Rechtsmedizin mit so viel Würde in der Hand, als wäre er ein antiquiertes

Schriftstück von unermesslichem Wert. Eigentlich fehlten nur noch ein paar weiße Stoffhandschuhe, aber zumindest hatte seine Stimme etwas Staatstragendes an sich und seine Worte wirkten auf Wim gestelzt. »Dieses Stück Papier von Professor Klein aus der Rechtsmedizin in Hannover ist von großer Bedeutung für unsere weiteren Ermittlungen und bringt uns einen entscheidenden Schritt voran. Rosalie, Herr Schneider, ich schlage vor, dass Sie unverzüglich das Vermisstenverzeichnis durchgehen. Weibliche Personen, mindestens mittleren Alters und so weiter.«

»Dieses Stück Papier ist einfach ein Stück Papier, Herr Degenhardt. Und ich kenne den Verfasser seit vielen Jahren persönlich. Ein ausgezeichneter Mediziner mit sehr viel Sachverstand. Da können sich so einige Kriminalisten noch eine Scheibe von abschneiden. Aber wie dem auch sei, in der Tat bestätigt der Inhalt des Berichts, was Rosalie Helmer und ich längst vermutet haben: Der Finger passt zu den Leichenteilen. Daraus lässt sich schließen, dass unser Täter versucht hat, die Körperteile, die zur Identifizierung der Leiche beitragen könnten, ein für alle Mal zu vernichten. Nichts Überraschendes bei einer Tat dieser Art, aber die Vorgehensweise ist dann doch recht ungewöhnlich. Und natürlich hat Frau Helmer bereits vorsorglich mit der Sichtung der Liste aller vermissten Personen begonnen, aber das konnten Sie ja nicht wissen.« Wim stand auf, schob Biggis Geschenk und seine Tasche beiseite, beugte sich nach vorne und stützte sich mit den Händen auf der Schreibtischplatte ab. Erwartungsvoll schaute er zu Rosalie, die sich räusperte und zügig ergänzte, um der angespannten Stimmung etwas entgegenzuhalten: »Wir haben dank der hervorragenden Arbeit von Professor Klein bereits DNA-Material, das hilft schon mal, aber natürlich müssen wir einen Datenbankabgleich vornehmen und gegebenenfalls an Vergleichsproben kommen. Ich denke, dass damit feststeht, womit wir uns heute befassen.«

Yves Degenhardt zog seine Augen zu schmalen Schlitzen zusammen. Für einen kurzen Moment dachte Wim darüber nach, ob der neue Chef im Gesicht irgendwie nachgeholfen hatte. So wenige Mimikfalten waren in seinem Alter eigentlich nicht normal. »Herr Schneider, wenn Rosalie mit der Sichtung der Vermisstenliste eh schon begonnen hat, dann statten Sie dem Museum doch noch mal einen Besuch ab. Rosalie schätze ich so ein, dass sie ganz wunderbar allein klarkommt, und Sie haben diesen, nennen wir es mal ›Tatort‹ im Museum ja noch nicht persönlich in Augenschein genommen. Und, Herr Schneider, soweit ich informiert bin, hat Rosalie gestern die zuständige Wissenschaftlerin bereits gebeten, Unterlagen über jene Personen zusammenzustellen, die Zugang zum Terrarium haben. Die bringen Sie dann gleich mal mit. Also die Unterlagen, nicht die Frau. Und da heute Ruhetag ist, rufen Sie am besten vorher an. Ach, und noch etwas: Dies ist keine Bitte, sondern eine Weisung. Haben wir uns verstanden?«

Verdutzt schaute Wim zu Rosalie, die betreten den Blick senkte, während Yves Degenhardt sich wegdrehte, die Flipchart-Papiere zusammenrollte und nebenbei aufgebracht an seinem Krawattenknoten herumnestelte. Die erste Dienstbesprechung war damit anscheinend beendet.

»Aber meinen Arbeitsplatz einrichten darf ich dann schon noch?« Wims Reaktion klang trotzig.

»Nach dem, was ich hier so sehe, denke ich, dass Sie vorerst alles haben, was Sie brauchen, und für den Rest gibt es eine Materialausgabe. Wir sind uns ja wohl einig, dass Mord keinen Aufschub duldet. Und beim Computer hilft

Ihnen Rosalie später bestimmt, denn ich bin auch schon darüber informiert, dass Technik nicht gerade zu Ihren Stärken gehört.«

»Das mache ich gerne«, entgegnete Rosalie wie aus der Pistole geschossen. »Und wenn ich dazu gleich noch etwas sagen darf: Wir haben soeben eine ganz frische Vermisstenmeldung reinbekommen.«

Wie vom Donner gerührt saß Biggi am Küchentisch und betrachtete die kleine Ansammlung an Spirituosen, die sie in verschiedenen Umzugskartons gefunden hatte. Wims Vorliebe für Ouzo war nicht zu übersehen und es brauchte nicht mal ihre intakte Spürnase, um schnell zu begreifen, dass er nicht nur bewusst in den Kartons mit persönlichen Gegenständen den Alkohol transportiert hatte, sondern dass er auch wieder trank. Für Biggi war diese Feststellung in doppelter Hinsicht ein Problem. Zum einen würde sie Wim zur Rede stellen müssen, hatte sie nach seiner Operation und dem Klinikaufenthalt doch gehofft, dass er nun trocken war. Beiläufig hatte er zwischendurch auch mal herumgefrotzelt, dass Anis-Fenchel-Kümmeltee sein neuer Ouzo wäre, nur dass der Fenchel und der Tee dabei irgendwie stören würden. Für einen etwaigen Rückfall musste es also Gründe geben und die wollte sie unbedingt herausfinden. Kam er mit dem Umzug von Hannover nach Braunschweig und seinem neuen Lebensabschnitt doch nicht so gut zurecht, wie er immer vorgab? Gab es andere persönliche Gründe oder Kummer, den er betäuben wollte? Lag es vielleicht sogar an ihr selbst? Oder hatte er allen am Ende etwas vorgemacht und nie wirklich aufgehört zu trinken, weil die Sucht ihn fest im Griff hatte? In Biggis Kopf herrschte Chaos.

Andererseits konnte sie Wim eigentlich nur mit seinem Alkoholkonsum konfrontieren, wenn sie zugab, an seinen persönlichen Sachen gewesen zu sein. Wie würde er auf einen derartigen Eingriff in seine Privatsphäre reagieren? Konnte sie sich damit rausreden, dass sie ihm helfen und ein paar Dinge auspacken wollte? Oder hatte sie hier schlichtweg eine Grenze überschritten, die ihren sicheren Rausschmiss und das Ende ihrer Freundschaft bedeuten würden? Sie konnte es drehen und wenden, wie sie wollte, die Situation, in der sie sich befand, war wohl ein klassisches Dilemma.

Seufzend kippte Biggi das Fenster und griff zu einer Zigarette. Die alte Lunge gepflegt durchzulüften, half eigentlich immer, um einen klaren Kopf zu bekommen, und mittlerweile wurde ihr nach den ersten Zügen auch nicht mehr sofort schlecht. Nur kurz schaute sie auf die Schachtel, um ihren Blick gleich wieder abzuwenden. An den Anblick von Tumoren und Raucherbeinen auf den Verpackungen hatte sie sich in den vergangenen Jahren nur bedingt gewöhnen können. Auch sie spielte mit ihrer Gesundheit, wenn sie sich bis zu 40 Glimmstängel am Tag gönnte, daran gab es nichts herumzudeuteln. Und das obwohl Lungenkrebs sowohl ihre Großmutter als auch ihren Vater ins Jenseits befördert hatte und eine familiäre Vorbelastung damit auf der Hand lag. Beide waren zeit ihres Lebens starke Raucher gewesen und Biggi war mehr als erfolgreich in ihre Fußstapfen getreten, zumindest was das anging. Ansonsten war besonders ihr Vater kein echtes Vorbild für sie gewesen. War es also nicht irgendwo auch vermessen, Wim mit seiner Abhängigkeit zu konfrontieren und selbst zu schwach zu sein, das eigene Laster abzulegen? Biggi nahm noch einem weiteren tiefen Zug und drückte die Zigarette nach der Hälfte wieder aus. Noch so eine Zwickmühle.

Die frostige Dezemberluft hatte sich während ihrer kleinen Raucherpause in Windeseile im Zimmer ausgebreitet und Biggi einen kleinen Kälteschauer bereitet. Als sie aufstand, um das Fenster wieder zu schließen, schaute sie beiläufig in den Garten und traute ihren Augen nicht. Da war er also wieder, der Fuchs. Seelenruhig saß er neben Nachbars Tanne und schaute zu Biggi nach oben.

Georg Holthusen war dem Hilferuf seines Freundes Franz sofort gefolgt und zur Villa auf der Bult geeilt. Es schien, als hätte Georg tatsächlich bis zuletzt gehofft, dass Luise doch noch auftauchen würde. Seine Schwester nun offiziell bei der Polizei als vermisst zu melden und sich um alle Angelegenheiten der Stiftung zu kümmern, schien Franz für den Moment zu viel zu werden. Wie ein Häuflein Elend hatte er Georg die Tür geöffnet und wirkte in sich zusammengefallen. Georg hatte kurzen Prozess gemacht, Franz ins Auto gepackt und war mit ihm nach Wettbergen gefahren, um dort einen ausgiebigen Spaziergang zu unternehmen und anschließend Gittes Kochkünste zu genießen. Danach sah die Welt schon ganz anders aus. Seite an Seite gingen sie durch den alten Ortsteil und beim Anblick der Vinothek verdrängte Georg die Erinnerungen an seine torkelnde Frau und die heimlichen Tuscheleien der anderen genauso schnell, wie sie ihn heimgesucht hatten. Luises Verschwinden und die Auswirkungen auf die Arbeit der Stiftung bedeuteten auch für ihn einen Einschnitt. Allerdings einen lang ersehnten. Nach dem Rückzug aus dem Berufsleben und aus der Politik waren seine Ehrenämter und vor allem die Stiftung auch so etwas wie Zufluchtsorte geworden. Sie gaben ihm die Möglichkeit, aus dem festgefahrenen Alltag mit Gitte auszubrechen und vor allem nicht an jeder Straßenecke von besorgten Bürgern oder Parteimitgliedern angesprochen zu werden, zum Teil weit unter seinem Niveau. Politik aktiv zu gestalten, bedeutete auch, sich mit einem Querschnitt der Bevölkerung auseinandersetzen zu müssen. Dabei spielte die Qualifikation der Menschen für Georg weniger eine Rolle als ihr Sachverstand. Ein erfahrener Bauer als Landwirtschaftsminister konnte sein Amt unter Umständen deutlich kompetenter und gewiefter ausüben als eine studierte Ärztin oder ein promovierter Chemiker das Amt einer Bürgermeisterin oder eines Landrates. In der Stiftung hingegen begegneten sie sich alle auf intellektueller Augenhöhe. Trotz der Spannungen, die es zwischen den Geschwistern zuletzt immer wieder gegeben hatte, und trotz Luises zunehmender Vergesslichkeit schätzte Georg diesen fachlichen Austausch mit Gleichgesinnten sehr. Bevor Luise angefangen hatte, sich zu verändern, und ihr Gedächtnis immer häufiger Lücken aufwies, hatte es Zeiten gegeben, in denen Georg sogar Luise für ihre Weitsicht und ihr Durchsetzungsvermögen bewundert hatte. Und wenn Franz sich von seiner großen Schwester nicht gerade einmal wieder unterdrückt fühlte, dann gingen von ihm durchaus innovative Impulse aus, die eine Stiftung brauchte, um sich weiterzuentwickeln und den Transfer in die Gesellschaft zu stärken. Laut äußern würde Georg seine Einschätzung über Luise und Franz aber nicht. Im Gegenteil, der Zwist musste endlich beendet und die Verhältnisse in der Stiftung mussten geordnet werden und er war bereit, endlich mehr Verantwortung zu übernehmen. Kurzum: Die Geschwister mussten früher oder später einfach weg und ein Anfang war getan.

18. KAPITEL

Das Telefonat mit Enno hallte noch nach, aber Bärbel Schwerdtfeger hatte sich im Laufe der Jahre ein dickes Fell zugelegt. Außerdem hatte sie unmittelbar nach der Fußpflege heute Dienst im Jägereimuseum und damit eigentlich keine Zeit für die Launen ihres Mannes. Sie hatte die kleine Katastrophe allerdings kommen sehen. Welche Mäzenin würde an einem Samstagabend noch den Kreis der Auserwählten über eine Förderung informieren? Wie wichtig konnte ein kleines und privates Museum sein, dass eine Förderentscheidung nicht bis zum nächsten Werktag warten konnte? Das Vorgehen dieser Luise Janßen war Bärbel von Anfang an suspekt vorgekommen.

Um sich ein wenig zu beruhigen, hatte sie es sich mit ihrem Strickzeug hinter dem Empfangstresen bequem gemacht. Handarbeit half immer. An einem Montag und damit am Ruhetag der Konkurrenz zu öffnen, war seinerzeit die Idee von Justus Bellinghausen gewesen, der ihr auch heute wieder Gesellschaft leistete und im Nebenraum gerade dabei war, seine Führung für eine Schulklasse am Nachmittag vorzubereiten.

»Was macht dein Halskratzen, mein Lieber? Schaffst du das heute mit den Kindern?« Bärbel übertönte mit ihrer Stimmlage das monotone Klackern ihrer Stricknadeln.

»Auf jeden Fall, deine Teemischung und ein paar Lutschpastillen haben wirklich geholfen. Danke nochmals. Es geht mir heute schon deutlich besser.«

»Tja, es kann nicht schaden, Bärbels Ratschläge anzunehmen. Wenn doch nur mein werter Herr Gemahl das auch mal so sehen würde.«

»Ich kann mir vorstellen, dass er außer sich war. Er hat sich viel zu sehr auf dieses Projekt versteift.«

»Es ist ihm halt eine Herzensangelegenheit und er ist ein Tausendprozentiger.«

»Hoffentlich meinst du das mit der Herzensangelegenheit nicht wortwörtlich. Was machen denn seine Rhythmusstörungen?«

»Na ja, dass dieser selbst auferlegte Stress keine kardiologische Wohltat für ihn ist, das kannst du dir ja vorstellen, aber eigentlich ist er aktuell mit seinen Medikamenten gut eingestellt. Dennoch mache ich mir immer große Sorgen.«

»Er sollte wirklich mal einen Gang runterschalten. Er will doch in ein paar Jahren noch etwas von seiner Rente haben und dieses Erweiterungsprojekt ist so überflüssig wie ein Kropf.«

»Ich weiß. Aber ich verstehe seine Motivation trotz meiner eigenen Vorbehalte. Schau dich doch mal um. Wir platzen aus allen Nähten.«

Justus Bellinghausen erschien im Foyer und lehnte sich mit verschränkten Armen gegen den Türrahmen. »Bärbel, ganz im Ernst: Ich finde es gemütlich und unsere Besucher lieben es so, wie es ist.«

»Ja, du hast ja recht. Ich bin hin- und hergerissen und ich glaube, dass Enno auch davon angetrieben wird, dass er sich ein kleines Denkmal setzen möchte.«

»Das kann er hier sicher besser als in seiner tollen Firma.«

»Hör mir bloß auf, er hat schon länger keine Lust mehr. Was macht denn deine Jobsituation im Moment?«

»Och, ich komme mit meinen Nachhilfestunden ganz gut zurecht und habe hier und da noch ein paar Minijobs. Und die Arbeit im Jägereimuseum wirft ja auch ab und zu wenigstens ein Trinkgeld ab. Mir bedeutet unsere private Sammlung wirklich eine Menge und es macht mir viel Freude, mein Wissen weiterzugeben.«

»Es ist ein Jammer, dass kluge Köpfe wie du in unserem System keine echte Chance haben.« Bärbel blickte von ihren halb fertigen Wollsocken auf. »Immer nur befristete Verträge, wohin man schaut. Enno berichtet auch immer mal davon, wenn er von seinen Arbeitstreffen im Naturhistorischen Museum zurückkommt.«

Justus Bellinghausen hob die Schultern. »So ist das leider oft bei uns Akademikern. Aber mach dir keine Sorgen um mich. Ich komme zurecht.«

Bärbel seufzte. »Dann ist's ja gut.«

Mia Armbrüster fühlte sich in der Gegenwart des stämmigen und mürrisch wirkenden Kriminalhauptkommissars unwohl. Die Gespräche mit Rosalie Helmer und Christina Pannier waren ihr in angenehmerer Erinnerung geblieben und weniger sperrig verlaufen. Selbst ihr Fernsehinterview war ihr leichter von der Hand gegangen und nicht nur deshalb wünschte sie sich immer noch so schnell wie möglich Direktor Reichert oder wenigstens seinen Stellvertreter zurück. Zumindest hatte sie den Direktor am Vorabend irgendwo zwischen Riesenschildkröten und Meeresechsen auf dem Inselarchipel im Pazifik per Mail erreicht und über die Vorfälle im Python-Terrarium berichtet. Dass er ihr in einer kurzen und knappen Antwort sein volles Vertrauen ausgesprochen und betont hatte, für Rückfragen jederzeit zur Verfügung zu stehen, half ihr in der akuten Situation aber nur bedingt weiter. Was wohl in seiner Welt »jederzeit« bedeutete, bedachte man die Zeitverschiebung und die Internetverbindung in der Wildnis?

»Also ich kann ja Schlangen nicht wirklich viel abgewinnen. Aber jeder, wie er mag«, sagte Wim, nachdem sie den Rundgang im Keller beendet hatten.

»Ja, so geht es vielen Menschen. Dabei sind es absolut faszinierende Geschöpfe.«

Wim rümpfte die Nase. »Meine Begeisterung hält sich in Grenzen. Aber Sie forschen an diesen Tieren?«

»So ist es. Sie sind mein Steckenpferd«, bestätigte Mia Armbrüster mit einem gewissen Stolz. »Ich arbeite gerade an meiner Habilitation.«

»Na ja, so was muss es auch geben.«

»So was?« Und schon hatte dieser Schneider sie mit wenigen Worten wieder irritiert.

»Also Expert…innen wie Sie, meine ich.«

Während sie Seite an Seite die Treppe aufwärts in das Erdgeschoss gingen und Mia über die aus ihrer Sicht etwas zu lange Gender-Sprechpause zwischen dem »Expert« und dem »… innen« schmunzelte, brummte plötzlich Wims Handy in seiner Manteltasche. »Wenn Sie mich kurz entschuldigen würden?«

»Selbstverständlich«, entgegnete Mia Armbrüster erleichtert. »Ich warte vorne an der Kasse auf Sie.«

Wim nickte zustimmend und blieb auf halber Treppe stehen, um einen Blick auf das Display zu werfen. Rosalie Helmer.

»Schneider!«

»Herr Schneider, ich wollte Ihnen kurz einen Zwischenstand geben und Sie fragen, ob wir uns heute wohl noch mal sehen?«

Wim schielte auf seine Armbanduhr. 14.45 Uhr. »Also ich bin hier bald fertig und komme ganz sicher noch mal ins Büro. Ein bisschen muss ich wohl noch, denn ich will nicht gleich am ersten Tag Minusstunden machen. Oder hat der liebe Yves noch ein anderes Reiseziel für mich auserkoren?«

»Der liebe Yves nicht, aber ich!«

Biggi hatte sich warm eingepackt, musste aber wegen ihres Kopfverbands auf eine Mütze verzichten. Dieser modische Umstand war allerdings durchaus zu verkraften, sah sie ihres Erachtens mit einer Mütze doch aus wie ein klappriges Mainzelmännchen. Der Preis, den sie nun zahlte, war der eiskalte Wind, der ihr um die Ohren pfiff. Der erste Schnee lag in der Luft. Aber dank der Kälte bekam sie wenigstens am eigenen Leib zu spüren, dass noch Leben in ihr steckte und sie nicht in einem Traum oder einer Halluzination gefangen war. Viva la vita!

Sie hatte ihr Handy fest in der Hand, die Kamera bereits geöffnet und würde sofort auf den Auslöser drücken, wenn dieses Viech ihr begegnete. Möglichst unauffällig hielt sie Ausschau nach dem Tier, denn vermutlich würde man in dieser spießigen Umgebung, ohne zu zögern, die Polizei rufen und eine Irre melden, die als Mumie verkleidet durch die Büsche kroch, wenn man sie ertappte. Nach wenigen Hundert Metern kam Biggis Gedankenkarussell aber bereits zum Stehen, als sie registrierte, dass sie auf dem besten Weg war, das kleine Wohngebiet zu verlassen, und sich vor ihr eine großzügige Parkanlage öffnete. Ein Blick auf Google Maps verriet ihr, dass es sich um den Inselwallpark handelte, und mit Verwunderung bestaunte sie das moderne, holzverkleidete Toilettenhäuschen, das man am Eingang der Grünanlage auf einer Rasenfläche errichtet hatte. Hier irgendwo, auf der anderen Seite des Parks, befand sich der Gaußberg. Erinnerungen wurden wach. Auf Spurensuche wollte Biggi sich jedoch nicht begeben. Der Fall war für sie abgeschlossen, auch wenn ihr schmerzlich bewusst wurde, dass die Ermittlungen Wim seiner Heimat das entscheidende Stückchen näher gebracht hatten – zu nah. Vielmehr interessierte sich Biggi für Wims ganz persönliche Vergangenheit, hatte er sie damals doch wissen lassen, dass er hier in der Nähe aufgewachsen war. Biggi wollte mit eigenen Augen sehen, was Wim als Kind geprägt hatte, und vielleicht lag hier auch der Schlüssel für sein eigenbrötlerisches Wesen.

Gitte Holthusen hatte kandierte Hibiskusblüten in den drei Sektflöten ertränkt und sich für eine Flasche Crémant aus dem Elsass entschieden, den sie bei einem ihrer letzten Einkäufe in der Vinothek erstanden hatte.

»Muss das sein?«, fragte Georg grummelig.

»Was denn? Die Deko im Glas? Ist doch originell, oder?«

»Dass wir am späten Nachmittag schon Crémant trinken. Zum Feiern ist uns doch allen eher nicht zumute.«

»Mein Gott, Georg, jetzt mach dich mal locker. Es ist ein kleiner Aperitif vor dem Abendessen und bringt uns vielleicht auf andere Gedanken. Schau mal raus, es wird demnächst dunkel.«

»Ich finde das unpassend.«

Franz Baumann beobachtete das Gespräch zwischen den Eheleuten Holthusen mit einem gewissen Abstand. Nicht nur, dass er ein paar Meter entfernt auf dem Sofa saß und nur über einen Kochblock hinweg in die offene Küche schauen konnte, er war auch mit seinen Gedanken ganz woanders. Als die Stimmlagen sich jedoch nach oben schraubten und ein handfester Streit drohte, sah er sich dazu gezwungen, zu intervenieren.

»Ach komm, Georg. Gitte meint es doch nur gut.«

»Siehst du, Franz ist nicht so verkrampft wie du«, betonte Gitte und füllte die Gläser bis zum Goldrand.

»Ich kann ja hier sagen, was ich will, es interessiert keinen«, erwiderte Georg.

»Was auch immer Luise zugestoßen ist, sie hätte nicht gewollt, dass wir alle Trübsal blasen.« Franz erhob sich von seiner Sitzgelegenheit und ging durch das großzügige Wohnzimmer in Richtung der modernen Küche. »Lasst uns einfach auf Luise anstoßen und darauf, dass alles gut wird.«

»Natürlich wird alles gut«, sagte Gitte sanftmütig und streichelte Franz über den Oberarm. »Luise wird wieder auftauchen oder man wird sie finden. Wer weiß, wo ihr dementer Geist sie hin verschlagen hat.«

»Sollte sie sich verirrt haben, ist das bei diesen Außentemperaturen lebensgefährlich«, stellte Franz fest und griff zur Sektflöte.

Gitte schaute besorgt. »Das ist sicherlich richtig, aber die Polizei wird sich ja ab jetzt kümmern. Die werden sie finden.«

Georg Holthusen ließ die Rumdeuteleien seiner Frau und seines von Verzweiflung und Hoffnung getriebenen Freundes unkommentiert. Er dachte sich ganz einfach seinen Teil.

19. KAPITEL

Der Raum war gut gefüllt, die Luft beinahe stickig und alle Augen waren auf ihn gerichtet. Yves Degenhardt schob den Ärger über den Querulanten in seinem neuen Team beiseite, als er vor die Presse trat. Wim Schneider und Rosalie Helmer wusste er auswärts unterwegs, und so gehörte ihm in diesen Minuten die Bühne.

Zunächst ergriff Pressesprecherin Sandra Franck das Wort. Ihr Hosenanzug saß perfekt, ihre dunkelblonden Haare waren zu einem ordentlichen Zopf zusammengebunden und ihre schwarze Designerbrille ließ sie nicht nur professionell wirken, sondern verlieh ihr auch eine gewisse Strenge. So ging Außendarstellung. Yves Degenhardt war jetzt schon zufrieden.

»Guten Tag, meine sehr verehrten Damen und Herren, ich begrüße Sie zu unserer heutigen Pressekonferenz. Ich danke Ihnen für Ihr zahlreiches Erscheinen trotz der Kurzfristigkeit. Zu meiner Linken begrüße ich außerdem den neuen Leiter der Braunschweiger Mordkommission, Herrn Yves Degenhardt, der aus Magdeburg zu uns in die Löwenstadt gewechselt ist und Ihnen gerne zum aktuellen Stand der Ermittlungen Auskunft erteilt. Anschließend haben Sie die Gelegenheit, Fragen zu stellen. Herr Degenhardt, bitte schön.«

»Danke, Frau Franck. Auch von mir einen guten Tag. Ich möchte Sie heute darüber informieren, dass wir wegen des Fundes von Leichenteilen am Ufer der Oker, unweit des

Heizkraftwerks Mitte, genauer gesagt am Juteweg, und hinsichtlich der in einem Schlangenterrarium des Naturhistorischen Museums gefundenen Fingerkuppe neue Erkenntnisse haben. Im Eilverfahren ist eine DNA-Analyse der Fundstücke in der Hannoverschen Rechtsmedizin erfolgt und wir haben nun Gewissheit, dass die von uns sichergestellten Leichenteile und die Fingerkuppe zu ein und derselben Person gehören.«

Mit Bedacht legte Yves Degenhardt eine kurze Redepause ein und ließ den Blick im Raum schweifen. Einige Journalisten schrieben eifrig mit, einige schauten ihn ungläubig an, zwei gutaussehende Frauen in der letzten Reihe hatten die Köpfe zusammengesteckt und tuschelten leise.

»Anhand dieses Ergebnisses werden wir nun abgleichen, ob es sich um sterbliche Überreste einer vermissten Person handelt, die in unserer Datenbank bereits erfasst ist. Der Zustand der Leichenteile lässt darauf schließen, dass es sich um eine sehr kurze Liegezeit handelt, oder sagen wir es anders, der grüne Baumpython dürfte relativ frisches Futter erhalten haben.« Erneut scannte Yves Degenhardt die Gesichter aller Anwesenden und nahm wahr, dass ein Raunen durch den Raum ging. Den irritierten Blick der Pressesprecherin neben sich nahm er hingegen nicht wahr. Als die erste Journalistin die Hand hob, um eine Frage zu signalisieren, nickte Yves Degenhardt freundlich und fuhr fort. »Einen Augenblick noch, Frau …?«

»Mona Schmitz, Braunschweiger Zeitung, ich hätte da eine Nachfrage.«

Yves Degenhardt lächelte süffisant. »Sicher doch, Frau Schmitz, aber erst, wenn ich fertig bin, dann dürfen Sie mich fast alles fragen. Zunächst möchte ich Ihnen noch mitteilen, dass es sich um die sterblichen Überreste einer weiblichen Person handelt, mindestens mittleren Alters. Die endgültige Bestätigung steht aber noch aus. Theoretisch wäre eine sehr aufwendige und kostspielige radioisotopische Untersuchung denkbar, um das Alter möglichst exakt zu bestimmen. Wir setzen aber zunächst auf die bereits angesprochene Auswertung unserer vorliegenden Datenbank. Mein Team geht in diesen Minuten bereits mit Hochdruck den ersten Spuren nach, um diesen mysteriösen Todesfall zügig aufzuklären. Frau Schmitz, jetzt bin ich fertig. Was möchten Sie denn genau wissen?«

»Sind Kopf und Hände mittlerweile aufgetaucht? Steht denn die Todesursache schon fest? Welche Verletzungsspuren weisen die Leichenteile auf?«

Yves Degenhardt verzog keine Miene und warf der Journalistin einen ernsten Blick zu. »Das sind ja gleich drei Dinge auf einmal, die Sie da wissen möchten. Also der Kopf und die Hände fehlen nach wie vor, wenn wir von der Fingerkuppe mal absehen. Wie Sie ja bereits wissen, war die Suche am Ufer und auch in der Oker erfolglos. Aber wer weiß, was diese Schlange nicht alles verdaut hat.«

»Einen ganzen Schädel wohl kaum.« Während alle Köpfe sich von einer Sekunde auf die andere zur Tür drehten, krallte der Chef der Mordkommission seine Finger in das Holz der Tischkante und schloss für einen Moment die Augen.

»Entschuldigung, mein Name ist Schneider. Kriminalhauptkommissar Wim Schneider. Ich ermittle in diesem Fall.«

Luise Janßen, 69 Jahre, wohnhaft in der Keplerstraße, vermisst seit Donnerstagabend. Dies waren die Eckdaten, die Rosalie aus der Vermisstenanzeige gefischt und Wim Schneider am Telefon mitgeteilt hatte. Zu ihrer Überraschung hatte sie mit Blick auf den großen Stadtplan, der hinter ihr an der Wand im Büro hing, festgestellt, dass es sich bei der Meldeadresse von Frau Janßen um die unmittelbare Nachbarschaft von Wim Schneider handelte. Auch der Kollege konnte mit der Anschrift etwas anfangen und hatte daher beschlossen, zunächst ins Büro zurückzukehren, schnell seine Sachen zu holen, um dann mit etwas Glück nach dem Besuch bei Luise Janßen einen sehr kurzen Fußweg nach Hause antreten zu können. Rosalie hatte hingegen andere Pläne, sie zog es nach Feierabend erneut ins Krankenhaus, um Mads zu besuchen. Dass es hier noch keine Neuigkeiten gab, lag ihr mindestens genauso quer wie der neue Chef, der ihr komplett unsympathisch war. Die Ermittlungen an der Oker und im Museum waren eine gute Ablenkung, die Sorge um Mads überschattete aber alles. Immer wieder ging Rosalie mögliche Zusammenhänge und Motive durch, vorwärts kam sie hierbei jedoch nicht. Alles lief darauf hinaus, Mads zu befragen. Wann das möglich wäre, war derzeit jedoch vollkommen unklar. Die Frage, ob es jemals dazu kommen würde, ließ Rosalie schlichtweg nicht zu. Stattdessen drifteten ihre Gedanken immer wieder ab und verloren sich in den schönen Erinnerungen an ihre gemeinsame Zeit mit Mads. Die vielen Gespräche über Jan, an Flaschenbier auf dem Magnikirchhof, an Frühstück in ihrer Küche, an die Ängste und Sorgen, die ihn quälten, an seine Suche nach dem eigenen Ich. Aber auch in diesen Momenten zwang Rosalie sich, professionell zu bleiben und ihre ganze Kraft den aktuellen Ermittlungen zu widmen. Der geplante Ausklang dieses Arbeitstages hatte dann jedoch eine plötzliche Wendung genommen, als Wim und

Rosalie auf dem Weg nach draußen eine kleine Menschentraube wahrnahmen, die sich vor dem Raum für Pressekonferenzen versammelt hatte. Schnell waren die beiden in einem Seitengang verschwunden, als sie aus der Ferne Yves Degenhardt und Sandra Franck erkannt hatten. Was lief hier ab? Hatte der neue Chef etwa eine PK angesetzt, ohne sie zu informieren? Rosalie hatte ihn selbstverständlich darüber in Kenntnis gesetzt, dass sie mit Wim Schneider noch zur Keplerstraße fahren wollte und sie dann sehr wahrscheinlich nicht mehr ins Büro zurückkommen würden. Es hatte nicht viel ermittlerisches Gespür gebraucht, um zu erkennen, dass Wim Schneider das sich ihnen bietende Schauspiel nicht schmeckte und er innerlich kochte. Die Worte, die Rosalie wählte, um ihn davon abzuhalten, die Pressekonferenz zu stürmen, waren an seinem dicken Schädel jedoch abgeperlt wie Öltropfen an einer Teflonpfanne.

Nach den Überstunden am Wochenende genoss Christina Pannier einen einigermaßen pünktlichen Feierabend am späten Montagnachmittag. Der Alltag einer Patchwork-Mutter hatte sie wieder einmal in Beschlag genommen und sie musste dringend noch ein paar Besorgungen machen. Nicht nur die Feiertage näherten sich schneller, als sie gucken konnte, sondern auch der 14. Geburtstag ihres Stiefsohnes Luis. Nachdem sie zu Hause schnell ihr Arbeitsoutfit gegen wettergerechte Freizeitbekleidung eingetauscht hatte, saß sie nun schon wieder warm eingepackt in ihrem Auto, hatte ihren Rucksack neben sich auf dem Beifahrersitz abgestellt und wollte rückwärts aus der Einfahrt auf die Straße fahren. Doch schon nachdem sie flüchtig in den Rückspiegel geschaut hatte, fiel ihr auf, dass etwas nicht stimmte. Hatte sie vorhin das Tor zur Einfahrt wieder geschlossen, obwohl ihr klar gewesen war, dass sie gleich in die Stadt fahren wollte? Christina schüttelte den Kopf und schnallte sich wieder ab. Es blieb ihr nichts anderes übrig, als noch einmal auszusteigen und das Tor wieder zu öffnen. So konnte man sich natürlich auch die freie Zeit vertreiben. In dem Moment, als sie die Autotür einen Spalt öffnete, registrierte sie in ihrem Sichtfeld jedoch plötzlich eine Bewegung und spürte schneller, als sie etwas sagen konnte, einen kurzen Stich an ihrem Hals. In den darauffolgenden Sekunden sackte Christina Pannier in sich zusammen und fiel seitlich aus dem Auto auf die Auffahrt, die Burkhard erst im Spätsommer neu gepflastert hatte.

20. KAPITEL

Am Ende war sie doch noch einmal am Gaußberg umhergeschlichen und hatte sich aus einer gewissen Distanz die Villa angeschaut, mit der alles seinen Anfang genommen hatte. Den Anfang vom Ende ihrer Zeit mit Wim. Carl Friedrich Gauß thronte noch immer auf seinem meterhohen Denkmalsockel und auch ansonsten hatte die Gegend, die ein gewisses Unbehagen bei Biggi auslöste, sich nur der Jahreszeit entsprechend verändert.

Ihre Füße fühlten sich mittlerweile wie Eisklumpen an und ihre Nasenspitze war gerötet und erinnerte entfernt an einen Clown. Einen traurigen Clown. Der Kopfverband, für den sie immer wieder Blicke erntete, tat sein Übriges. Einige ihrer Finger hatten sich weiß verfärbt, eine Antwort ihres Körpers auf die Kälte und den emotionalen Stress oder wie ein Facharzt es genannt hatte: das Raynaud-Syndrom. Nur eine von mehreren Baustellen, die ihre Gesamtkonstitution gerade belasteten, aber was sie nicht umbrachte … Biggi schob den sich anbahnenden Anflug von Selbstmitleid beiseite und kehrte der Villa nach einem intensiven Seufzer wieder den Rücken zu, um in der einsetzenden Dämmerung den Heimweg anzutreten. Über mehrere Stunden hatte sie sich das Viertel der Kindheit des Wim Schneider erlaufen, immer wieder Pausen eingelegt, beobachtet, die Gedanken kreisen lassen und auf eine Eingebung gehofft. Mittlerweile war sie aber nicht nur komplett durchgefroren, sondern fand ihre spontane Idee, ausgerechnet hier irgendwo auf Spuren und Hinweise zu stoßen, die eine Erklärung für Wims eigenbrötlerischen Macken und seine Schwächen liefern würden, total lächerlich. Mamma mia, was hatte sie sich nur dabei gedacht? Den Weg zurück würde sie nun sinnvoller nutzen, um sich eine Strategie zurechtzulegen. Wim mit ihrer Entdeckung zu konfrontieren, war mehr als eine Herausforderung, es war ein Wagnis, bei dem sie ein hohes Risiko einging. Und sie würde noch einmal ganz konzentriert die Augen nach diesem vermaledeiten Fuchs offen halten. Hirngespinste aller Art waren nichts für eine Biggi Höfgens.

Nachdem Wim die Pressekonferenz gesprengt und den Chef hatte auflaufen lassen, folgte nicht nur eine Standpauke von Yves Degenhardt, sondern auch ein erhobener Zeigefinger von Wim. Er war um Widerworte nicht verlegen und wusste seine oftmals unpopulären Standpunkte selbstbewusst zu vertreten, aber dieser Flipchart-Affe löste in ihm einen kaum zu bändigenden und sehr tiefsitzenden Groll aus. Oder um es auf den Punkt zu bringen: Wim hätte Yves Degenhardt am liebsten einen Kinnhaken verpasst. Am Ende war es keine Faust, sondern eben nur Wims Zeigefinger gewesen, den er zur Verdeutlichung seiner Argumente vehement eingesetzt und vor Degenhardts verdattertem Gesicht herumgewirbelt hatte. Yves Degenhardt hatte im Gegenzug schon am Ende des ersten Tages und zum Abschluss des »Personalgesprächs«, wie er es deutlich betont hatte, alle Register gezogen und Wim wissen lassen, dass er zunächst nur für drei Monate auf Probe in Braunschweig wäre, bevor eine endgültige Entscheidung über seine Versetzung anstand. Und dass er seine beamtenrechtlichen Instrumente genau kennen würde und einzusetzen wüsste, wenn Wim sich nicht am Riemen reißen würde.

Schließlich war es Rosalie gewesen, die ihre Hand auf Wims Schulter gelegt, ihn mehr oder minder aus Degenhardts Büro eskortiert und ihm anstatt einer Fahrt mit dem Dienstwagen einen Spaziergang zur Keplerstraße vorgeschlagen hatte, um das erhitzte Gemüt abzukühlen. Das neue Ermittlerteam hatte bereits die Innenstadt durchquert und die große Kreuzung am Radeklint erreicht, doch Wim grummelte noch immer vor sich hin.

»Dass ich mir so was in meinem Alter noch bieten lassen muss. Eine Unverschämtheit ist das. Was bildet der sich eigentlich ein?«

Rosalie kaute auf ihrer Unterlippe und suchte nach den richtigen Worten. Allmählich war ihr diplomatischer Wortschatz erschöpft. »Ich kann mich da nur wiederholen. Der Klügere gibt nach oder er gibt das zumindest vor, und Degenhardt sitzt nun mal am längeren Hebel. Geben Sie sich morgen einen Ruck und gehen Sie auf ihn zu und springen Sie vor allem nicht über jedes Stöckchen, das er Ihnen hinhält. Sie wollen doch nicht wirklich riskieren, dass er Sie nach Hannover zurückschickt, oder?«

»Natürlich nicht. Was wäre das bitte für eine Schmach? Wim Schneider mit Pauken und Trompeten gescheitert. Auf keinen Fall. Ich lasse mir von diesem Idioten nicht das Ende meiner beruflichen Laufbahn kaputtmachen.«

»Das sage ich ja die ganze Zeit. Ach, wer weiß, vielleicht geht er ja auch auf Sie zu.«

Wim schüttelte den Kopf. »Das glauben Sie ja wohl selbst nicht, Frau Kollegin. Ich kenne solche geschmierten und karrieregeilen Kaliber. Der geht über Leichen und dem ist mein persönliches Schicksal egal.«

»Aber Ihnen war ja offensichtlich auch egal, dass Sie ihn in aller Öffentlichkeit düpieren, oder?« Rosalie blieb stehen und wusste, dass das Gespräch nun kippen könnte.

Wim ging jedoch weiter und vergrößerte den Abstand zwischen ihnen.

»Wie meinen Sie das?«

Rosalie zuckte mit den Schultern. »So, wie ich es gesagt und Sie es verstanden haben.«

Bärbel Schwerdtfeger riss allmählich der Geduldsfaden. Enno kam selten pünktlich nach der Arbeit nach Hause. Meistens wurde er von irgendwem in der Firma aufgehalten oder musste noch ein ganz besonders wichtiges Telefonat führen, aber eine gute halbe Stunde war für ihren ach so beschäftigten Gatten dann doch außergewöhnlich. Als sie endlich den Wohnungsschlüssel im Türschloss hörte, fiel ihr ein kleiner Stein vom Herzen. Sie hatte sich bereits ausgemalt, dass Enno womöglich einen Infarkt erlitten hatte und irgendwo hilflos lag oder noch viel Schlimmeres.

»Da bist du ja endlich! Dann kann ich jetzt ja den Herd anstellen.«

»Hallo, ja, das mach mal. Ich habe gerade noch telefoniert«, entgegnete Enno zur Begrüßung, während er sich im Flur stehend seine Schuhe auszog und dabei fast das Gleichgewicht verlor.

»Setz dich doch hin.« Bärbel zog die Augenbrauen hoch, als Enno sich an der Zarge der offenen Küchentür abstützte, um sich einigermaßen standfest seines linken Schuhs zu entledigen. »Kannst du nicht mal Bescheid sagen, wenn du dich derart verspätest? Ich habe mir Sorgen gemacht.«

»Tut mir leid, aber es war wichtig.«

»Aha, na, da bin ich ja mal gespannt.«

»Ich habe meine Kontakte spielen lassen und interessante Neuigkeiten erfahren.«

»Soso, ich bin ganz Ohr«, erwiderte Bärbel und hantierte mit einem gelben Stabfeuerzeug, um den Gasherd zum Laufen zu bringen.

»Vielleicht klappt es doch noch mit der Förderung.«

»Inwiefern? Entscheidet die Stiftung in Hannover jetzt doch noch?«

»Genau das hoffe ich. Wie es aussieht, wird es unter Umständen eine Sondersitzung geben.«

»Ach? Und wer hat dir das gesteckt?«

»Die Armbrüster aus dem Naturhistorischen.«

Bärbel Schwerdtfeger schaute vom Herd auf und warf ihrem Mann einen verwunderten Blick zu. »Die Armbrüster? Die scheint offenbar immer wichtiger für dich zu werden.«

»Mensch, Bärbel, jetzt bitte keine Zickereien. Ich habe heute auf dem Weg zur Arbeit diesen Medienauflauf vor dem Museum gesehen, wegen der Schlange, die eine Fingerkuppe ausgewürgt hat.«

»Und was hat das mit der Förderung zu tun?«

»Na, erst mal nichts. Aber dann hatte ich diese Eingebung, dass die Armbrüster vielleicht Kontakte zur Stiftung hat und mir helfen könnte.«

»Kontakte?«

»Ja, stell dir vor, einer der Kuratoren ist ihr Doktorvater. Und nachdem ich ganz lieb und nett gefragt habe, hat sie einen Anruf für mich getätigt.«

»Verstehe.«

»Also so richtig steht das alles noch nicht fest. Aber Professor Hölderlin hat der Armbrüster gesagt, dass diese Liste an Entscheidungen, die da zu fällen sind, eigentlich nicht auf die lange Bank geschoben werden kann.«

»Professor Hölderlin?«

»Der Doktorvater! Sag mal, willst du mich nicht verstehen?« Enno Schwerdtfeger setzte sich an den Küchentisch und verschränkte die Arme vor seinem Bauch.

»Ich verstehe dich sehr gut, Enno. Ich frage mich nur, wie das Kuratorium damit umgehen will, dass die Janßen vermisst wird.«

»Wie bitte, was?«, entgegnete Enno entgeistert.

»Das hat mir Justus vorhin erzählt.«

»Justus?«

»Ja, Justus. Der hat nämlich auch seine Kontakte.«

Köstliche Speisen zuzubereiten, gehörte eindeutig zu Gitte Holthusens Stärken. Der Verzehr von Alkohol war aber anscheinend ihre Passion. Während Franz Maria Baumann sich mit der weißen Stoffserviette den Mundwinkel abtupfte und den himmlischen Geschmack der Salbeibutter noch auf sich wirken ließ, beobachtete er, wie Gitte sich nach der Vorspeise bereits das dritte Glas Wein gönnte.

»Ich hoffe, meine Ravioli al burro e salvia haben gemundet?«, erkundigte sie sich und war im Begriff, auch ihrem Gast nachzuschenken.

Franz legte seine flache Hand auf das leere Weinglas, bevor er zu einer Antwort ansetzte. »Es war vorzüglich, Gitte, und ich freue mich sehr auf den Hauptgang. Aber mit dem Wein warte ich noch, bis wir so weit sind.«

Gitte lächelte und stellte die Flasche wieder in den Weinkühler.

»Wie du meinst, Franz. Die Kalbsmedaillons brauchen aber noch einen Augenblick.«

»Das ist kein Problem, der Abend ist ja noch jung.«

»Und die zweite Weinflasche fast leer«, kommentierte

Georg Holthusen mit einem sarkastischen Unterton und stand auf, um die Vorspeisenteller in die Spülmaschine einzuräumen.

»Wie aufmerksam von dir«, erwiderte Gitte schnippisch. »Dann bring doch mal die nächste Flasche gleich mit. Ich habe da noch ein feines Tröpfchen von der Mosel kalt gestellt. In der Vinothek wurde ich wieder ganz wundervoll beraten bei meinem letzten Einkauf.«

»Du bist ja auch eine der treusten Stammkundinnen«, bemerkte Georg. »Und unser Kühlschrank ist immer voll.«

Franz Baumann entging der übermäßige Alkoholkonsum der Gastgeberin ebenso wenig wie Georgs zunehmend schlechte Laune. Er wollte nicht zwischen die Fronten geraten, also lenkte er einmal mehr ein und wechselte das Thema.

»Ob die Polizei wohl schon etwas herausgefunden hat?«

Gitte Holthusen warf ihm einen mitleidigen Blick zu und legte ihre Hand auf die seine. Ihre Handinnenfläche schwitzte.

»Ach, Franz. Es wird alles gut, ganz bestimmt. Luise wird wieder auftauchen. Ich spüre so was.«

»Die Polizei macht ihren Job und die wird sich melden, wenn es etwas Neues gibt«, ergänzte Georg, der mittlerweile mit dem Einsortieren von Messern und Gabeln in den Besteckkorb beschäftigt war.

»Ich habe kein gutes Gefühl und befürchte wirklich, dass ihr etwas zugestoßen ist«, sagte Franz und fuhr sich mit der freien Hand über den Mund.

»Du solltest dir auf jeden Fall Gedanken machen, wie es im Fall der Fälle weitergeht«, sagte Georg und beobachtete die Reaktion seines Freundes ganz genau.

»Also Georg, nun lass uns doch erst mal abwarten und nichts überstürzen«, mischte Gitte sich ein und nippte an ihrem gut gefüllten Weinglas.

Georg ließ sich nicht aus dem Konzept bringen und fuhr fort. »Die Entscheidungen, die wir zu treffen haben, dulden keinen allzu langen Aufschub. Die Antragsteller warten auf unsere Zusagen und vor allem warten sie auf unser Geld.«

»Es ist das Geld der Stiftung«, entgegnete Franz umgehend und schaute betreten aus dem Wohnzimmerfenster in den Garten, in dem auf Grund der einsetzenden Dunkelheit nur noch schemenhafte Umrisse von Bäumen und Büschen zu erkennen waren. »Und damit müssen wir sorgsam umgehen, keine Hauruckaktionen.«

»Ja, natürlich ist es das Geld der Stiftung. Aber die Verwendung dieser Mittel liegt doch in unserer Verantwortung. Fühlst du dich dem überhaupt gewachsen?« Georg Holthusen spitzte seine Frage zu, während Gitte die Augen verdrehte.

»Nun lass doch den armen Franz mal in Ruhe, Georg! Das ganze Drama ist doch noch ganz frisch und du übst hier Druck aus!«

Franz drehte seinen Kopf zu Gitte und der Kummer, den er empfand, war nicht zu übersehen. »Lass gut sein, Gitte. Georg hat ja grundsätzlich recht. Ich bin völlig durch den Wind und kann eigentlich gar keinen klaren Gedanken fassen. Und genau jetzt stehen in der Tat wichtige Entscheidungen an.«

Georg Holthusen lächelte schief. »Genau das meinte ich doch, mein lieber Freund. Vielleicht ist es an der Zeit, die Verantwortung abzugeben, zumindest vorübergehend. Ich könnte dir da helfen. Natürlich nur, wenn du einverstanden bist.«

»Das ist ja ein feiner Schachzug von dir, Georg, dass du den Franz da unterstützen möchtest«, sagte Gitte und hob das Glas. »Darauf sollten wir anstoßen.«

»Ich weiß dein Angebot sehr zu schätzen, Georg. Aber im Moment möchte ich noch abwarten, was die ersten Ermittlungen der Polizei ergeben. Vielleicht klärt sich alles doch noch schneller auf als gedacht.«

Georg Holthusens Mundwinkel zuckten erneut. »Natürlich, Franz, natürlich. Das verstehe ich.«

Als sie verzweifelt versuchte, die Augen zu öffnen, war alles um sie herum pechschwarz. Dafür sorgte nicht das fehlende Licht, sondern ein Tapeverband, der ihr nicht nur die Sicht und damit jegliche Orientierung nahm, sondern sich auch mit ihren Lidern und den feinen Härchen ihrer Augenbrauen verklebt hatte. Das Ziepen, das sie dadurch verspürte, war jedoch Christinas kleinstes Problem. Sie rang nach Luft, konnte kaum mehr atmen, denn auch ihren Mund hatte man gründlich geknebelt, und so blieben ihr nur die Nasenlöcher, von denen eines aber verstopft war. Christina kämpfte gegen die Panik an, die sie mit einer überwältigenden Wucht in Beschlag genommen hatte, und versuchte vergeblich, sich zu bewegen. Doch ihre Gliedmaßen fühlten sich schwer wie Blei an und sie lag an Händen und Füßen gefesselt auf der Seite. Lediglich der modrige Geruch nach Erde, Laub und Holz erreichte ihre Sinne und stellte sie vor das nächste Rätsel. Wer hatte ihr das angetan? Wohin hatte man sie verschleppt? Und vor allem: warum?

21. KAPITEL

»Fehlanzeige, auch hier unten. Ich nehme für den DNA-Abgleich jetzt die Haarbürste aus dem Badezimmer mit«, rief Rosalie, als sie mit der Hausdurchsuchung fertig waren. Franz Maria Baumann hatte vorsorglich den Ersatzschlüssel bei den Nachbarn deponiert, und so hatten Wim und sie leichtes Spiel gehabt, das Haus von Luise Janßen zu betreten.

»Hier oben sind auch keine Auffälligkeiten zu verzeichnen«, entgegnete Wim, der sich die erste Etage vorgenommen hatte.

»Moment, mein Handy klingelt«, entgegnete Rosalie und wurde stutzig, als sie zwar eine Behördennummer erkannte, aber die Durchwahl nicht zuordnen konnte.

»Helmer!«

»Degenhardt hier.«

»Oh, guten Abend, Yves. Ist das die neue Büronummer? Ich wusste gar nicht …«

»Das ist doch vollkommen egal. Mir hat das alles hier keine Ruhe gelassen, also bin ich noch mal rüber zu den Kollegen des Kriminaldauerdienstes, und hier bin ich immer noch. Ich habe denen mal ordentlich Dampf im Kessel gemacht. Frau Pannier bevorzugt ja während laufender Mordermittlungen anscheinend einen pünktlichen Feierabend, aber darum kümmere ich mich morgen. Jedenfalls haben die Kollegen auf meine Weisung hin jetzt abschließend die DNA-Datenlage abgeglichen. Wenigstens in Hannover wird schnell gearbeitet, sodass wir überhaupt etwas für einen Abgleich haben.«

»Also, entschuldige bitte, aber wenn es dringend ist, wie in unserem Fall, liegen die DNA-Muster eigentlich fast immer am Folgetag schon vor, manchmal auch innerhalb von Stunden. Mit den Abläufen in Sachsen-Anhalt kenne ich mich zu wenig aus, aber bei uns in Niedersachsen sind Rechtsmedizin und Kriminaltechnik ein eingespieltes Team. Ich würde hieraus jetzt aber nicht auf ein besonders hohes Arbeitstempo in Hannover schließen wollen. Das sind professionelle Abläufe. Nicht mehr, aber auch nicht weniger. Oder möchtest du mir vielleicht sagen, dass wir hier in Braunschweig zu langsam sind?«

Yves Degenhardt räusperte sich. »Nein, das wollte ich nicht, aber wir müssen einfach schneller sein. Wir brauchen Ergebnisse, Ergebnisse, Ergebnisse!«

»Und woher nehmen, wenn nicht zaubern? Ich denke, dass wir von Anfang an gründlich und zügig arbeiten, und ich muss dir als dem erfahreneren Beamten ja wohl nicht erläutern, dass einige Verfahrensschritte nun mal ihre Zeit brauchen. Wenn es keine hohe Priorität hat, dann kann die Auswertung von DNA-Mustern auch schon mal Wochen oder sogar Monate in Anspruch nehmen. Ganz anders als bei unserem Fall. Hier haben die Kolleginnen und Kollegen der Kriminaltechnik im LKA doch wirklich ganze Arbeit geleistet. Da hätte übrigens auch Frau Pannier nichts dran ändern können.«

»Das weiß ich in der Tat alles selbst und Gott sei Dank ist ja der finale Abgleich mit der DNA-Datenbank beim BKA dann nur noch eine Frage von Sekunden.«

Der Tonfall ihres neuen Chefs wurde barscher und Rosalie winkte Wim zu sich herunter, der gerade auf der Treppe im Obergeschoss erschienen war.

»Das ist sicher korrekt. Aber was möchtest du mir denn nun mitteilen? Was hast du denn bei den Kollegen noch herausgefunden?

»Kurz und knapp: kein Treffer.«

»Kein Treffer«, wiederholte Rosalie und musste schmunzeln. »Das hatte ich auch festgestellt, als ich selbst eine Auswertung vorgenommen und mit Frau Pannier noch einmal besprochen hatte, bevor sie in den Feierabend gegangen ist.«

Yves Degenhardt brauchte offenbar einige Sekunden, um Rosalies Äußerung zu verarbeiten. Seine Reaktion folgte verzögert. »Und wieso erfahre ich das erst jetzt?«

»Weil du vorhin, ohne mich zu informieren, plötzlich nicht mehr in deinem Büro warst und dich anscheinend auf eine Pressekonferenz vorbereitet hast. Auch telefonisch warst du nicht erreichbar. Schau gerne mal auf die Liste deiner verpassten Anrufe. Dann hast du eben jene PK abgehalten, ebenfalls ohne Herrn Schneider und mir Bescheid zu geben.«

»Du hattest aber danach noch hinreichend Gelegenheit, mir Bericht zu erstatten, und das hättest du auch tun müssen.«

»Du meinst, als du nach der Pressekonferenz Herrn Schneider zurechtgewiesen hast? Ich glaube kaum, dass das der passende Moment gewesen wäre.«

Rosalie registrierte den zufriedenen Blick von Wim, der ihr einen nach oben ausgestreckten Daumen zeigte.

»Jetzt werde du bitte nicht auch noch aufmüpfig. Ein Problemfall im Team reicht mir schon. Wir sollten uns wohl generell mal über Umgangsformen unterhalten.«

»Da bin ich völlig bei dir, Herr Degenhardt. Dann können wir auch gerne noch mal besprechen, ob wir uns alle duzen oder siezen und wann wir uns über welche Sachverhalte gegenseitig updaten. Mir scheint, es gibt da noch den einen oder anderen Klärungsbedarf. Ich bin jedenfalls, was das Zusammentragen von Ermittlungsergebnissen angeht, eine gewisse Selbstständigkeit gewohnt und schließlich gibt es ja auch noch so etwas wie Lagebesprechungen.«

»Die wir morgen früh durchführen werden. Um 07.30 Uhr! Oder ist dir das zu früh, Frau Helmer?«

»Mir? Da kennen Sie mich aber schlecht, Herr Degenhardt. Das Büro ist mein zweites Zuhause. Meinem ersten Zuhause werde ich aber alsbald einen Besuch abstatten. Kollege Schneider und ich sind in der Keplerstraße nämlich fertig und haben DNA-Material von Luise Janßen sichergestellt. Ansonsten haben wir keine neuen Erkenntnisse. Ich gebe das Material auf dem Rückweg noch in der Münzstraße ab und verabschiede mich dann in den Feierabend.« *Und zu Mads ins Krankenhaus*, ergänzte Rosalie in Gedanken.

»Tun Sie das.«

»Bis morgen dann, Herr Degenhardt. Schönen Feierabend und grüßen Sie mir die Kollegen des Kriminaldauerdienstes ganz herzlich.«

»Sparen Sie sich Ihre Ironie, Frau Helmer. Bis morgen!«

Wim nippte noch ein letztes Mal an seinem Flachmann, schob sich anschließend ein Pfefferminzbonbon in den Mund und sah Licht in seiner neuen Wohnung, als er kurze Zeit später in die Fuchstwete einbog. Biggi war zu Hause. Er würde ihr gestehen müssen, dass er bei all den sich überschlagenden Ereignissen des heutigen Tages versäumt hatte, ihr Geschenk auszupacken. In Seidenpapier eingewickelt lag es noch immer klein und zierlich auf seinem Schreibtisch. Es würde Biggi kurzfristig kränken, wieder einmal, aber sie würde es verstehen. Verschweigen konnte er ihr sein Malheur nicht, denn dazu kannte sie ihn zu gut und Wim wollte auch ehrlich zu ihr sein, war er sich doch bewusst, dass er in den letzten Monaten mehrfach auf ihren Gefühlen herumgetrampelt war und sie vermutlich verletzt hatte. Immerhin würde er ihr aber berichten können, dass er sich mit Rosalie Helmer zusammengerauft und sie ihn sogar gegenüber Degenhardt verteidigt hatte. Zumindest war das sein persönliches Resümee dieses ersten Arbeitstages und das würde Biggi freuen. Als Wim nach oben zu seinem Wohnzimmerfenster schaute und sich ausmalte, dass da jemand auf ihn wartete, der ihn fragen würde, wie sein Tag gelaufen war, dem er seine Erlebnisse mit dem Flipchart-Affen würde erzählen können, seufzte er laut. Wim hatte noch nie mit jemandem zusammengewohnt. Nie hatte es die eine Frau in seinem Leben gegeben, die er so nah an sich herangelassen hatte, dass man von einer ernsthaften Beziehung hätte reden können. Hier und da hatte er mit Frauen angebändelt, vor allem in jungen Jahren, als sein Sexualtrieb noch deutlich ausgeprägter war als heute, aber für eine feste Bindung hatte es nicht gereicht. Schnell hatte er sich eingeengt und kontrolliert gefühlt, Wim war lieber für sich und er hatte sich damit arrangiert, ein ewiger Junggeselle zu sein. Wenn er ehrlich zu sich selbst war, dann wusste er gar nicht mehr so genau, wann er zum letzten Mal mit einer Frau etwas angefangen hatte. Aber für eine ernsthafte Beziehung mit Biggi war er nicht bereit. Er wusste, dass er sie nicht würde glücklich machen können, dass sie unter ihm zu leiden hätte, und so hatte er im Keim erstickt, was sich im Harz angedeutet hatte. Biggi hatte etwas Besseres verdient und keinen Egoisten wie ihn. Aber sie hatte diesen besonderen Platz in seinem Herzen, egal ob sie in Hannover und er in Braunschweig lebte.

Als Wim die Einfahrt erreicht hatte, warf er einen letzten Blick auf sein Handy, um den verhassten Hosentaschencomputer danach für den Rest des Tages auszuschalten. Er hatte für heute die Nase gestrichen voll. Sigrid hatte am Nachmittag zweimal versucht, ihn zu erreichen, und er hatte es mal wieder nicht mitbekommen. Er musste sich unbedingt bei seiner Schwester melden, war sie doch vermutlich die zweitwichtigste Frau in seinem Leben. Um sie zu besänftigen, tippte er eine kurze SMS, kündigte seinen Anruf für die kommenden Tage an und versenkte das Handy wieder in seiner Manteltasche. Vorfreude machte sich in seiner Magengegend bemerkbar, als er im Treppenhaus einen würzigen Fleischgeruch wahrnahm. Ob der aus seiner Wohnung kam? Was Biggi wohl gekocht hatte? Konnte sie überhaupt richtig kochen? Nachdem er im ersten Stockwerk angelangt und die Wohnungstür aufgeschlossen hatte, empfing ihn jedoch kein saftiger Braten in dunkler Sauce, sondern eine sehr ernst dreinschauende Biggi, die mitten im Flur stehend in jeder Hand eine Flasche Ouzo hielt.

»Guten Abend, Wim. Wir müssen reden.«

Rosalie nutzte den Fußweg zur Münzstraße, um sich abzureagieren und den Tag Revue passieren zu lassen. So konnte es auf gar keinen Fall weitergehen. Yves Degenhardt zeigte Züge eines Kontrollfreaks und er schien sich auch mit den Abläufen der niedersächsischen Polizei noch nicht sonderlich auseinandergesetzt zu haben. Aus ihrer Ausbildung wusste Rosalie, dass es direkt nach der Wende Patenschaften zwischen den alten und neuen Bundesländern gegeben hatte, um den Aufbau einer demokratischen Polizeiarbeit im Osten zu begleiten. Niedersachsen war der Pate von Sachsen-Anhalt gewesen, ausgerechnet. Bis tief in die 1990er-Jahre hinein wurden Parallelstrukturen und einheitliche Vorgehensweisen aufgebaut, aber irgendwann hatte man dann doch begonnen auseinanderzudriften. Organisationsformen wurden verändert, Abläufe umgemodelt, dem Föderalismus sei Dank. Es war also nicht gänzlich ungewöhnlich, dass der neue Chef ein etwas anderes Arbeiten gewohnt war, aber in seiner Position und vor allem als Führungskraft hätte Rosalie mehr Know-how und mehr Einfühlungsvermögen erwartet. Auf der einen Seite hatte er Wim und sie gleich zu Beginn mit wilden Organigrammen konfrontiert, auf der anderen Seite zeigte er eben jene fachlichen Unsicherheiten. Ein Stück weit hatte Rosalie es genossen, Yves Degenhardt am Telefon auflaufen zu lassen, und der Umstand, dass Wim Schneider und sie dadurch ein wenig enger zusammenrückten, sich vielleicht sogar verbrüderten, war nicht zu unterschätzen. Eigentlich war dies der einzige positive Nebeneffekt des heutigen Führungsdesasters à la Degenhardt: Wim Schneider und sie saßen im selben Boot mit einem unberechenbaren Kapitän und Rosalie stellte fest, dass die Enttäuschung über die verpasste Beförderung, die sie die ganzen Wochen über begleitet und gehemmt hatte, allmählich in den Hintergrund gerückt war. Vielleicht könnte doch so etwas wie ein echtes Ermittlerteam aus ihnen werden. Gleichwohl war sie sich bewusst, dass der neue Chef nach dem heutigen Tag nun vielleicht auch sie auf dem Kieker hatte. Sie war erschrocken darüber, mit welcher Deutlichkeit Yves

Degenhardt Wim Schneider zusammengefaltet hatte und dass er in puncto Pressekonferenz so eigenmächtig agiert hatte. Nun konnte Kollege Schneider durchaus auch eine Reizfigur sein, so viel stand fest, aber Rosalie wünschte sich von einem Dienstvorgesetzten eigentlich mehr Professionalität und Empathie.

Als sie den Ringerbrunnen mitten in der Fußgängerzone passiert hatte, blieb Rosalie für einen Moment vor dem stadtbekannten Schuhgeschäft »Röser« stehen. Während sie die extravagante Auslage betrachtete, fiel ihr auf, dass dieser Tag mit einem Blick ins Schaufenster begonnen hatte und nun auch so endete. Ihre Erinnerungen an Wim Schneider, der am Morgen in der Schlosspassage den ersten Schritt auf sie zugegangen war, wurden jedoch unterbrochen, als ihr Handy sich meldete und ausgerechnet einen Anruf von Yves Degenhardt ankündigte.

»Guten Abend«, meldete sich Rosalie kurz angebunden, während sie ein paar italienische Pumps betrachtete und jeder Frau, die auf diesen Absätzen den kopfsteingepflasterten Burgplatz sturzfrei überqueren konnte, Respekt zollte.

»Hallo, Frau Helmer. Sie müssen Ihren Feierabend leider verschieben, Frau Pannier wird vermisst.«

»Bitte was?« Schockiert schloss Rosalie für einen kurzen Moment die Augen und ließ die Schultern hängen. Die Worte ihres Chefs waren für sie wie der berühmte Schlag in die Magenkuhle und genauso schlagartig hatte ihre Abendplanung sich geändert. Mads musste wohl noch einen Tag auf sie warten.

22. KAPITEL

Endlich kann ich aufbrechen. Endlich bin ich auf dem Weg zu dir, mein Schatz! Endlich! Lange musst du nicht mehr warten. Diese Nacht ist einfach perfekt, der Himmel klart auf, der Mond wird scheinen. Es ist genauso, wie es immer zu sein hat.

Ich musste mich nur noch um diese neugierige Frau von der Spurensicherung kümmern. Sie hat einfach nicht aufgehört herumzuschnüffeln. Aber ich habe den Spieß umgedreht, sie nicht mehr aus den Augen gelassen und sie ihrer gerechten Strafe zugeführt. Und jetzt, jetzt schweigt sie erst mal. Und ich, nur ich werde über sie entscheiden, werde die Macht haben über Leben und Tod. Es tut mir leid, dass ich so vorgehen muss, denn ich weiß ja, dass du das nicht gutheißt. Aber ich habe keine Wahl und ich bin mir meiner Verantwortung sehr bewusst. Ich bin ein pflichtbewusster Mensch, ich bin ein verantwortungsvoller Mensch. Man kann mir vertrauen.

Und ist es nicht so, dass um jeden Preis bewahrt werden muss, was unseres ist, was uns eint? Wir gehören doch für immer zusammen, und das lasse ich mir von niemandem kaputtmachen. Das verstehst du doch, oder? Ach, was frage ich das immer? Ich weiß ja, dass du mich verstehst und dass du auch begriffen hast, dass es nicht anders geht.

Ich liebe dich, mein Schatz, ich werde dich immer lieben.

23. KAPITEL

Biggi ignorierte Rosalies Anrufe und schaltete ihr Handy schließlich aus. Schweigend saßen Wim und sie sich gegenüber, getrennt durch eine Tischplatte und eine bunte Mischung an Spirituosen, die Biggi demonstrativ wie eine kleine Hausbar aufgebaut hatte. Auf dem Heimweg hatte sie den alles entscheidenden Entschluss gefasst, dass eine direkte Konfrontation und damit nichts als die reine Wahrheit die einzig richtige Option war, mit ihrem Zufallsfund und ihren Beobachtungen umzugehen. War es nicht immer so im Leben, dass Ehrlichkeit am längsten währte?

Die Stimmung zwischen ihnen war so beklemmend, dass Biggi ein befreites Ein- und Ausatmen schwerfiel. Ihr Brustkorb fühlte sich regelrecht zugeschnürt an und mit ernster Miene fixierte sie Wim, der an ihr vorbei ins Leere zu starren schien. Schließlich nahm sie allen Mut zusammen und versuchte die Stille zu durchbrechen und vorsichtig ein Gespräch zu beginnen.

»Wim, möchtest du vielleicht etwas dazu sagen?«

»Muss ich etwas dazu sagen?«, antwortete Wim gereizt und würdigte sie keines Blickes.

Reflexartig fasste Biggi sich an den Hals, fast so, als könnte sie mit sanftem Druck den Kloß wegmassieren, der sich dort spürbar gebildet hatte. »Ich mache mir einfach Sorgen. Ernsthafte Sorgen. All die Jahre habe ich wohl mitbekommen, dass du dir im Dienst mal ein Schnäpschen gegönnt hast, habe es toleriert, hin und wieder sogar mitgetrunken, denn unsere Arbeit muss man sich ja wirklich manchmal schön trinken, nicht wahr? Du hast damit ja auch kokettiert und hattest die Lacher immer auf deiner Seite. Aber du und ich, und vielleicht noch deine Schwester, wir wissen doch, dass du auch nach dem Dienst weitergetrunken hast. Nie bis zur Besinnungslosigkeit, jedenfalls nicht, dass ich das mitbekommen hätte, aber über das normale Maß hinaus und vor allem täglich. Ich bin wirklich fest davon ausgegangen, dass der Harz dir auch in dieser Hinsicht gutgetan hat. Aber meine Entdeckung hier und heute wirft noch mal ein ganz anderes Licht auf diese Angelegenheit.«

»Und welches, bitte schön? Ich stelle erst mal fest, dass du deine Nase in Sachen steckst, die dich nichts angehen. Und mit Verlaub, die dich so gar nichts angehen.«

Biggi schluckte, fuhr aber unbeirrt fort. »Wenn einer der wichtigsten Menschen in meinem Leben, der dem Alkohol nie abgeneigt war, bei seinem Umzug diverse Spirituosen in verschiedenen Kartons transportiert, wenn ich mitbekomme, dass du morgens vor dem Dienst heimlich einen Flachmann befüllst, und wenn ich aus dem Fenster beobachte, wie du dich schon nach dem Verlassen des Hauses das erste Mal an diesem Flachmann bedienst, dann geht mich das als deine Freundin sehr wohl etwas an. Wim, du trinkst den Schnaps schon morgens nach dem ersten Kaffee, verdammt noch mal!«

»Und du, Birgit Höfgens, durchwühlst meine privaten Sachen, während ich nicht zu Hause bin. Zu Hause, in meiner Wohnung, in der du Gast bist. Du überschreitest da eine Grenze.« Wims Stimme wurde lauter und Schweißtropfen bildeten sich auf seiner Stirn.

»Ich verstehe ja, dass du wütend auf mich bist, von mir aus kannst du mich auch beschimpfen oder rausschmeißen, aber ich möchte Antworten von dir. Wie lange geht das schon so? Wann hast du wieder angefangen?«

»Weißt du was? Du nervst mich gerade kolossal, merkst du das eigentlich? Hast du mich einmal gefragt, wie mein erster Arbeitstag heute war? Nein, natürlich nicht! Stattdessen erwartet mich hier zur Begrüßung eine Moralpredigt. Ach was, das ist ja fast wie ein Verhör. Dieses Mal bist du wirklich zu weit gegangen!« Wim hielt es nicht länger auf seinem Stuhl. Eine unbeschreibliche Wut trieb ihn an und entlud sich schlagartig, als er mit der Faust auf den Tisch knallte und aufsprang. Der Stuhl kam ins Wanken und die Flaschen klirrten, als sie durch die Erschütterung gegeneinanderstießen. »Mir fällt spontan nur ein Wort zu all deinen Fragen ein. Und das lautet ›tschüssikovsky‹!«

Entsetzt schaute Biggi zu Wim, der sich vor ihr aufgebaut hatte und vollkommen die Beherrschung zu verlieren schien.

»Was soll das heißen, ich sei zu weit gegangen? Soll ich jetzt gehen, oder was? Im Ernst?«

»Ich denke, es ist besser, wenn du morgen abreist. Ich bin wirklich sehr enttäuscht. Ich brauche jetzt meine Ruhe und Abstand von dir und genau in diesem Augenblick brauche ich frische Luft. Und bevor du wieder etwas heimlich beobachten und darüber hinter meinem Rücken mit Rosalie Helmer quatschen musst: Ich werde mir draußen so richtig einen hinter die Binde kippen. Nur damit du es weißt. Ich trinke, was ich will, wie viel ich will und wann ich es will, und ich erzähle den Leuten auch gerne selbst, wann ich wohin umziehe, capisce, bella Biggi?!«

Vollkommen in Rage schnappte Wim sich zuerst eine Flasche Ouzo vom Tisch, dann seinen Mantel von der Garderobe und verließ fluchtartig die Wohnung. Abwesend nahm Biggi wahr, wie die Tür ins Schloss fiel, blieb starr auf ihrem Stuhl sitzen und ließ ihren Tränen freien Lauf.

Für den Rückweg hatte Franz Maria Baumann sich ein Taxi gegönnt, das ihn nun quer durch Hannover fuhr. Nachdenklich schaute er aus dem Seitenfenster und ließ die Lichter der Stadt an sich vorbeirauschen. Er hatte den Taxifahrer bewusst darum gebeten, einen Umweg zu fahren, denn vor dem Alleinsein in seiner Villa graute ihm am meisten. Das Taxameter ratterte vor sich hin, Geld spielte dabei keine Rolle, Hauptsache, er würde hier noch ein Weilchen sitzen. Die Gesellschaft der Holthusens hätte er natürlich ohne Probleme noch viel länger in Anspruch nehmen können, aber nachdem Gitte irgendwann nur noch mit schwerer Zunge gesprochen und anzügliche Bemerkungen gemacht hatte, wurde ihm der Verlauf des Abends immer unangenehmer. Zunehmend konnte er verstehen, dass sein langjähriger Freund und Weggefährte Georg sich mit dieser Frau an seiner Seite schämte und dass ihm viel daran gelegen war, Aufgaben und Hobbys außerhalb der eigenen vier Wände und vor allem ohne Gitte wahrzunehmen. Aber dies war für Franz noch lange kein Grund, Georg innerhalb der Stiftung mit mehr Machtbefugnissen auszustatten. Im Gegenteil, die Art und Weise, wie Georg zuletzt agiert hatte, ließ allmählich Zweifel in ihm aufkeimen, wie es um die Loyalität seines Freundes tatsächlich bestellt war. Und seine Fragen beim Abendessen hatten Franz aufhorchen lassen. Bisher hatte er mit Georg immer offen sprechen und ihm Dinge anvertrauen können, die nicht für jedermanns Ohren bestimmt waren, auch solche, die Franz schwerfielen, bei denen ihm Georgs Urteil besonders wichtig war. Franz wusste zu schätzen, dass Georg ihn mit seinem scharfsinnigen Verstand und den Schlussfolgerungen, die er zog, zum Nachdenken brachte und ihn wenn nötig antrieb. All das hatte Franz stets entlastet, hatte es ihm leichter gemacht, die Bürde zu tragen, gerade zuletzt, als es mit Luise immer schlimmer geworden war. Und schließlich waren es außerdem Georgs ausgezeichnete Netzwerke, von denen Franz profitierte und die auch der Stiftung zugutekamen. Und dennoch, irgendetwas stimmte im Moment nicht, begann sich schleichend zwischen die Freunde zu drängen wie ein Virus, das Stück für Stück, aber kontinuierlich alles infizierte. Auf der Höhe des Waterlooplatzes wurde der Verkehr dichter und der Taxifahrer musste vom Gas gehen. Franz erkannte zu seiner Linken das Innenministerium, als plötzlich sein Handy klingelte. Skeptisch warf er einen Blick auf das Display und wieder war es ein gewisses Unwohlsein, das ihn beschlich, als er erkannte, dass der Anrufer seine Nummer anonymisiert hatte.

»Baumann!«

»Guten Abend, Herr Baumann, hier ist Bärbel Schwerdtfeger, störe ich?«

Burkhard Pannier hatte die Kinder nach oben geschickt und mit Rosalie und Yves Degenhardt am runden Esstisch im Wohnzimmer Platz genommen. Die Sorge um Christina stand ihm in das markante Gesicht geschrieben und Rosalie stellte fest, dass er den gleichen Haarschnitt wie seine Frau trug, nur dass er auf das Färben verzichtete und beinahe vollständig ergraut war. Seine grünen Augen wirkten glasig und es war offensichtlich, dass er geweint hatte.

»Wir werden sie finden, das verspreche ich«, sagte Rosalie behutsam und selbst ihr Chef hielt sich dieses Mal zurück und schlug einen sanften, wenn auch gestelzten Tonfall an.

»Da gebe ich der Kollegin recht, Herr Pannier. Wir werden alles daransetzen, Ihre Frau und unsere geschätzte Kollegin zu finden. Wissen Sie, ob sie bedroht wurde?«

»Ist euer Job nicht eine dauerhafte Bedrohung?«, erwiderte Burkhard Pannier und schaute die beiden Polizeibeamten im Wechsel an.

»So würde ich das nicht unbedingt sehen, lieber Herr Pannier.« Yves Degenhardt schien bemüht, sich nicht provozieren zu lassen. »Wie meinen Sie das denn genau?«

»Wie ich das meine? Kommt es nicht vor, dass Täter Rache an euch und euren Familien nehmen wollen? Werdet ihr niemals bedroht? Fühlt ihr euch nie verfolgt?«

Rosalie warf Yves Degenhardt einen fragenden Blick zu, vernahm sein kurzes Nicken und übernahm die Antwort. »Das kann in absoluten Ausnahmefällen vorkommen, aber ist ganz sicher nicht die Regel. Gab es denn bei Christina entsprechende Hinweise?«

Burkhard Pannier schüttelte den Kopf. »So direkt nicht, nein. Ich wollte Sie beide gerade auch nicht persönlich angehen. Tut mir leid. Meine Nerven liegen blank und Christinas Job, also euer Job, ist ja nun auch kein Zuckerschlecken. Sie hatte mir von den Leichenteilen an der Oker und von der Schlange im Museum erzählt. Und das von eurem Kollegen, der überfallen wurde. Na ja, und als ich dann vorhin mit den Kids nach Hause kam und ihr Wagen mit offener Fahrertür in der Einfahrt stand, von ihr aber keine Spur, da habe ich Angst bekommen. So richtige Angst. Ich habe sofort gespürt, dass da was nicht stimmt.«

»Okay, aber ansonsten hat Christina wegen der laufenden Ermittlungen nichts erzählt?«, hakte Rosalie nach.

»Nein, sie hält sich da immer sehr bedeckt.«

Yves Degenhardt kräuselte den Mund. »So gehört sich das ja auch.«

Rosalie drehte sich zu ihrem Chef und hob die Augenbrauen.

»Gut, dann sind wir meines Erachtens fertig für heute, oder was meinen Sie?«

»Sehe ich auch so. Herr Pannier, wir werden alles Erforderliche in die Wege leiten und Sie natürlich auch informieren, sobald es etwas Neues gibt. Und du, Rosalie, sagst bitte dem werten Kollegen Schneider Bescheid, sollte der auch noch mal irgendwann erreichbar sein.«

Rosalie nahm kommentarlos hin, dass ihr Chef wieder in das Du zurückfiel, und war durch den Unterdruck abgelenkt, der sich in ihrem rechten Ohr plötzlich bildete. Sie kannte das Gefühl, das entstand, wenn sich ihre Kiefer- und Nackenmuskulatur schlagartig anspannte. Flüchtig griff sie sich an die Nase, erzeugte einen kurzen Druckausgleich und öffnete und schloss den Mund mehrmals nacheinander. Die Ahnung, dass sie sich womöglich mehr zumutete, als ihr guttat, machte sich zunehmend in ihr breit.

»Alles in Ordnung bei dir?«, erkundigte sich Yves Degenhardt verwundert.

»Jaja, alles in bester Ordnung. Ich muss nur mal kurz für Entspannung im Kopf sorgen.«

24. KAPITEL

Dienstag, 2. Dezember

Die Glocken des alten Kirchturms schlugen zweimal zur vollen Stunde. Die Temperaturen waren so weit unter den Gefrierpunkt gefallen, dass der Frost sich unaufhaltsam über die großzügigen Rasenflächen des Friedhofs ausbreitete und überall seine glitzernden Spuren hinterließ. In der kleinen Siedlung rund um das altehrwürdige Zisterzienserkloster Mariental herrschte vollkommene Stille und nur der strenge Ostwind sorgte hin und wieder für ein Rauschen und Knacken in den Bäumen.

Fünf rote Grablichter standen flackernd im Halbkreis vor dem weißen Grabstein und warfen kleine tanzende Schatten gegen die goldene Gravur. Fünf Lichter, für jedes ihrer gemeinsamen Jahre eines. Es würde nicht mehr lange dauern, bis der Mond so hoch stand, dass alles perfekt ausgeleuchtet wäre. Eine karierte Thermodecke und ein Schlafsack sollten ihn vor dem Schlimmsten bewahren, ihn vor der eisigen Kälte schützen, denn er musste gesund bleiben für die Aufgaben, die noch auf ihn warteten. Und so lag er nun rücklings und gründlich isoliert auf der Grabstelle, hatte den Kopf so ausgerichtet, dass er dem ihren ganz nah sein konnte, und schaute ehrfürchtig zu den Sternen. Damals, am zweitschlimmsten Tag seines Lebens, hatte er sich genau eingeprägt, wo man sie für immer zur Erde gelassen hatte, und so war er sich der korrekten Position seines Nachtlagers absolut sicher. Kopf an Kopf, so hatten sie immer gemeinsam dagelegen und in den Himmel geschaut. Die Erinnerungen an den schlimmsten Tag in seinem Leben, an den Tag, als sie für immer gegangen war, ließ er hingegen nicht zu. Niemals ließ er diesen Gedanken zu, dieser Gedanke war nicht existent, denn schließlich war es seine Bestimmung, dafür zu sorgen, dass sie unsterblich war. Und das sollte genau so bleiben und nichts und niemand würde ihn davon abhalten können. All die Menschen nicht, die meinten, die Unsterblichkeit vernichten zu können, und auch die Polizei nicht, die sich in Angelegenheiten einmischte, die sie nichts anging.

Biggi war fort, als Wim nach Hause kam. Sie hatte ihre Sachen gepackt und war abgereist. Er stolperte von Zimmer zu Zimmer, alles in der Wohnung drehte sich und Wim stieß gegen jeden einzelnen Türrahmen und verschiedene Möbelstücke. Verzweifelt suchte er nach einer Botschaft, einem Zeichen, irgendetwas von ihr. Aber Biggi hatte nichts hinterlassen, keinen Abschiedsbrief, keinen Zettel auf dem Esstisch, keine mit Lippenstift geschriebenen Worte auf dem Spiegel im Badezimmer. Nichts, niente. Sogar das Bett hatte sie abgezogen und die benutzte Bettwäsche ordentlich zusammengelegt auf der Matratze am Fußende platziert. Wim hatte sich seines Mantels und seiner Schuhe noch immer nicht entledigt, als er zum Bett wankte, vornüberkippte, sich schließlich wie ein Embryo zusammenkauerte und ihren Kopfkissenbezug an sich nahm. Mit zittrigen Fingern fühlte er den weichen Stoff und vergrub sein Gesicht in der Baumwolle. Seine Schnapsfahne, die ihm entgegenschlug, vermischte sich mit Biggis blumigem Parfum und eine niemals zuvor empfundene Schwermut legte sich über ihn und deckte ihn zu, bis er schließlich vor Erschöpfung einschlief. Mitten in der Nacht begegnete er noch einmal Yves Degenhardt, der ihm in einem großen Festsaal und auf einem erhöhten Stuhl sitzend abfällig seine Entlassungsurkunde vor die Füße warf. Als Wim sich umdrehte, war jeder einzelne Platz im Publikum besetzt. Alle glotzten ihn an und Wim meinte, ganz hinten sogar seinen ehemaligen Chef auszumachen. Cassensmeier senkte betreten den Kopf und schaute auf den Fußboden. Ganz vorne hingegen, in der ersten Reihe außen links, saßen Rosalie und Biggi mit zusammengesteckten Köpfen und tuschelten. Wer flüstert, der lügt. Oder sprachen sie am Ende gar nicht über ihn? Nur für einen kurzen Augenblick sah Biggi auf und schaute ihn an. Dieser Augenblick genügte, um ihn mitten ins Herz zu treffen. Enttäuschung, Schmerz, Wut, aber auch Rache. Als Wim sich bückte, um die Urkunde aufzuheben, rollte eine Flasche Ouzo auf ihn zu und stieß gegen seinen Schuh. »Prost, Gemeinde, ich trinke für euch alle!« Oma Inge stand vor ihm, als er sich aufrichtete. Sie hatte ihr bis zum Rand gefülltes, kleines Henkelschnapsglas in der Hand und lächelte ihn mit dieser liebevollen Güte an, wie nur sie es konnte. »Möchtest du ein Stück Kuchen, mein Junge? Mohnstriezel, den magst du doch so gerne!« Wim schüttelte den Kopf, aber seine Schwester tauchte hinter ihm auf und übernahm die Antwort. »Gerne, Oma, ich nehme einen und Biggi sicher auch.« Wim schaute Sigrid entgeistert an, aber sie würdigte ihn keines Blickes, sondern reichte Biggi einen Teller mit Kuchen. »Das war's, Sie können jetzt endlich gehen!«, erzürnte sich Yves Degenhardt von seinem Ehrenplatz aus, und als Mads Johannsen plötzlich aus der Mitte des Publikums aufstand und sich ein blutverschmiertes Messer aus dem Bauch zog, da registrierte Wim, dass Rosalie an beiden Armen die Hände fehlten. Elle und Speiche lagen frei, Sehnen und Nervenenden waren erkennbar, ein unsauberer Cut mit Ausfransungen an den Wunden. Christina Pannier bemühte sich aus der zweiten Reihe heraus, alles fotografisch zu dokumentieren, und hatte Biggi gerade ein nummeriertes Schild auf den Kopf gestellt, während diese sich Omas Kuchen schmecken ließ und Rosalie anlächelte. Wim traute seinen Augen nicht und wurde plötzlich kurzatmig, als ihm ein unbeschreiblicher Druck wie aus dem Nichts die Kehle zuschnürte. Panisch fasste er sich an den Hals und rang nach Luft. Das, was er zu greifen bekam, fühlte sich zu seiner Überraschung wie ein Fahrradreifen an. Ein Fahrradreifen, der sich langsam, beinahe muskulös bewegte und immer enger und enger wurde. Nach kurzer Zeit kämpfte Wim bereits gegen die Ohnmacht an, die sich in ihm aufbäumte, wie eine dieser haushohen Monsterwellen, die er vor Jahren am Atlantik in Portugal beobachtet hatte. Als er mit letzter Kraft an seinem Ohr ein züngelndes Kitzeln wahrnahm, war es Brunonia, die ihn aus seinem Albtraum erlöste und gegen 05.00 Uhr schweißgebadet aufwachen ließ. Den zerwühlten Kopfkissenbezug immer noch in Händen, richtete Wim sich schlaftrunken auf und schaute sich um. Die Nachttischlampe war angeschaltet, draußen war es dunkel. Er schien allein zu sein. Biggi war nicht zurückgekehrt und Brunonia schlief hoffentlich noch in ihrem Terrarium.

Bärbel Schwerdtfeger hatte ihre gewaschenen Haare unter einem Handtuchturban versteckt und stand am Kaffeevollautomaten in der Küche, der geräuschvoll das erste Heißgetränk des Tages zubereitete. Der Duft von frisch gebrühtem Espresso verbreitete sich langsam im Raum und weckte nach einer anregenden Dusche die letzten Lebensgeister in ihr. Während Enno vor sich hin grummelnd im Wohnzimmer seine aktuellen Blutdruckwerte ermittelte, schmunzelte Bärbel außer Sichtweite ihres Mannes noch immer vor sich hin, wenn sie über den gestrigen Tag nachdachte, der genauso gelaufen war, wie sie es sich vorgestellt hatte. Nicht nur, dass ihr guter Freund Justus Bellinghausen mit seinem neuesten Klatsch und Tratsch für Unterhaltung im Museum gesorgt hatte, er hatte sie auf eine Idee gebracht. Es hatte sie einige Überwindung gekostet, noch einmal zum Hörer zu greifen, aber sie musste ganz sichergehen und Franz Maria Baumann hatte sich äußerst verständnisvoll gezeigt. Bärbel kräuselte den Mund und wischte sich einen Wassertropfen von der Stirn, der unter dem Handtuchturban herausgelaufen war. Jeder Mensch hatte seine Geheimnisse und sie zählte auch dazu. Warum auch nicht? Ein Geheimnis war ja auch nicht gleich ein Geheimnis. Es gab Heimlichkeiten, einfach nur um etwas zu verbergen, das niemanden etwas anging. Oder es gab Familiengeheimnisse, um Ehre und Anstand zu wahren, und natürlich gab es heimliche Affären. Bärbel überlegte weiter und dachte über Staatsgeheimnisse nach, von denen sie aber lieber nichts wissen wollte. Im Grunde ihres Herzens legte sie viel Wert auf Ehrlichkeit, gerade bei Freundschaften und erst recht in einer Ehe. Aber in einer Ehe musste man auch füreinander sorgen, in guten wie in schlechten Zeiten, und dafür musste man ab und zu auch mal unorthodoxe Wege einschlagen.

Rosalie erschrak, als sie die Augen öffnete und ihr Blick auf einen Hinterkopf fiel. Das blonde Haar gehörte zu einer schlanken Frau, die ihr den Rücken zugewandt hatte und neben ihr auf der rechten Seite des Bettes lag. Langsam richtete Rosalie sich auf, und als sie die beiden leeren Proseccogläser auf dem Nachttisch registrierte, kehrten Sekunde um Sekunde die Erinnerungen zurück. Die schlafende Person in ihrem Bett hieß Eve, zumindest hatte sie sich in der Dating-App so genannt. Eve wie Yves, Rosalie hatte sich das Grinsen während des luftig leichten und vor allem anzüglichen Chats nicht verkneifen können. Eves richtiger Name, wenn es den denn gab, tat nichts zur Sache, denn auch Rosalie war unter einem Pseudonym unterwegs, wenn sie schnellen Sex suchte. Und schneller Sex war gestern Abend genau das gewesen, was Rosalie gebraucht hatte. Sich abreagieren, sich hingeben, genießen und verdrängen. In einer Stadt wie Braunschweig Gleichgesinnte zu finden, war ungleich schwerer als in ihrer alten Heimat Düsseldorf, aber dafür war die Reisebereitschaft der willigen Ladys im Postleitzahlenbereich 38 und Umgebung umso größer. Ihr One-Night-Stand war kurz vor Mitternacht aus der Nähe von Wolfsburg angereist und hatte Rosalie nach einem unverbindlichen Small Talk und einem Aperitif so hingebungsvoll mit Mund und Händen verwöhnt, dass es nicht bei einem Durchgang geblieben war. Die Ähnlichkeit zu Anne war dem Zufall geschuldet, sowohl, was die blonde Mähne anging, als auch die Figur, und selbst wenn die Auswahl nicht zufällig geschehen wäre, Rosalie musste sich ja nicht rechtfertigen. Eve würde diese Wohnung zeitnah verlassen und Rosalie war fest entschlossen, sie so schnell nicht wiederzusehen. Unverbindlichkeiten dieser Art entsprachen exakt ihrer derzeitigen Lebenseinstellung. Spaß haben ja, sich binden nein.

Leise schlug sie die Bettdecke zur Seite, stellte ihre nackten Füße auf die kalten Holzdielen ihres Schlafzimmers und stand auf. Den Weg in die Küche legte sie barfuß zurück und hielt nach ihren flauschigen Socken Ausschau. Unterwegs schnappte sie sich ihr langes T-Shirt, das Eve gestern im Eifer des Gefechts achtlos aus dem Bett auf den kleinen Sessel am Fenster geworfen hatte, und zog es sich über ihren fröstelnden Körper. Wo waren ihre Socken denn bloß abgeblieben? Auf der Couch im Wohnzimmer? Ihr Handy befand sich noch auf dem Küchentisch und Rosalie ärgerte sich, dass sie versäumt hatte, es über Nacht aufzuladen. Das musste umgehend nachgeholt werden, denn das Gerät lief bereits im Stromsparmodus, und wenn Rosalie eines in ihrem Berufsleben unbedingt benötigte, dann war es ein aufgeladenes Handy. Ladekabel gab es in jedem Raum der Wohnung, das für die Küche steckte dauerhaft in der Steckdose neben dem Wasserkocher. Nicht sehr energiesparend, aber praktisch. Als Rosalie das Handy anschloss, leuchtete das Display kurz auf, »Akkustand 7 %«, und ein weißes Briefumschlagsymbol zeigte den Eingang einer E-Mail an. Hatte sie gestern Abend etwas übersehen? Oder handelte es sich um eine der nächtlichen Spamnachrichten von windigen Kreditanbietern, unseriösen Schnäppchenangeboten oder irgendwelchen 08/15-Cybersexportalen? Neugierig öffnete sie die App für ihre E-Mails, und als Annes Name ganz oben als ungelesene neueste Nachricht im Posteingang angezeigt wurde, musste Rosalie sich setzen. Eigentlich war doch alles gesagt. Eigentlich.

25. KAPITEL

Biggi hatte die erste Zigarette des Tages fest im Griff und schaute mit verquollenen Augen auf die gegenüberliegende Häuserfront aus Sandstein. Den Blick in Nachbars Garten und auf den ominösen Fuchs vermisste sie nicht für eine Sekunde. Die Straßenzüge in diesem Teil der Hannoverschen List waren eng und Vorhänge oder Plissees gehörten zur Standardausstattung einer jeden Wohnung, um sich vor fremden Blicken zu schützen. Die dichte Bebauung war das Gegenteil der weitläufigen und beschaulichen Fuchstwete, aus der sie Hals über Kopf geflüchtet war. Weg aus Braunschweig, weg von Wim, der sie zutiefst gekränkt hatte. Das Taxi hatte sie auf direktem Weg zum Bahnhof gebracht, der beleuchtet in einer kalten Nacht im Spätherbst genauso hässlich aussah wie an einem sonnigen Sommertag. Wut und Verzweiflung hatten Biggi in Beschlag genommen und ihre innere Anspannung hatte sich nur langsam gelöst, als sie im letzten Regionalzug nach Hannover Platz genommen und ihr ganz persönliches Braunschweig-Drama endlich Kilometer für Kilometer hinter sich gelassen hatte. Diese Stadt, die ihr nur Unglück gebracht hatte, die ihr genommen hatte, was ihr am meisten bedeutete. Diese Stadt, die sich Wim Schritt für Schritt zu eigen gemacht hatte. Sollte er doch glücklich werden in seinem beschissenen Peine-Ost. Keine zehn Pferde würden sie so schnell noch einmal hierherbringen, und wenn das bedeutete, Wim nicht mehr wiederzusehen, weil er mit seinem verhassten Hannover abgeschlossen hatte, dann war das eben so. Sie hatte es doch nur gut gemeint. Sie hatte sich große Sorgen gemacht und sie sorgte sich noch immer. Und vielleicht hatte sie eine Grenze überschritten, aber war es nicht genau das, was sie hatte machen müssen, um ihm zu helfen? Natürlich war bei Menschen mit Suchtproblemen Fingerspitzengefühl gefragt, vor allem dann, wenn man jemanden mit seinen Trinkgewohnheiten konfrontieren wollte. Und natürlich musste Biggi dabei auch an sich denken, auf ihr eigenes Wohlbefinden achten, das Thema nicht zu sehr an sich heranlassen. Aber wer hätte Wim denn ansprechen sollen, wenn nicht sie? Sigrid vielleicht? Biggi schüttelte es bei dem Gedanken an ein vertrauliches Gespräch zwischen Wim und seiner großen Schwester zum Thema Alkoholismus. War es nicht Biggis Pflicht als Freundin, als eine der Hauptbezugspersonen, als Wims Herzensmensch, ihn auf seine Probleme anzusprechen? Sie konnte es drehen und wenden, wie sie wollte, es war ein Teufelskreis, der sie viel Energie gekostet hatte. Energie und womöglich eine Freundschaft.

In aller Herrgottsfrühe hatte Franz Maria Baumann bereits eine E-Mail von der Braunschweiger Kriminalpolizei erhalten. Luises Fall war offensichtlich Chefsache, denn kein Geringerer als Yves Degenhardt persönlich hatte sich bei ihm gemeldet und um einen zeitnahen Rückruf gebeten. Man wolle ihn befragen und sei bereit, dafür sogar nach Hannover zu kommen. Die große Standuhr im Esszimmer zeigte kurz vor halb acht und Franz war der Ansicht, dass es am besten war, die Angelegenheit so schnell wie möglich hinter sich zu bringen. Wer um 05.58 Uhr E-Mails verschickte, der konnte auch etwas mehr als eine Stunde später angerufen werden.

Der gestrige Abend schwirrte noch in seinem Kopf herum. Die Holthusens mit ihrem merkwürdigen Verhalten beschäftigten ihn mindestens so sehr wie diese nervige Frau Schwerdtfeger, die einfach nicht lockerließ und meinte, ihm ins Gewissen reden zu müssen. Früher oder später würde er sich mit Georg besprechen und den Vorschlag der Schwerdtfeger diskutieren müssen. Oder sollte er allein entscheiden? Ohne Luise war das ungewohnt, aber wohl ein Umstand, auf den er sich würde einstellen müssen, wenn sie nicht wiederauftauchte. Und vielleicht gab es ja bereits Erkenntnisse, die die Polizei ihm mitteilen konnte? Mit klopfendem Herzen griff Franz zum Hörer und wählte die Nummer, die Yves Degenhardt in seiner E-Mail-Signatur angegeben hatte. Es klingelte nur ein einziges Mal, dann wurde das Telefonat bereits angenommen.

»Degenhardt!«

»Guten Morgen, hier ist Franz Baumann, Sie hatten mich um einen Rückruf gebeten.«

»So ist es! Guten Morgen, Herr Baumann, vielen Dank, dass Sie sich so schnell gemeldet haben.«

»Keine Ursache. Ich möchte helfen, wo es geht. Sie wollen mich befragen?«

»Jawohl. Wir müssen uns einen Eindruck von Ihrer Schwester machen. Lebensumstände, soziale Kontakte, Gewohnheiten. Sie sind der nächste Angehörige und arbeiten eng mit ihr zusammen. Alles Routine, muss aber sein.«

»Verstehe. Und dafür würden Sie extra nach Hannover kommen?«

»Wir können Zeugen einbestellen oder zu den Zeugen hinfahren, zum Beispiel wenn die Anreise Umstände macht.«

»Aber es würde mir gar keine Umstände machen.«

»Ich weiß Ihr Entgegenkommen sehr zu schätzen, Herr Baumann, aber wir schicken gerne jemanden nach Hannover. Sie haben ja gerade schon genug Stress und müssen sich auch vor Ort um die Belange der Stiftung kümmern«, unterbrach Yves Degenhardt schneller, als Franz Baumann etwas entgegnen konnte.

»Wie Sie meinen, es wäre in der Tat komfortabel, wenn ich nicht extra …«

»Das meinte ich. Wir wollen Ihren Aufwand so gering wie möglich halten. Ich habe mich bereits gekümmert und eine Raumabfrage gemacht.«

»Eine Raumabfrage?«

»Können Sie die Polizeidirektion in der Waterloostraße gut erreichen?«

»Ja, sicher, das ist kein Problem.«

»Sehr gut. Passt es Ihnen um 13.00 Uhr?«

»13.00 Uhr, ja, das kann ich einrichten.«

»Wunderbar!« Yves Degenhardt war seine Zufriedenheit deutlich anzuhören. »Mein Mitarbeiter Herr Schneider wird Sie befragen. Der weiß noch nichts von seinem Glück, aber ich werde ihn in der Lagebesprechung heute Morgen informieren und keiner ist geeigneter als er.«

»Nicht?«, fragte Franz ein wenig perplex.

»Wissen Sie, Herr Schneider hat bis vor wenigen Tagen in Hannover gearbeitet, und zwar in der Waterloostraße. Ist das nicht ein glücklicher Zufall? Er wird sich freuen, seine Kollegen so schnell noch einmal wiederzusehen und an seine alte Wirkungsstätte zurückzukehren.«

Wim spürte den Restalkohol deutlich in seinem Körper und das wollte etwas heißen. Und er hatte Nachdurst, und das nicht zu knapp. Zwei starke Kaffee, ein halber Liter Wasser, eine Kopfschmerztablette und kein Ouzo waren nach der kalten Dusche die Mittel der Wahl, um irgendwie in diesen Tag zu starten und es pünktlich zur Lagebesprechung zu schaffen. Vor dem Haupteingang des Polizeikommissariats sah er Rosalie auf sich zukommen. Sie winkte und beschleunigte ihren Gang.

»Tag zwei und wir begegnen uns ein zweites Mal vor Dienstbeginn. Wenn das morgen wieder passiert, geben Sie mir einen aus«, begrüßte sie Wim und wirkte beinahe überschwänglich.

»Guten Morgen, na, Sie sind ja heute gut drauf«, entgegnete Wim und schob sich verstohlen ein weiteres Pfefferminzbonbon in den Mund.

»Ich hatte eine erholsame Nacht und bin hoch motiviert. Heute werden wir entscheidend weiterkommen. Ich habe da so ein Bauchgefühl«, antwortete Rosalie.

»Bauchgefühl ist ja eigentlich meine Kernkompetenz, aber wenn Sie noch etwas von mir lernen können, dann freut mich das. Was sagt Ihnen denn Ihr Bauch?«

Rosalie hielt Wim die Tür auf, bevor sie das altehrwürdige Gebäude betraten. »Wir werden heute Infos erhalten wegen der DNA von Luise Janßen.«

»Ja, das stimmt. Der Abgleich mit den Leichenteilen«, bestätigte Wim.

»Exakt. Und ich habe da so eine Vorahnung. Außerdem können wir uns die Liste von Frau Armbrüster aus dem Museum vornehmen und die Personen überprüfen, die Zugang zum Terrarium haben.«

»Auch da stimme ich Ihnen zu. Aber was macht Sie so sicher, dass wir entscheidend weiterkommen?«

»Mein Bauch, Herr Schneider, hören Sie mir nicht zu?«

»Doch, doch«, wunderte sich Wim, der bemerkte, dass

er der jungen Kollegin nicht so richtig folgen konnte. Da schien er wieder zu sein, der Enthusiasmus, wenn nicht gar Übereifer, der Rosalie so manches Mal Steine in den Weg legte, auch wenn Wim motivierte Kollegen noch immer lieber waren als idiotische Chefs.

»Was hat Biggi Ihnen eigentlich zum Einstand geschenkt, wenn ich fragen darf?«

Rosalies Frage traf Wim unvermittelt. Das Geschenk! Er hatte es in der Seiteninnentasche seiner Arbeitstasche völlig vergessen.

»Ich, also …«, begann er unsicher.

»Haben Sie es etwa noch nicht ausgepackt?« Rosalie blieb stehen und warf Wim einen fragenden Blick zu.

»Bitte verraten Sie mich nicht. Ich hole das gleich nach.«

»Keine Sorge, ich habe ja eine dienstliche Schweigepflicht. Aber ich werde Sie heute so lange daran erinnern, bis Sie es ausgepackt und sich bei Biggi bedankt haben.«

»Biggi ist sicherlich Ihre ehemalige Kollegin aus Hannover, oder? Birgit Höfgens, Mitglied der legendären Soko Wasserleiche.« Yves Degenhardt kam ihnen über den Flur entgegen und grinste breit, fast hämisch.

»Ja, wieso?«, erkundigte sich Wim. Eine Begrüßung wie »guten Morgen« schien für den Flipchart-Affen überflüssig zu sein.

»Sie können sich heute persönlich bei ihr bedanken. Für was auch immer.«

Wim runzelte die Stirn und es war Rosalie, die als Erste die Sprache wiederfand. »Aha, und warum?«

»Weil Herr Schneider heute für eine Zeugenvernehmung nach Hannover fahren wird. Aber das erzähle ich Ihnen gleich in der Lagebesprechung. Der Kaffee läuft schon.«

Mia Armbrüster drehte sich immer wieder auf ihrem Schreibtischstuhl im Kreis und ließ ihre Gedanken schweifen. Professor Hölderlin hatte sie bisher nicht erreicht und allmählich ging Enno Schwerdtfeger ihr mit seinen Fragen und Bitten zu dieser Stiftung in Hannover auf den Keks. Sie hatte derzeit weiß Gott andere Sorgen als den Nachholtermin für eine Kuratoriumssitzung. Was war im Keller des Museums passiert? Wer hatte Brunonia die Fingerkuppe in das Terrarium gelegt? Eine Auswertung der Überwachungskameras durch die verantwortliche Sicherheitsfirma hatte keine Auffälligkeiten gezeigt. Sie hingen nicht im ganzen Museum verteilt, aber es gab sie immerhin. Kam der Täter aus dem Kollegenkreis? Wem konnte sie noch trauen? Die Vorstellung, dass ein Mörder sich in unmittelbarer Nähe befand, ließ ihr einen kalten Schauer über den Rücken laufen. Und das hier war nicht irgendein Mörder, sondern ganz sicher ein Psychopath. Mit dem merkwürdigen Kriminalhauptkommissar von gestern hatte sie absolute Diskretion vereinbart, bevor er die Personenliste an sich genommen und zum nächsten Einsatzort geeilt war. Wortkarg, eigentlich sogar grummelig war dieser Herr Schneider ihr vorgekommen, aber natürlich sollte er in erster Linie ermitteln und kein nettes Pläuschchen mit ihr halten.

Mia warf einen Blick auf die Uhr. Das Museum würde in einer Viertelstunde öffnen und auf dem Museumsvorplatz war es ruhig. Kein Medienauflauf, keine neugierigen Menschenmassen, der erste Ansturm hatte sich hoffentlich gelegt. Dennoch hatte sie gestern Abend entschieden, Brunonia vorübergehend aus der Ausstellung zu nehmen und sie in den Quarantänebereich bringen zu lassen. Das Tier zu schonen und es keinem unnötigen Stress auszusetzen, war das Gebot der Stunde. Dass Tiere krankheitsbedingt der Öffentlichkeit nicht zugänglich gemacht werden konnten, kam immer wieder mal vor, und so hatte sie den Standardtext für einen Aushang formuliert, der nun von außen an der Scheibe des leeren Terrariums klebte.

26. KAPITEL

Ein Freund, der seinen Geduldsfaden allmählich überstrapazierte, und eine Ehefrau, bei der ihm eben jener schon lange gerissen war. Georg Holthusen war genervt und hörte Franz nur beiläufig zu, als er von seiner spontanen Vorladung in die Polizeidirektion berichtete. Im Augenwinkel beobachtete er, wie Gitte in der Küche den Strohhalm in ein Glas Orangensaft steckte. Ob es wirklich nur der pure Fruchtsaft war?

»Georg, bist du noch am Apparat?«

»Bin ich. Wie gesagt, sei doch froh, dass die Polizei aufs Gas drückt. Umso schneller wird Luise gefunden.« Franz zu beruhigen, war einmal mehr eine echte Herausforderung.

»Sicher, aber was wollen die mich denn bitte alles fragen? Ich kann doch kaum etwas zu Luises Lebensgewohnheiten in Braunschweig sagen. Sie war da immer sehr für sich und wenn, dann haben wir uns ja vor allem in Hannover getroffen.«

»Ach, Franz, nun mach dir doch nicht so viele Gedanken. Dann sagst du es genau so. Du bist einfach ehrlich, verschweigst nichts, dann läufst du auch nicht Gefahr, dich um Kopf um Kragen zu reden.«

»Um Kopf und Kragen?«

»Ja, oder hast du etwas zu verbergen?«

»Nein, wie kommst du denn darauf?«

»Ich komme da nicht drauf, sondern du lieferst mir mit

deinem Gejammere hier eine Steilvorlage, genauer nachzufragen. Also wenn du dich nachher bei der Polizei auch so verhältst, dann darfst du dich nicht wundern, wenn die dich verdächtigen.« Georg begann Gefallen daran zu finden, Franz ein wenig zu piesacken.

»Wundern? Warst du vielleicht schon mal bei einem Verhör?«

»Das war ich nicht, aber ich musste in diversen Ausschüssen Rede und Antwort stehen.«

»Immer kommst du mit deiner Politik um die Ecke! Also entschuldige mal, aber das kann man doch überhaupt nicht miteinander vergleichen.«

»Wieso? Hätte ich in diesen Gremien was Falsches gesagt, hätte es Konsequenzen für mich gehabt, politische wie persönliche. Und wenn du nachher bei der Polizei rumeierst oder denen komische Antworten gibst, dann hat das eben auch gegebenenfalls Konsequenzen. Oder sehe ich das falsch?«

»Nein, so betrachtet nicht«, antwortete Franz verunsichert.

»Ruh dich jetzt ein wenig aus und dann packst du das schon. Lass mich gerne wissen, wie es gelaufen ist. Und wenn ich dir irgendwie helfen oder dich entlasten kann …«

»… jaja, dann werde ich dich das wissen lassen«, unterbrach Franz ihn abrupt mit einem überraschend scharfen Tonfall und legte auf.

Verwundert schaute Georg auf das Telefon in seiner Hand. Hatte er den Bogen jetzt überspannt?

»Sigrid, hier ist Wim. Vermutlich bist du einkaufen oder unpässlich oder beides. Wie dem auch sei, ich melde mich wieder. Ich bin beschäftigt und viel unterwegs. Es geht mir gut«, log Wim und beendete seine Ansage auf dem Anrufbeantworter seiner Schwester. Wenigstens hatte er ihr endlich ein Lebenszeichen gesendet und Gott sei Dank war sie nicht zu Hause. Für die nächsten Tage musste das reichen. Ihre übertriebene Fürsorglichkeit und vor allem ihre Fragen konnte er derzeit nicht ertragen. Ihm reichten aktuell die Fragen seines Chefs und seiner Kollegin. Es hatte Zeiten gegeben, da hätte er sich massiv dagegen gesträubt, von einem Vorgesetzten dermaßen am Nasenring durch den Parcours geführt zu werden, und gestern noch hatte er sich mit Yves Degenhardt persönlich angelegt. Heute aber war Wim beinahe dankbar, sich nicht länger mit dem Flipchart-Affen befassen zu müssen, auch wenn der Preis, den er zu zahlen hatte, eine Fahrt nach Hannover war. Aus seiner Sicht wäre es dem Bruder der Vermissten durchaus zumutbar gewesen, nach Braunschweig zu kommen, aber Wim fehlte es an Muße und Kraft, sich darüber aufzuregen. Dann halt seine alte Wirkungsstätte. Ein kurzes Hallo bei Cassensmeier, dann das Verhör und tschüss. Biggi würde er nicht begegnen, hatte sie sich doch die ganze Woche krankgemeldet. Er war sehr früh dran und hatte sich nach einer knappen Verabschiedung von Rosalie in das Innere des schwarzen Dienstwagens zurückgezogen, um sich noch vor der Abfahrt endlich dem zu stellen, wovor er mehr Angst hatte, als er sich eingestehen wollte. Seine Aktentasche hatte er auf dem Beifahrersitz abgestellt und hielt Biggis Geschenk in den Händen. Ein Blick in den Rückspiegel gefolgt von einem tiefen Seufzer, und dann löste er vorsichtig das feine Seidenpapier, hinter dem sich verbarg, was Biggi sich für seinen beruflichen Neustart überlegt hatte. Als eine kleine Saatguttüte mit der Aufschrift »Pflanziska« zum Vorschein kam, stutzte Wim und las zuerst die beigelegte Grußkarte im Miniaturformat, auf deren Vorderseite eine kleine rote Blüte abgebildet war.

Lieber Wim,

Du hast es ja nicht so mit Pflanzen, ich weiß. Aber ich habe in all den Jahren viel von Dir gelernt und vielleicht konntest Du Dir ja zumindest in Sachen Pflanzenpflege auch etwas bei mir abgucken. Pflanziska ersetzt keine Biggi, aber sie steht symbolisch für Deinen Neustart und sie soll Dich im Büro an mich erinnern. Jeden Tag, den sie wächst, wirst auch Du wachsen, denn jedem Anfang wohnt ein Zauber inne. Du musst Dich aber kümmern! Um Pflanziska und auch um Dich.

Deine Biggi

PS: Einen Topf mit Blumenerde schenke ich Dir zu Weihnachten.

Wims Kinn bebte und die vielen kleinen Worte, die Biggi sorgfältig und für ihre Verhältnisse gut lesbar niedergeschrieben hatte, verschwammen nach und nach vor seinen Augen. Bevor er die Saatguttüte wieder in seine Tasche verschwinden ließ, verpasste er Pflanziska einen Kuss und schielte auf den Flachmann, der neben seiner Brotdose auf ihn wartete.

Yves Degenhardt hatte es sich ungefragt an dem runden Besuchertisch in Wims und Rosalies Büro bequem gemacht. Nach der Lagebesprechung war er den beiden einfach gefolgt, hatte unterwegs noch diverse Arbeitsaufträge verteilt, die über das hinausgingen, was sie als Team gerade erst besprochen hatten, und mehrere Telefonate geführt. Sich an seinen eigenen Schreibtisch zurückzubegeben, hielt er augenscheinlich für nicht nötig. Rosalie versuchte sich nichts anmerken zu lassen, hätte jedoch langsam, aber sicher gerne ihre Ruhe gehabt. Ihr wurde die Aufgabe zuteil, sich mit dem externen Personenkreis zu befassen, der Zugang zum Naturhistorischen Museum und insbesondere zu den Aquarien und Terrarien im Keller hatte. Vertieft in eine Onlinerecherche über eine Reinigungsfirma und einen Sicherheitsdienst hielt sie den Blick konzentriert auf ihren Monitor gerichtet, als ihr Chef sich mal wieder zu Wort meldete.

»Jetzt hat der Schneider es knapp verpasst. Der Eilbericht aus der Rechtsmedizin ist da.«

»Er hat es zwar nicht so mit Handys, aber was auch immer da drinsteht, ich kann ihn ja anrufen«, entgegnete Rosalie.

»Das solltest du«, stellte Yves Degenhardt fest, nachdem er den verschlüsselten Dateianhang der E-Mail aus Hannover geöffnet und die Ergebnisse des DNA-Abgleichs gelesen hatte.

Neugierig schaute Rosalie auf. »Unser Okeropfer ist Luise Janßen, oder? Ich hab's gewusst.«

Yves Degenhardt massierte seine Schläfen, nachdem er sein dienstliches iPad auf den Schoß gelegt und die Beine übereinandergeschlagen hatte. »Bedaure, das wäre zu einfach gewesen. Kein Treffer für Luise Janßen. Kein Treffer in der Datenbank. So ein Mist!«

Rosalie entglitten die Gesichtszüge. »Scheiße! Und ich war mir irgendwie sicher. Die Nähe des Wohnhauses von

Luise Janßen zum Fundort an der Oker, ein Torso mit ergrauter Körperbehaarung, der zeitliche Zusammenhang zu ihrem Verschwinden, es hätte so gut gepasst.«

»Hätte, hätte, Rosalie. Wim Schneider soll dem Bruder ordentlich auf den Zahn fühlen. So eine ältere Dame kann sich doch nicht in Luft auflösen.«

»Ja, das werde ich ihm ausrichten.«

»Weißt du was? Ich rufe ihn selbst an. Der Herr Kollege braucht klare Ansagen. Und mit dem verfluchten Mord kommen wir auch nicht voran.« Gereizt verließ Yves Degenhardt das Büro und knallte die Tür zu. Verdattert schaute Rosalie ihm hinterher und zückte ihr Handy. Sie musste Wim vorwarnen.

Die Freundschaft zwischen seiner Bärbel und Justus Bellinghausen ging Enno Schwerdtfeger zunehmend gegen den Strich. Alles rein platonisch, wie Bärbel stets zu betonen wusste, immerhin sei sie doch ein ganzes Stückchen älter als der Jagdkompagnon vom Waidmannsheil e.V. Als ob das Alter heutzutage noch eine Rolle spielen würde. Ständig steckten die beiden im Clubhaus ihre Köpfe zusammen, ständig betüddelte Bärbel den oft angeschlagen wirkenden Justus und nun wollte sie ihn zur Krönung auch noch zum Kaffeetrinken nach Hause einladen. Enno hatte sich auf ihre Frage beim Frühstück, ob er einverstanden sei, nicht klar geäußert, sondern hatte die Wohnung einfach irgendwann verlassen. Das sollte er sich mal mit der drallen Armbrüster erlauben, dann würde Bärbel ihm ganz sicher ein paar Takte erzählen. Der Unterschied war zudem, dass Mia Armbrüster zwar gelegentlicher Bestandteil seiner erotischen Fantasien war, er würde sein Verhältnis zu ihr aber zu jeder Zeit als rein professionellen Businesskontakt definieren, nicht mehr und nicht weniger. Und die Gedanken waren ja bekanntermaßen frei. Ob sie mittlerweile mit ihrem Doktorvater über den Nachholtermin der Kuratoriumssitzung gesprochen hatte?

Justus Bellinghausen und seine wachsende Verbindung zu Bärbel waren hingegen real und wüsste Enno es nicht besser, hätte er ihn auch für eine Schwuchtel halten können. Hatten die nicht immer so etwas wie eine beste Freundin? Typisch männlich kam Justus jedenfalls nicht daher, eher weich, manchmal melancholisch, und seine Klamottenwahl erinnerte Enno schon immer an einen Künstler, wie so einige seiner Attitüden. Nachdenklich trommelte Enno mit den Fingern seiner rechten Hand auf der Schreibtischplatte herum. Und das, was Bärbel großspurig als »Kontakte« bezeichnet hatte, hatte sich als nichts anderes entpuppt als Justus' neuesten Nachbarschaftstratsch an der Supermarktkasse. Vermutlich war es irgendeine weitere Busenfreundin gewesen, die ihm das Verschwinden von Luise Janßen gesteckt hatte. Ob Bärbel mit Justus auch über rein private Angelegenheiten redete? Enno nahm seine Gleitsichtbrille von der Nase und rieb sich die geröteten Nasenflügel. Die Brille drückte und auch hinter dem linken Ohr musste der Optiker noch mal nachjustieren. Hatte er sich wegen der neuen Sehhilfe vielleicht auch bei seinem Ampelstopp am Museum getäuscht? Bei allem Groll, die Verbindung von Bärbel zu Justus könnte auch nützlich sein. Bärbel war diejenige, die ihm bestätigen könnte, was er noch immer glaubte, gestern Morgen beobachtet zu haben.

27. KAPITEL

Lilly Bartsch hatte die aufgeschlagenen Fachbücher im Halbkreis um sich herum drapiert, eine halb leere Tasse kalter Kaffee vom Vortag stand am Rande des Schreibtisches auf einem Korkuntersetzer und der Cursor ihres Schreibprogramms am Laptop blinkte seit einer halben Ewigkeit auf ein und derselben Stelle. Der Abgabetermin für ihre Hausarbeit rückte unaufhaltsam näher und eigentlich konnte Lilly sich für ihr Thema auch begeistern, sie war aber einfach nicht bei der Sache. Ihre Kopfhaut juckte und ihre Haare brauchten dringend eine Wäsche, aber selbst zum täglichen Duschen kam sie vor lauter Arbeit kaum noch. Ein Umstand, den sie vor dem Hintergrund des notwendigen Energiesparens allerdings verschmerzen konnte. Überhaupt war ihr das äußere Erscheinungsbild nicht so wichtig, hier oben im 6. Stock ihres kleinen Apartments im Studierendenwohnheim »Affenfelsen« bekam sie eh kaum jemand zu Gesicht. Niemand außer ihrer Nachbarin Isabell von gegenüber, mit der sie sich gerne mal quer über den Flur unterhielt und mit der sie bei einem Glas Wein auch hin und wieder ganz wunderbar fachsimpeln konnte. Isabell, die Mutige, die in ihrer zweiten Lebenshälfte noch einmal etwas gewagt, ihr Abitur nachgeholt und ihr Traumstudium aufgenommen hatte. Lilly bewunderte Isabell, die vom Alter her ihre Mutter sein könnte. Mit ihrer Lebenserfahrung und Reife gab sie Lilly fernab der saarländischen Heimat so etwas wie Sicherheit und Geborgenheit. Nun war Isabell jedoch verschwunden, hatte bereits am Sonntag nicht geöffnet, obwohl die beiden Frauen für einen Köfteburger im Eckimbiss an der Mühlenpfordtstraße verabredet gewesen waren. Gestern hatte Lilly erneut bei Isabell geklopft und dann versucht sie anzurufen, vergebens. Die anderen Studierenden um sie herum hatten alle mit dem Kopf geschüttelt, als Lilly sich nach Isabell erkundigt hatte. Die Uhr zeigte 12.10 Uhr, als Lilly den Entschluss fasste, dass sie sich am späten Nachmittag, 48 Stunden nachdem ihr Isabells Verschwinden aufgefallen war, bei der Polizei melden würde, um eine Vermisstenanzeige aufzugeben. Der Countdown lief.

Wim hatte sich für den Weg über die Bundesstraßen 1 und 65 entschieden, denn fernab der mit Lastwagen überfüllten Autobahn und ohne jeden Zeitdruck fuhr es sich quer durch den Landkreis Peine einfach entspannter. Etwa acht Kilometer hinter Braunschweig war es ihm dann jedoch ohne jede Vorankündigung derart in den Hintern geschossen, dass er am Kreisverkehr hinter Vechelde nicht die Ausfahrt Richtung Hannover genommen hatte, sondern mit quietschenden Reifen bei einem Schnellrestaurant vorfuhr, um die Örtlichkeiten im Stechschritt aufzusuchen.

Der auch für seine Verhältnisse übermäßige Alkoholkonsum der vergangenen Nacht und vermutlich auch der Stress der letzten Tage hatten seinem Darmtrakt ordentlich zugesetzt und nach einer beeindruckenden Tonleiter an Blähungen, Wim tippte dem Klang nach auf C-Moll, folgte ein explosionsartiger Schiss, der seinesgleichen suchte. Vorsichtshalber blieb er auch nach dem großen Finale noch einen Augenblick sitzen, denn eine unüberhörbare Peristaltik deutete etwaige Nachgeburten an. Er kämpfte sich gerade mit dem wie Schmirgelpapier anmutenden Toilettenpapier ab, als zur absoluten Krönung dieser Sitzung auch noch das Handy in seiner Arbeitstasche zu brummen begann. Einen beschisseneren Ort, um zu telefonieren, gab es eigentlich nicht, im wahrsten Sinne des Wortes. Passenderweise zeigte das Display die Telefonnummer von Yves Degenhardt, allerdings auch zwei verpasste Anrufe von Rosalie Helmer an. Wim überlegte nur kurz und entschied sich dann gegen ein Telefonat mit heruntergelassener Buchse. Immerhin fuhr er offiziell gerade Auto, und dass er mit der Technik so seine Probleme hatte und nicht unbedingt in der Lage war, eine Freisprechanlage zu bedienen, war kein Geheimnis. Er würde später zurückrufen, Rosalie wohlgemerkt. Für Yves Degenhardt hatte er in absehbarer Zukunft nichts mehr übrig außer einem großen Haufen Scheiße, dem er ihm am liebsten vor die Tür legen würde.

Rosalie schielte auf ihr Handy, aber Wim Schneider rief nicht zurück. Dann konnte sie es auch nicht ändern, er würde ja sicherlich registrieren, dass sie es zumindest versucht hatte, einen Anruf des Chefs anzukündigen. Dieser war mittlerweile in das Doppelbüro zurückgekehrt und seine Gesichtszüge deuteten an, dass er innerlich kochte.

»Den Schneider erreiche ich nicht.«

»Er müsste ja auch noch Auto fahren und auf dem Weg nach Hannover gibt es so einige Funklöcher«, entgegnete Rosalie.

»Oder er ignoriert mich.«

»Du solltest nicht immer gleich vom Schlechtesten ausgehen.«

»Nicht? Der Kollege scheint mir unberechenbar«, stellte Yves Degenhardt fest und nahm wieder am Besuchertisch Platz. »Wie weit bist du mit deiner Recherche?«

Rosalie wandte sich vom PC-Monitor ab und bemühte sich, Yves Degenhardt ins Gesicht zu schauen, bevor sie antwortete. In den Rücken fallen würde sie Wim Schneider in diesem Fall nicht. Da kam ihr der Themenwechsel ihres Chefs gerade recht.

»Aktuell ist der Auftrag für die Gebäudereinigung des Naturhistorischen Museums an eine Firma im Bebelhof vergeben. Wenn es dir recht ist, werde ich da nachher vorbeifahren, denn ich könnte das ganz wunderbar mit einem Besuch bei Mads Johannsen verbinden. Sozusagen als verspätete Mittagspause.«

»Bebelhof?«

»Ja, das ist ein Stadtteil hinter dem Hauptbahnhof und in der Nähe des Städtischen Klinikums, in dem Mads liegt.«

»In Ordnung«, stimmte Yves Degenhardt zu. »Und weiter?«

»Der Sicherheitsdienst wird von einer Firma in der Weststadt wahrgenommen, auch denen kann ich einen Besuch abstatten. Die Verbindung über die Stadtautobahn ist ideal.«

Yves Degenhardt nickte. »Wenigstens eine denkt hier mit. Gute Arbeit. Ich nehme mir dann die Personen im Museum vor.«

Rosalie rang sich ein Lächeln ab. Hatte ihr Gegenüber sie gerade tatsächlich gelobt?

»Ich mache nur meinen Job.«

»Im Gegensatz zu anderen. Ich versuche es jetzt noch mal bei Schneider. So lange kann die Fahrt ja nicht dauern.«

Ein leichtes Schneegestöber hatte dafür gesorgt, dass die Straßen und Plätze in der List wie mit Puderzucker bestreut aussahen. Der Winter rückte nicht nur kalendarisch unaufhaltsam näher und raubte dem Herbst den letzten Atem. Biggi sehnte sich jetzt schon nach wärmenden Sonnenstrahlen, am liebsten natürlich in Italien. Obwohl sie diesem nasskalten Wetter hier nichts abgewinnen konnte, hatte sie sich entschieden, ihre Wohnung heute zu verlassen, um ihre Hausarztpraxis in der Voßstraße aufzusuchen. Die Naht an ihrer Stirn musste dringend kontrolliert und der Verband gegebenenfalls gewechselt werden. Das überfüllte Wartezimmer und die Anwesenheit der anderen Patienten um sie herum behagten ihr jedoch überhaupt nicht. Zudem ließ sie das Gefühl, von allen angestarrt zu werden, nicht los. Da war der Griff zu einer der mitten im Wartezimmer auf einem runden Tisch platzierten Zeitschriften nur konsequent. Hinter der konnte man sich ganz wunderbar verstecken. Perfetto! Lieber Interesse am Fürstentum Monaco oder den britischen Royals heucheln, als mit den anderen in Blickkontakt zu geraten. Als sie nach einer halben Ewigkeit endlich aufgerufen wurde, glich ihr Weg in das Behandlungszimmer einer Flucht, aber immerhin hatte sie ihr Wissen um die Eheprobleme des europäischen Hochadels signifikant gesteigert.

Bei dem Geräusch der hinter ihr ins Schloss fallenden Tür fiel ihr dann ein Stein vom Herzen. In der großen Gemeinschaftspraxis wusste man während der allvormittäglichen Akutsprechstunde nie, auf welchen Arzt man traf, und Biggi war erleichtert, dass sie es heute mit der einzigen Frau im Team zu tun hatte.

»Das sieht doch schon ganz gut aus«, stellte Dr. Bettina Baumgarten zufrieden fest, nachdem sie Biggis Kopf von allen Seiten begutachtet hatte. »Den Verband lassen wir weg. Ich desinfiziere noch mal alles und dann tut es auch ein großes Pflaster. Wie geht es Ihnen ansonsten? Haben Sie noch irgendwelche Beschwerden?«

Biggi überlegte kurz, ob sie ihrer Ärztin etwas von Hormonsalben, Schlafstörungen wegen ihrer nymphomanischen Nachbarin Jutta und depressiven Verstimmungen erzählen sollte, entschied sich dann aber dafür, die Frage so gezielt wie möglich zu beantworten. Hier und heute ging es ja vorrangig um ihre akute Verletzung, der Rest wäre vermutlich fehl am Platz.

»Anfangs war mir übel, ich hatte Kopfschmerzen, und wenn ich ganz ehrlich bin, habe ich wohl auch fantasiert. Aber jetzt ist da nur noch ein leichter Druckschmerz, direkt an der Naht.«

»Fantasiert?« Bettina Baumgarten konnte ihre Verwunderung nicht verbergen. »Sie meinen Halluzinationen? Haben oder hatten Sie auch Probleme mit dem Gedächtnis? Das wäre eher typisch für ein Schädel-Hirn-Trauma, wie Sie es sich zugezogen haben.«

Biggi zuckte mit den Schultern. »Nein, eigentlich nicht. Mein Gedächtnis ist top. Ich kann mich auch an den Sturz und alles davor und danach erinnern. Auch wenn ich das vielleicht nicht immer möchte.«

»Verstehe. Und was für Halluzinationen hatten Sie, wenn ich fragen darf?«

»Ach, vergessen Sie einfach, was ich gerade gesagt habe, Frau Doktor. Vermutlich habe ich mich geirrt.«

»Nein, das vergesse ich nicht, liebe Frau Höfgens. Eigentlich möchte ich Sie gerne umgehend in die Röhre schicken, um eine Hirnblutung auszuschließen.«

Biggi erschrak für einen kurzen Augenblick. Hirnblutung klang dramatisch, aber die hatte sie ganz bestimmt nicht. »Das ist nicht nötig, Frau Doktor, glauben Sie mir. Ich habe keine Geister meiner toten Ahnen oder so was gesehen, es war lediglich ein Fuchs.«

»Ein Fuchs?«

»Ja, ein Fuchs. Im Garten der Nachbarn meines Bekannten in Braunschweig, immer wieder. Und irgendwie habe nur ich den gesehen, niemand sonst.«

Bettina Baumgarten nickte kurz. »Von dem Phänomen, dass auch größere Wildtiere in Städten gesichtet werden, hört man immer wieder. Mein Cousin lebt in Berlin und hat mir Handyvideos aus dem Tiergarten und aus Straßenzügen im Grunewald gezeigt. Wildschweine, Waschbären, Füchse, suchen Sie sich etwas aus.«

Biggi atmete auf. »Das beruhigt mich jetzt. Ich hatte das zwar auch schon mal gehört, aber wenn es einem dann selbst passiert, mamma mia!«

»Dennoch möchte ich das im Zusammenhang mit Ihrer Verletzung gerne abgeklärt wissen. Ich überweise Sie mal zum Radiologen.«

»Wenn Sie meinen. Muss das denn sein? Ich setze mich diesen Strahlungen nur ungern schon wieder aus. Im Krankenhaus in Braunschweig haben die mich doch auch schon durchleuchtet.«

»Das war in der akuten Situation, unmittelbar nach dem Unfall. Hirnblutungen zeigen sich oftmals erst zeitverzögert. Manchmal erst nach ein bis zwei Tagen. Zwingen kann ich Sie zu so einer Untersuchung natürlich nicht, aber ich rate zur Vorsicht. Beobachten Sie Ihre Wahrnehmungen bitte sehr sorgfältig und kritisch und sobald Sie auch nur die kleinsten Anzeichen …«

»Ist in Ordnung«, unterbrach Biggi ihre Ärztin. »Ich habe verstanden.«

Christina Pannier schwanden mit jedem mühsamen Atemzug die Sinne. Das Rauschen der Bäume im Wind und der

Geruch nach modrigem Laub und Erde wurden immer schwächer. Dass sie sich in den letzten Stunden zunehmend sicherer geworden war, dass man sie in einen Wald verschleppt hatte, spielte keine Rolle mehr. Minute für Minute verlor sie jegliches Gefühl für Raum und Zeit, denn der Durst, der sie quälte, schien übermächtig. Ihre Mundhöhle war staubtrocken und ihre Zunge angeschwollen. Ihr Kopf schmerzte und fühlte sich an wie unter einer Glocke. Sie wusste genau, dass dies die Symptome einer Dehydrierung waren und dass sie bald das Bewusstsein verlieren würde, wenn sie nichts zu trinken bekäme. Die Nährstoff- und Sauerstoffversorgung war bereits massiv eingeschränkt, ihr Blut floss langsamer durch ihren ausgelaugten Körper. Bereits am dritten Tag ohne Flüssigkeit könnte der Tod eintreten. War sie bereits den dritten Tag hier? Christina versuchte sich zu konzentrieren und zu erinnern, um nicht einzuschlafen. Aber die bleierne Erschöpfung hatte sie fest im Griff. Krampfhaft holte sie sich die Bilder ihres Lebens vor das innere Auge. Noch einmal Burkhard sehen und spüren, noch einmal ihre Kinder in die Arme schließen. Ihre Kinder, die Liebe ihres Lebens. Als sie neben sich plötzlich das Knarren einer Tür vernahm, wurde sie jedoch schlagartig in die Gegenwart zurückgeholt. Spielte ihr dahinsiechender Verstand ihr einen Streich oder war dieses Geräusch am Ende echt? Der Holzboden, auf dem sie noch immer lag, begann leicht zu beben und Stück für Stück kamen die Vibrationen immer näher. Von einer Sekunde auf die andere spürte sie die Präsenz einer anderen Person im Raum, sie spürte Wärme, menschliche Wärme. Mit letzter Kraft versuchte sie zu schreien, doch der Knebel in ihrem Mund erstickte jeden Laut im Keim. Als man ihr brutal den Kopf nach hinten riss und es in ihrem Nacken laut knackte, sah sie plötzlich Sterne, und als man ihr binnen weniger Sekunden die Kehle durchschnitt und ein Blutschwall sich über ihren Oberkörper ergoss, setzte für einen Moment die vollkommene Dunkelheit ein. Erst als ein helles Licht ihr alle Schmerzen nahm, fühlte sie sich frei. So frei, wie noch nie. Christina Pannier war tot.

28. KAPITEL

Es ist vollbracht! Ich habe es getan. Die Nacht bei dir hat mir so unendlich viel Kraft gegeben, wieder einmal. Du bist mein Lebenselixier. Dieses Mal ging es ganz schnell. Und dieses Mal kann auch nichts schiefgehen. An unserem sicheren Ort wird sie niemand finden. Keine Hunde, keine Taucher, keine Polizei.

Ja, ich weiß, der junge Mann, er könnte theoretisch noch leben, er könnte noch zu einem Problem werden. Ich lese jeden Tag aufmerksam die Zeitung, aber es gibt keine Neuigkeiten. Ich werde mich darum kümmern und auch um die Sache mit dem Museum, das verspreche ich dir. Es sind gerade so viele Dinge auf einmal. Alles prasselt auf mich nieder, aber ich werde es schaffen, denn du gibst mir Kraft. Ich muss einen kühlen Kopf bewahren. Für dich, für mich, für uns.

Hatte ich dir davon berichtet, dass Brunonia aus der Ausstellung verschwunden ist? Diese Idioten! Sollen sie sie doch verstecken. Ich werde sie dennoch mit allem verwöhnen, was sie braucht. Sie ist doch unsere Schutzgöttin, sie steht wie keine andere für die Verbindung zwischen uns. Sie steht für die Unsterblichkeit.

Und ist es nicht das, was wir wollen? Unsterblich sein?

29. KAPITEL

Franz Maria Baumann wurde flau im Magen, als der bullige Kriminalhauptkommissar, der sich ihm als Wim Schneider vorstellte, den Verhörraum betrat. Wie lange sie hier wohl sitzen würden? Welche Fragen würde der Polizeibeamte ihm stellen?

»Also, Herr Baumann, dann wollen wir mal«, begann Wim, nachdem alle Formalitäten erledigt waren. »Wann hatten Sie zuletzt Kontakt mit Ihrer Schwester?«

»Das muss Mitte letzter Woche gewesen sein«, antwortete Franz Baumann prompt und rutschte auf dem unbequemen Holzstuhl hin und her.

»Sie wissen es nicht genau?«, hakte Wim nach und registrierte die Nervosität seines Gegenübers.

»Ja, doch, am Mittwoch, denke ich.«

»Worüber haben Sie sich denn unterhalten? Hat Ihre Schwester Sie über ihre anstehenden Termine oder Unternehmungen informiert?« Bei dieser Frage musste Wim zwangsläufig an den unfreundlichen Wortschwall denken, mit dem Yves Degenhardt ihn vor einer Viertelstunde durch das Telefon auf das Gespräch hatte vorbereiten wollen. In die Mangel solle er den alten Baumann nehmen, irgendwas stimme da bestimmt nicht, ob die Familie erpresst worden sei, solle er fragen. Die Frau sei wohlhabend, da könne man was holen. Vielleicht sei die alte Janßen ja entführt worden. Zerstückelt hätte man sie jedenfalls nicht, zumindest sei sie nicht die Frau aus dem Müllsack an der Oker und ihre Fingerkuppe sei auch nicht von der Schlange ausgewürgt worden. Aber man müsse verhindern, dass sie vielleicht das nächste Opfer würde. Irgendwo müsse sie ja sein. Wim hätte konsequent bleiben und das Telefonat einfach nicht annehmen sollen, aber beim vierten Anruf war er schließlich doch eingeknickt.

Franz Maria Baumann räusperte sich. »Wir haben uns vor allem über die anstehende Kuratoriumssitzung unterhalten.«

»Geht es etwas genauer?«, fragte Wim ungeduldig. Seinem Gegenüber schien man jedes Wort aus der Nase ziehen zu müssen.

»Wir haben über die Tagesordnung, also die anstehenden Förderentscheidungen gesprochen. Es gibt Anträge, die können praktisch sofort genehmigt werden, weil sie so rund sind, dass es keine Fragen gibt, und weil unsere externen Gutachter sie auch befürworten. Und es gibt eben welche, die strittig sein können. Da macht es Sinn, dass wir uns vorher einen Überblick verschaffen, um besser durch die Sitzung leiten zu können.«

Wim nickte und machte sich ein paar Notizen, obwohl Franz Baumann, der zu Wims Unverständnis auf das »Maria« als Zweitname Wert zu legen schien, mit einem Mitschnitt der Befragung einverstanden gewesen war.

»Werden alle Anträge begutachtet? Das klingt nach einem hohen zusätzlichen Kostenfaktor.«

»Da haben Sie vollkommen recht. Daher holen wir erst ab einer Fördersumme von 100.000 Euro ein externes Gutachten ein, das die Förderfähigkeit des Vorhabens bestätigen soll. Wir gehen sehr sorgfältig mit den zur Verfügung stehenden Geldern um.«

»Okay, das habe ich so weit verstanden. Dann gehe ich also recht in der Annahme, dass Sie keine Ahnung haben, was Ihre Schwester zwischen dem letzten Telefonat mit Ihnen und ihrem Verschwinden unternommen hat?«

»So ist es«, bestätigte Franz Baumann und senkte den Blick. »Und deswegen mache ich mir Vorwürfe.«

»Warum? Weil Sie sonst irgendetwas hätten verhindern können?«

»Weil ich dann zumindest dazu beitragen könnte, die offenen Zeitfenster zu erklären. Und weil alles vielleicht anders gekommen wäre, wenn ich mich mehr um sie gekümmert und doch auf Georg gehört hätte.«

Wim wurde stutzig. »Wer ist Georg?«

»Georg Holthusen, er ist ein guter Freund der Familie und Mitglied im Kuratorium. Er hatte mich gewarnt und am Donnerstag zuletzt Kontakt mit ihr«, entgegnete Franz Baumann.

Wim stutzte. Baumanns folgende Ausführungen konnten weitreichende Konsequenzen haben.

Ein kurzer Anruf hatte genügt, um sich in der Reinigungsfirma »Clean Master Brunswick«, kurz CMB, anzukündigen. Rosalie hatte den Eindruck, dass der Geschäftsführer nicht aus allen Wolken fiel, als die Polizei sich bei ihm meldete, er schien eher vorbereitet gewesen zu sein. Vermutlich hatte der Flurfunk im Naturhistorischen Museum seinen Teil dazu beigetragen. Das Gespräch selbst hatte dann jedoch einen ernüchternden Verlauf genommen. Die Belegschaft der CMB war an dem besagten Wochenende in Wernigerode gewesen. Die ganz große Weihnachtsfeiersause, mit Stadtführung, Weihnachtsmarktbesuch und Übernachtung in einem typischen Harzer Hotel. Zumindest einmal im Jahr ließ der Chef sich da nicht lumpen. Für die wenigen Objekte, für die auch an einem Samstag und Sonntag eine Reinigung erforderlich war, hatten sich Freiwillige gemeldet, und als sich Rosalie die Personalblätter der beiden für das Museum zuständigen Frauen anschaute, war ihr klar, dass sie für einen Mord dieser Güte nicht in Frage kamen. Eine Mittäterschaft konnte sie zwar weder für die adipöse und kurz vor der Rente stehende Fatima Güner noch für die zierliche und leicht gehbehinderte Marlies Braun rigoros ausschließen, aber allein die körperliche Statur machte die beiden Reinigungskräfte unverdächtig. Dennoch fertigte Rosalie Kopien der ihr zur Verfügung gestellten Unterlagen an und würde mit den beiden Frauen gegebenenfalls sprechen. In ihrer Prioritätenliste rutschte die CMB aber relativ weit nach unten.

Eine Dreiviertelstunde später saß Rosalie an Mads' Krankenbett und hielt seine Hand. An den Anblick der vielen Schläuche, Kabel und blinkenden Apparaturen konnte sie sich einfach nicht gewöhnen. Herr Dr. Weissensee hatte ihr kurz zuvor bei einer flüchtigen Begegnung am Fahrstuhl bestätigt, dass Mads noch immer im Koma lag.

»Ach, Mads, es ist schön, dass ich heute bei dir sein kann. Ich wäre von Herzen gerne eher gekommen, aber du weißt ja, wie das ist, wenn man in laufenden Ermittlungen steckt. Es ist sehr stressig, aber ich gebe alles, damit wir denjenigen finden, der dir das angetan hat. Wirklich weiter kommen wir gerade aber leider nicht. Zumindest nicht in deinem Fall. So gerne würde ich dir ein paar Fragen stellen, damit wir irgendeinen Ansatz hätten. Wenn du mich hörst, dann drück doch vielleicht mal meine Hand.«

Rosalie schloss die Augen und fühlte ganz bewusst in sich hinein. So sehr hoffte sie auf das kleine Wunder, aber Mads rührte sich nicht. Ihm dennoch zu zeigen, dass sie da war, ihn nicht allein zu lassen, das war in dieser Situation alles, was sie für ihn tun konnte. Sie glaubte fest daran, dass er sie hören konnte, dass er ihre Anwesenheit wahrnahm. Also streichelte sie mit dem Daumen über seinen Handrücken, atmete tief durch und erzählte einfach weiter.

»Stell dir vor, Wim Schneider und der neue Chef aus Magdeburg rasseln ständig aneinander. Das solltest du mal erleben! Und ich habe eine Mail von Anne bekommen. Ja, von Anne! Sie hatte sich ja ewig nicht bei mir gemeldet und wenn, dann waren es Belanglosigkeiten. Vermutlich war es einfach ihr schlechtes Gewissen, das sie dazu veranlasst hat, mir überhaupt ein Lebenszeichen zukommen zu lassen. Hatte ich dir erzählt, dass sie seit ein paar Wochen in dieser Burn-out-Klinik in Bad Pyrmont ist? Die ambulante Gesprächstherapie allein hat wohl nicht ganz ausgereicht. Na ja, also jedenfalls bekam ich jetzt diese E-Mail von ihr, wie aus dem Nichts. Mein Herz schlug mir bis zum Hals, als die in meinem Posteingang aufgeploppt ist, das kannst du mir glauben. Bisher hatte sie sich ja immer nur mal per WhatsApp gemeldet. Mein erster Gedanke war, dass sie sich lang und breit rechtfertigen will, vielleicht als Ergebnis ihrer Therapie oder so was. Dann hatte ich aber auch die Befürchtung, sie könnte mich zurückhaben wollen. Aber würde man dann eine E-Mail schreiben? Müsste sie dann nicht mit einem Strauß roter Rosen vor meiner Wohnungstür stehen? Andererseits ist sie ja in der Klinik. Lange Rede, kurzer Sinn, jetzt kommt's: Nichts von beidem war der Fall! Im Gegenteil, Anne hat den Kontakt zu mir abgebrochen, endgültig. Es sei besser so, sie bräuchte diese Distanz. Sie hätte begriffen, dass sie sich von dem lösen muss, was sie an die Zeiten erinnert, in denen es ihr so schlecht ging, was sie triggert. Triggert, Mads, das fand ich dann schon fast frech. Als ob ich an ihrem Zusammenbruch die alleinige Schuld tragen würde. Und sie hat in der Klinik eine andere Frau kennengelernt. Wohl nichts Festes, aber anscheinend der Auslöser, um sich mit einem langen Text bei mir zu melden und zu verabschieden. Nach ein paar Ausführungen zu dieser neuen Frau in ihrem Leben, die ich nicht unbedingt wissen wollte, hat sie dann am Ende noch rumgeschwafelt, dass ich Ehrlichkeit verdient hätte. Da musste ich dann erst mal kurz drüber nachdenken. Na ja, aber was soll ich sagen? Also das, was mir zunächst für einen Moment schon etwas ausgemacht hat, hat sich kurz darauf irgendwie doch wie ein Befreiungsschlag angefühlt. Weißt du, wie ich das meine? Die Fronten sind geklärt. Es gibt kein Zurück. Endlich hat dieses latente Grübeln, wie es wohl irgendwann mit uns weitergehen könnte, ein Ende. Ich weiß jetzt, woran ich bin, und ich glaube, dass ich so eine klare Entscheidung die ganze Zeit gebraucht habe, weil mich das alles unterschwellig gehemmt hat. Jetzt kann ich abschließen. Anne ist Vergangenheit.«

Zum zweiten Mal innerhalb von 24 Stunden saß Mia Armbrüster in ihrem Büro einem Polizeibeamten gegenüber, dieses Mal im Range eines Kriminaloberrates, wie Yves Degenhardt bei der Begrüßung überdeutlich betont hatte. Sie wusste nicht, wer ihr unsympathischer war, der grummelige Kommissar Schneider oder dieser Degenhardt, der mindestens äußerlich den Anschein machte, als wäre er gerade einem Katalog für italienische Maßanzüge entsprungen. Er wirkte aalglatt, vollkommen ohne Ecken und Kanten, war topvorbereitet und machte den Anschein, als wäre er das absolute Gegenteil seines Kollegen von gestern.

»Gut, gut, Frau Dr. Armbrüster. Soweit wir das Material der Sicherheitskameras ausgewertet haben, hat der Personenkreis, den Sie auf Ihrer Liste vermerkt hatten, das Museum betreten und auch wieder verlassen, da gibt es keine Unregelmäßigkeiten«, erläuterte Yves Degenhardt, während Mia Armbrüster beobachtete, wie er permanent mit einem silbernen Kugelschreiber in seiner rechten Hand spielte. Dieser Mann machte sie nervös.

»Da bin ich aber erleichtert«, entgegnete sie und versuchte zu lächeln.

»Das wäre ich an Ihrer Stelle auch. Zu schade nur, dass es ja immer so etwas wie tote Winkel gibt und natürlich nicht jede Ecke des Museums überwacht wird.«

Mia Armbrüster spürte, wie ihre Schweißdrüsen mal wieder zu arbeiten begannen, war aber bemüht, die Ruhe zu bewahren. »Und was macht man da jetzt?«

»Ja, was macht man da jetzt? Ich würde mal sagen, dass wir alle in Frage kommenden Personen verhören müssen. Entweder hier im Museum in einer Art Sammelaktion, einer nach dem anderen. Oder ich lade jeden einzeln vor.«

»Sie meinen, nach Alibis fragen?«

»Genau und danach, ob es zum Beispiel noch andere Menschen im Umfeld des besagten Personenkreises gibt, die hier Zugang haben.«

»Das wäre ganz klar ein Verstoß gegen die Hausordnung«, stellte Mia Armbrüster fest und bei dem Gedanken daran, jetzt womöglich täglich die Polizei im Haus zu haben, wurde ihr noch unwohler, als sie sich eh schon fühlte.

»Aber dennoch ein Verstoß, den ich in den Blick nehmen muss. Das verstehen Sie doch, oder?«

»Ja, natürlich, Sie müssen alles in Betracht ziehen.«

»So ist es. Und auch wenn ich mir eigentlich sicher bin, dass eine Tat wie diese von einem oder mehreren Männern verübt wurde, fangen wir mal mit Ihnen an. Wo waren Sie eigentlich am Freitag, Samstag und Sonntag?«

30. KAPITEL

»So schnell sieht man sich wieder! Komm rein!«

Dr. Jörn Cassensmeier hatte sich wegen seines Rückens mal wieder gegen das Sitzen und für den höhenverstellbaren Schreibtisch entschieden. Wim nickte kurz, blieb jedoch im Türrahmen stehen. Sein Besuch war Pflichtprogramm, sollte aber keine Veranstaltung von Dauer werden.

»Tach, Jörn. Heute werde ich mich aber nicht auf einen deiner unbequemen Besucherstühle fläzen. Erstens konnte ich es noch nie leiden, wenn du von oben auf mich herabschaust, und zweitens habe ich mir heute schon hinreichend den Hintern platt gesessen. Da tut es ganz gut, mal zu stehen.«

»Kein Problem, wenn das einer versteht, dann ich. Wie geht's dir denn so? Mir haben schon die Spatzen von den Dächern gepfiffen, dass du heute für eine Zeugenvernehmung rübergefahren bist. Sehr serviceorientiert seid ihr im schönen Braunschweig.«

»Spar dir deine warmen Worte über Braunschweig, die nehme ich dir eh nicht ab. Und ob es wirklich notwendig gewesen wäre, mich hierherzujagen, das bleibt dahingestellt, aber nun gut.«

»Wie ist er denn so, der Degenhardt?«

»Zum Davonlaufen. Reicht das als Antwort?«

Jörn Cassensmeier legte die Stirn in Falten. »Oje, das reicht. Sein Ruf eilt ihm ja auch ein wenig voraus. Karrieregeil und so. Na ja, aber dir kann man ja nix mehr vormachen, du weißt den doch zu nehmen.«

»Wenn du meinst.« Wim verzog keine Miene.

»Und die Helmer? Habt ihr euch zusammengerauft? Du hattest ja ein paar Bedenken.«

»Das läuft ganz gut. Sie ist und bleibt eine gute Ermittlerin, sie ist noch jung und sie wird ihre nächste Chance bekommen.«

»Aber der Fall, den ihr euch da an Land gezogen habt … mein lieber Herr Gesangsverein. Hab's sogar im Fernsehen gesehen. Brunonia, die Kannibalenschlange.«

»Ach ja, die Medien, du kennst sie ja. Dass des Übels Ursprung eine zerstückelte Leiche am Ufer der Oker war, gerät da schnell in den Hintergrund.«

»So eine kotzende Schlange ist halt noch spektakulärer«, stellte Cassensmeier lachend fest.

»Allerdings. Wir versuchen gerade, die Identität der Toten zu klären, und haben aktuell auch noch einen ganz frischen Vermisstenfall, dem wir nachgehen, damit uns hoffentlich keine zweite Leiche unterkommt. Ich habe den Bruder der vermissten Frau befragt. Sag mal, kennst du die Baumann-Stiftung?«

»Ist das nicht eine Art privater Förderverein im Zooviertel?«

Wim nickte. »So kann man das ganz untechnisch ausdrücken, ja. Die abhandengekommene Luise Janßen ist der Kopf der Stiftung und sie scheint ausgerechnet an dem Tag verschwunden zu sein, als eine wichtige Kuratoriumssitzung auf dem Terminplan stand. Wie der Bruder mir berichtete, waren nicht alle Förderanträge, über die entschieden werden sollte, Selbstläufer.«

Cassensmeier fasste sich nachdenklich an sein markantes Kinn. »Du meinst, da wollte jemand die Entscheidung des Kuratoriums beeinflussen?«

»Verschieben oder sogar verhindern, wenn mein Bauchgefühl mich nicht täuscht. Deswegen muss ich jetzt auch schnell nach Braunschweig zurück und mich mal mit einem Ehepaar befassen. Die haben wohl versucht, bei einem Antrag die Strippen zu ziehen. Vorher mache ich aber noch einen Schlenker über Wettbergen.«

»Wettbergen? Das ist aber ein großer Schlenker.«

»Den ich gerne in Kauf nehme, wenn dort Freund oder Feind wohnt.«

»Freund oder Feind?«

»Freund oder Feind. Das gilt es herauszufinden.«

Biggi hatte die Überweisung zum Radiologen auf dem Weg zur U-Bahn-Haltestelle Lister Platz zerrissen und in einem Mülleimer entsorgt. Die Krankschreibung für den Rest der Woche hingegen hatte sie in ihrer Handtasche verstaut und wollte sie nun persönlich in der Polizeidirektion vorbeibringen. Ihr stand der Sinn nach ein wenig Bewegung, das Gefühl, sich heute einfach in der warmen Wohnung verschanzen zu wollen, hatte sich gelegt, als sie unterwegs bemerkt hatte, wie gut die frische Luft ihr tat. Durchatmen, die Gedanken sortieren, einen klaren Kopf bekommen.

Die beißende Rauchwolke einer Bratwurstbude trieb ihr kurz vor der Rolltreppe abwärts zu den Linien 3, 7 und 9 die Tränen in die Augen, die grauenvolle Adventsmusik eines Leierkastenmannes versuchte sie einfach zu ignorieren. Zumindest die Abneigung gegen sämtliche Festtage und Familienfeiern würde sie auch nach dem Eklat in Braunschweig weiterhin mit Wim gemeinsam haben. Ansonsten stand sie vor den Scherben ihrer Freundschaft, und sosehr sie auch grübelte und versuchte, die Situation aus allen Himmelsrichtungen zu beleuchten, sie würde sich nicht bei ihm melden. Dafür war sie zu stolz. Sie wusste aktuell nicht mal, ob sie auf einen Anruf von ihm überhaupt reagieren würde. Jetzt sollte es erst mal nur um sie gehen. Erst kam Biggi, dann ganz lange nichts, und dann … ja, wer oder was kam dann eigentlich? Biggi schluckte. Als sie ganz unten am Gleis angekommen war, fühlt sie sich plötzlich fürchterlich allein, wieder mal. Der Elan, der sie vor wenigen Minuten noch beflügelt hatte, war binnen eines einzigen Gedankengangs plötzlich verpufft. Einfach so. Wen hatte sie denn eigentlich in ihrem Leben? Wer waren denn die wahren Freunde, denen sie in einer Situation wie dieser ihr Herz ausschütten konnte? Als die automatische Lautsprecherdurchsage die Einfahrt der nächsten Bahn ankündigte, kämpfte sie erneut mit den Tränen, dieses Mal ohne das Zutun irgendeines Bratwurstqualms. Bestimmt waren das wieder die Hormone. Sie würde heute Abend einfach eine doppelte Ration Hormoncreme auftragen.

Rosalie stand, die Hände in den Jackentaschen, unter dem Vordach des Haupteingangs. Das leichte Schneetreiben musste eingesetzt haben, als sie an Mads' Krankenbett gesessen hatte. Nun war der Winter endgültig im Anmarsch und das Jahr ging langsam zu Ende. Ein Jahr, das sie als Single begonnen hatte und als Single ausklingen lassen würde. Bei all dem Trennungsschmerz, den sie über Wochen und Monate durchlitten hatte, verspürte sie dank des endgültigen Cuts mit Anne eine große Erleichterung. Auch wenn die Sorgen um Mads und Christina noch immer allgegenwärtig waren, ließ sie das Gefühl von Leichtigkeit, das sich in ihr ausbreitete, in diesem Augenblick einfach zu, ohne dabei ein schlechtes Gewissen zu haben. Besonders der Gedanke, dass das neue Jahr auch einen Neuanfang symbolisierte, gefiel ihr. Dieser Moment gehörte nur ihr, bevor sie sich auf den Weg zum Klinikparkplatz machen wollte, um die bevorstehende Fahrt zum Sicherdienst des Naturhistorischen Museums anzutreten. Die ersten Schneeflocken hatten sie gerade gestreift, als sich jedoch Yves Degenhardt bei ihr meldete. Ausgerechnet Degenhardt, prädestiniert dafür, die guten Gefühle, die sich gerade erst ganz langsam in ihr ausgebreitet hatten, im Nullkommanichts wieder zu zerstören. Sollte sie den Anruf entgegennehmen? Rosalie zögerte kurz und gab ihrem Pflichtbewusstsein schließlich nach.

»Hallo, Yves!«

»Hallo, Rosalie. Wo bist du?«

»Ich gehe gerade zum Auto. Ich will jetzt in die Weststadt fahren. Was gibt's?«

»Wir haben eine neue Vermisstenanzeige reinbekommen. Die Kollegen haben mich eben informiert.«

»Oh, echt?«, entgegnete Rosalie überrascht.

»Eine Studentin wird seit knapp zwei Tagen vermisst. Kennst du den Affenfelsen?«

»Eine Studentin? Passt das denn zu den körperlichen Merkmalen unserer zerstückelten Leiche? Und den Affenfelsen kenne ich. So heißt wegen seiner eigentümlichen Bauweise ein großes Studentenwohnheim an der Kreuzung Hamburger Straße, Ecke Rebenring.«

»Verstehe, das Gebäude ist wirklich auffällig. Auffällig hässlich. Ich habe da bereits den Kriminaldauerdienst hingeschickt. Wir brauchen umgehend DNA-Material für einen Abgleich.«

»Entschuldige, aber du hast meine Frage noch nicht ganz beantwortet. Wieso denkst du bei einer Studentin an unser potenzielles Mordopfer?« Rosalie ärgerte sich, dass ihr Chef nicht richtig auf sie einging, konnte sich aber nicht dagegen wehren, dass sie seine Neuigkeiten äußerst spannend fand.

»Bei der Vermissten handelt es sich um eine gewisse Isabell Gessner, 45 Jahre, Studentin der Biologie im siebten Fachsemester. Sie wurde von einer Kommilitonin als vermisst gemeldet, Lilly Bartsch. Beide Frauen wohnen auf dem gleichen Flur. Die Bartsch hat den Kollegen lang und breit am Telefon erzählt, dass sie es einfach nicht mehr ausgehalten hat.«

»Was nicht mehr ausgehalten hat?«, fragte Rosalie verwundert.

»Die 48 Stunden. Sie war der festen Überzeugung, dass wir erst nach 48 Stunden eine Suche einleiten würden, und hatte wohl gehofft, dass Isabell Gessner vorher auftaucht. Dann hat sie sich aber doch kurz vor Ablauf dieser Frist gemeldet.«

»Gut, dass sie sich dennoch dazu durchgerungen hat, uns eher einzuschalten.«

»So ist es«, bestätigte Yves Degenhardt mit entschlossener Stimme. »Ich war hinsichtlich einer Studentin in den Mittvierzigern auch zunächst stutzig, aber bei der Dame handelt es sich wohl um einen Fall des zweiten Bildungswegs oder aber eine Midlife-Crisis, auf jeden Fall studiert sie tatsächlich zum ersten Mal trotz ihres Alters.«

Rosalie dachte kurz nach. »So was soll es ja geben. Und weil die Rechtsmedizin so schnell das exakte Alter unserer zerstückelten Leiche noch nicht bestimmen, sondern nur grob eingrenzen konnte, kommt sie als Person, wie hieß es im Bericht doch so schön … ›mindestens mittleren Alters‹ grundsätzlich in Betracht. Und dann ist da natürlich auch die räumliche Nähe des Wohnortes zum Fundort. Wie bei Luise Janßen, auch wenn wir da wohl falschliegen.«

»Exakt. Ich wollte dich das umgehend wissen lassen, denn du hattest ja um eine Optimierung unserer internen Kommunikation gebeten. Und jetzt gehe ich direkt zu diesem Affenfelsen. Ich bin nämlich gerade aus dem Museum raus und der Weg ist ja nicht weit. Ich kann diese Bausünde aus der Entfernung schon sehen.«

»Mach das, ich fahre aber in die Weststadt?«, fragte Rosalie nach und konnte sich wegen der ›Optimierung der internen Kommunikation‹ das Grinsen kaum verkneifen. Irgendjemand musste diesem Mann mal den Stock aus dem Arsch ziehen, vielleicht wäre dann so einiges in seinem Leben entspannter.

»Auf jeden Fall! Wir müssen alle Spuren parallel weiterverfolgen. Ach, und Rosalie, den Schneider brauchst du erst mal nicht zu informieren. Der hat in Hannover gerade genug zu tun.«

31. KAPITEL

Nachdem er die Schnüfflerin von der Kriminaltechnik erledigt und den toten Körper fachgerecht zerlegt hatte, packte er ihre Einzelteile in reißfeste Müllsäcke und hievte sie in den Kofferraum. Die bald einsetzende Dämmerung und der dichte Baumbestand boten ihm Schutz. Genauso wie der grüne Geländewagen, der von den wenigen Spaziergängern, die sich in diesen Teil des Lappwaldes verirrten, vermutlich ohne Zögern dem örtlichen Forstbetrieb zugeordnet werden würde. Obwohl er sich in Sicherheit wiegte, musste er sich beeilen, denn eine Schneefront bewegte sich von Westniedersachsen kommend in den Landkreis Helmstedt hinein und war bereits über Braunschweig hinweggezogen. Je nach Intensität bedeutete Schnee im schlimmsten Fall eine weiße Landschaft und in einem Areal ohne Winterdienst unter Umständen schwierige Straßenverhältnisse. Mal ganz davon abgesehen, dass man seinen Wagen inmitten schneebedeckter Nadelhölzer besser würde sichten können als inmitten des satten Grüns von Tannen, Fichten und Kiefern. Wenigstens sollte er mit der neuen Batterie, die man ihm Samstagmorgen in der Hinterhofwerkstatt seines Vertrauens eingebaut hatte, ohne Probleme seine Wege zurücklegen können. Ein zweites Transportdesaster konnte er zumindest an dieser Stelle beruhigt ausschließen.

Glücklicherweise gehörte die Schnüfflerin nicht zum Kreis der Auserkorenen, sodass eine Zeremonie nicht vorgesehen war. Die Unsterblichkeit stand ihr nicht zu, sie musste einfach nur weg. Als er noch einmal zur Hütte zurückkehrte, warf er einen letzten prüfenden Blick in die angrenzende Schlachtkammer. Die rote Arbeit, wie sie das Ausblutenlassen des frisch erlegten Wildes seit jeher nannten, war beinahe erledigt. Die Körpersäfte des jungen Rehs vermischten sich auf dem Fußboden Tropfen für Tropfen mit den Überresten menschlichen Blutes. Nichts würde mehr daran erinnern, dass er sie hier vernichtet hatte. Vernichtet, weil sie es verdient hatte, weil sie sich eingemischt und vor allem weil sie sein Ritual gefährdet hatte. Zufrieden verriegelte er die Tür mit dem dafür vorgesehenen Vorhängeschloss und ging zu seinem Wagen zurück. Nur noch wenige Kilometer bis zu seinem sicheren Ort. Hier würde niemand finden, was von ihr übrig war.

Am Ende hatte er sich doch noch mit Cassensmeier verquatscht und auch die Einladung auf ein Stück Kuchen nicht ablehnen können. Den nach 15.00 Uhr allmählich einsetzenden Feierabendverkehr stadtauswärts hatte Wim unterschätzt und so hatte sich die Fahrt länger hingezogen als ursprünglich von ihm geplant. In der Konsequenz musste er nun eine Rückfahrt im Dunklen und bei widrigen Wetterverhältnissen in Kauf nehmen. Nichts, worauf man sich ernsthaft freuen konnte. Das beleuchtete Schaufenster der Vinothek, vor der er stehen geblieben war, sah verlockend aus, aber sein immer noch grummelnder Magen und der Umstand, dass er noch einmal würde Auto fahren müssen, mahnten ihn zur Vorsicht. Wim hatte den Dienstwagen vor einer Bankfiliale geparkt und war den restlichen Weg zum Haus der Holthusens und wieder zurück zu Fuß gegangen. Unabhängig davon, dass Georg Holthusen sich als äußerst eloquent und schlagfertig herausstellte, das vollkommene Gegenteil seines unsicheren Freundes Franz Maria Baumann, war es vor allem Brigitte Holthusen gewesen, die Wims spontanen Besuch zu einer echten Herausforderung hatte werden lassen. Schneller, als ihm lieb war, hatte er neben einer Tasse frisch gebrühtem Kaffee ein Glas Eierlikör vor sich stehen gehabt und man brauchte kein Verhörprofi zu sein, um zu erkennen, dass Georg Holthusen das Verhalten seiner Gattin unangenehm gewesen war. Als Gitte, wie ihr Spitzname offenbar lautete, begonnen hatte, ihm ins Wort zu fallen und abwertend über Luise Janßen zu sprechen, hatte der ansonsten sehr beherrscht wirkende Georg Holthusen sich beinahe aus der Fassung bringen lassen. Zu einer ehelichen Auseinandersetzung war es dann jedoch nicht gekommen, vermutlich weil der Herr des Hauses sich bis aufs Blut auf die Zunge gebissen hatte, um Gitte nicht in Wims Anwesenheit zusammenzufalten. Auf den Eierlikör hatte Wim dankend verzichtet, was Gitte Holthusen aber nicht davon abgehalten hatte, sein Gläschen auf Ex auszutrinken, als Wim sich verabschiedete. Am Ende war sogar ihre Zungenspitze zum Einsatz gekommen, um auch den letzten goldgelben Tropfen noch zu erwischen. Bei allen Spannungen, die zwischen den Holthusens herrschten, hatte sie ihrem Georg allerdings ein wasserfestes Alibi gegeben und Wim drängte sich zunehmend der Eindruck auf, dass Luise Janßen sowohl ihrem eigenen Bruder als auch Georg Holthusen ein Dorn im Auge war. Die Suche nach Respekt und Anerkennung schien hierbei eine wichtige Rolle zu spielen. Bedürfnisse, die weder Franz noch Georg in ihrer aktuellen Lebenssituation hinreichend erfuhren und nach denen sie strebten. Auch auf Kosten von Luise Janßen, die sie beide aus unterschiedlichen Beweggründen an die Spitze der Baumann-Stiftung ablösen wollten, dessen war Wim sich mittlerweile sicher. Aber war einer der beiden tatsächlich in der Lage, der Stiftungsvorsitzenden deswegen etwas anzutun? Oder hatte einer der beiden am Ende jemanden damit beauftragt? Ausschließen konnte Wim das nicht, belastbare Indizien gab es hierfür aber auch keine und Wim war waghalsigen Theorien gegenüber grundsätzlich skeptisch. Im Zweifel für den Angeklagten, so war er bisher vorgegangen. Es war immer besser, sich erst einmal an den Fakten zu orientieren, und so würde er sich als Nächstes näher mit der ausgefallenen Kuratoriumssitzung und den zur Entscheidung stehenden Förderanträgen befassen. Lag hier das Motiv für das Verschwinden der Vorsitzenden? Wenn man den Aussagen von Franz Maria Baumann Glauben schenken durfte, rückte ein gewisses Ehepaar Schwerdtfeger aus Braunschweig damit in Wims Fokus. Sowohl er als auch sie hatten im Vorfeld am offensichtlichsten Interesse an den Kuratoriumsbeschlüssen gezeigt und unabhängig voneinander versucht, auf die Entscheidung Einfluss zu nehmen. Wim würde sich hierüber mit Rosalie Helmer austauschen müssen. Mit Rosalie Helmer, nicht mit Biggi. Es fühlte sich noch immer ungewohnt an, aber was sollte er nach zwei Tagen auch anderes erwarten? Der Versuch, einfach alles zu verdrängen, war spätestens dann kläglich gescheitert, als er die Gänge in der Polizeidirektion entlanggegangen war. Obwohl er Biggi krank zu Hause wusste, vor seinem inneren Auge war sie mit ihrer pinken Gießkanne in der Hand aus der Teeküche gekommen und hatte ihm am Kopierer einen Stapel Unterlagen in die Hand gedrückt.

Sein Blick in die Vergangenheit fand ein jähes Ende, als die feuchte Kälte und ein Anflug von Sentimentalität dafür sorgten, dass Wim der Rotz aus der Nase zu tropfen begann.

Gerade als er den Kopf nach rechts drehte, um sich ein Taschentuch aus seiner Manteltasche zu fischen, spiegelte sich in der Schaufensterscheibe des Weinhändlers jedoch plötzlich eine ihm bekannte Person, die die Wettberger Hauptstraße hinunterging.

Enno Schwerdtfeger hatte die Füße übereinandergeschlagen und auf dem Couchtisch abgelegt. Den mahnenden Blick von Bärbel ignorierte er geflissentlich und nahm genüsslich einen Schluck aus der gekühlten Flasche Feierabendbier, die er in der Hand hielt. »Kein Bier vor vier«, an diese Regel hatte er sich gehalten. Während Bärbel sich mit den Hacken ihrer Wollsocken abmühte, eine der größten Herausforderungen beim Stricken, wie sie immer zu sagen pflegte, zappte Enno durch das Fernsehprogramm. Bald begannen auf verschiedenen TV-Kanälen die Regionalnachrichten und er hoffte auf einen weiteren Beitrag über die Geschehnisse im Naturhistorischen Museum. Vielleicht gab es mittlerweile etwas Neues? Es war aber vor allem sein eigenes Museum, das ihn nach wie vor maßgeblich beschäftigte. Das Jägereimuseum und die Tatsache, dass Bärbel ausgerechnet mit einem seiner Gegner aus dem Vorstand immer häufiger zusammenhockte. Bei einem gemeinsamen Kaffeeklatsch mit Justus Bellinghausen in seiner Wohnung hörte der Spaß dann aber definitiv auf. Diese fixe Idee konnte Bärbel sich getrost aus dem Kopf schlagen. Und dass ausgerechnet Justus Bellinghausen über das Verschwinden von Luise Janßen zuerst Bescheid gewusst hatte, frustrierte Enno umso mehr. Bärbel hingegen nahm es gelassen und hatte mehrfach betont, dass es nun wirklich dem Zufall geschuldet sei, dass Justus eine Nachbarin der Janßen kannte. Natürlich nahm Bärbel Justus in

Schutz. Wenn Enno aber ganz ehrlich zu sich war, musste er sich eingestehen, dass seine Frau vermutlich recht hatte, auch wenn er das in diesem Zusammenhang niemals laut sagen würde.

Rosalie hätte sich die Stippvisite bei der Sicherheitsfirma in der Weststadt sparen können. Die beiden für den Zeitraum der Tat eingeteilten Wachmänner hatten ihre nächtlichen Rundgänge ohne Vorfälle absolviert und lückenlos dokumentiert. Ihr Kommen und Gehen war auf den Überwachungskameras festgehalten und belegt. Die beiden hatten zudem beteuert, stets zu zweit unterwegs gewesen zu sein. Alle anderen Mitarbeitenden mit einer Zugangsberechtigung zum Naturhistorischen Museum hatten sich Rosalies Fragen anstandslos gestellt. Dass Rosalie die ganze Mannschaft bei einer gemeinsamen Dienstbesprechung angetroffen hatte, war für ihr Vorhaben sehr zuträglich gewesen. Sehr zuträglich und ernüchternd, denn die verschiedenen Alibis hatten Rosalie bei aller berufsbedingten Skepsis tatsächlich überzeugt. Sich davonzuschleichen, wenn man sich das ganze Wochenende zusammen mit der eigenen Frau um die fiebrige Tochter gekümmert hatte, schien Rosalie beispielsweise genau so unwahrscheinlich, wie unbemerkt aus Hambühren von einer Polterhochzeit für einen Mord nach Braunschweig und wieder zurück zu fahren. Wenn die Befragung des Museumspersonals keine bahnbrechenden Erkenntnisse mit sich brachte, dann würde es allmählich eng werden, was den Kreis der Verdächtigen anging.

Wie es Wim Schneider in Hannover wohl ergangen war? Er hatte sich den ganzen Tag nicht bei ihr gemeldet. Nach ihrer Rückkehr in die Münzstraße hatte Yves Degenhardt Rosalie wissen lassen, dass auch er vom Schneider nichts gehört, geschweige denn ihn noch einmal angerufen hatte. Ein gewisser Abstand würde allen Beteiligten heute sicher ganz guttun. Auf ihre Frage, ob das auch zu seinem Verständnis einer »Optimierung der internen Kommunikation« passen würde, hatte sie nur ein schiefes Lächeln geerntet.

Nachdenklich schaute Rosalie auf das Foto, das Yves Degenhardt ihr auf den Tisch gelegt hatte. Isabell Gessner hatte auffallend blaue Augen. Ihr kreisrundes Gesicht wies einige Sommersprossen auf und wurde von einem kinnlangen, klassischen Haarschnitt umrahmt. Das, was man wohl als Bob bezeichnen konnte, hatte die Studentin mit einem tiefen Seitenscheitel gestylt, was ihr dünn anmutendes, braunes Haar voller wirken ließ. Sie sah jünger aus, als sie tatsächlich war. Vermutlich handelte es sich um eine ältere Aufnahme oder Isabell Gessner hatte sich verdammt gut gehalten. Yves Degenhardt hatte auf den ersten Blick keine brauchbaren Fotos vorgefunden und sich daher für eines entschieden, welches Lilly Bartsch ihm schnell aus dem Internet ausgedruckt hatte, Social Media sei Dank. Das Apartment an sich hatte laut Degenhardts Bericht vollkommen unauffällig gewirkt. Keine Kampfspuren, keine Spuren eines Einbruchs, keine Spuren von irgendwas. Die Kriminaltechniker hatten trotzdem ihr Standardprogramm abgespult und Isabells Zahnbürste für das Labor mitgenommen. Mit Glück erhielten sie das Ergebnis des DNA-Abgleichs binnen weniger Stunden, denn immerhin hatte kein Geringerer als Yves Degenhardt der Angelegenheit oberste Priorität eingeräumt. Vielleicht würde sich der neue Chef heute doch noch einmal als brauchbar entpuppen.

32. KAPITEL

Biggi war einfach sitzen geblieben. Die Haltestellen waren nur so an ihr vorbeigerauscht. Markthalle/Landtag, Waterloo, Allerweg. Erst am Endhaltepunkt und nach einem automatisierten Hinweis, dass alle Fahrgäste bitte aussteigen mögen, war sie aus ihrem Tagtraum aufgewacht und hatte sich am Stadtrand wiedergefunden. Wettbergen kannte sie nur von den Besuchen bei ihrer vor Jahren verstorbenen Tante. Seitdem hatte es sie nicht mehr an den südwestlichen Ausläufer Hannovers verschlagen. Immerhin gab es hier einen gepflegten Kiosk, ihr Zigarettennachschub war gesichert. Und wenn sie schon mal da war, dann wollte sie die alten Wege auch noch einmal gehen. In Erinnerungen schwelgen an die guten alten Zeiten. Vielleicht würde sie das ein wenig aufmuntern, nachdem ihre Grübelei über die wahren Freundschaften im Leben sie mental kurzfristig ausgeknockt hatte. Auf der gegenüberliegenden Seite der Bundesstraße, die Richtung Hameln führte, hatte sich das moderne Gebäude einer Bäckereifiliale für Biggis Geschmack gut in das ansonsten eher dörflich wirkende Gesamtbild integriert. Der moderne Baustil entsprach allerdings nicht ihrem persönlichen Geschmack. An der Bäckerei vorbei führte die Hauptstraße in den alten Ortskern, und obwohl Biggi eine halbe Ewigkeit nicht hier gewesen war, überkam sie ein Gefühl von Vertrautheit. Das Tantchen hatte Im Rehwinkel gewohnt, Feldrandlage und das Gegenteil der lebendigen List, die Biggi nun schon so lange ihr Zuhause nannte. Obwohl sich das Raynaud-Syndrom wieder bemerkbar machte und ihre Finger sich taub anfühlten, zündete sie sich eine Zigarette an und blies kleine Qualmwölkchen in die kalte Luft. Immer weniger Schneeflocken tanzten um ihren Kopf herum, jene, die den Boden erreichten, lösten sich wieder auf und Biggi war froh, dass sie nicht durch irgendeinen Matsch stapfen musste. Die Straße führte bergab und links und rechts tauchten nach und nach kleine Geschäfte des täglichen Bedarfs auf. Im Grunde hatte man hier alles, was man zum Leben brauchte, sogar eine Vinothek. Als Biggi sich dazu entschied, die Auslage im Schaufenster näher zu betrachten, zuckte sie zusammen. Konnte das wirklich sein? Halluzinierte sie wieder? Ein Fuchs war es dieses Mal nicht, aber es war mit an Sicherheit grenzender Wahrscheinlichkeit Wim, der ihr mit dem Rücken zugewandt gerade unüberhörbar laut in ein Taschentuch trötete. Vorsichtig ertastete Biggi das Pflaster an ihrer Stirn und musste von einer Sekunde auf die andere eine Entscheidung treffen.

Gedankenversunken stand Mia Armbrüster im Quarantänebereich des Museums und beobachtete Brunonia, die trotz der ungewohnten Umgebung einen entspannten Eindruck auf sie machte. Lieber heute als morgen würde sie das empfindliche Tier gerne wieder in ihr Terrarium im Untergeschoss zurücksetzen lassen, aber dafür war die Gesamtsituation noch zu heikel und davon hatte auch der Kriminaloberrat von der Polizei ihr vorerst abgeraten. Einer mehrerer Ratschläge, die dieser Degenhardt für sie parat gehabt hatte. Der anfänglich noch relativ entspannten Gesprächssituation war eine unangenehme Befragung gefolgt und Mia war erleichtert, dass sie alles mit gutem

Gewissen hatte beantworten können. Immer wieder hatte der schmierige Beamte von einem möglichen Täter gesprochen und sie gelöchert, wie der Mann wohl zu Brunonia gelangt sein könnte. Daher hatte Mia den Eindruck gewonnen, dass die Polizei eine Frau als Täterin wohl ausschloss. Dennoch fühlte sie sich unwohl bei dem Gedanken, dass sie de facto in dem gesamten Zeitraum, um den sich alles zu drehen schien, allein gewesen war. Allein mit sich und ihrer Habilitation. Keine privaten Begegnungen, nur die wenigen Kontakte während ihrer Zeit im Museum. Degenhardt hatte sich viele Notizen gemacht, immer wieder nachgefragt und bisweilen hatte Mia das Bild eines Pitbull Terriers vor Augen, der sich an ihrer Wade festgebissen hatte. Zählte sie am Ende zum Kreis der Verdächtigen? Und wie würde es nun weitergehen? Degenhardt wollte die Mitarbeitenden mit Zugang zu Brunonia alle einzeln befragen und bis auf den Direktor und seinen Stellvertreter waren sie alle weiblich. Kamen womöglich mehrere Täter in Frage, sodass eine ihrer Kolleginnen die Komplizin von irgendjemandem war? Mia ging sie alle noch einmal im Kopf durch. Den Tierpflegerinnen, den anderen Wissenschaftlerinnen, keiner dieser Personen traute sie auch nur ansatzweise eine Straftat zu. Gleichwohl musste die Polizei natürlich alles überprüfen, dessen war sie sich bewusst. Am meisten Sorgen bereitete ihr jedoch die Frage, ob der Täter wiederkommen würde. Würde er das empfindliche Tier womöglich noch einmal für die Beseitigung weiterer Fingerkuppen missbrauchen? Auch Yves Degenhardt hatte hier nichts ausschließen können und ihr zugesichert, das Gebäude ab sofort observieren zu lassen. Und er hatte betont, dass er da auch schon einen kompetenten Kollegen im Blick hätte.

Nervös schritt Franz Maria Baumann die lange Fensterfront seines Wohnzimmers auf und ab und hatte die Hände hinter dem Rücken verschränkt. Ihn beschlich ein schlechtes Gewissen. War es richtig gewesen, dem Kommissar seinen stetig wachsenden Unmut gegenüber Georg Holthusen so unmittelbar zu offenbaren? Die Schwerdtfegers aus Braunschweig waren ihm egal. Enno Schwerdtfeger hatte Luise genervt, Bärbel ihn selbst. Beide wollten Einfluss auf die Arbeit der Stiftung nehmen, und wenn sich Luise und er in einer Sache stets einig gewesen waren, dann darüber, dass es bei Förderentscheidungen rechtmäßig zugehen musste. Seriosität und der gute Ruf der Stiftung standen an oberster Stelle. Sollte dieser Wim Schneider das Ehepaar ruhig auseinandernehmen. Dass die beiden etwas mit Luises Verschwinden zu tun hatten, war jedoch fernab seiner Vorstellungskraft.

Und Georg? Sein langjähriger Freund und Weggefährte? Franz konnte es drehen und wenden, wie er wollte, aber er fühlte sich in Georgs Gegenwart immer unwohler. Über Jahrzehnte gewachsenes Vertrauen war einem Misstrauen gewichen, das er nicht mehr abzulegen vermochte. Georg war schon immer ein Machtmensch gewesen, der Rückzug aus der Politik von ihm bewusst gewählt, ein Abgang, ohne abgewählt zu werden. Aber hatte er diesen Rückzug auch tatsächlich akzeptiert? Oft hatte er Franz von all den Vorzügen seines Ruhestands vorgeschwärmt, dass Georg aber in Wirklichkeit das Gestalten und Strippenziehen fehlte und er nach einer Kompensation suchte, war in diesen Tagen offensichtlicher denn je. Und anscheinend hatte ausgerechnet sein Freund Georg es sich in den Kopf gesetzt, von dem Zwist zwischen Luise und Franz zu profitieren und sich an die Spitze der Stiftung zu setzen. Aber um welchen Preis? Wie weit würde Georg gehen? Würde

Georg ihn vorneherum begleiten und unterstützen und hintenherum einen Putsch vorbereiten? Hatte Georg Holthusen am Ende zwei Gesichter?

Seufzend ließ Franz sich auf den großen Ohrensessel in seiner Leseecke nieder und vergrub sein Gesicht in den Händen. Wem konnte er noch trauen?

Wim hatte Biggi an ihrem Gang erkannt und an der Zigarette, die sie in der für sie typischen Art und Weise zwischen den Fingern hielt. Ihm blieben nur wenige Sekunden, dann würde sie an ihm vorbeigehen. Sollte er die Initiative ergreifen oder besser abwarten, ob sie ein Gespräch begann? Oder wäre Schweigen und sich gegenseitig Ignorieren die angemessenste Reaktion? Obwohl er ansonsten vor allem im dienstlichen Kontext nicht auf den Mund gefallen war, suchte er in diesem sehr privaten Augenblick verzweifelt nach den richtigen Worten. Unbeholfen stopfte er das benutzte Taschentuch wieder in die Manteltasche und wandte sich schnell den kulinarischen Wochenangeboten zu, die neben dem Eingang der Vinothek in einem Aufsteller präsentiert wurden.

»Hallo, Wim!«

Wim zuckte kurz zusammen, als er die vertraute Stimme hörte, und drehte sich langsam um. Biggi schien mutiger als er zu sein.

»Du? Das ist ja eine Überraschung.«

Biggi hob die rechte Augenbraue, sodass auch das Pflaster auf ihrer Stirn gleich mit nach oben wanderte, und zog an ihrer Zigarette, bevor sie antwortete. »Willst du mir gerade weismachen, dass du mich vorher noch nicht hast kommen sehen?«

»Nein, also ja, ich war mir nicht sicher. Was machst du hier?«

»Ich gehe hier spazieren. Aber was um alles in der Welt hast du in Wettbergen verloren?«

»Zeugenbefragung.«

Biggi lachte auf. Nur kurz, aber so, dass es bei Wim ein unangenehmes Gefühl in der Magengegend verursachte. Amüsierte sie sich nur oder war es das, wonach es klang? Ein Zeichen von Spott und Hohn?

»Tja, so kann es gehen. Da willst du aus Hannover weg und schneller, als du denken kannst, bist du zurück.«

Wim verzog den Mund. »Ja, das stimmt wohl.« Vielleicht war es an der Zeit, das Thema zu wechseln und Biggi zu signalisieren, dass ihm an einer Aussprache gelegen war. Sicherlich zu früh, gerne hätte Wim noch ein wenig Gras über die Sache wachsen lassen. Aber manchmal musste man eben spontan sein und konnte nicht warten, bis das Gras irgendwann zu wachsen aufhörte.

»Du hast ja deinen Verband gegen ein Pflaster getauscht. Dann scheint es dir besser zu gehen? Das freut mich.«

»Ja, es wird. Langsam, aber es wird«, entgegnete Biggi reserviert. Über ihre Genesung schien sie nicht wirklich reden zu wollen.

»Mensch, Biggi, ich ... also ... das war ganz großer Bockmist, was da bei mir zu Hause passiert ist. Es tut mir aufrichtig leid«, platzte es plötzlich aus Wim heraus.

Biggi nickte stumm, schnippte ihre Zigarette weg und fischte unmittelbar danach eine noch ungeöffnete Packung mit Nachschub aus ihrer Handtasche. Offenbar wollte sie nahtlos weiterrauchen. Verdenken konnte Wim es ihr nicht.

»Danke, dass du das sagst. Mir tut es auch leid. Ich hätte

nicht in deinen privaten Sachen wühlen dürfen. Da habe ich tatsächlich eine Grenze überschritten.«

Dieses Eingeständnis aus freien Stücken von ihr zu hören und es nicht auf irgendeine Art und Weise einfordern zu müssen, erleichterte Wim. »Da bin ich jetzt aber froh und dankbar, dass du das sagst. Dann können wir ja vielleicht noch mal in Ruhe …«

»Nein, das können wir nicht, Wim«, unterbrach Biggi ihn bestimmt.

»Wie jetzt? Wir haben uns doch gerade entschuldigt.«

»Stimmt. Aber offen gesagt fehlt mir im Moment die Kraft für eine tiefergehende Auseinandersetzung mit uns und unseren Problemen.«

»Und was heißt das jetzt?«, fragte Wim verunsichert.

»Das heißt, dass ich ein wenig Abstand brauche.«

»Abstand? Aber wir wohnen ja schon nicht mal mehr in derselben Stadt, wir arbeiten nicht mehr miteinander. Meinst du so was wie eine Pause?«

Biggi zuckte mit den Schultern. »Nenn es, wie du willst. Ich möchte erst mal keinen Kontakt zu dir. Ich muss das alles, was passiert ist, sacken lassen und nachdenken.«

»Das … das überrascht mich jetzt doch. Bist du dir da sicher?«

»Ganz sicher, Wim. Wenn man oft allein ist, so wie ich, dann hat man genügend Zeit zum Nachdenken. Und ich habe sehr viel nachgedacht. Weißt du, ich habe eine Menge für dich getan in den letzten Monaten, ich habe mich ständig um dich gekümmert. Darum hattest du mich nicht gebeten, ganz klar, aber es war für mich selbstverständlich und du hast das alles ja auch dankend angenommen. Ich gebe auch gerne ehrlich zu, dass meine Gefühle für dich dabei eine Rolle gespielt haben. Vielleicht habe ich dich auch ein bisschen geliebt. Dass das so war, wird mir immer bewusst, wenn ich mir vor Augen führe, wie sehr ich auch mit dir gelitten habe. Im Krankenhaus und in der Zeit danach. Und ich habe hinnehmen müssen, dass du mich trotz meiner ganzen Zuneigung, die ich dir entgegengebracht habe, gegen deine Heimatstadt eingetauscht hast. Aber als ich dich dann an deinem empfindlichsten Punkt getroffen habe, als ich dir den Finger in die Wunde gelegt und ihn sogar noch einmal extra im Kreis gedreht habe, da hast du dich trotz der Vertrautheit, von der ich bei uns beiden irgendwie immer ausgegangen bin, dieser Situation nicht gestellt, sondern bist abgehauen. Abhauen, das könnt ihr Männer alle ganz wunderbar, wenn es ernst wird. Porca puttana!«

Wim konnte Biggis Worte kaum ertragen, aber mit jedem einzelnen dieser Worte hatte sie recht. »Porca was? Bei deinem Italienisch komme ich nicht mehr mit.«

»Porca puttana! Verdammte Scheiße, Wim, um es auf Deutsch zu sagen! Auf Deutsch und in aller Deutlichkeit. Rumpoltern und große Sprüche klopfen, das hatte ich beinahe vergessen, gehört auch zu den Talenten eines Mannes. Oder ihr führt euch auf wie stolze Gockel. Gockel, Wim, damit ist nicht Google gemeint! Das sind nämlich zwei verschiedene Dinge, nicht wie in deiner Welt, in der du gerne damit kokettierst, dass du dich ständig gegen alles Moderne sträubst. Und wenn es dann einmal um echte Gefühle geht und nicht um irgendwelche Flachwitze, wenn es um echte Emotionen geht, wenn es um das geht, was zählt im Leben, nämlich um Liebe, dann zieht ihr eure jämmerlichen Schwänze ein. Ich bin es leid. Verstehst du das?«

Wim verstand sehr gut und er wollte Biggi in diesem Moment am liebsten in den Arm nehmen und ganz fest drücken, so fest, dass sie nachgeben und alle Anspannung von ihr abfallen musste. Er wusste aber auch, dass dies von ihr in dieser kritischen Gesprächssituation völlig falsch verstanden werden und es zu einem erneuten Eklat kommen konnte.

»Biggi, ich weiß gar nicht, was ich sagen soll, aber ich bleibe hier jetzt stehen. Ich laufe nicht weg. Und wenn du dich lieber im Warmen weiterunterhalten möchtest, dann steht da vorne mein Dienstwagen.«

Bevor Biggi ihn wieder entschlossen fixierte, huschte ihr Blick kurz in die Richtung, in die Wim gedeutet hatte. »Ich möchte mich aber nicht im Warmen weiterunterhalten. Ich möchte das jetzt hier und jetzt beenden und einfach meine Ruhe haben. Grüß bitte Rosalie und auch deine Schwester von mir. Ich melde mich bei euch allen, auch bei dir, aber den Zeitpunkt, den bestimme ich.«

»Okay, ich habe verstanden«, entgegnete Wim mit gesenktem Kopf und ließ die Schultern hängen. »Ich gebe dir alle Zeit der Welt und ich verspreche dir, dass ich mit dem Alkohol aufhören werde. Und ich werde mich auch um Pflanziska kümmern. Ich habe mich für dein Geschenk noch gar nicht bedankt.«

»Mach das. Es würde mich freuen, wenn du deinen Worten Taten folgen lassen würdest. Und jetzt gehe ich. Ciao ciao, Wim, mach's gut!«

Und noch bevor Wim etwas erwidern oder gar einen allerletzten Versuch unternehmen konnte, Biggi zu halten, machte sie auf dem Absatz kehrt und ließ ihn zurück. Zurück in Wettbergen, am Stadtrand von Hannover. Hatte es in seinem Leben jemals einen Moment gegeben, in dem Wim sich elender und einsamer gefühlt hatte? Er konnte sich nicht daran erinnern.

33. KAPITEL

Der Wetterdienst hatte richtiggelegen. Ein leichter Schneefall verwandelte die Gegend allmählich in eine Winterlandschaft. Die Baumkronen glitzerten bereits strahlend
weiß, während sich die immer dicker werdenden Flocken
nach und nach auch auf dem Boden darunter verteilten.
Eine Stirnlampe wies ihm den Weg in das düstere Unterholz, obwohl er dieses dicht bewachsene Waldstück nach
all den Jahren wie seine rechte Westentasche kannte. Mit
dem schweren Gepäck auf seinem Rücken konnte er sich
jegliche Form der Unachtsamkeit jedoch nicht leisten. Ein
Stolperer über eine glatte Wurzel oder ein Fehltritt in eine
Bodensenke konnte ihn aus dem Gleichgewicht und damit
zu Fall bringen. Wertvolle Zeit, die er nicht hatte, denn diesen Weg würde er heute noch mehrfach bewältigen müssen.
Die muskulöse Schnüfflerin war auch in all ihren Einzel-
teilen nicht am Stück zu transportieren, zu schwer war der
Körper, den er auf mindestens 75 bis 80 Kilo schätzte. Und
so hatte er nur einen der prall gefüllten Müllsäcke geschul-
tert, um später noch einmal zurückzukehren.

Das Auto hatte er fernab der Blicke neugieriger Dorfbe-
wohner geparkt. Immer wenn er auf der Durchfahrtsstraße
durch den großen Torbogen der ehemaligen Kasernenan-
lage fuhr, musste er daran denken, wie er damals zum ersten
Mal nach Mariental-Horst gekommen war. Die Erklärung
für die vielen gut erhaltenen und bewohnten Gebäude aus
der Zeit des Nationalsozialismus sowie für den ungewöhn-

lichen Namenszusatz »Horst« hatte sein inzwischen verstorbener Schwiegervater in spe damals sofort parat gehabt. Dieser hatte nicht nur mit einem großen Fachwissen über die deutsche Militärgeschichte geglänzt, sondern war auch ein passionierter Heimatkundler aus dem Landkreis Helmstedt gewesen. Ein kurzes Schaudern war bei jedem seiner Worte dank der bildhaften Zeitreise in das dunkelste Kapitel deutscher Geschichte einer bis heute anhaltenden Faszination gewichen.

In der Nähe des altehrwürdigen Marientaler Klosters, auf dessen Friedhof er sich genauso gut auskannte wie im nahe gelegenen Lappwald, war ab 1937 mitten auf einem Feld ein Fliegerhorst errichtet worden. In den dazugehörigen Kasernenanlagen waren vor allem während des Zweiten Weltkriegs verschiedene Einheiten wie eine Fliegerschule oder Fallschirmjäger stationiert gewesen. Kurz vor Kriegsende wurde der Fliegerhorst dann von den Alliierten besetzt, die zumindest die zivil nutzbaren Bauten erhielten und nach dem Krieg hier Heimatvertriebene, aber auch Zwangsarbeiter und ehemalige KZ-Häftlinge unterbrachten. Als der Fliegerhorst später dann von der deutschen Verwaltung übernommen wurde, entstanden rund um die noch intakten und inzwischen bewohnten Gebäude neue Wohnhäuser und einzelne Betriebe. Neben dem alten Mariental-Dorf gab es nun das neue Mariental-Horst.

Sein Schwiegervater in spe war es auch gewesen, der ihm später hinter vorgehaltener Hand von geheimnisvollen Agentensichtungen im Lappwald berichtet hatte. Mariental-Horst lag nämlich nach dem Krieg und bis zur Wiedervereinigung unmittelbar an der ehemaligen innerdeutschen Grenze und eines Tages, als zwei Mädchen aus dem Dorf im Wald Verstecken spielten, tauchten plötzlich zwei

Spione auf westdeutschem Boden auf und sprachen sie an. Den Mädchen war lange Zeit nicht geglaubt worden, als sie mit felsenfester Überzeugung berichteten, die zivil gekleideten Männer nicht nur gesehen, sondern sogar mit ihnen gesprochen zu haben. Über das Leben im Dorf seien sie ausgefragt und ermahnt worden, dass das Spielen in der Nähe des Grenzschutzstreifens zu gefährlich sei. Es sei doch besser, wenn sie sich woanders die Zeit vertrieben. Noch weniger war den Mädchen geglaubt worden, dass die beiden Männer danach in einem mit Laub bedeckten Loch im Waldboden verschwunden waren. Erst Monate später, als der Schwiegervater in spe eben jene Beobachtung selbst gemacht hatte und Zeuge davon geworden war, dass Personen offenbar durch ein unterirdisches Tunnelsystem die Grenze zwischen DDR und BRD passierten, hatten fortan viele Einwohner von Mariental-Horst einen großen Bogen um dieses Waldstück gemacht. Und weil der Schwiegervater in spe ihn in sein Herz geschlossen hatte und ihm vertraute, hatte er ihm irgendwann eines der übrig gebliebenen Löcher im Waldboden gezeigt. Ein vergessener Ort, der ihm nun Sicherheit bot.

Einem kurzen WhatsApp-Chat mit Jan, in dem Rosalie über ihren Besuch im Krankenhaus und Mads' unveränderten Gesundheitszustand berichtet hatte, folgten kurz vor Feierabend noch ein paar Telefonate und ein weiterer Versuch, ein solches zu führen. Wim Schneider war ums Verrecken nicht erreichbar, dabei interessierte Rosalie sich sehr für die Erkenntnisse, die die Befragung von Franz Maria Baumann in Hannover gebracht hatte. Allmählich müsste er doch zurückkommen, aber er hatte bislang noch immer kein Lebenszeichen von sich gegeben und ans Telefon ging er auch nicht.

Burkhard Pannier hingegen hatte ihren Anruf sofort angenommen, aber Christina hatte sich noch nicht bei ihm gemeldet und auch Rosalie konnte dem tief besorgten Ehemann keine erlösenden Nachrichten überbringen. Die Ungewissheit über den Verbleib der Ehefrau und Mutter war für die Familie unerträglich. Rosalie mochte sich nicht vorstellen, was in Burkhard und den Kindern vorging. Jedoch hatte sie ihnen wenigstens zeigen können, dass die Polizei für sie da war und an sie dachte. Die Fahndung nach der vermissten Kollegin lief auf Hochtouren, aber ohne jeden Anhaltspunkt tappten sie hier genauso im Dunkeln wie bei dem Mordversuch an Mads. Rosalie hatte bereits ihre Jacke angezogen und war gerade im Begriff, ihren Computer herunterzufahren, als Yves Degenhardt in ihrer Tür erschien. Er schnappte nach Luft und oberhalb des perfekt sitzenden Krawattenknotens meinte Rosalie, so etwas wie die Ränder hektischer Flecken auf seiner Haut zu erkennen.

»Die zerstückelte Leiche, es ist Isabell Gessner!«

Rosalie spürte die Beschleunigung ihres Herzschlags sofort. »Okay, dann hätten wir wenigstens diese Frage geklärt. Dann wird das wohl jetzt nichts mit meinem geplanten Feierabend. Da waren die Kollegen mit dem DNA-Abgleich aber sehr schnell.«

»Wenn es schnell gehen muss, dann geht es auch schnell«, stellte Yves Degenhardt nüchtern fest und legte Rosalie den Ausdruck des Laborberichtes vor die Nase. »Jetzt kommen wir weiter! Wir werden das Umfeld von Isabell Gessner durchleuchten, ach was, wir werden es auf den Kopf stellen. Wir werden den Täter finden. Ich habe da so ein Gefühl.«

»Ein Bauchgefühl?«, fragte Rosalie nach und schielte auf den leeren Schreibtischstuhl gegenüber. Wenn Wim Schneider doch nur hier wäre.

»Ist das wichtig? Mein Ermittlerinstinkt sagt mir, dass wir jetzt den Durchbruch schaffen. Kannst du dich bitte persönlich noch intensiver über die Hintergründe unseres Opfers kümmern? Ich weiß ja, dass du mit einer Online-recherche schon angefangen hattest.«

»Geht klar. Ich habe heute eh nichts mehr vor«, erwiderte Rosalie und war fest entschlossen, Wim Schneider so oft mit Anrufen zu bombardieren, bis er endlich mit ihr sprechen würde. Er durfte nicht den Anschluss verpassen, etwas, worauf es Yves Degenhardt vermutlich gerade anlegte.

Wim stand nach Biggis Abschied nicht der Sinn nach Telefonaten. Schon gar nicht mit Rosalie Helmer, bei der man nie wusste, ob sie ihn am Ende in irgendeinem Zusammenhang auf Biggi ansprechen würde. Und so ignorierte er zum wiederholten Male die Anrufe seiner Braunschweiger Kollegin und hielt den Blick stumpf auf den feuchten Asphalt der Autobahn gerichtet. Er war am vergangenen Samstag im Guten aus Hannover weggezogen, versöhnt mit der Stadt, die so lange sein Zuhause gewesen war. Heute aber hatte er Hannover überstürzt und mit einer gehörigen Portion Traurigkeit im Gepäck hinter sich gelassen. Entgegen seinen üblichen Fahrgewohnheiten drückte er aufs Gas und näherte sich bereits der Ausfahrt Braunschweig-Hafen. Und auch wenn die rote Digitaluhr in seinem Auto bereits nach 18.00 Uhr anzeigte, war er wild entschlossen, das Ehepaar Schwerdtfeger heute noch aufzusuchen. Ablenkung war das, was er jetzt brauchte. Das noch zu führende Gespräch würde nicht nur seine Ermittlungen an diesem Tag abrunden, sondern ihm Gelegenheit dazu geben, dem Flipchart-Affen vollumfänglich zu berichten. Er musste langsam anfangen, mit Taten zu überzeugen, anstatt mit Worten zu provozieren. Außerdem wollte Wim an diesem Abend um keinen Preis allein in der neuen Wohnung sein und ins Grübeln geraten. Die Autofahrt war diesbezüglich bereits die Höchststrafe. Glücklicherweise konnte er hier mit Radiomusik und Nachrichten bedingt gegensteuern. In den Momenten, in denen es ihm nicht gelang, musste er zwangsläufig an Biggi denken, die ihren Weg in Wettbergen einfach fortgesetzt hatte, ohne sich auch nur ein einziges Mal umzudrehen. Über Minuten hatte er ihr noch nachgeschaut, auch als sie schon längst hinter einer Häuserecke verschwunden war. Er hatte in der Kälte ausgeharrt und gehofft, dass sie zurückkommen würde. Ihr hinterherzugehen, war keine Option für ihn gewesen, wusste er doch, dass das bei Biggi nur noch mehr Widerstand auslösen würde.

Das Ehepaar Schwerdtfeger wohnte in der Nähe des Giersbergs, einer der höchsten Erhebungen im östlichen Innenstadtbereich. Der dort errichtete Wasserturm war nicht nur ein historisches Schmuckstück, sondern auch weithin sichtbar. Mit dem Langen Heinrich im Heizkraftwerk Mitte konnte der Turm es allerdings nicht aufnehmen. Den in dieser Wohngegend zu erwartenden Parkplatzproblemen sah Wim relativ gelassen entgegen, waren sie ihm aus seiner Zeit in Hannovers Südstadt doch wohlbekannt. Irgendwann wurde immer eine Lücke frei. Nachdem er stadteinwärts seine Route über die Hamburger Straße gewählt hatte, wurde ihm beim Anblick des großen Einkaufscenters schmerzhaft bewusst, dass er hier vor wenigen Tagen noch für Biggi und sich eingekauft hatte. Die kurze Erinnerung an die vegane Hackfleischexpertin vor dem Kühlregal ließ ihn für einen Augenblick zwar schmunzeln, sie täuschte aber nicht darüber hinweg, dass die Gedanken an Biggi auch hier allgegenwärtig waren. Wim war an der großen Kreuzung gerade links abgebogen und hatte sich in die Geradeausspur eingeordnet, als sein Handy erneut klingelte. Was wollte Rosalie Helmer denn bloß von ihm? Brannte die Hütte? Gab es am Ende eine neue Leiche? Sie hätte ja durchaus auch mal eine SMS schicken können. Zu Wims Überraschung kündigte sein Hosentaschencomputer aber nicht die junge Kollegin an, sondern den Chef. Sollte Wim es darauf ankommen lassen und eine weitere Eskalation seines Fehlstarts in der neuen Dienststelle in Kauf nehmen oder wäre es womöglich klüger, sich jetzt einen Ruck zu geben und diesen Anruf anzunehmen? Ungeachtet dessen war er gerade nicht in der Stimmung für einen weiteren Streit. Also griff er während der Fahrt schließlich zum Telefon.

»Schneider!«

»Degenhardt. Wo sind Sie gerade?«

»Ich bin vor ein paar Minuten wieder in Braunschweig angekommen und auf dem Weg zu einer weiteren Befragung. Ich habe aus dem Gespräch in Hannover neue Anhaltspunkte.«

»Aha, und was soll das heißen? Wo müssen Sie hin und zu wem?«, erkundigte sich Yves Degenhardt, der sich für Wims Begriffe in diesem Gespräch besonders streng anhörte.

»Ich muss zu den Eheleuten Schwerdtfeger. Sie haben einen Förderantrag bei der Baumann-Stiftung gestellt und es gab hier laut Franz Baumann Unstimmigkeiten im Vorfeld. Sie haben versucht, die Entscheidung des Kuratoriums zu beeinflussen. Zumindest Herr Schwerdtfeger hat wohl direkten Kontakt zu Luise Janßen gehabt«, fasste Wim präzise zusammen.

»Muss das zwingend noch heute Abend sein?«

Was sollte denn diese Frage jetzt? Wim wusste, was er tat, und schneller, als ihm lieb war, fühlte er sich von Degenhardt schon wieder herausgefordert. »Es ist sicherlich keine Gefahr im Verzug, aber andererseits wird Luise Janßen ja noch immer vermisst. Wir müssen weiterhin dringend nach ihr suchen oder wollen wir eine zweite Tote riskieren, wo da draußen doch ein Irrer rumläuft, der Leichen kleinhackt und verfüttert? Und war es nicht so, dass der Fall so wichtig ist, dass Sie mich extra deswegen heute nach Hannover haben fahren lassen? Da gehe ich doch gerne auch am Abend noch jeder noch so kleinen Spur nach.«

Wim nahm die kurze Redepause am anderen Ende der Leitung mit Genugtuung wahr. Man konnte in diesem Duell auch punkten, ohne die Contenance zu verlieren. Es reichten simple Sachargumente.

Yves Degenhardt räusperte sich. »Trotzdem muss das warten. Rufen Sie dieses Ehepaar an und vereinbaren Sie einen Termin für morgen früh. Ich brauche Sie jetzt woanders.«

»Woanders?«, fragte Wim überrascht. Was führte der Flipchart-Affe denn nun schon wieder im Schilde? »Ist was passiert?«

»Allerdings. Wir haben die Identität der zerstückelten Leiche, was Sie schon lange wüssten, wenn Sie denn erreichbar gewesen wären. Und wir können nicht ausschließen, dass der Täter es im Museum noch einmal versuchen wird. Es fehlen immer noch Kopf und Hände. Bis auf diesen einen Finger natürlich.«

»Entschuldigung, Herr Degenhardt, aber jetzt komme ich gerade nicht mehr ganz mit.«

»Ich denke, ich habe mich klar ausgedrückt. Ich erkläre es Ihnen aber gerne noch mal. Vielleicht will der Täter sein Werk vollenden. Vielleicht beobachtet er uns. Könnte es nicht sein, dass die Kollegin Pannier genau deshalb verschwunden ist? Oder der junge Johannsen deshalb fast erstochen wurde? Wenn das so ist, dann bekommt der Täter vielleicht auch etwas von unseren laufenden Ermittlungen mit und fühlt sich unter Druck gesetzt. Spätestens aber dann, wenn die Presse publik macht, dass unsere Leiche einen Namen hat, wird er erfahren, dass wir ihm auf der Spur sind, dass wir ihm immer näher kommen. Das bedeutet dann unter Umständen, dass er auch andere Kollegen ins Visier nehmen könnte, auch Sie und mich, um uns aufzuhalten. Wollen Sie das? Das will ja wohl keiner, oder? Und genau deshalb versuchen wir jetzt, ihn auf frischer Tat zu ertappen.«

Wim überlegte kurz und musste sich eingestehen, dass er dieser Theorie tatsächlich etwas abgewinnen konnte.

»Ich gebe zu, dass mich das überzeugt, Herr Degenhardt.«

»Und das aus Ihrem Mund«, entgegnete Yves Degenhardt überheblich. »Dann bin ich ja anscheinend doch nicht so unfähig?«

»Das habe ich so nie gesagt«, stellte Wim klar.

»Aber gedacht und mich auch spüren lassen. Wie dem auch sei, Herr Schneider, Sie observieren jetzt bis um Mitternacht das Naturhistorische Museum. Dann werden Sie abgelöst. Ich werde Rosalie Helmer bitten, Sie zu unterstützen. Das nennt man übrigens Teambuilding.«

»Observation, Teambuilding, wie Sie meinen«, entgegnete Wim resigniert. Für ein weiteres Wortgefecht fehlten ihm Kraft und Muße. Er hatte in diesem Gespräch zwar den Kürzeren gezogen und zum allerersten Mal hatte sein neuer Chef ihn positiv überrascht, zumindest aus rein ermittlungstechnischer Sicht. Seine Arbeitsweise würde Wim sich aber ganz sicher nicht haarklein vorschreiben lassen. Das Museum musste noch einen Augenblick warten.

Rosalie traute ihren Augen nicht, als Wim sie endlich zurückrief, freiwillig. Vermutlich wollte er sich mit ihr vor dem Naturhistorischen Museum verabreden, zu dessen Observation sie beide von Degenhardt verdonnert worden waren. Sprunghaftigkeit war auch eine der bemerkenswerten Eigenschaften des neuen Chefs. Erst sollte sie unbedingt und sofort zum Leben der toten Isabell Gessner weiterrecherchieren, um sich nun plötzlich bei Außentemperaturen im Minusbereich den Abend in einem Auto um die Ohren zu schlagen, und zwar mit Wim Schneider. Zur Krönung hatte Yves Degenhardt ihr noch den Hinweis gegeben, dass sie auf die Nutzung ihres Smartphones im Wageninneren verzichten solle, weil das künstliche Licht des Displays zu auffällig sei. Was konnte man bei solchen Ratschlägen noch erwidern? Da half nur stummes Nicken.

»Herr Schneider, na endlich!«, begrüßte Rosalie Wim am Telefon.

»N' Abend, Frau Helmer, ja, tut mir leid, es ging nicht eher.«

»Ist was passiert?«

»Nein, nicht wirklich, aber ich habe neue Erkenntnisse und war heute quer durch Hannover unterwegs«, erklärte Wim.

»Das klingt ja vielversprechend. Dann haben wir ja genug Gesprächsstoff, wenn wir uns gleich einen lauschigen Abend zu zweit machen.«

»In der Tat, aber bevor es lauschig wird, treffen wir beide uns gleich am Giersberg-Wasserturm. Kennen Sie den?«

Rosalie stutzte. »Ja, schon, aber der ist nicht um die Ecke des Naturhistorischen Museums. Degenhardt hat Sie doch angerufen und Sie kennen unseren neusten Arbeitsauftrag schon?«

»Den kenne ich und den ignoriere ich vorübergehend. Zumindest für die nächste Stunde. Ich gehe davon aus, dass Sie auf meiner Seite sind?«

Rosalie konnte sich ein Grienen nicht verkneifen. »Wenn wir uns gegen Degenhardt zusammentun, immer. Aber was haben wir denn am Wasserturm so Dringendes zu erledigen? Unsere Ermittlungsansätze beim Museum sollten wir nicht gefährden.«

»Davon ist auch keine Rede. Also, ich bin durch die Vernehmungen in Hannover auf ein Ehepaar aufmerksam geworden, das in der Nähe des alten Wasserturms wohnt. Und ich sage Ihnen, da ist was faul und dem sollten wir heute noch nachgehen.«

»Oha! Jetzt machen Sie mich aber wirklich neugierig. Und lassen Sie mich raten, dass da etwas nicht stimmt, das sagt Ihnen Ihr Bauch?«

»So ist es, Frau Helmer. Sie kennen mich schon ganz gut.«

34. KAPITEL

Georg Holthusen knackte mit den Gelenken seiner Finger und schlich um das Telefon im Flur. Sollte er Franz anrufen und zur Rede stellen? Sollte er ihn fragen, was ihm einfiel, die Polizei nach Wettbergen zu schicken? Nach Wettbergen in sein Haus? Oder war jetzt sogar der richtige Zeitpunkt gekommen, den letzten Trumpf auszuspielen, den Georg die ganze Zeit über noch im Ärmel hatte? Er kochte innerlich und hatte Schwierigkeiten, sich zu beherrschen. Dabei galt es gerade jetzt, einen kühlen Kopf zu bewahren. Was genau hatte Franz diesem Kommissar Schneider erzählt? Wusste Franz mehr, als er wissen durfte, und hatte er dies bei der Vernehmung verraten? Das konnte eigentlich nicht sein, denn dann hätte der Kommissar ihn vorhin auch darauf angesprochen. Außerdem war Georg sich seiner Sache eigentlich sehr sicher, denn Diskretion beherrschte er noch aus seinen aktiven Zeiten in der Kommunalpolitik. Als Gitte in der offenen Tür erschien, lehnte er sich gegen die taubenblaue Strukturtapete, die er mittlerweile genauso hasste wie Gittes wässrigen Blick, wenn sie mal wieder zu viel getrunken hatte.

»Jetzt komm doch endlich mal zu mir ins Wohnzimmer zurück. Was machst du denn hier die ganze Zeit?«

»Lass mich, ich muss mich sortieren.«

»Trink ein Likörchen mit mir, das beruhigt und ist Balsam für die Seele.« Gitte zeigte auf den Esstisch, auf dem noch immer die angebrochene Flasche Eierlikör stand.

Georg hingegen ballte die Hände zu Fäusten.

»Hör auf damit, Gitte. Ich will kein Likörchen mit dir trinken, dein Likörchen und dein Weingesaufe, deine Prosecco-Damen, ihr widert mich an. Alle miteinander!«

»Was erlaubst du dir, Georg Holthusen? Wie sprichst du bitte mit mir? Ich bin immer noch deine Frau!« Gittes Wangen begannen deutlicher zu glühen denn je.

»Als ob das eine Rolle spielen würde«, erwiderte Georg erzürnt.

»Wie meinst du das denn jetzt?«

»So, wie ich es gesagt habe. Wir sind seit 42 elendig langen Jahren verheiratet, aber was bedeutet diese Ehe denn noch?« Georg war sich der Provokation bewusst, aber die Worte formten sich unkontrolliert in seinem Kopf und verließen den Mund, bevor er etwas dagegen unternehmen konnte.

Gitte riss die Augen auf. »Wird das hier jetzt eine Grundsatzdiskussion? Willst du dich etwa scheiden lassen?«

»Ich will einfach meine Ruhe haben. Lasst mich einfach alle in Ruhe!«, entgegnete Georg mit bebender Stimme, schnappte sich seinen Mantel und verließ überstürzt das Haus. Er musste nicht anrufen, Franz persönlich die Meinung zu sagen, war vermutlich effektiver.

Ein flüchtiger Seitenblick zu Tantchens ehemaligem Haus, aber ansonsten hatte sie nur den Weg unmittelbar vor sich mit den Augen fixiert und den Kopf stur geradeaus gehalten. Selbst als sie auch die letzte Häuserreihe hinter sich gelassen hatte, war Biggi immer weitermarschiert. Die Ihmer Straße führte aus Wettbergen hinaus auf die Weite der Felder, die um diese Jahreszeit ein trostloses Dasein fristeten. Ohne den Schutz einer Bebauung war Biggi der eiskalte Wind erbarmungslos um die Ohren geweht und hatte ihre Mimik einfrieren lassen. Die wenigen kahlen Bäume, die hier und da den Straßenrand säumten, hatten keinen Schutz geboten, waren aber stumme Begleiter gewesen. Erst als die Wunde unter ihrem Pflaster immer intensiver zu schmerzen begonnen hatte, war es ihr Schal gewesen, der ihr als improvisierte Kopfbedeckung einen merkwürdigen Look, aber zumindest Wärme schenken konnte. Vermutlich hätte man die Bilder, die sie hier fabrizierte, ungeschnitten für einen Kriegsfilm nutzen können: Biggi auf der Flucht. Ihre Finger hatten sich taub angefühlt und waren nicht mehr in der Lage, die Zigaretten zu halten, die sie so dringend eine nach der anderen gebraucht hätte. Ihr Feuerzeug hätte bei den Böen von links und rechts vermutlich eh den Geist aufgegeben, ein schwacher Trost. Die Lichtkegel der auf der Bundesstraße vorbeifahrenden Autos waren die einzige Lichtquelle gewesen, bis sie in der Ferne einige wenige erleuchtete Gebäude hatte erkennen können. Das Gefühl für Raum und Zeit hatte sie mittlerweile verloren, aber als die Beschilderung des Restaurants »Kückenmühle« nach einer gefühlten Ewigkeit vor ihr aufgetaucht war, hatte sie dem Taxi diesen Standort als Abholadresse durchgegeben. Anrufe konnte man auch mit Sprachsteuerung tätigen. Grazie dio!

Eine Stunde später lag Biggi nun unter ihrer geliebten Kunstfelldecke auf dem grauen Ecksofa, hatte sich ein paar Teelichter auf einem Silbertablett angezündet, einen heißen Tee aufgesetzt und Wollhandschuhe angezogen. Erleichtert spürte sie, dass noch Leben in ihren Gliedmaßen steckte und die Durchblutung in Händen und Füßen funktionierte. Alexa spielte auf ihre Ansage hin leichte Swingmusik, und als Biggi vor Erschöpfung die Augen zufielen, war sie dankbar, einfach nicht mehr nachdenken zu müssen. Die Angst, in ihren Träumen wieder auf Wim zu stoßen, konnte ihr jedoch niemand nehmen.

»Willst du unsterblich sein?«

Die silberne Pinzette hatte die kugelrunde Gewebestruktur fest im Griff und reflektierte das grelle Licht der Arbeitslampe. Leise murmelte er vor sich hin und glaubte für den Bruchteil einer Sekunde, sein Spiegelbild in der tiefblauen Iris zu erkennen. Die Offenbarung stand kurz bevor.

Der Rausch hatte ihn gepackt. Hier unten war sein Reich, das er sich im Laufe der Jahre so ausgebaut hatte, dass er im Notfall sogar mehrere Tage hier verbringen konnte. Im nahenden Winter wäre dies allerdings eine Herausforderung, der er sich nicht unbedingt stellen wollte. Also musste er sich sputen, auch deshalb, weil seine Vorräte bald zu Ende gingen. Vor allem um die Chemikalien würde er sich dringend kümmern müssen, denn Nachlässigkeiten waren bei seinem Ritual ein Tabu. Niemand hatte jedoch ahnen können, dass dieses Mal so vieles schiefgehen würde. Mit der zierlichen Biologiestudentin, die er über einen Kollegen kennengelernt hatte, waren nur zwei Dates erforderlich gewesen, um sicherzugehen, dass sie perfekt war. Die Haare, das runde Gesicht, die Sommersprossen und vor allem die Augen. Die Augen waren der Spiegel ihrer Seele. Sie waren das Spiegelbild seiner großen Liebe. Seinen Zärtlichkeiten hatte die Studentin sich freiwillig und lüstern hingegeben, ihr letzter Sex war lange her. Seiner Umarmung von hinten und leidenschaftlichen Küssen auf ihren Nacken war ein kurzer Stich in den Hals gefolgt. Das Narkosemittel war effektiv, hatte sich bewährt und auch die nervige Schnüfflerin binnen Sekunden schachmatt gesetzt.

Überdosiert war es tödlich. Dann war aber das Problem mit dem Auto aufgetaucht und hatte sein unterirdisches Refugium vorübergehend unerreichbar gemacht. In der Badewanne und mit einer lapidaren Säge hatte er bewerkstelligen müssen, was er ansonsten in der Hütte professionell mit seinen geliebten Werkzeugen zelebrierte. Nachdem er wenigstens den Kopf entsprechend seines Rituals bearbeitet und die Augen ordnungsgemäß entfernt hatte, sollte auch Brunonia ihre Gabe erhalten. Ein paar abgetrennte Finger als Gourmethäppchen, er kannte seine Göttin und wusste genau, dass sie dieses besondere Geschenk nicht würde verwehren können. Um die Identifizierung zu erschweren, hatte er das, was von den filigranen Händen übrig geblieben war, im Hausmüll entsorgt und den Kopf in einer Plastiktüte unter mehrere Lagen Fleisch in die Gefriertruhe im Keller gelegt. Um ihn konnte er sich problemlos zu einem späteren Zeitpunkt kümmern, um die Sammlung zu erweitern. Weil die anderen sterblichen Überreste aber unmöglich in der Wohnung hatten verbleiben können, hatte er wegen des defekten Autos schließlich notgedrungen an der Oker zwischenlagern müssen, was kurze Zeit später für immer in den Säurefässern verschwinden sollte. Sein Notfallplan hätte aufgehen können, wenn der junge Polizist nicht aufgetaucht wäre und seine Kollegen verständigt hätte. Im Schutz des Nebels hatte er die Szenerie hinter einem Baum versteckt von Anfang bis Ende beobachtet. Mit den Hundehaltern wäre er fertiggeworden, eloquent, wie er war, hätte er seine Hilfe angeboten, sie weggeschickt oder sie davon überzeugt, dass es sich um tierische Abfälle handelte. Er hätte sie im Notfall mit seinem Narkosemittel auch zum Schweigen bringen und so einen Vorsprung haben können, um die übervollen

Müllsäcke wieder wegzuschaffen. Aber es war alles anders gekommen. Unbändige Wut hatte sich im Laufe der vielen Stunden, die er am Ufer der Oker verbracht hatte und tatenlos zusehen musste, in ihm angestaut. Wut, die diesen jungen Polizisten und Möchtegern-Helden später zum Schweigen gebracht hatte, als sie sich endlich entlud. Ob er immer noch lebte? Auch hier hatte er das Glück nicht auf seiner Seite gehabt.

Weil seine Gedanken immer wieder kreisten und er Gefahr lief, sich in der Vergangenheit zu verlieren, kniff er sich mehrfach in die Wange, bis der Schmerz ihn in die Gegenwart zurückholte. Nun atmete er wieder flach und konnte ein leises Stöhnen kaum unterdrücken. Trotz der Erregung, die nun die Macht über ihn ergriff, war er hochkonzentriert und betrachtete voller Faszination das Objekt seiner Begierde. Er wusste ganz genau, dass der Abschied bevorstand, endgültig, und so ging er die Zeremonie in Gedanken noch einmal durch. Wagners »Götterdämmerung«, seine Lieblingsmusik, beruhigte ihn und gab der Zeremonie den perfekten Rahmen. Und auch wenn Brunonia seine Opfergabe nicht angenommen hatte, so verdiente Isabell, dass die Reihenfolge exakt eingehalten wurde, ein Fehler durfte ihm nicht unterlaufen. Schließlich nahm er einen letzten tiefen Atemzug und begann behutsam, das Objekt in das kleine mit Flüssigkeit gefüllte Gefäß einzuführen. Nachdem er die Pinzette mit einem nach Zirbenöl duftenden Stofftuch abgetupft und in Reih und Glied neben die anderen Utensilien gelegt hatte, verschloss er das Gefäß mit einem schwarzen Schraubdeckel. Die innere Anspannung drohte ihn nun fast zu zerreißen, aber der nächste Schritt war unausweichlich. Ein letzter Blick, Wehmut … aber dann drückte er das Gefäß sanft in die vorgefertigte Höhle, bis es in seiner letzten Ruhestätte aus Fichtenholzwolle vollkommen unsichtbar und für immer verschwunden war.

Später erst, nachdem er sich eine Pause gegönnt hatte, bahnte sich die lange Nadel ihren Weg durch die äußere Hülle. Zufrieden betrachtete er schließlich das präparierte Tier, in dessen Innerem nun für immer eingebettet war, was es zu behüten galt.

Yves Degenhardt fühlte eine bleierne Müdigkeit, aber auch eine tiefe Genugtuung. Dieser Tag hatte ihm als Führungskraft einiges abverlangt, aber immerhin ruckelte es sich langsam zurecht. Er würde Wim Schneider schon noch weichklopfen, und schneller als gedacht, hatte der Alte tatsächlich nachgegeben und nicht mal Widerworte gehabt. Rosalie konnte er nicht so richtig einschätzen. War sie Schneider gegenüber loyal, könnte es kompliziert werden. Sie war ihm bereits ein paarmal an die Seite gesprungen und hatte bewiesen, dass sie Haare auf den Zähnen hatte und durchaus durchsetzungsstark war. Sie hatte sich aber ohne Schneiders Anwesenheit auch als kooperativ, beinahe fügsam gezeigt und Arbeitsaufträge zügig und sorgfältig bearbeitet. Vielleicht gehörte sie zu der Fraktion derjenigen, die ihr Fähnlein nach dem Wind ausrichteten, vielleicht war sie aber auch noch formbar. Mit der Observierung des Naturhistorischen Museums und möglichen Verhaftung des Täters sollten die beiden mal beweisen, was in ihnen steckte. Degenhardt selbst stand der Sinn nach einem gepflegten Feierabendbier oder noch besser nach einem Heißgetränk auf dem Weihnachtsmarkt, der sich in unmittelbarer Nähe des Polizeikommissariats befand und zu den schönsten in Norddeutschland gehörte. Natürlich musste es bei einem Getränk bleiben, denn er hatte noch eine Heimfahrt vor sich. Aber gegen einen kurzen Abstecher in das Getümmel da draußen gab es aus seiner Sicht nichts einzuwenden und er hatte ja ein Diensthandy, mit dem er rund um die Uhr erreichbar war. Erreichbar und in der Lage, selbst Anrufe zu tätigen. Kontrollanrufe.

35. KAPITEL

Wims Parkplatzsuche hatte ihm dann doch ein Höchstmaß an Gelassenheit abverlangt, aber am Ende war er fündig geworden. Bis zum Treffpunkt am Wasserturm hatte
er allerdings noch einen fünfminütigen Fußweg vor sich
gehabt und zudem noch warten müssen, bis Rosalie zu
Fuß eingetroffen war. Durchgefroren waren beide Ermittler dankbar, dass die Schwerdtfegers nicht nur geöffnet und
sie freundlich hereingebeten hatten, sondern nun auch ein
dunkelgrüner Kachelofen für eine angenehme Wärme im
Wohnzimmer des Ehepaares sorgte.

»Frau Schwerdtfeger, Herr Schwerdtfeger, wir sind wegen
des Vermisstenfalls Luise Janßen zu Ihnen gekommen«,
begann Wim die Unterredung. »Wir haben von einem Mitglied der Baumann-Stiftung Ihre Kontaktdaten erhalten.«

Zu Wims Überraschung schüttelte Bärbel Schwerdtfeger
den Kopf und schaute aus dem Fenster. Sie wirkte entrüstet.

»Frau Schwerdtfeger, stimmt etwas nicht? Hat mein Kollege etwas Falsches gesagt?«, ging Rosalie unmittelbar auf
die ungewöhnliche Reaktion ihres Gegenübers ein.

»Nein, Frau Kommissarin, alles in Ordnung. Ich musste
mich nur einen Augenblick sammeln. Dieser Förderantrag kostet mich seit geraumer Zeit einiges an Nerven, und
nun ist auch noch die Polizei bei uns. Bitte nehmen Sie
das nicht persönlich, ich denke, Sie wissen, wie ich das
meine«, antwortete Bärbel Schwerdtfeger, nachdem sie sich
der Gesprächsrunde wieder zugewandt hatte.

Wim nahm wahr, dass Enno Schwerdtfeger einen nervöseren Eindruck als seine Frau machte. »Was sagen Sie denn zu der Angelegenheit, Herr Schwerdtfeger? Hatten Sie mit Luise Janßen Kontakt?«

»Natürlich hatte er den!«, antwortete Bärbel prompt.

Wim nickte. »Ich habe Ihren Mann gefragt, Frau Schwerdtfeger. Es wäre schön, wenn er dann auch meine Frage beantworten könnte.«

»Entschuldigung«, entgegnete Bärbel Schwerdtfeger kleinlaut und schaute betreten auf die weiße Häkeltischdecke, die den Esstisch neben dem Kachelofen dekorierte.

»Meine Frau hat recht. Ich hatte Kontakt zu Luise Janßen. Über das Sekretariat der Stiftung hatte ich einen Telefontermin vereinbart, um mit ihr ein paar Fragen zu unserem Antrag zu erörtern.«

»Mehr nicht?«, hakte Rosalie nach.

»Nun sag schon!« Bärbel warf Enno einen mahnenden Blick zu.

»Na ja, ich habe auch kurz vor der Sitzung mit Frau Janßen noch mal gesprochen, um ihr die Dringlichkeit unseres Vorhabens erneut zu verdeutlichen.«

»Wann war das genau?«, erkundigte sich Wim.

»Mittwoch oder Donnerstag. Da bin ich gerade unsicher.«

»Aber das kann man ja auf Ihrem Handy nachvollziehen«, stellte Rosalie fest.

»Ich habe von meinem Büro aus angerufen. Festnetz.«

»Verstehe«, sagte Wim. »Was haben Sie denn von Frau Janßen gewollt?«

Enno Schwerdtfeger kaute für einen Moment auf der Unterlippe. Seine Stimme klang dünn. »Das habe ich doch gerade gesagt.«

»Herr Schwerdtfeger, jetzt mal unter uns. Ging es nicht vielleicht darum, die Vorsitzende der Stiftung zu beeinflussen? Standen Sie womöglich unter großem Druck, Ihrem Verein gegenüber unbedingt einen positiven Bescheid bekommen zu müssen?« Wim ging in die Vollen.

»Wie kommen Sie denn darauf?«, fragte Enno Schwerdtfeger ein wenig echauffiert.

»In Hannover brodelt die Gerüchteküche, sehr unschön, wenn Sie mich fragen«, erwiderte Wim.

»Also so war das alles nicht. Ich habe niemandem Geld gezahlt oder so was. Ich bin doch nicht korrupt!«

»Das habe ich auch nie behauptet. Aber mal losgelöst von Ihren Versuchen, Frau Janßen am Telefon immer und immer wieder davon zu überzeugen, dass Ihr Jägereimuseum unbedingt diese Förderung braucht, um sich baulich zu erweitern, sollte das modernisierte Gebäude später nicht einen bestimmten Namen erhalten? Einen Namen, der Frau Janßen besonders freuen würde?«

Entgeistert starrte Bärbel Schwerdtfeger zuerst zu Wim und Rosalie und drehte sich dann zu Enno, der links neben ihr saß.

»Enno, was für einen Namen denn? Davon weiß ich ja gar nichts!«

»Ach, Frau Schwerdtfeger, wenn Ihr Mann uns gleich erklärt hat, was hinter dem von ihm angedachten Namen ›Luise-Janßen-Haus‹ steckt, würde meine Kollegin und mich dann als Nächstes interessieren, was es eigentlich mit Ihren beiden Anrufen bei Franz Maria Baumann auf sich hatte.« Wim lehnte sich zufrieden gegen die Rückenlehne seines Stuhls und verschränkte die Arme vor seinem Bauch. Nun hatte er die Eheleute genau da, wo er sie haben wollte.

Georg Holthusen hatte Franz in dessen Zuhause nicht angetroffen und saß nun wieder auf dem beheizten Fahrersitz seines Autos. Vermutlich wäre es doch schlauer gewesen, sich telefonisch anzukündigen? Vielleicht war Franz ja nur eine Runde spazieren gegangen oder kurz etwas einkaufen? Der Wagen stand nicht in der Einfahrt, konnte aber theoretisch auch in der verschlossenen Garage geparkt worden sein. Den ganzen Weg aus Wettbergen bis auf die Bult wollte Georg jedenfalls partout nicht umsonst gefahren sein. Außerdem brannte ihm ein Gespräch mit Franz regelrecht unter den Nägeln und Gitte musste er so schnell auch nicht wiedersehen. Ob er einfach auf Franz warten sollte? Oder war sein Freund am Ende doch zu Hause, hatte aber alles verdunkelt und machte ihm ganz bewusst die Tür nicht auf? Krampfhaft überlegte Georg hin und her und rang sich schließlich doch zu einem Anruf durch. Schon nach wenigen Klingeltönen nahm Franz das Gespräch entgegen.

»Hallo, Georg.«

»Guten Abend, Franz. Ich stehe vor deiner Haustür. Wo steckst du denn?«

»In der Stiftung. Ich habe es zu Hause einfach nicht ausgehalten und will mich mit Arbeit ablenken. Wir müssen ja immer noch einen Nachholtermin für die Sitzung finden.«

»Und ich wollte dich spontan besuchen.«

»Ach was?«, entgegnete Franz perplex.

»Ja, stell dir vor, die Polizei war heute bei Gitte und mir. Kurz nachdem du dich mit denen unterhalten hast. Das hat mir einfach keine Ruhe gelassen und ich war eh gerade noch mal in der Stadt unterwegs«, erwiderte Georg, während er darüber sinnierte, dass Halbwahrheiten immerhin keine Lügen waren.

»Tja, was soll ich dazu sagen? Ich konnte es nicht vermeiden, deinen Namen fallen zu lassen.«

»Weißt du was, Franz, und genau darüber wollte ich mich gerne persönlich mit dir unterhalten. Ich komme eben einfach ins Zooviertel rübergefahren. Was meinst du? Über den Bischofsholer Damm und den Braunschweiger Platz bin ich ja schnell da. Braunschweiger Platz, wenn das kein Zeichen ist, oder?«

Franz Baumann zögerte für einen Augenblick, bevor er schließlich antwortete. »Sicher, Georg. Ich bin hier. Bis gleich.«

»Du hast was gemacht?« Enno Schwerdtfeger war die Kinnlade heruntergefallen. Wim musste zwangsläufig an einen nach Luft japsenden Fisch denken. Karpfen blau, er hasste dieses Weihnachtsessen. Bärbel Schwerdtfeger hingegen hatte sich ein Taschentuch genommen und tupfte sich den Schweiß von den Schläfen.

»Was sollte ich denn machen? Du warst ja wie besessen und bist es immer noch! Tag und Nacht geht es immer nur um diesen Förderantrag und das Jägereimuseum. Alles andere spielt ja kaum noch eine Rolle. Ich spiele keine Rolle und deine Gesundheit schon mal gar nicht.«

»Und weil du meinst, dass das so ist, hintergehst du mich derart?«

»Ihre Frau hat sich offenbar große Sorgen gemacht«, intervenierte Rosalie und erntete umgehend unter dem Tisch einen Tritt gegen das Schienbein. Wim wollte das hier lieber unkommentiert weiterlaufen lassen.

»Richtig! Sie verstehen mich wenigstens. Unzählige Besuche beim Kardiologen, dann die Aufenthalte im Krankenhaus, mein Mann ist herzkrank, benimmt sich aber nicht so. Er macht einfach weiter wie bisher, immer weiter. Ich möchte doch noch etwas von ihm haben.«

»Wie sind Sie denn überhaupt an die Nummer von Franz Baumann gekommen?«, hakte Rosalie nach und Wim musste zur Kenntnis nehmen, dass die junge Kollegin sich nicht ohne Weiteres ausbremsen ließ.

»Internet. Ein Freund hat mir geholfen. Er hatte auch die Idee mit der Schirmherrschaft.«

Wim horchte auf und konnte sich nun doch nicht länger zurückhalten. »Nun mal der Reihe nach. Welcher Freund denn und was für eine Schirmherrschaft?«

»Justus Bellinghausen. Ich wette, es war Justus«, platzte es aus Enno Schwerdtfeger heraus. »Dieser Drecksack!«

»Jetzt beruhige dich mal, Enno. Denk an dein Herz! So war das alles doch gar nicht«, jammerte Bärbel und schnäuzte sich die Nase.

»Wie war es denn dann? Atmen Sie einmal tief durch und dann erzählen Sie uns alles. Am besten ganz von vorne.« Rosalie hatte einen verständnisvollen Blick aufgesetzt und nahm Bärbel Schwerdtfegers Hand. Hier hatte sie von Frau zu Frau einen glasklaren Vorteil, das musste Wim neidlos anerkennen.

»Also, ich hatte mitbekommen, dass Enno mit Frau Janßen telefoniert und ihre Nummer über die Sekretärin bekommen hatte. Es wäre wohl sehr auffällig gewesen, wenn nach einem Herrn Schwerdtfeger aus Braunschweig auch eine Frau Schwerdtfeger aus Braunschweig mit der Stiftungsvorsitzenden hätte sprechen wollen, oder? Und ja, es war Justus Bellinghausen, der mir dann geholfen hat.«

»Wusste ich es doch!« Enno haute mit der flachen Hand auf den Tisch.

»Herr Schwerdtfeger, das reicht jetzt«, sagte Wim mit scharfem Ton. »Wenn Sie sich jetzt nicht zusammenreißen, dann packen wir Sie beide ins Auto, mit Blaulicht wohlgemerkt, damit alle Nachbarn es auch mitbekommen, und dann setzen wir dieses Gespräch in der Münzstraße fort. Haben wir uns da verstanden?«

Enno Schwerdtfeger blieb stumm und schaute fragend zu Rosalie, die zustimmend nickte und sich wieder an Bärbel wendete.

»Bitte fahren Sie fort.«

»Ich bin mit Justus befreundet, auch wenn das meinem Mann nicht in dem Kram passt. Wir sind schon lange gemeinsam in unserem Jagdverein aktiv. Justus versteht mich, er wusste einfach, was zu tun war.«

»Und was war das genau?«, fragte Wim nach.

»Wir sind auf die Homepage der Stiftung gegangen und haben uns die Organisationsstruktur angesehen. So sind wir auf Franz Baumann aufmerksam geworden. Auf ihn und seine Zuständigkeiten für Öffentlichkeitsarbeit und Schirmherrschaften. Justus hatte dann die Idee, dass dies der perfekte Vorwand wäre, Kontakt zu Franz Baumann aufzunehmen.«

»Wenn ich Sie also richtig verstehe, ging es Ihnen gar nicht darum, dass die Baumann-Stiftung eine Schirmherrschaft für eine Aktivität des Jagdvereins übernimmt, sondern eher darum, von hinten durch die Mitte auf die Entscheidung des Kuratoriums Einfluss zu nehmen? Ein kluger Schachzug«, stellte Wim fest.

»Kluger Schachzug? Merken Sie denn gar nicht, was hier läuft?« Enno Schwerdtfegers Gesicht war rot angelaufen.

»Jetzt ist es aber mal gut, Enno! Hier läuft gar nichts und Herr Kommissar Schneider hat nur zustimmend zur Kenntnis genommen, dass Justus …«

»Justus, Justus, alles dreht sich um Justus«, unterbrach Enno und schaute zu Wim. »Herr Schneider, dieser Mann hat meine Frau um den Finger gewickelt, die machen gemeinsame Sache.«

Wim kräuselte den Mund, bevor er zu einer Antwort ansetzte. »Punkt eins, Herr Schwerdtfeger: Ich merke eine Menge. Punkt zwei: Hier geht es jetzt einzig und allein um Sachverhaltsaufklärung, und die Ideen Ihres Jagdkumpanen Bellinghausen sind nicht unintelligent, wenn man sich in die Situation Ihrer Frau hineinversetzt. Es ist immer alles eine Frage der Perspektive. Dass Ihnen das nicht schmeckt, glaube ich sofort. Und jetzt erzählen Sie bitte weiter, Frau Schwerdtfeger.«

»Danke, Herr Kommissar, das mache ich«, entgegnete Bärbel und seufzte laut. »Justus' Idee fand ich wirklich gut, das stimmt. Da wäre ich selbst nicht draufgekommen. Ich habe Herrn Baumann dann eine E-Mail geschrieben, also Justus hat die vorformuliert, und habe um ein Telefonat gebeten. Das hat insofern funktioniert, als dass Herr Baumann mir als Antwort seine Telefonnummer geschickt hat, und dann habe ich ihn halt angerufen.«

»Mit Justus an Ihrer Seite?«, erkundigte sich Rosalie.

»Nein, allein. Justus war dann im Weiteren raus aus der Sache. Ich übernehme die alleinige Verantwortung.«

»Wie gnädig von dir. Aber dem Baumann hast du dann schon meine ganze Krankengeschichte aufs Butterbrot geschmiert?« Enno Schwerdtfeger fasste sich an die Stirn. »Ich glaube das einfach alles nicht.«

Betreten schaute Bärbel auf den Tisch. »Ich habe ihm gesagt, dass ich mir sehr große Sorgen um dich mache und dass du dich mit diesem Projekt übernimmst. Herr Baumann war wirklich sehr verständnisvoll. Er hat mir erzählt, dass er auch ein krankes Familienmitglied hat und meine Situation nachfühlen kann.«

»Luise Janßen«, murmelte Wim vor sich hin und dieses Mal war es Rosalie, die zwar auf einen Tritt unter dem Tisch verzichtete, aber ihm einen vielsagenden Blick zuwarf, sich nicht zu verplappern.

»Und warum haben Sie ihn dann ein zweites Mal angerufen?« Wim hatte verstanden und war bemüht, das Gespräch nahtlos fortzuführen.

»Einfach nur, um ihn zu fragen, wie lange es wohl bis zum Nachholtermin der Kuratoriumssitzung dauert. Ich wusste da ja von Justus schon, dass Luise Janßen vermisst wird. Wissen Sie eigentlich, was für ein Stress diese Warterei für meinen Mann bedeutet? Und es stehen ja auch die Festtage vor der Tür, da will man als Familie doch auch mal seine Ruhe haben. Zugegebenermaßen habe ich Herrn Baumann auch noch mal ins Gewissen geredet, sich doch bitte gegen diesen verfluchten Antrag zu entscheiden. Das räume ich an dieser Stelle gerne ein. Aber er war da total seriös und hat sich nicht in die Karten gucken lassen. Er meinte, dass er zur Neutralität verpflichtet sei, schon des guten Rufes der Stiftung wegen. Das habe ich natürlich verstanden. Das musste er an dieser Stelle ja auch sagen. Aber ich hatte die ganze Zeit das Gefühl, dass meine Bitte vielleicht doch etwas bewirkt haben könnte. Ja, der Herr Baumann hat mich verstanden, da bin ich ganz sicher.«

»Wo habt Justus und du euch eigentlich noch alles eingemischt? Euch war wohl jedes Mittel recht. Erst dieses Theater während der Vorstandssitzung, diese Gegenargumente, die Justus sich da alle aus dem Ärmel geschüttelt hat. Nahezu hanebüchen war das. Und du? Du hast damals geschwiegen, anstatt mich zu unterstützen. Jetzt

weiß ich auch, warum. Und jetzt verbündet dieses Arschloch sich auch noch mit meiner eigenen Frau«, fauchte
Enno Schwerdtfeger Bärbel an.

»Was heißt denn hier ›verbünden‹? Wir sind Freunde,
Enno. Unter Freunden hilft man sich. Und was heißt hier
›jedes Mittel‹? Das sagt der Richtige. Wer hat denn Frau
Janßen in Aussicht gestellt, das Erweiterungsgebäude nach
ihr zu benennen? Mit goldener Gedenkplakette oder ohne?
Auf solche Ideen bin ich jedenfalls nicht gekommen.«

»Du nicht. Aber Justus traue ich mittlerweile alles zu!
Der war doch von Anfang an gegen den Antrag.«

Wim dachte kurz nach. »Was genau trauen Sie Justus
Bellinghausen denn alles zu? Was können Sie beide uns
denn noch alles zu ihm erzählen?«

36. KAPITEL

Die Szene erinnerte an den vergangenen Samstagabend. Aus dem nahe gelegenen Zoo hallten die Schreie eines Pfaus zu ihnen hinüber und in der Villa Valerien flackerte der Kamin vor sich hin und tauchte den Salon in ein behagliches Licht. Dieses Mal hatten die Freunde jedoch nicht auf den gemütlichen Sesseln Platz genommen, sondern standen sich mit deutlichem Abstand gegenüber. Auch einen Drink hatte Georg Holthusen abgelehnt. Franz Maria Baumann hingegen hielt sich an einem Glas Bourbon fest, ohne Eis. Die große Standuhr schlug acht Mal zur vollen Stunde, als Georg schließlich zum finalen Angriff überging.

»Was soll ich sagen, Franz? Luise bleibt verschwunden. Sie wäre nicht die erste ältere Dame mit beginnender Demenz, die irgendwann tot in einem Waldstück oder Straßengraben gefunden wird. Plötzliche Orientierungslosigkeit ist bei dieser Erkrankung doch symptomatisch. Es könnte aber auch sein, dass sie sich irgendwo allein das Leben genommen hat. Oder – und das wünscht man ihr ja am wenigsten – sie ist einem Gewaltverbrechen zum Opfer gefallen. So oder so gehe ich nicht mehr davon aus, dass sie lebend auftaucht. Dieser Realität müssen wir uns wohl stellen. Oder könnte es am Ende doch so sein, dass Luise sich einfach abgesetzt hat und fernab von allem neu anfangen will?«

Franz schaute in die lodernden Flammen des Kaminfeuers, das tanzende Schatten an die Wand gegenüber warf. »Warum sollte sie?«

»Sag du es mir. Hätte sie einen Grund gehabt? Wie dem auch sei, man mag sich ja gar nicht ausmalen, was wohl die Presse über dieses Drama berichten wird.« Georg wählte seine Worte mit Bedacht und behielt Franz genauestens im Blick.

»Also ich habe noch mit niemandem darüber gesprochen und die Braunschweiger Polizei hat sich mit dem Vermissten-fall auch noch nicht an die Presse gewandt, soweit ich weiß.«

»Eine verschollene Mäzenin, Korruption. Das sieht nicht gut aus für die Stiftung. Da formen sich Bilder in den Köpfen der Menschen.«

»Korruption?« Franz blickte erschrocken auf. »Was meinst du bitte?«

»Wie nennt man das denn sonst, wenn jemand versucht, einen geldwerten Vorteil zu erlangen, und dafür bereit ist, etwas zu bezahlen? Ich sehe schon die Schlagzeilen: ›Kor-ruptionsskandal erschüttert Baumann-Stiftung‹. Wie du weißt, kenne ich da so einige Journalisten, mein Gott, die werden sich alle zehn Finger nach so einer Story lecken. Da muss man höllisch aufpassen.«

Franz Baumann schaute auf. »Sag mal, drohst du mir etwa? Wie kommst du denn überhaupt darauf?«

»Ich habe mehrfach mit Luise darüber gesprochen. Hat sie dir gar nicht von diesem Antragsteller aus Braunschweig erzählt?«

»Du meinst den Schwerdtfeger? Der sein Gebäude nach ihr benennen wollte? Doch, darüber weiß ich Bescheid. Und Luise war klug genug, sich darauf nicht einzulassen. So klar im Kopf war sie dann doch noch. Das habe ich der Polizei auch gesagt.«

Georg verließ seinen Standort am anderen Ende des Raums und näherte sich Franz langsam. »Der Polizei hast du ja eine Menge erzählt, nicht wahr? Unter anderem auch, dass ich an die Spitze der Stiftung drängen und versuchen würde, dich zu belatschern, mir mehr Verantwortung zu übertragen. Und dass ich auch versucht hätte, Luise zu beeinflussen.«

Franz wich einen Schritt zurück. »So ist es doch auch. Meinst du, ich lüge die Polizei an? Du hast mir doch auch zur Wahrheit geraten. Ich will mich nicht strafbar machen und war einfach nur ehrlich.«

»Bist du das? Bist du ehrlich, Franz? Warum hast du dann nicht zuerst ganz offen mit mir geredet, anstatt über mich zu reden?«

»Also bitte, ich habe dir gegenüber mehrfach betont, dass ich sehr wohl in der Lage bin, die Stiftung zu leiten, zuletzt bei dem verkorksten Abendessen bei euch zu Hause. Das sollte eigentlich genügen, um einem klugen Kopf wie dir die Grenzen aufzuzeigen, oder?«

»Ach Franz, warum so unwirsch? Du solltest mir lieber dankbar sein. Du ahnst ja nicht mal, was ich im Hintergrund alles für dich geregelt und womit ich dich entlastet habe.«

»Ich glaube, ich verstehe dich nicht ganz«, entgegnete Franz verunsichert und spürte nach weiteren Rückwärtsschritten die Wand in seinem Nacken.

Georg ging mit weniger als einem halben Meter Abstand an Franz vorbei und stellte sich schließlich vor eine Vitrine, die ausgesonderte Jagdgewehre zur Schau stellte.

»Weißt du noch, damals? Der Winter vor 15 Jahren? Manchmal holt die Vergangenheit einen wieder ein.«

Er hatte sich nicht nur seinen teuren Wintermantel mit Puderzucker besudelt, sondern auf dem Weihnachtsmarkt auch schlichtweg keinen Handyempfang. Yves Degenhardt fluchte innerlich und überlegte, dass wohl zu viele Menschen auf einem Haufen für eine Überlastung des Netzes gesorgt hatten. Dieses Phänomen würde man in Deutschland wohl niemals in den Griff bekommen. Niemanden anrufen zu können und nicht erreichbar zu sein, passte ihm so gar nicht in den Kram. Ob das schon länger so ging oder erst seitdem er sich rund um den Braunschweiger Löwen aufhielt, wo es gerade besonders voll war? Seit über zwei Stunden war er nicht mehr im Büro gewesen, hatte über einen Abstecher in eine Buchhandlung am Burgplatz zuerst ein hervorragendes Backschinkenbrötchen und einen halben Meter Bratwurst gegessen, um sich dann zum Nachtisch mit eben jenem vermaledeiten Schmalzkuchen einzusauen. Zwei Heidelbeerglühweine und ein alkoholfreier Apfelpunsch hatten entscheidend dazu beigetragen, dass er bei dem wunderschönen Ambiente irgendwie die Zeit aus den Augen verloren hatte. Seine Armbanduhr zeigte 21.00 Uhr an. Jetzt wurde es aber höchste Eisenbahn, sich bei Rosalie und Wim Schneider zu melden und die Lage zu checken. Für den Fall, dass sie es zwischendurch bei ihm versucht hatten, würde er sich eine Ausrede einfallen lassen müssen. Andererseits würden sie sicher noch nicht so früh am Abend einen heimlichen Besucher im Museum dingfest machen. Dafür musste es noch später werden, dafür brauchte es aus Sicht des Täters sehr wahrscheinlich den Schutz der Nacht.

Noch einmal hielt Yves Degenhardt sein Handy gen Himmel, drehte sich mehrmals im Kreis und starrte oben rechts auf die nicht vorhandenen Balken seines Handydisplays. Es blieb dabei: kein Empfang. Das unebene Kopfsteinpflaster war durch den Schnee glatt geworden und die

Promille in seinem Blut taten während seines Drehmanövers ihr Übriges. Schneller, als er reagieren konnte, kam er ins Rutschen, strauchelte, verlor den Halt und konnte einen Wimpernschlag vor dem endgültigen Sturz seinem davonfliegenden Handy nur noch mit aufgerissenen Augen hinterhersehen. Den Aufprall auf einem der Pflastersteine hätte das robuste Handy eventuell noch überstanden. Dass es aber nun im heißen Frittierfett einer Pommesbude schwamm, bedeutete mit großer Sicherheit den technischen K. o.

Bärbel und Enno Schwerdtfeger schwiegen sich an. Das Gespräch mit der Polizei hätte den Effekt eines reinigenden Gewitters zwischen den Eheleuten haben können, wären beide nicht mit einem Dickschädel gesegnet. Das gegenseitige Vertrauen hatte arg gelitten und Bärbel war die Erste, die wortlos aufstand und das Wohnzimmer verließ. Gequält schaute Enno seiner Frau hinterher, überlegte kurz, ob er sie vielleicht doch ansprechen sollte, bekam die richtigen Worte aber nicht über die Lippen.

Als er die Wohnungstür ins Schloss knallen hörte, wusste er, dass Bärbel eine Runde um den Block drehen würde. Das tat sie immer, wenn sie sich akklimatisieren musste. Aber Enno konnte ihrem Spaziergang auch etwas Gutes abgewinnen, denn für ihn ergab sich unverhofft eine passende Gelegenheit, sich schnell noch einmal ungestört bei Mia Armbrüster zu melden. Vielleicht hatte sie ja ihren Doktorvater wegen des Nachholtermins der Kuratoriumssitzung inzwischen erreicht. Enno beschlich zunehmend das Gefühl, dass es jetzt schnell gehen musste. Die Baumann-Stiftung schien in ihren Grundfesten erschüttert. Das hatte sie mit seiner Ehe gemeinsam.

Sie hatte sich ihren selbst gestrickten Schal in mehreren Lagen um den Hals gewickelt und sich ihre Wollmütze tief in die Stirn gezogen. Die Wärme rund um ihren Kopf ließ Bärbel Schwerdtfeger einen Hauch von Geborgenheit spüren, die sie in den letzten zwei Stunden in ihrem eigenen Wohnzimmer schmerzlich vermisst hatte. Wie hatte es nur so weit kommen können? Das ganze Ausmaß hatten erst der Kommissar und seine junge Kollegin durch ihre gezielten Fragen aufgedeckt. Bärbel vertrat nach wie vor den Standpunkt, dass Enno in seinem krankhaften Enthusiasmus nur von außen gestoppt werden konnte, dass er nur aufhören würde, sich in die Belange des Jägereimuseums hineinzusteigern, wenn man ihm den Hahn zudrehen würde. Und wie hätte dies funktionieren sollen, wenn nicht durch die potenziellen Geldgeber selbst? Sie war der festen Überzeugung, richtig und im Sinne der Gesundheit ihres Mannes gehandelt zu haben, aber dass er in seiner Wut nun auch noch Justus in diese Angelegenheit hineinzog, das ging entschieden zu weit.

37. KAPITEL

Das hat mich heute viel Kraft gekostet, mein Schatz. Ich bin sehr müde, aber ich wollte dir wenigstens noch kurz berichten. Ich hätte es gerne mit Ruhe und Muße getan, so wie du es verdient hast, vielleicht sogar an unserem sicheren Ort, aber ...

Seine Augenlider fühlten sich schwer an, die Schulterpartie war verspannt und er hatte Schwierigkeiten, die richtigen Worte zu finden. Der Drang, alles aufzuschreiben und sich zu rechtfertigen, war übermächtig, aber seine Erschöpfung hatte ihn fest im Griff. Er würde einfach später weiterschreiben, wenn er sich ausgeruht hätte. Nachdem er den Stift in die Innentasche seiner Jacke gesteckt hatte, klappte er das edle Tagebuch behutsam wieder zu und strich sanft mit seinen kalten Fingerspitzen über den Wildledereinband. Bald hätte er auch dieses Büchlein bis auf die letzte Seite gefüllt und bald schon würde er es ihr persönlich vorbeibringen. Vorsichtig führte er das Tagebuch in eine Klarsichtfolie ein, um das empfindliche Wildleder nicht zu beschädigen, und öffnete dann das Handschuhfach über dem Fußraum der Beifahrerseite. Hinter dem Mäppchen mit allen wichtigen Papieren war das Buch für den Moment gut aufgehoben. Er hatte eigentlich noch einen letzten Gang für heute geplant, aber zuerst musste er sich dringend regenerieren. Die Fensterscheibe fühlte sich kalt an und Schneeflocken tanzten um ihn herum, als er die Augen schloss und den Kopf zur Seite neigte. Nur ein wenig dösen, das Eintreten in eine Tiefschlafphase galt es zu vermeiden. Dass er Herr der Lage blieb, hatte oberste Priorität.

»Ich muss gerade daran denken, dass meine Schwester Sigrid und ich noch immer eine Island-Rundreise im nächsten Jahr planen. Dann werden wir wohl auch viel Zeit in einem Auto bei kalten Außentemperaturen verbringen. Seien Sie mir nicht böse, aber ich muss mich eben mal von innen wärmen«, sagte Wim und nahm ungeniert seinen Flachmann aus der Arbeitstasche. »Außerdem bin ich todmüde und brauche einen Wachmacher.«

»Island muss wunderschön sein, und Prost. Dass Sie nach diesem Tag fertig sind, glaube ich Ihnen sofort. Ich halte mich übrigens auch nicht immer an alle Regeln«, entgegnete Rosalie und holte ihr Smartphone heraus.

»Nein? Ich dachte, Sie seien so eine Tausendprozentige, vielleicht mit wenigen Ausnahmen.« Wim nahm einen Schluck und warf einen Blick auf den Haupteingang des Naturhistorischen Museums. Zwischen den anderen parkenden Autos fiel ihr Dienstwagen kaum auf. Dass sich mittlerweile auf allen Autodächern eine Schneedecke gebildet hatte, war dabei zuträglich.

»Und von so einer Ausnahme mache ich jetzt mal Gebrauch. Degenhardt wollte mir allen Ernstes verbieten, mein Smartphone während der Observation zu benutzen. Wegen des auffälligen Kunstlichtes.«

»Hat der noch nie etwas davon gehört, dass man die Helligkeit bei solchen Geräten regeln kann?«

Rosalie schaute überrascht auf. »Herr Schneider, und das aus Ihrem Mund? Ich dachte, Sie stünden …«

»… mit der Technik auf Kriegsfuß? Die alte Leier? Na ja, das ist auch so. Aber was ich unbedingt wissen muss, das eigne ich mir dann schon an. Und solche Grundeinstellungen im Handy sind doch Basics. Wenn Sie mich fragen, geht es dem Flipchart-Affen doch nur darum, uns zu gängeln, wo er nur kann, und den Chef raushängen zu lassen. Deswegen muss sein Regelwerk noch lange nicht Sinn und Verstand haben.«

»Flipchart-Affe?« Rosalie prustete los.

»Von mir haben Sie das nicht.« Wim schaute erneut zum Museum. »Die Story, die uns Enno Schwerdtfeger vorhin berichtet hat, war ja durchaus interessant, oder? Erst mal hat der liebe Justus natürlich seine persönlichen Probleme, keine Frage. Und bei Bärbel Schwerdtfeger hat er sich offenbar immer ausgeheult. Aber sich aus reiner Nostalgie und Schwermütigkeit gegen so ein Modernisierungsprojekt zu stemmen? Wenn man Bärbel Schwerdtfegers Ausführungen Glauben schenken darf, dann müssen da wirklich große Gefühle eine Rolle spielen.«

»Und ihr Enno sieht das natürlich anders. Der denkt nicht an die, ich zitiere: ›Gefühlsduseleien dieses Weicheis‹, der denkt nur strategisch und befürchtet, dass Justus Bellinghausen es auf den Vorsitz im Verein abgesehen hat, falls Enno mit dem Projekt baden geht und sich dafür verantworten muss«, ergänzte Rosalie.

»Also ich bin zwar auch ein Mann, aber kein Klotz, wie ich immer so schön zu sagen pflege. Ich glaube, dass Bärbel diejenige mit dem besseren Gespür für die Situation ist. Wenn sie wirklich so gut mit dem Bellinghausen befreundet ist, wie sie es dargestellt hat, dann ist dieses kleine private Jägereimuseum für den armen Justus von sehr großer Bedeutung. Dann will er deswegen vermutlich keine Veränderung der Räumlichkeiten. Alles soll bleiben, wie es ist.«

»Das überzeugt mich gerade noch nicht so richtig.« Rosalie rümpfte die Nase.

»Sie haben doch gehört, wie sehr er offenbar alles romantisiert und sich in der Vergangenheit verliert. Seine Verlobte Diana war für ihn anscheinend die ganz große Liebe. Diesen Verlust hat er nie so richtig überwunden, und weil er das Museum mit ihr und der gemeinsamen Zeit verbindet, möchte er die Erinnerungen daran unbedingt erhalten. Stattdessen wäre es vermutlich gesünder, nach vorne zu schauen, anstatt immer zurück.«

»Ich weiß, glaube ich, gar nicht, wie sich das anfühlt«, überlegte Rosalie.

Wim warf ihr einen fragenden Blick zu. »Nach vorne schauen?«

»Nein, die ganz große Liebe.«

All die Jahre hatte das, was er als Freundschaft empfunden hatte, auf einem Pulverfass gefußt. Einem Pulverfass namens Georg Holthusen, das nun in die Luft geflogen war. Nachdem Georg ihn eiskalt mit seiner Sicht der Dinge konfrontiert und ihm das Messer auf die Brust gesetzt hatte, war er einfach gegangen. Unmittelbar danach war Franz Maria Baumann auf die Toilette im Erdgeschoss der Villa Valerien gehastet und hatte sich in einem Schwall übergeben. Minutenlang hatten ihn Krämpfe heimgesucht, bis er irgendwann entkräftet neben der Kloschüssel gesessen und sich den Mund mit Toilettenpapier sauber gewischt hatte. Die Magensäure brannte noch immer in der Speiseröhre nach, als er nun ermattet auf einem Stuhl im Konferenzzimmer der Stiftung Platz genommen und den Laptop vor sich aufgeklappt hatte. Seine Finger zitterten, als er die Schlagworte in die Suchmaschine eingab und nur Sekunden später die verschiedenen Artikel der Lokalpresse in den Onlinearchiven der Zeitungen angezeigt wurden. Von einem Jagdunfall mit Todesfolge war damals die Rede gewesen, weil eine junge Frau grob fahrlässig ihren Hochsitz während einer Jagd verlassen und durch den Wald gestreift war, und davon, dass die Staatsanwaltschaft die Ermittlungen irgendwann eingestellt hatte. Aber dass er, Franz Maria Baumann, den tödlichen Schuss abgegeben haben sollte, stand nirgends geschrieben, und sosehr er sich auch zu erinnern versuchte, war er sicher, dass er unmöglich der Todesschütze sein konnte. Immer und immer wieder hatte Georg ihm an jenem grauenvollen Tag vor 15 Jahren ins Gewissen geredet, dass man jetzt zusammenhalten und sich gegenseitig schützen müsse, für den Fall der Fälle. Und war es nicht auch Georg gewesen, der als Erster Franz und sich als frei von jeglicher Verantwortung bei der Polizei bezeichnet hatte? Redegewandt, wie er nun mal war, hatten die beiden Polizisten alles eins zu eins zu Protokoll genommen, Franz hatte Georgs Aussagen bestätigt und damit waren sie aus der Sache raus gewesen.

Franz klappte den Laptop wieder zu und sank in sich zusammen.

Im Ergebnis blieb die Erkenntnis, dass sein sogenannter Freund Georg ihn nach all den Jahren nun skrupellos erpresste. Sogar mit einer Anzeige hatte er Franz gedroht und mit einer neuen und bisher noch unbekannten Zeugenaussage.

Sie hielten ihn wohl für vollkommen blöd, aber sie hatten die Rechnung nicht mit ihm gemacht. Zu seinem Sicherheitscheck gehörte vor jedem seiner nächtlichen Besuche eine feste Abfolge, die es unbedingt einzuhalten galt. Genau wie bei den Zeremonien an seinem sicheren Ort. Er näherte sich dem Museum stets aus einer anderen Himmelsrichtung, mal kam er zu Fuß, mal mit dem Fahrrad, aber nie mit einem E-Scooter, den man nachverfolgen konnte. Das Auto nutzte er in dieser Gegend nur im Notfall. Zu auffällig war der grüne Geländewagen in der Stadt. Der gegenüberliegende alte Katharinen- und Garnisonsfriedhof mit seinen Grabsteinen, Bäumen und Gebüschen bot ihm ideale Verstecke, um den Museumsvorplatz genauestens zu inspizieren. Er kannte alle Überwachungskameras im öffentlichen Raum und an den Gebäuden und er wusste sie perfekt zu umgehen. Sein früherer Job bei einem Sicherheitsdienst hatte ihn gelehrt, worauf es in und um das Museum herum zu achten galt. Und als das Museum nach dem Auslaufen des Vertrages den Anbieter gewechselt hatte, war bei der Übergabe an das Nachfolgeunternehmen niemandem aufgefallen, dass er einen der Schlüssel nicht abgegeben hatte. Zwar sollte nach und nach auf elektronische Schlösser umgerüstet werden, die nur per Transponder zu öffnen waren, aber wie so oft bei öffentlichen Einrichtungen hinkte man dem Zeitplan eine halbe Ewigkeit hinterher. Er musste eben auch mal Glück im Leben haben, und so konnte er nun schon seit Jahren kommen und gehen, wann er wollte, und Brunonia und seine geliebten Präparate besuchen, wie es ihm beliebte. Außerdem bot ihm das Materiallager des Museums einen hervorragenden Bestand an Utensilien, die er für seine Zeremonien benötigte. Die einzige echte Herausforderung stellte jedoch jedes Mal die direkte Annäherung an das Gebäude dar. Die Kontrollzeiten des aktuell tätigen Sicherheitsdienstes schwankten und es hatte eine Weile gedauert, bis er die Zeitfenster kannte.

Die Reihe parkender Autos schräg vor dem Museum war ein weiteres Risiko. Hier konnte theoretisch immer jemand wegfahren und manche Fahrzeuge lösten ja auch Alarm aus, wenn man ihnen zu nahe kam. Daher hatte er immer sein kleines Reisefernglas dabei, um aus sicherer Distanz alles überprüfen zu können. Der bullige Mann hinter dem Steuer und vor allem die jüngere Frau neben ihm hätte er allerdings auch so ohne Probleme gesehen. Sie war offensichtlich mit ihrem Handy beschäftigt und sorgte für Lichtspiele im Wageninneren. Was für ein dilettantisches Vorgehen. Das Handy auszuschalten, gehörte stets zu seinen Standards, wenn er unerkannt bleiben wollte. Brunonia würde noch einmal warten müssen, stattdessen hatte das skurrile Pärchen im Auto sein Interesse geweckt. Sein Interesse und seine Alarmbereitschaft.

»Runter! Wir müssen uns wegducken.« Rosalie agierte blitzschnell und schob sich das leuchtende Handy unter den Oberschenkel.

Wim hatte Rosalies Beobachtung noch nicht nachvollziehen können, tat es ihr aber gleich und stieß frontal mit ihr zusammen, als beide zeitgleich versuchten, sich zur Mitte des Wageninneren zu drehen.

»Da vorne nähert sich jemand dem Museum«, wisperte Rosalie und hielt sich die Stirn. Wim Schneider hatte nicht nur einen dicken, sondern auch einen besonders harten Schädel.

Mit gekrümmter Haltung versuchte Wim, durch die Windschutzscheibe etwas zu erkennen, die aber nur wenige Minuten nach dem letzten Einsatz des Scheibenwischers schon wieder von einer Vielzahl Schneeflocken bedeckt war. »Ich kann nichts sehen.«

»Aber ich, durch die Seitenscheibe, er kommt näher. Bleiben Sie unten«, entgegnete Rosalie, der ihre Anspannung anzuhören war.

Wim überlegte nur für einen kurzen Moment. »Ich werde Sie jetzt küssen.«

»Bitte was?« Rosalie traute ihren Ohren nicht, aber schneller, als sie reagieren konnte, hatte Wim ihr Gesicht in die Hände genommen und drückte ihr einen langen Kuss unmittelbar neben ihren Mund. »Sind Sie wahnsinnig geworden?« Erst als Rosalie den Mann direkt vor ihrem Auto vorbeigehen und für einen Augenblick innehalten sah, kapierte sie, was Wim vorhatte. »Er glotzt uns an.« Rosalie schloss die Augen und verbarg ihr Gesicht hinter Wims aufgerichtetem Mantelkragen. Eine gefühlte Ewigkeit und doch nur wenige Sekunden verharrten sie in dieser Stellung, bis Rosalie sich traute zu blinzeln und die Gefahr gebannt schien.

»Er ist weitergegangen und nähert sich der Kreuzung in Richtung Geysostraße. Jetzt geht er zu einem Herrenfahrrad und jetzt ...«

»... fährt er vermutlich davon«, unterbrach Wim. »Wir haben zwei Optionen: auf Verdacht hinterher oder Stellung halten. Was meinen Sie?«

»Stellung halten.« Rosalies Antwort kam wie aus der Pistole geschossen.

Wim richtete sich schwerfällig auf. »Wollen Sie vielleicht auch ein Schnäpschen auf den Schreck?«

38. KAPITEL

Mittwoch, 3. Dezember

Nachdem sie während einer langweiligen Talkshow endgültig weggedämmert war, hatte Biggi die Nacht auf dem
Sofa verbracht. Träume, in denen Wim eine Rolle spielte,
waren ihr erspart geblieben, ihr erster Gedanke nach dem
Aufwachen galt aber schon wieder ihm. Das ungeplante
Aufeinandertreffen in Wettbergen hallte nach. Bei der Erinnerung an die Traurigkeit und die Scham, die sie in seinen
Augen ausgemacht hatte, drehte sich ihr Magen um. Da
war die erste Zigarette am frühen Morgen auch nur ein
unzulängliches Mittel, das Kummer dieser Art zwar kurzfristig benebeln, ihn aber nicht einfach ausmerzen konnte.

Ihr stand heute nicht mal der Sinn danach, ihre Italie-
nischkenntnisse zu verbessern oder wenigstens ein paar
Vokabeln zu wiederholen, und das wollte schon was heißen. Alles erinnerte sie an ihn. Obwohl Gewissen und
Zweifel an ihr nagten, war Biggi aber nach wie vor wild
entschlossen, nicht klein beizugeben und umzusetzen,
was sie gestern angekündigt hatte. Sie wollte sich vorerst
nur auf sich besinnen, sie wollte sich wiederfinden, hatte
sie doch zunehmend das Gefühl, sich selbst in den letzten Monaten irgendwo verloren zu haben. Wim war kein
kleiner Junge mehr, den sie betüddeln, geschweige denn
beaufsichtigen musste. Ihre innigen Gefühle für ihn hatten sie angreifbar, sie hatten sie verletzlich gemacht. Die

einst so toughe Biggi hatte sich zunehmend untergeordnet und sich nach den Belangen des Herrn Schneider ausgerichtet. Damit musste jetzt Schluss sein. Sie wollte wieder in den Spiegel gucken können, im Grunde wollte sie sich selbst wieder lieben. Wie lange hatte sie es sich eigentlich nicht mehr gutgehen lassen? Der Trip in den Harz war alles andere als erholsam gewesen. Und davor? Bella Italia im letzten Jahr und diesen Sommer Urlaub auf Balkonien und an Wims Krankenbett. Damit war jetzt Schluss. Entschlossen beugte Biggi sich nach vorne und kramte in einem Stapel Zeitschriften. Irgendwo musste sich die aktuelle Ausgabe dieses einen Stadtmagazins befinden. Und irgendwo hatte sie Werbung für diesen neuen Wellnesstempel im Pelikanviertel gesehen. Da würde sie jetzt einen Termin vereinbaren, dort würde sie sich das Rundum-Wohlfühlprogramm spendieren. In den sozialen Medien nannte man so was heutzutage wohl »Gönnung«.

Eve hatte ihr kurz nach Mitternacht und ihrer Ablösung vor dem Naturhistorischen Museum eine Nachricht aufgesprochen. Sie war noch mit Freunden in einer Cocktailbar in der Innenstadt und sie hatte Rosalie sehr direkt und mit lasziver Stimme wissen lassen, dass sie jetzt noch Lust darauf hätte, von ihr verwöhnt zu werden. Yves hingegen hatte seine Ankündigung, sich bei Rosalie zu melden, nicht wahr gemacht und Wim und sie in Ruhe gelassen. Ruhe war auch genau das, wonach sich Rosalie nach diesem sehr langen Arbeitstag am meisten gesehnt hatte, und so war Eve vertröstet und über Yves nicht länger nachgedacht worden. Ohne viele Gedanken an die erfolglose Observation zu verschwenden, aber mit einem Schmunzeln im Gesicht, weil Wim Schneider und sie sich im wahrsten Sinne angenähert hatten, war sie schnell in einen Tiefschlaf gefallen. Als der Wecker sie am frühen Morgen nach entschieden zu wenig Erholung wieder erwachen ließ, wäre sie liebend gerne einfach liegen geblieben, aber ihr Pflichtbewusstsein beförderte sie nach einem ausgedehnten Gähn- und Streckmanöver aus den warmen Federn. Rosalie kannte diese Phasen in ihrem Arbeitsleben, wenn alles auf Hochtouren lief, und konnte damit grundsätzlich gut umgehen. Sie wollte sich lieber nicht ausmalen, wie es dem deutlich älteren Wim Schneider gehen musste, der am Abend im Auto schon mehrfach weggenickt war. Und sie war der festen Überzeugung, dass er sich schlafend gestellt hatte, als sie nach Biggi Höfgens Einstandsgeschenk gefragt hatte.

Mit einem doppelten Espresso vor der Nase saß Rosalie nun an ihrem Küchentisch und wartete darauf, dass die Wirkung des Koffeins ihr den entscheidenden Kick verpassen würde. Erinnerungen an gesellige Frühstücksrunden mit Mads flammten auf. Sie würde versuchen, nach Feierabend wieder bei ihm vorbeizuschauen. Die Sorge um seinen Gesundheitszustand bedrückte sie nach wie vor, der Drang, sich rund um die Uhr um ihn kümmern zu müssen, hatte sich aber ein wenig gelegt. Sie wusste ihn in guten Händen und dass Jan und Dr. Weissensee sich umgehend bei ihr melden würden, falls erforderlich. Was das Verschwinden von Christina Pannier betraf, nagte das schlechte Gewissen an Rosalie. Von Herzen gerne würde sie Burkhard und den Kindern eine erlösende Nachricht zukommen lassen, einen Hinweis, irgendetwas, was ihre Situation erträglicher machte, aber sie tappten nach wie vor im Dunkeln. Als Rosalies Handy klingelte, schreckte sie auf und erblickte eine unbekannte Nummer auf dem

Display. Sosehr ihr in diesem Augenblick ein Telefonat widerstrebte, so sehr war ihr bewusst, dass während einer laufenden Ermittlung jeder Anruf wichtig sein konnte. Also gab sie sich einen Ruck und setzte sich aufrecht hin.

»Helmer!«

»Guten Morgen, Frau Helmer, hier spricht Schwerdtfeger. Bitte entschuldigen Sie die frühe Störung, aber offenbar erwische ich Sie schon im Büro?«

»Frau Schwerdtfeger, guten Morgen. Im Büro nicht, aber ich habe mein Diensttelefon auf das Handy umgeleitet. Was kann ich für Sie tun?«

»Ach, wissen Sie, das war ja alles doch sehr unschön zwischen meinem Mann und mir gestern. Tut mir leid, dass das so gelaufen ist. Das hat mich die ganze Nacht beschäftigt.«

»Sie müssen sich bei mir nicht entschuldigen. Solche Situationen können entstehen.«

»Das ist nett, dass Sie das sagen. Na ja, jedenfalls ist es mir sehr unangenehm, dass mein Mann sich so verhalten hat. Er steht gehörig unter Druck.«

»Das verstehe ich, Frau Schwerdtfeger.« Rosalie verdrehte die Augen und ahnte, dass dies eines der Gespräche werden könnte, bei denen es nur um persönlichen Zuspruch, nicht aber um wesentliche Inhalte gehen würde.

»Dass Enno, also dass mein Mann dann den Justus aber so dermaßen durch den Kakao gezogen hat, das war zu viel des Guten!«

»Frau Schwerdtfeger, Ihr Mann war sicherlich erzürnt, aber es waren ja auch viele neue Informationen für ihn und er hat seinen Standpunkt genauso vorgetragen wie Sie Ihren«, versuchte Rosalie zu schlichten.

»Gut, wenn Sie das so sehen, dann bin ich ja beruhigt. Der Justus ist so eine liebenswerte und hilfsbereite Person.

Ich möchte einfach vermeiden, dass ein Freund von mir zwischen die Fronten gerät, nur weil mein Mann und ich da ein Problem haben. Werden Sie mit Justus auch sprechen?«

»Das werden wir sehen«, hielt Rosalie sich bedeckt und wurde das Gefühl nicht los, dass die Eheleute Schwerdtfeger noch einiges unter sich zu klären hatten.

»Eine Sache möchte ich Ihnen dann aber doch noch mitteilen«, erklärte Bärbel Schwerdtfeger und holte hörbar Luft. »Haben Sie etwas zu schreiben?«

»Moment«, entgegnete Rosalie und bemühte sich, nicht genervt zu klingen. »Ich hole mal eben Zettel und Stift.«

»Sehr gut, Frau Helmer, schreiben Sie auf jeden Fall mit. Sie werden gleich merken, dass mein Mann seit geraumer Zeit etwas gegen Justus hat!«

Mia Armbrüster hatte einen ruhigen Besprechungsraum am Ende des Büroflurs gewählt und ein paar Getränke bereitgestellt. Ihr war mulmig zumute, denn schon wieder würde sie die Polizei im Haus haben. Yves Degenhardt persönlich hatte sich angekündigt, um alle Mitarbeiterinnen mit einer Zugangsberechtigung zum Schlangenterrarium zu befragen. Ob dieser Albtraum irgendwann ein Ende nehmen würde? Mit einem kritischen Blick ging sie noch einmal um den Tisch herum und kippte ein Fenster, um zu lüften.

»Mia, kann ich kurz stören?« Lilo Jaschek, studentische Hilfskraft im dritten Semester, war in der Tür erschienen.

»Natürlich, komm rein. Was ist los?«

»Ich bin mir nicht ganz sicher, aber eigentlich schon«, begann die Studentin zögernd.

»Komm, setz dich hin.« Mia Armbrüster zeigte auf einen der Stühle, die sie gerade erst in Reih und Glied gerückt hatte.

»Danke«, entgegnete Lilo und nahm Platz. »Also ich war gerade im Labor, also genauer gesagt im Materiallager, wegen meiner Versuchsreihe.«

»Ja?« Mia schaute die junge Frau fragend an und faltete die Hände auf ihrem Schoß.

»Ich brauchte Formalin. Und du weißt ja, dass wir das in diesen großen Kanistern lagern.«

»Im Chemikalienschrank, genau.«

»Also du hast mir ja damals gesagt, dass ich immer darauf achten soll, alles ganz fest und ordnungsgemäß zu verschließen. Aber bei diesem Kanister war der Schraubverschluss verkantet.«

»Ich kann dir gerade nicht ganz folgen, Lilo.«

»Na ja, wir haben ja diese Liste, in der wir immer eintragen, wer wann welche Chemikalien in welcher Menge entnommen hat.«

Mia Armbrüster nickte. »Richtig.«

»Ich war die Einzige, die in den letzten Tagen mehrfach nacheinander Formalin entnommen hat. Und ich bin mir zu 100 Prozent sicher, dass ich den Kanister immer korrekt verschlossen habe. Ich kontrolliere das immer zweimal, weil Direktor Reichert doch so viel Wert darauflegt, dass wir ordentlich arbeiten.«

»Womit er absolut recht hat, denn beim Umgang mit Chemikalien ist Sorgfalt das oberste Gebot«, bestätigte Mia Armbrüster, während sie wieder einmal zu schwitzen begann. »Es ist gut, dass du mir das gemeldet hast.«

»Ich dachte, dass das wichtig sein könnte, wegen Brunonia und dem Finger.«

»Absolut richtig. Wir müssen allen Unregelmäßigkeiten im Museum nachgehen. Bitte fasse jetzt im Materiallager nichts mehr an und mache einen Aushang, dass der Zutritt vorübergehend verboten ist. Ich informiere die Kripo, die kommt eh gleich vorbei.«

Gitte setzte zum großen Gymnastikfinale an und drehte ihre Arme wie ein verunglückter Helikopter im Kreis. Ob sie schon am Morgen etwas getrunken hatte? Womöglich heimlich? Georg Holthusen zog die Stirn in Falten und nippte an einem Kaffee, während er seine Frau bei ihrem Morgenritual durch die Fensterscheibe beobachtete. Nach seinem Triumph war er gestern Abend so gut gelaunt wie lange nicht mehr nach Hause gekommen, hatte Gitte in den Arm genommen, sich entschuldigt und ihr berichtet, dass er sich auch mit Franz ausgesprochen habe. Dankbar hatte Gitte ihren Kopf an seine Schulter gelehnt, kurz gehickst und war dann ins Bett getorkelt. Schlafend war sie Georg am sympathischsten, allerdings brauchte er sie ab sofort auch in wachem Zustand an seiner Seite. Anderen Skandale vorhalten, aber selbst damit belastet zu sein, das passte nicht zusammen. Also würde er über seinen eigenen Schatten springen und Gitte einfach gewähren lassen, um sie damit ruhigzustellen. Vielleicht war sie mit einem gewissen Grundpegel sogar besser zu händeln, als wenn er sie ständig wegen ihres Alkoholkonsums anzählen und zurechtweisen musste. Sie bei Laune zu halten, aber immer ein Auge auf sie zu haben, schien der goldene Mittelweg zu sein. Bei repräsentativen Terminen würde er sie einfach zu Hause lassen und sie wegen ihrer allgemein bekannten Atemwegserkrankung entschuldigen.

Jetzt musste Franz lediglich alles offiziell in die Wege leiten, aber das war nur eine Frage der Zeit. Er kannte ihn in- und auswendig und dem Druck, dem Franz nun ausgesetzt war, würde er niemals standhalten. Nun musste nur noch eine Person in diesem Spiel Wort halten. Aber das stand nicht in Georgs Macht.

»Prost, Gemeinde, ich trinke für euch alle!«

Wim hob eine Tasse Tee in Richtung der Spirituosen, die genauso auf seinem Küchentisch standen, wie Biggi sie demonstrativ platziert hatte, und nahm einen Schluck gegen die Magenbeschwerden, die ihn noch immer plagten. Ein Kater, der über zwei Tage anhielt, war ihm nicht unbekannt, aber der letzte war tatsächlich schon etwas länger her. Vielleicht hätte er die beiden kleinen Schnäpse während der Observierung doch sein lassen sollen. Heute würde der Morgen mit einem Gang in die Münzstraße beginnen und wie so oft war Wim spät dran. Nachdem er gestern seinen Dienst erst um Mitternacht beendet hatte, war er aber der Auffassung, dass ihm eine gewisse Erholungsphase zustand und er sich ruhig Zeit lassen konnte.

Wim dachte nach. Zwei Städte, ein Verbrechen? Der Verdacht, dass der Vermisstenfall Luise Janßen etwas mit Hannover und Braunschweig zu tun hatte, drängte sich förmlich auf. Erinnerungen an den Gaußberg-Fall. Obwohl sie ursprünglich auch der Frage nachgegangen waren, ob die Mäzenin ein weiteres Opfer des Mörders von Isabell Gessner sein könnte, gab es hierfür erst mal keine Indizien und erst recht keine zerstückelte Luise Janßen. Es gab diese zwei Museen, die in beiden Fällen plötzlich eine Rolle spielten. Zufall? Wim versuchte, mögliche Zusammenhänge zu erkennen, wurde aber aus seinen Gedanken gerissen, als sein Handy klingelte und einen Anruf von Yves Degenhardt ankündigte. Den gab es ja auch noch und laut Display war er bereits im Büro.

»Schneider!«

»Degenhardt, guten Morgen. Ich wollte mich nach dem gestrigen Abend erkundigen und danach, wo Sie bleiben? Ich muss gleich ins Naturhistorische Museum und es wäre schon schön, wenn ich meine Mitarbeiter noch mal zu Gesicht bekäme.«

»Guten Morgen. Also Frau Helmer und ich hätten es ja schön gefunden, wenn Sie Wort gehalten und sich gestern Abend mal bei uns gemeldet hätten«, konterte Wim zur Begrüßung. »Dann wären Sie bereits im Bilde, dass nichts Spektakuläres passiert ist. Und was mich und meine Anwesenheit angeht: Ich bin praktisch schon unterwegs, bitte aber um Ihr Verständnis, dass ich nach diesem langen Tag gestern eine halbe Stunde länger brauche. Das ist doch auch sicher im Sinne Ihrer Fürsorgepflicht, oder? Die gehört ja auch zum Beamtenrecht, in dem man nicht nur Pflichten, sondern auch Rechte hat.«

»Mein Handy ist gestern Abend leider kaputtgegangen, ich habe mich aber gleich heute Morgen um Ersatz gekümmert«, erwiderte Yves Degenhardt und Wim war überrascht, dass weder Beschimpfungen noch ein sonst wie gearteter Redeschwall auf ihn niederprasselten.

»Das kann ja jedem Mal passieren, Herr Degenhardt. Hat denn die zweite Schicht vor dem Museum noch was erlebt?«, erkundigte sich Wim und gab sich allergrößte Mühe, keine weiteren Spitzen zu verteilen.

»Fehlanzeige. Am Abend geht es dann weiter. Achten Sie heute bitte möglichst auf einen frühen Feierabend, damit Sie noch eine ausgedehnte Pause machen können. Ich habe eine Doppelschicht für Frau Helmer und Sie geplant.«

»Eine Doppelschicht?« Wim zog die Augenbrauen hoch.

»Jawohl. Heute sind Sie ab Mitternacht dran und lösen die Kollegen ab. Das sollte ja wohl kein Problem sein, oder?«

39. KAPITEL

Bärbel Schwerdtfeger hatte geduldig gewartet, bis Enno das Haus verlassen hatte. Mit ihrem Anruf bei Kommissarin Helmer hatte sie sich unmittelbar danach nicht nur ein wenig Luft verschafft, sondern den ganzen Sachverhalt vervollständigt. Jetzt musste sie nur noch Justus erreichen, den sie unbedingt über gestern Abend informieren und vorwarnen wollte. Nicht auszudenken, was das mit seinem sensiblen Gemüt machen würde, wenn plötzlich die Polizei vor seiner Haustür stand. Gestern Abend war sie erfolglos geblieben, bis ihr irgendwann eingefallen war, dass Justus ihr etwas von einer Abendveranstaltung im Studienkreis berichtet hatte. Als sie nun feststellen musste, dass sein Handy immer noch ausgeschaltet war, machte sich Enttäuschung in ihr breit. Bärbel schaute auf ihre Armbanduhr und überlegte. Justus schlief vermutlich noch, so einfach war das. Kurzerhand entschied sie sich, ihm einfach eine WhatsApp-Nachricht zu senden und ihn auf diesem Wege zu bitten, sich doch bitte dringend bei ihr zu melden. Dank der durch zwei blaue Häkchen angezeigten Lesebestätigung würde sie mitbekommen, wenn er wach war.

Enno und sie hatten getrennt geschlafen. Freiwillig hatte er mit der Couch im Wohnzimmer vorliebgenommen und ihr das Ehebett überlassen. Ansonsten war sie eigentlich diejenige, die nachts auszog, um Ennos Schnarchtiraden zu entfliehen. Dass er dieses Mal aus dem Schlafzimmer ausgezogen war, deutete darauf hin, dass er zumindest ansatzweise ein schlechtes Gewissen hatte. Auch sie hatte immer wieder gehadert und war mehrfach kurz davor gewesen, zu ihm zu gehen, um dann aber doch ihren eigenen Stolz siegen zu lassen und sich anders zu entscheiden.

Heute Morgen hätte es dann vielleicht eine zaghafte Annäherung der gekränkten Eheleute geben können, hätte Enno nicht schmallippig erwähnt, dass es nun in diesem Jahr definitiv keine Kuratoriumssitzung mehr geben würde und Bärbel sich ja jetzt freuen könne. Schon der Tonfall, den er gewählt hatte, um ihr diese Neuigkeiten mitzuteilen, hatte Bärbel verdeutlicht, dass Enno ihr eine gewisse Schadenfreude unterstellte. Und es hatte Bärbel vor Augen geführt, dass ihr Mann stur blieb und nichts aus dem Gespräch mit der Polizei gelernt hatte. Auf ihre Frage hin, woher er dieses Wissen denn plötzlich habe, hatte er berichtet, gestern noch einmal mit Mia Armbrüster telefoniert zu haben. Natürlich! Mit wem auch sonst? Wie der Zufall es so wollte, hatte diese kurz zuvor einen entsprechenden Anruf ihres Doktorvaters erhalten, den wiederum eine Information von Franz Baumann aus Hannover erreicht hatte. Bärbel hatte sich einem Anflug von innerer Genugtuung in der Tat nicht verwehren können. Dass Enno sein Ding aber nach wie vor so verbissen und rücksichtslos durchzog und weiterverfolgte, ließ sie alles andere als kalt. Gedankenversunken schaute sie aus dem Fenster. Der Schneefall hatte über Nacht aufgehört, aber die Gegend rund um den historischen Wasserturm in eine wunderschöne Winterlandschaft verwandelt. Der Himmel riss allmählich auf und erste blaue Flecken kamen zwischen den Wolken zum Vorschein. So mochte Bärbel diese Jahreszeit am liebsten, und nachdem sie gestern Abend schon die beruhigende Wirkung eines Spaziergangs für sich in Anspruch genommen hatte, fasste sie einen Entschluss. Sie würde sich heute Vormittag warm einpacken und quer durch die Stadt bummeln. Vielleicht würde sie irgendwo einkehren und eine Kleinigkeit essen oder sich etwas auf dem Weihnachtsmarkt kaufen. Und nach einer kleinen Stärkung würde sie zu Justus spazieren. Ein Besuch des Freundes bei ihr zu Hause, so wie Bärbel es eigentlich geplant hatte, schien in weite Ferne zu rücken. Niemals würde Enno dies gutheißen, im Gegenteil, er würde toben. Aber vielleicht konnte Bärbel ja den Spieß einfach umdrehen, Justus aufsuchen, ihn über gestern Abend persönlich ins Bild setzen und Enno das dann am Abend aufs Butterbrot schmieren. Was er konnte, konnte sie schon lange. Ob Justus sich vielleicht über eine Tüte gebrannte Mandeln freuen würde, oder doch eher über eine Platte Zuckerkuchen als Wink mit dem Lattenzaun, dass dies ein richtiger Kaffeeklatsch zwischen Freunden werden könnte? Bärbel lächelte zufrieden vor sich hin. Ihr würde schon etwas einfallen.

»Ist der Chef aus dem Haus, tanzen die Mäuse auf dem Tisch.«

Wim lehnte sich gemütlich auf seinem Küchenstuhl zurück und verschränkte die Hände hinter dem Kopf. Neuerdings nutzte er immer häufiger den Lautsprecherknopf seines Handys und fand die Möglichkeit des freien Sprechens durchaus praktisch.

»Ist es nicht die Katze?«, fragte Rosalie nach, die er bereits im Büro erreicht hatte.

»Auch die. Unterm Strich können wir jedenfalls heute weiterhin unser Ding durchziehen und machen, was wir wollen. Wir könnten es zum Beispiel noch mal bei Justus Bellinghausen versuchen. Was meinen Sie?«

»Degenhardt ist gerade zur Tür raus, hat betont, dass er

nun wirklich nicht länger auf Sie warten könne, und dürfte wegen der Befragungen im Naturhistorischen Museum nicht vor dem Mittag, vielleicht sogar nicht vor Nachmittag, wieder reinkommen. Wir könnten tatsächlich losziehen. Was er nicht weiß …«

»Soll er doch betonen, was er will, Hauptsache, er lässt uns in Ruhe«, unterbrach Wim und nahm wohlwollend zur Kenntnis, dass er Rosalie für seine Idee gewinnen konnte. »Ich hatte heute schon die Ehre eines frühen Anrufes von ihm und dabei auch deutlich gemacht, warum ich noch nicht im Büro bin. Hat er Ihnen denn Arbeitsaufträge erteilt, die einer Stippvisite bei Bellinghausen entgegenstehen? Ich will Sie ja auch nicht in Schwierigkeiten bringen.«

»Ich soll mir weiterhin das nähere Umfeld von Isabell Gessner anschauen. Daher wollte ich mir eigentlich den Affenfelsen vornehmen. Aber nach den neuesten Informationen von Bärbel Schwerdtfeger muss das vielleicht noch einen Augenblick warten. Sie werden staunen, was ich Ihnen jetzt noch berichten werde.«

Wim richtete sich auf und nippte an seinem Tee. »Nun machen Sie es mal nicht so spannend, Frau Kollegin.«

»Ich nehme an, Sie sitzen schon?«, erkundigte sich Rosalie und schien Spaß daran zu haben, die Spannung noch ein wenig in die Länge zu ziehen.

»Ich könnte höchstens seitlich vom Stuhl fallen, der hat nämlich keine Armlehnen, aber gegebenenfalls falle ich recht weich, denn um mich herum stehen überall noch Umzugskartons«, entgegnete Wim schlagfertig.

»Dann halten Sie sich wenigstens an der Tischkante fest. Und nachdem ich Sie auf den neuesten Stand gebracht habe, hole ich Sie auf dem Weg zum Eichtal zu Hause ab.«

»Eichtal?«

»Ja, ich hatte heute Morgen nicht nur einen äußerst aufschlussreichen Anruf von Bärbel Schwerdtfeger, heimlich, während Enno im Bad war, sondern habe bei der Gelegenheit auch noch ausgebügelt, was uns beiden gestern durchgerutscht ist.«

»Aha! Und was soll das sein?« Wim war ein wenig verdutzt.

»Na, Justus' Adresse und Telefonnummer! Da wir uns im Eifer des Gefechts bei den Schwerdtfegers gar nicht nach Bellinghausens Kontaktdaten erkundigt haben, hat es sich angeboten, Bärbel direkt am Telefon danach zu fragen. Und stellen Sie sich das mal vor, er wohnt zwei Häuser neben unserem Hundezeugen Detlef Konopke am Leibnizplatz.«

Yves Degenhardt machte mit seinem Handy ein paar Fotos, bevor er die Kriminaltechniker in das Materiallager des Museums orderte.

»Ich muss schon sagen, Frau Jaschek, da haben Sie wirklich sehr gut aufgepasst. Mir erschließen sich die Zusammenhänge noch nicht ganz, aber es bestätigt den Gesamteindruck, dass in diesem Laden etwas nicht stimmt.«

Lilo Jaschek schaute verunsichert zu Mia Armbrüster. »Kann ich denn jetzt gehen, ich müsste noch …«

»Jaja, Sie können erst mal gehen, Ihre Kontaktdaten sind hier bekannt, nehme ich an?«, unterbrach Yves Degenhardt und hielt den Blick auf den verdächtigen Formalinkanister gerichtet.

Mia Armbrüster räusperte sich und nickte zustimmend in Lilos Richtung. Die junge Frau warf ihr einen dankbaren Blick zu und verließ den Raum.

»Herr Degenhardt, wie geht es denn jetzt weiter?«

»Nun ja, Frau Armbrüster, wir werden versuchen, hier Spuren zu sichern, und ich werde bei den Befragungen Ihrer Belegschaft diesen Kanister wohl thematisieren müssen. Ich will mir hinterher nicht nachsagen lassen, dass die Polizei nicht jedem noch so kleinen Hinweis nachgegangen ist. Ich halte Ihre Studentin für glaubwürdig. Wenn sie sich ihrer Sache nicht absolut sicher gewesen wäre, hätte sie Ihnen den verkanteten Schraubverschluss wohl kaum gemeldet.«

»Das ist sicher richtig«, bestätigte Mia Armbrüster, die Mühe hatte, bei der Sache zu bleiben, malte sie sich in ihrer Fantasie doch bereits die nächsten reißerischen Schlagzeilen aus, die die Presse über die neueste Ungereimtheit im Museum bringen würde. Dagegen war der Umstand, dass Yves Degenhardt ihre Arbeitsstätte abwertend als »Laden« bezeichnet hatte, womöglich nur eine Kleinigkeit. »Ich bin aber wirklich unsicher, ob das hier etwas mit dem Finger im Terrarium zu tun hat.«

»Das gilt es herauszufinden. Einen Finger auf so ungewöhnliche Art und Weise zu entsorgen und sich gleichzeitig an Konservierungsstoffen zu bedienen, steht ja erst mal im Widerspruch zueinander«, stellte Yves Degenhardt fest.

»Ich weiß genau, was Sie meinen«, bestätigte Mia Armbrüster. »Vernichtung versus Ewigkeit.«

»Ich hätte es nicht schöner ausdrücken können. Warum hat sich also jemand heimlich an dem Kanister bedient? Uns fehlen auch noch ein paar Leichenteile«, murmelte Yves Degenhardt vor sich hin und drehte sich direkt zu seiner Gesprächspartnerin. »Sagen Sie, kann eigentlich jeder immer und überall Formalin kaufen?«

Mia Armbrüster schüttelte entschieden den Kopf. »Nein, nein, so einfach ist das nicht. Vor allem nicht in dieser Größenordnung. Meinen Sie ... oh mein Gott!«

»Bleiben Sie ruhig, ich muss alle erdenklichen Theorien durchgehen, aber solange wir keine Beweise haben, sind es halt auch nur Theorien. Also, wie läuft das denn mit dem Kauf von Formalin?«

Mia Armbrüster war blass geworden. »Natürlich, das verstehe ich. Also Formalin ist ein Gefahrstoff. Üblicherweise wird so eine chemische Lösung nicht ohne Weiteres an Privatpersonen abgegeben.«

»Verstehe, also kann man nicht mal einfach so in die Apotheke marschieren und Formalin kaufen?«

»Ganz so tief im Thema stecke ich gerade nicht. Ich kann unsere Chemiker oder die Kollegen in der Materialbeschaffung gerne nach den aktuellen Regelungen fragen. Aber zu meiner Zeit als Studentin war das so, dass Privatpersonen Formalin nur in einer Apotheke beziehen konnten, wenn sie einen Gefahrstoffabgabebeleg ausgefüllt haben, bei dem mit Unterschrift bezeugt werden muss, dass die Chemikalie nur für bestimmt Zwecke verwendet wird.«

Yves Degenhardt nickte. »Na, wenn das kein Grund ist, sich heimlich an einem Formalinkanister zu bedienen, wenn man keine Spuren hinterlassen will.«

»Da haben Sie recht. Zumal es eine kleine, eher unauffällige Menge gewesen sein muss, die abgeknapst wurde.«

Yves Degenhardt zog die Augenbrauen noch oben. »Woher wissen Sie das so genau?«

»Na ja, weil wir über die Entnahmen der Chemikalien Buch führen. Eine größere Menge wäre damit aufgefallen und hätte auch zeitlich eingegrenzt werden können. Eine sehr kleine Menge, die nicht in die Liste eingetragen wurde, bemerkt niemand.«

»Was bedeutet, dass unser Täter sogar mehrfach hier gewesen sein könnte, um diese Quelle unauffällig anzuzapfen, und was auch bedeutet, dass er womöglich wiederkommt«, schlussfolgerte Yves Degenhardt.

»Wiederkommt?« Mia Armbrüster stöhnte auf. »Ich glaube, ich muss mich setzen.«

Eine schlaflose Nacht hatte Spuren bei Franz Maria Baumann hinterlassen. Mit dunklen Augenrändern saß er am Esstisch und versuchte sich auf die Inhalte der Tageszeitung zu konzentrieren, die er kurz zuvor aus dem Briefkasten gefischt hatte. Über das Anziehen seines weißen Frottee-Bademantels und das Aufbrühen einer Kanne Kaffees war er bislang nicht hinausgekommen, und sosehr er sich auch bemühte, die Berichte über eine schwächelnde Frankfurter Börse wollten in seinem Gehirn weder richtig ankommen noch verarbeitet werden. Neben der ausgeprägten Müdigkeit hatten sich Wut und Enttäuschung in ihm breitgemacht und die Sorgen um seine verschwundene Schwester vorerst in den Hintergrund rücken lassen. Die alles dominierenden Gedanken galten jedoch jenem Treffen der Jägerschaft damals, aus dem ihm nun jemand einen Strick zu drehen versuchte. Das Büchsenlicht war grenzwertig gewesen. Das Unbehagen, das Franz Maria Baumann an jenem verhängnisvollen Abend im Lappwald verspürt hatte, holte ihn jetzt wieder ein. Die Dämmerung so weit fortgeschritten, dass auch erfahrende Jäger wie er das Ziel durch Kimme und Korn kaum noch hatten erkennen können. Großzügig verteilt auf verschiedenen Hochsitzen in einem ihm fremden Revier war ein Abbruch der Jagd jedoch ausgeschlossen, zu groß der Ehrgeiz, das edle Wild als Erster zu erwischen. Flüchtige Schatten zwischen den Bäumen, Mensch oder Tier? Ein leises Knacken aus dem Unterholz, sonst Stille. Seite an Seite mit Georg, den

Finger am Abzug, die innere Anspannung schier unerträglich. Plötzlich die Spitze des Geweihs im Dickicht, dann zwei gezielte Schüsse, spontan, ohne zu zögern, zeitgleich. Aufgeschreckte Vögel, die zu Scharen aus den Baumkronen geflüchtet waren. Plötzlich ein weiterer Schuss, vermeintlich aus der Ferne und doch so nah, gefolgt von einem gellenden Aufschrei, der den beiden Freunden durch Mark und Bein gegangen war. Erst Schockstarre und dann der ängstliche Blick zu Georg, sein Jagdgewehr noch immer im Anschlag. Wehlaute, herzzerreißend, und die intuitive Entscheidung, den Hochsitz sofort zu verlassen, um zu Hilfe zu eilen. Die Kameraden waren vor ihnen eingetroffen und standen wie angewurzelt auf der kleinen Lichtung. Überall Blut, der leblose Körper einer jungen Frau und über ihr gebeugt der verzweifelte Mann, den sie heiraten wollte.

Franz' Augenlider begannen zu flattern. Den Nagel des rechten Daumens bohrte er in die rauen, wulstigen Hautschichten seiner Zeigefingerkuppe, bis der einsetzende Schmerz ihn in die Gegenwart dieses kalten Dezembermorgens zurückholte. Die junge Frau war auf der Stelle tot gewesen.

40. KAPITEL

Sorgenvoll kratzte Bärbel Schwerdtfeger sich unter dem Saum ihrer Wollmütze und musste zur Kenntnis nehmen, dass sich ihr Haaransatz feucht anfühlte. Immer weniger konnte sie sich gegen die innere Unruhe wehren, die ihr zuzusetzen begann. Justus war gewiss nicht immer leicht zu erreichen, was in erster Linie seinen verschiedenen Jobs zu unregelmäßigen Zeiten zu verdanken war, wie er stets betonte. Aber normalerweise meldete er sich immer verlässlich zurück, sobald er einen Anruf oder eine Nachricht verpasst hatte. Dieses Mal rührte er sich jedoch nicht. Die Häkchen bei WhatsApp wurden einfach nicht blau und ein weiterer Versuch, ihn an diesem Vormittag direkt ans Telefon zu bekommen, schlug ebenfalls fehl. Eigentlich war Bärbel ja gut zu Fuß, aber in ihren warmen Winterklamotten zog sich der Weg quer durch die City doch ganz schön in die Länge. Bereits auf Höhe des Rizzi-Hauses war ihr das erste Mal beinahe die Puste ausgegangen. Ob sie es wohl zu eilig angegangen war? Außerdem drückten ihre Stiefel. Vermutlich hätte sie nicht zwei Paar Socken übereinanderziehen sollen. Daher hatte sie auf halber Strecke eine erste Pause eingelegt und gehofft, ihren Freund doch noch zu erwischen, ihm endlich von dem Verhör zu berichten und ein spontanes Kaffeetrinken irgendwo in der Mitte zwischen ihren Wohnungen vorzuschlagen. Enttäuscht verstaute sie nun ihr Handy in der Handtasche, zog sich ihre Handschuhe wieder an und überquerte die Straße in Richtung Rathaus. Dann also doch zurück zu ihrem ursprünglichen Plan: erst eine Mittagspause auf dem Weihnachtsmarkt, dann ein kleines Präsent für Justus und dann eine Stippvisite bei ihm zu Hause. Die Bewegung konnte ihr sicher nicht schaden, sie würde es einfach etwas gemütlicher angehen lassen und konnte notfalls jederzeit mit Bus und Trambahn heimwärts fahren. Sollte sie ihn nicht antreffen, könnte sie ihm noch immer etwas vor die Tür stellen. Nur eine kleine Geste als Zeichen ihrer Freundschaft, die ihr wirklich etwas bedeutete. Und waren es nicht auch die kleinen Gesten, die eine echte Freundschaft ausmachten?

Rosalies Aufbruch aus dem Büro hatte sich verzögert. Die aktuellen Geschehnisse im Naturhistorischen Museum hatten die Aufmerksamkeit von Yves Degenhardt und der Kriminaltechnik auf sich gezogen, und so war es wenig verwunderlich, dass der Chef sich in aller Ausführlichkeit bei ihr gemeldet hatte. Seinem Bericht war dann ohne Umschweife eine Abfrage ihrer Rechercheergebnisse zu den Lebensumständen der ermordeten Isabell Gessner sowie der Anwesenheit von Wim Schneider gefolgt. Anscheinend zu seiner Zufriedenheit hatte Rosalie beide Fragen beantwortet, denn plötzlich hatte der Chef es eilig gehabt, immerhin war er mit seinen angesetzten Befragungen im Museum schon in erheblichem Verzug. Dass Rosalie Wim mit einem Gang auf die Toilette entschuldigt hatte, entsprach zwar einer Notlüge, aber wenigstens einer, die mit Blick auf seine Krankengeschichte glaubwürdig war. In Wahrheit hatte Wim sich auf Rosalies Vorschlag eingelassen und wartete in der Fuchstwete auf sie. Dem älteren Kollegen diese verlängerte Ruhephase einzuräumen, fühlte sich nicht nur gut an, Rosalie ahnte auch, dass sie sich bei der in Aussicht stehenden Doppelschicht mit einem ausgeruhten Wim Schneider an ihrer Seite vermutlich selbst einen Gefallen tat. Sie konnte ihn schließlich nicht schon wieder bei einer nächtlichen Observation einnicken oder Ouzo trinken lassen. Wie er überhaupt zu seinem »Oma-Schnaps« gekommen war, hatte er ihr am Vorabend nur beiläufig berichtet. Die wenigen Ausführungen und seine leuchtenden Augen hatten aber genügt, eine sehr persönliche Seite von Wim Schneider durchschimmern zu lassen. Oma Inge war für Kriminalhauptkommissar Schneider, der ansonsten gerne ohne Rücksicht auf die Empfindungen anderer durch das Leben polterte, offenbar ein hochemotionales Thema. Genauso wie Biggi Höfgens, über die er neuerdings jedes Mal hinwegging, wenn Rosalie nachfragte. Irgendetwas war hier faul. Es stand Rosalie zwar nicht zu, sich in diese Privatangelegenheit der beiden Kollegen einzumischen, die Einsilbigkeit, mit der Wim Schneider das Thema jedoch abtat, war verdächtig und musste bei Gelegenheit genauer hinterfragt werden. Mit den Ermittlungen schien sein Gegrummel jedenfalls nichts zu tun zu haben. Als Rosalie nämlich von ihren neuen Erkenntnissen aus dem morgendlichen Telefonat mit Bärbel Schwerdtfeger berichtet hatte, waren diverse Spekulationen und Theorien nur so aus dem Kollegen herausgesprudelt. Ein Teil der Biografie von Justus Bellinghausen hatte nicht nur das Interesse des Ermittlerduos geweckt, sondern warf noch einmal ein neues Licht auf dessen Verhältnis zu Enno Schwerdtfeger.

Georg Holthusen hatte Gitte bis zum Mittagessen vertröstet und sich für einen Spaziergang durch das Wettberger Holz entschieden. In der Abgeschiedenheit des kleinen Naherholungsgebietes ließ es sich ungestört telefonieren.

Sein Gesprächspartner meldete sich sofort. Georg war erleichtert. Es schien alles nach Plan zu verlaufen.

»Ich grüße Sie, Herr Holthusen.«

»Ich Sie auch.«

»Wie geht es Ihnen? Haben Sie alles in die Wege geleitet?«

»Ja, das habe ich.«

»Dann werden Sie jetzt also der neue Chef?«

»Ich gehe davon aus, dass Franz Baumann heute oder morgen zurücktritt.«

»Gut. Melden Sie sich, wenn es so weit ist.«

Georg war an einem ausschweifenden Gespräch nicht gelegen, aber so schnell wollte er sich dann doch nicht abbügeln lassen. »Hören Sie, Moment! Sie wollten mir die Beweise doch noch zukommen lassen.«

»Erst der Rücktritt!«

»Was ist mit Luise?«

»Ich habe meinen Teil der Abmachung erledigt. Ich habe mich um Luise Janßen gekümmert, Sie kümmern sich jetzt um den Bruder.«

»Er wird zurücktreten, aber ich brauche die Sicherheit. Ich will die Sicherheit, dass Sie aussagen!«

»Melden Sie sich, wenn Ihr Teil der Abmachung erledigt ist.«

»Aber Luise, wie geht es ihr?«

»Auf Wiederhören, Herr Holthusen.«

Entgeistert starrte Georg auf sein Handy. Das, was sich ihm anfangs als perfekte Lösung dargeboten hatte, wurde zunehmend vertrackt.

»Was haben Sie denn über Isabell Gessner herausgefunden?«, erkundigte sich Wim, während Rosalie und er nebeneinander die Kreuzung an der Celler Straße überquerten.

»Kann ich Ihnen das bei einem kurzen Mittagsimbiss erzählen? Mir hängt der Magen in den Kniekehlen und da vorne rechts ist ein guter Asia-Imbiss.«

»Wenn ich nichts essen muss, dann gerne«, entgegnete Wim.

»Oh, mögen Sie kein Asiatisch?«

»Doch, doch, aber mein Magen mag heute die Gewürze nicht. Ich hole mir beim Bäcker nebenan einfach eine Laugenbrezel.«

»Gut, dann nehme ich eine Nudelbox und wir treffen uns gleich wieder?«

»Einverstanden. Bis gleich.«

Wim hatte Rosalie bereits den Rücken zugekehrt, als sie ihn noch einmal ansprach. »Herr Schneider?«

Prompt drehte sich Wim wieder um. »Frau Helmer?«

»Ich glaube, wir beide werden ein gutes Team. Ich weiß nicht, warum ich Ihnen das gerade jetzt unbedingt sagen muss, aber ich finde es wirklich klasse, dass wir uns zusammengerauft haben und jetzt an einem Strang ziehen.«

»Uff, das freut mich, dass Sie das sagen. Und dass wir uns gegen den Flipchart-Affen verbünden auch.«

Rosalie lächelte. »Da gebe ich Ihnen recht. Ich muss aber auch ehrlicherweise sagen, dass er mich mit seinen Ermittlungsansätzen das eine oder andere Mal durchaus überrascht hat.«

»Mich auch, das will sogar ich zugeben«, bestätigte Wim. »Aber in dieser Angelegenheit hier haben wir jetzt einen kleinen Vorsprung und den werden wir schön ausnutzen. Erstens haben wir dann unsere Ruhe und zweitens werden wir hinterher mit bahnbrechenden Ergebnissen glänzen. Dann kann er gar nicht anders, als uns zu loben und meine Probezeit nicht zu verlängern.«

»Sie glauben auch daran, dass mit dem Jägereimuseum beziehungsweise mit dem Verein etwas nicht stimmt, oder?«

»Wären wir sonst auf dem Weg zu Justus Bellinghausen, um weiter Licht ins Dunkel zu bringen? Sagen wir es mal so: Dieser ganze Jägerhaufen hat doch den letzten Schuss nicht gehört, wenn Sie mich fragen. So ein Theater wegen eines Förderantrags. Jeder gegen jeden. Ich weiß schon, warum ich in keinem Verein bin. Ich hasse diese Vereinsmeierei und Intrigen aller Art. Aber diese ganzen vermeintlichen Zufälle kann man nicht länger von der Hand weisen und dem sollten wir dringend nachgehen. Die örtlichen Zusammenhänge und immer wieder das Naturhistorische Museum. Bärbels Info, dass Enno Schwerdtfeger der ehemalige Chef von Justus ist, setzt dem ganzen dann die Krone auf. Wer weiß, welche Rechnung die beiden offen haben? Wir müssen mit Bellinghausen reden. Dringend.«

Etwas weniger als einen Kilometer entfernt, in der zweiten Etage seines Firmengebäudes in der Sudetenstraße, saß Enno Schwerdtfeger vor einer geöffneten Tupperdose und ließ sich ein Heidebrot mit Wildsalami schmecken. Der Vormittag war in zweierlei Hinsicht erfolgreich verlaufen. Nicht nur, dass er einen neuen potenziellen Fördermittelgeber im Internet recherchiert hatte, bei dem man noch bis zum Jahresende Anträge einreichen konnte, er würde es Justus Bellinghausen ein für alle Mal heimzahlen. Spätestens nach gestern Abend hatte die Polizei ein Auge auf ihn geworfen, da war Enno sich ganz sicher. Neugier und Interesse an seinen Informationen hatte er diesem ungleichen Ermittlerteam Schneider und Helmer sofort angemerkt.

Auf seine Menschenkenntnis war Verlass, nicht umsonst hatte man Enno in der Firma irgendwann auch Personalverantwortung übertragen und nicht umsonst führte er schon so lange und so erfolgreich die Geschicke des Jagdvereins. Sollte die Polizei ruhig misstrauisch werden und Justus mal so richtig auf den Zahn fühlen. Dann würde vielleicht auch Bärbel endlich aufwachen und kapieren, dass jemand wie Justus Bellinghausen es nicht ernst meinte mit ihrer sogenannten Freundschaft. Informationen wollte er aus Bärbel herausbekommen, um sie für seine Zwecke zu nutzen. Enno kannte Justus besser, als Bärbel glaubte. Und Enno wusste um die Verschlagenheit von Justus und um sein egozentrisches Verhalten. Immer schön auf den eigenen Vorteil bedacht. Es ging jetzt nur noch darum, eine völlig verblendete Bärbel zu schützen, und vor allem um die Belange des Vereins. Und die Polizei, die musste er nun ganz dringend über einen Sachverhalt informieren.

41. KAPITEL

Frustriert saß Yves Degenhardt in einer Studentenkneipe und biss in ein lauwarmes Baguette mit Käse und Schinken. Für eine Mittagspause eigentlich zu spät, aber für Kaffee und Kuchen noch zu früh, hatte er sich für eine herzhafte Zwischenmahlzeit im Univiertel entschieden, um seinen knurrenden Magen zu befrieden. Die Befragungen im Naturhistorischen Museum waren ergebnislos geblieben. Keiner der Mitarbeiterinnen traute er einen Mord zu, keine der Damen hatte sich auch nur ansatzweise verdächtig geäußert und alle hatten sie ihm ein Alibi serviert. Er konnte es drehen und wenden, wie er wollte, sie kamen mit den Ermittlungen im Mordfall Isabell Gessner nicht voran, von dem schwerverletzten Polizeikommissaranwärter und der Kollegin aus der Kriminaltechnik mal ganz zu schweigen. Im Materiallager hatte man zahllose Fingerabdrücke sichergestellt, kein Wunder, wenn hier sämtliche Forschende ein und aus gingen. Vielleicht hatte diese etwas zerstreut wirkende Studentin sich auch geirrt und den Formalinkanister doch nicht korrekt zugeschraubt? Alles war möglich und nichts schien für eine belastbare Beweisführung geeignet. Sollte er die Armbrüster bitten, den Inhalt des Kanisters nachzuwiegen, um exakte Erkenntnisse über die tatsächlich entnommenen Mengen zu erhalten? Oder führte das zu weit? Sie hatte bereits einen sehr dünnhäutigen Eindruck auf ihn gemacht, andererseits stand sie nun mal in der Verantwortung.

Zumindest in den Vermisstenfall Luise Janßen war Bewegung gekommen. Er musste anerkennen, dass Wim Schneider mit seinen Verhören in Hannover einige brauchbare Informationen zusammengetragen hatte. Daher hatte Yves Degenhardt sich auch nicht mehr als notwendig darüber aufgeregt, dass sein Team es vorzog, einen weiteren Zeugen persönlich aufzusuchen und zu befragen, anstatt im Kommissariat die Stellung zu halten. Natürlich wäre es wünschenswert gewesen, Rosalie und Schneider hätten ihn vorab in Kenntnis gesetzt, aber als er die junge Kollegin vorhin angerufen hatte, waren ihre Argumente überzeugend gewesen. Nicht unnötig stören wollten sie ihn im Museum und ein gewisses Maß an Eigenverantwortlichkeit stünde ihnen schließlich zu. All das konnte Yves Degenhardt nicht wirklich entkräften, vor allem, weil Rosalie äußerst schnell und gründlich ihre originären Aufgaben erledigt und die Hintergründe zu Isabell Gessner recherchiert hatte. Auch hier war die Sachlage dünn, hatte die ermordete Studentin doch außerhalb des Wohnheims und ihres Studiengangs offenbar wenig Kontakte und ihr familiärer Hintergrund lag fernab von Niedersachsen. Ihre Kommilitonin Lilly Bartsch schien die Hauptbezugsperson gewesen zu sein und diese hatte Isabell nicht nur als vermisst gemeldet, sondern auch schon umfassend und leider ergebnislos ausgesagt. Es lief also auf Befragungen im Affenfelsen und unter ihren Kommilitonen hinaus. Wer hatte Isabell Gessner zuletzt gesehen? Hatte sie vielleicht bislang unbekannte Kontakte außerhalb der Uni-Bubble? Yves Degenhardt schob den Teller vor sich beiseite und nahm einen Schluck abgestandene Cola. Er hasste solche Massenbefragungen und noch mehr hasste er es, wenn er unter Druck stand und

Erfolge ausblieben. Und genau das war es, was sie dringend brauchten: einen Erfolg.

Biggi hatte ihr Glück kaum fassen können, dass es spontan mit einem Termin im Wellnesstempel geklappt hatte. Nach einer äußerst freundlichen Beratung am Telefon hatte sie sich zur Mittagszeit eine Lomi Lomi Nui, eine traditionelle hawaiische Massage, gebucht. Die Augen schließen, sich durchkneten lassen und dem Meeresrauschen des Pazifiks lauschen, auch wenn dieses nur dezent aus einem Lautsprecher kam. Ihr muskulöser Masseur Nils hatte ihr im Vorgespräch nicht nur in Aussicht gestellt, neben ihrem Körper auch ihren Geist und ihre Seele zu behandeln, sondern verfügte auch über den perfekten Griff. Unmittelbar vor der Behandlung war er mit freiem Oberkörper und mit einem traditionellen Bastrock bekleidet im dezent beleuchteten Behandlungsraum erschienen und Biggi hatte zunächst befürchtet, dass die Situation sie überfordern könnte. Aber als Nils wegen Biggis Sturz Hals und Nacken besonders sanft bearbeitete, um sich danach ihren Körper ab dem mittleren Rücken etwas kräftiger vorzunehmen, war es um sie geschehen. Nils massierte nicht nur mit seinen großen, männlichen Händen, sondern setzte auch seine Unterarme ein. Während er immer wieder um die Liege herumging und hawaiische Verse murmelte, sog Biggi dabei den herben Duft seines Parfums tief in sich auf. Dank des großzügigen Einsatzes von angewärmtem Massageöl glitt er in fließenden Bewegungen über Biggis Körper, die sich, dem Knacken und Knirschen ihrer Knochen zum Trotz, zwischenzeitlich zusammenreißen musste, nicht vor Begeisterung zu jauchzen. Als Nils mit sanften, aber fordernden Bewegungen schließlich Biggis nackte Innenschenkel erreichte, durchfuhr es sie wie ein kleiner Stromschlag. Mamma mia! Ein Augenblick der Lust und wenige Sekunden der Begierde, sich ihrem Masseur am liebsten voll und ganz hinzugeben. Ohne dass er sie intim berührt hätte, verfehlte Biggi nur um Haaresbreite einen Orgasmus, und hawaiische Gesänge lösten das Meeresrauschen vom Band gerade ab, als Biggi ihre Hände in das Handtuch unter ihr krallte, um nicht laut aufzustöhnen. Ihr ganzer Körper war nicht nur in Wallung, er war auf dem besten Wege, sich vollkommen zu entspannen. An Wim dachte sie zum ersten Mal seit Tagen nicht mehr.

Das Handy kündigte einen Anruf an, als Wim gerade im Begriff war, seinen Finger auf den Klingelknopf mit dem Namen »Bellinghausen« zu legen.

»Immer dieser Hosentaschencomputer!«

»Nicht aufregen, Herr Kollege. Gehen Sie mal lieber ran, dann haben wir gleich während unserer Befragung Ruhe«, stellte Rosalie nüchtern fest und grinste.

Wim seufzte kurz und folgte Rosalies Vorschlag.

»Schneider!«

»Hier ist Enno Schwerdtfeger, hallo, Herr Schneider.«

»Herr Schwerdtfeger, was kann ich für Sie tun?« Wim warf Rosalie einen fragenden Blick zu, während sie sofort näher an ihn heranrückte, um Gesprächsfetzen zu erhaschen. Mitten auf der Straße das Telefonat auf laut zu stellen, war wohl eher unangemessen.

»Wissen Sie, Herr Schneider, das war mir gestern Abend ja schon alles sehr unangenehm und ich wollte mich für meinen Auftritt bei Ihnen entschuldigen.«

Wim stutzte. »Das ist nett von Ihnen, aber nicht nötig. In Situationen wie gestern, da kann man schon mal die Beherrschung verlieren.«

»Prima, danke für Ihr Verständnis.« Enno Schwerdtfeger klang erleichtert. »Außerdem habe ich da noch eine Sache auf dem Herzen.«

»Aha, und die wäre?«, erkundigte sich Wim.

»Na ja, wir Männer wissen ja, wie die Frauen so werden können, wenn sie erst mal in Fahrt sind. Und meine Bärbel, die war gestern Abend definitiv auf 180. Da wollte ich nicht noch einen oben draufsetzen.«

Rosalie hatte bis hierhin alles mitbekommen und deutete Wim mit einer Handbewegung an, am Ball zu bleiben.

»Ich glaube, ich kann Ihnen nur bedingt folgen. Geht es etwas konkreter?«, entgegnete Wim.

»Also, vermutlich war es nur dem Zufall oder meiner neuen Gleitsichtbrille geschuldet, aber ich habe da neulich etwas beobachtet. An dem Tag, als die Fernsehreporter vor dem Naturhistorischen Museum waren. Wissen Sie, ich stand morgens auf dem Weg zur Arbeit an der roten Ampel und habe eine Menge neugieriger Menschen dort rumlungern sehen.«

»Was ja bei einem Medienauflauf erst mal nicht verwunderlich ist.«

»Das ist sicher richtig.«

»Aber worauf wollen Sie denn nun hinaus, Herr Schwerdtfeger? Wen oder was haben Sie denn gesehen oder beobachtet?«

Enno Schwerdtfeger seufzte. »Bitte behalten Sie es so lange wie möglich für sich, meine Bärbel springt mir sonst mit dem nackten Pöter ... na, Sie kennen ja den Spruch ...«

»... ins Gesicht«, vervollständigte Wim den Satz.

»Genau. Also, ich glaube, dass ich Justus Bellinghausen zwischen den neugierigen Gaffern gesehen habe.«

Wim hob die Augenbrauen und schaute zu Rosalie. »Justus Bellinghausen?«

»Ja, genau. Ich hatte da zuerst meine Zweifel. Viele Menschen sehen ja in ihren Winterklamotten mit Mütze und Schal eh verkleidet aus. Manchmal kann man selbst Männlein und Weiblein kaum voneinander unterscheiden. Verstehen Sie, was ich meine?«

»Absolut, auch ich habe da manchmal meine Probleme«, sagte Wim, der sich erneut an die Szene mit der veganen Hackfleischexpertin erinnert fühlte.

»Sehen Sie! Und ich habe ja auch noch meine Probleme mit der neuen Brille. Aber dann habe ich ganz genau hingeschaut und ich bin mir ziemlich sicher, dass er es war. Na ja, und da dachte ich, dass das vielleicht wichtig ist, wo sich doch im Museum dieser schreckliche Mord abgespielt hat. Da ermitteln Sie doch auch? Da zählt doch jeder Hinweis.«

Wim räusperte sich. »Nun mal langsam, Herr Schwerdtfeger. Zur Klarstellung: Die Aussage, dass sich im Naturhistorischen Museum ein Mord abgespielt hat, ist reine Spekulation. Fakt ist, dass dort ein menschlicher Finger in einem Terrarium gefunden wurde. Und Sie können sicher sein, dass die Polizei ermittelt. Deswegen standen an jenem Tag neben den Übertragungswagen der Medien auch Polizeiautos vor dem Museum, nicht wahr? Wer wäre denn da bitte nicht stehen geblieben und hätte geschaut? Aber trotzdem danke für Ihren Hinweis. Wir werden dem nachgehen. Erst mal kann ich aber nicht erkennen, dass Herr Bellinghausen sich hier verdächtig verhalten hat. Wahrscheinlich war er zufällig in der Gegend, aber das kann man herausfinden.«

Rosalie nickte zustimmend und Wim spürte auch ohne Worte durch das Telefon, dass Enno Schwerdtfeger mit dieser Antwort unzufrieden war.

»Wie gesagt, es kann ja auch an meiner neuen Brille gelegen haben«, entgegnete er hörbar enttäuscht.

»Das sagten Sie bereits und natürlich kann das wohl sein«, bestätigte Wim kurz und knapp, um dann von einer Sekunde auf die andere einen spontanen Entschluss zu fassen. Er musste diese Gesprächssituation unbedingt nutzen, auch wenn er sich mit der neben ihm stehenden Rosalie nur mit Blicken abstimmen konnte. »Aber wo ich Sie gerade am Apparat habe, Herr Schwerdtfeger, da hätte ich dann auch noch mal eine Frage an Sie. Was sagen Sie eigentlich zu dem Mitarbeiter-Vorgesetzten-Verhältnis, das Sie vor einigen Jahren mit Justus Bellinghausen hatten?«

Immer und immer wieder war Franz Maria Baumann alles durchgegangen. Er konnte sich einfach nicht mehr entsinnen, was genau seinerzeit während der verhängnisvollen Jagd im Lappwald geschehen war. Zu verworren waren seine Erinnerungen, die er nach der Einstellung der Ermittlungen irgendwo in den Tiefen seines Gedächtnisses vergraben hatte und die jetzt erst wieder zutage kamen. Eine Schuld konnte Franz bei sich nicht feststellen, und so quälte ihn die Frage, welchen Zeugen Georg nach all den Jahren plötzlich ausfindig gemacht haben wollte, umso mehr. Was sollte jene ominöse Person bitte schön beobachtet haben, wenn es doch nichts zu beobachten gegeben hatte? Jedenfalls nichts, was ihn, Franz Maria Baumann, belasten könnte. Dennoch war er sicher, dass Georg, der jetzt sein wahres Ich gezeigt hatte, vor nichts und niemandem mehr zurückschrecken würde, um seine Pläne umzusetzen. Weder vor Erpressung noch vor Verleumdung. Schmerzlich hatte Franz nun begriffen, dass Georg seit geraumer Zeit einen perfiden Plan verfolgt hatte. Luises Verwirrtheit schamlos ausnutzen und ihr in das Gewissen reden, Franz belatschern und ihm permanent die Schwachstellen aufzeigen. Jene in den Abläufen der Strukturen der Stiftung und seine eigenen, ganz persönlichen Defizite. Druck ausüben und mit einem schlechten Bild in der Öffentlichkeit drohen. Georg wähnte sich vermutlich mittlerweile am Ziel, war im festen Glauben, dass Franz einknicken und von allen Ämtern zurücktreten würde. Aber Georgs Rechnung würde nicht aufgehen. Das, was für Franz stets eine Belastung gewesen war, stärkte ihm nun den Rücken. Es war sein Pflichtgefühl, das ihn leitete, die Ehre der Familie und der Baumann-Stiftung zu wahren und zu verteidigen. Bevor Georg Holthusen alles durch den Schmutz zog und das Vermächtnis der Baumanns nachhaltig beschädigen konnte, würde Franz ihm zuvorkommen. Die Flucht nach vorne als Mittel der Selbstverteidigung. Er würde sich bei der Polizei melden, er würde reinen Tisch machen und alles erzählen. Sollten sie den Jagdunfall doch noch einmal aufrollen, Franz hatte nichts zu verbergen. Er würde sich kooperativ zeigen und vollumfänglich Auskunft erteilen. Und was wäre eigentlich, wenn es am Ende sogar sein Freund Georg war, der das Verschwinden von Luise zu verantworten hatte? Diese Frage würde er Kommissar Schneider auch stellen.

42. KAPITEL

Endlich habe ich ein wenig geschlafen, mein Schatz. Es hätte mehr sein können, um ehrlich zu sein. Müde bin ich immer noch. Das alles kostet mich einfach viel Kraft. Entweder habe ich Stress, weil irgendjemand von der Polizei wieder seine Nase in meine Angelegenheiten steckt, oder ich muss mich um unseren sicheren Ort kümmern oder mir gehen die Materialien aus. Oder, oder, oder ...

Heute waren sie im Lager des Museums und haben den Kanister untersucht. Ich nehme an, dass es die kleine Studentin war, die Bescheid gesagt hat. Aber warum? Habe ich einen Fehler gemacht? Das kann doch gar nicht sein. Natürlich haben sie mich nicht gesehen, sie sehen mich nie, da passe ich auf, mach dir keine Sorgen. Es ist einfach zum Verrücktwerden. Aber vielleicht bin ich ja auch verrückt. Ja, vielleicht bin ich einfach verrückt.

Mein Schatz, dieses Büchlein ist nun voll. Mit diesen Zeilen fülle ich die letzten Seiten. Ich komme bald zu dir und bringe es dir, aber gib mir einen Moment. Ich muss noch mehr schlafen und Kräfte sammeln. Ein neues Buch habe ich aber schon gekauft. Wieder mit dem wunderbar zarten Wildledereinband, den du so liebst.

Ich vergesse dich nicht, mein Schatz, ich werde dich niemals vergessen. Dich und deine wunderbaren Augen, die wie der

Spiegel deiner Seele sind. Deiner Seele, die ich immer in mir trage. Ich liebe dich unendlich, aber jetzt muss ich schon wieder gähnen. So gerne möchte ich einfach weiterschlafen, aber ausgerechnet jetzt klingelt es auch noch an meiner Tür.

»Was machen Sie denn hier?« Bärbel Schwerdtfeger wäre fast in Rosalie Helmer hineingerannt, als sie außer Atem um die Ecke bog.

»Das könnten wir Sie auch fragen«, entgegnete Kommissarin Helmer. »Wollen Sie auch zu Herrn Bellinghausen?«

»Auch?« Bärbel wurde schlagartig heißer, als ihr in ihren warmen Winterklamotten eh schon war. »Befragen Sie ihn jetzt? In seiner Wohnung? Deswegen wollten Sie also seine Anschrift!«

»Was hatten Sie denn vermutet?«, entgegnete Wim Schneider und drückte die Haustür auf, als der Türsummer betätigt wurde.

»Na so was, jetzt ist er anscheinend wach«, stellte Bärbel fest und ließ beinahe den in Papier eingeschlagenen Zuckerkuchen fallen, als sie sich an Kommissar Schneider vorbei ins Treppenhaus drängte.

»Würde es Ihnen etwas ausmachen, hier zu warten?«, fragte Rosalie. »Wir würden uns gerne allein mit Herrn Bellinghausen unterhalten.«

»Muss das sein? Ich bin extra den ganzen langen Weg von unserer Wohnung hierher zu Fuß gegangen, um Justus zu überraschen. Ich bin ganz schön platt und würde mich gerne setzen. Außerdem kann er doch meinen Beistand bestimmt gut gebrauchen.«

»Hier sind doch genug Stufen«, entgegnete Kommissar Schneider stumpf und zeigte auf die Treppe, die vom Eingangsbereich in das etwas höher gelegene Erdgeschoss führte.

»Da hole ich mir eine Blasenentzündung.« Bärbel klang empört und Rosalie Helmer pflichtete ihr bei.

»Das ist sicher richtig und mein Kollege wollte auch ganz bestimmt nicht, dass Sie sich auf den blanken Stein setzen. Wir können Ihren Freund gerne nach einem Sitzkissen fragen, oder nach einem Stuhl.«

»Von mir aus kann Bärbel ruhig dabei sein, wenn Sie mich befragen«, ertönte es plötzlich aus der ersten Etage. Justus Bellinghausen hatte seine Wohnungstür geöffnet.

Mia Armbrüster hatte gerade die letzten Zeilen einer Update-E-Mail an Direktor Reichert auf den Galapagos-inseln formuliert, als es an ihrer Bürotür klopfte. Einem kurzen »Herein« folgte ein »Ach, Sie?!«, denn kein Geringerer als Yves Degenhardt gab sich schon wieder die Ehre.

Überrascht musterte Mia den Leiter der Mordkommission, der ein wenig abgekämpft auf sie wirkte, und erkundigte sich nach seinem Anliegen. »Was kann ich für Sie tun? Haben Sie etwas vergessen?«

»Darf ich?«, fragte Yves Degenhardt und ging auf einen der beiden Besucherstühle zu, die schräg vor Mias Schreibtisch standen.

»Ja, natürlich, setzen Sie sich.«

»Frau Dr. Armbrüster, ich will ehrlich sein. Mir gehen gerade ein wenig die Optionen aus und während meiner Mittagspause hatte ich da noch eine Idee.«

Mia spürte, wie sich eine gewisse Erleichterung in ihr breitmachte, auch wenn die Andeutung von Yves Degenhardt wohl bedeutete, dass die Polizei bei der Aufklärung des Mordfalls nicht vorankam. »Dann haben Sie niemanden aus dem Umfeld des Museums, den Sie verdächtigen?«

»Das kann ich offiziell weder bestätigen noch dementieren, aber inoffiziell haben Sie wohl recht«, räumte Yves Degenhardt ein. »Aber genau da möchte ich jetzt noch mal ansetzen. Das hier ist doch ein Museum in staatlicher Verantwortung.«

»So ist es«, bestätigte Mia Armbrüster. »Aber ich weiß gerade noch nicht so richtig, worauf Sie hinauswollen.«

»Das erkläre ich Ihnen jetzt. Bei Einrichtungen der öffentlichen Hand müssen einschlägige Rechtsvorschriften eingehalten werden, sprich, man kann nicht einfach so jemanden beauftragen.«

»Herr Degenhardt, ich bin Wissenschaftlerin, da müssen wir mal in der Verwaltung nachfragen.« Die Erleichterung, die Mia gerade noch empfunden hatte, wich schlagartig der ihr wohlbekannten Verunsicherung.

»Das können wir tun, aber lassen Sie mich mal meinen Gedanken laut zu Ende bringen, damit Sie wissen, worauf ich hinausmöchte.«

»Ja, natürlich, Entschuldigung.«

»Wenn das so läuft, wie ich das aus dem öffentlichen Dienst kenne, dann müssen Aufträge an externe Dienstleister, wie zum Beispiel Reinigungsfirmen, Sicherheitsdienst oder IT-Support, in regelmäßigen Abständen neu ausgeschrieben und vergeben werden«, setzte Yves Degenhardt erneut an.

Mia Armbrüster nickte. »Stimmt! Das weiß sogar ich, auch ohne kaufmännische Kenntnisse. Diese Aufträge werden immer nur befristet erteilt.«

»Richtig. Wenn wir also bei den aktuell agierenden Firmen und auch bei den aktuell hier tätigen Mitarbeitenden nicht weiterkommen, dann vielleicht bei den ehemaligen?«

»Sie meinen, der Täter könnte früher einmal hier gearbeitet haben und kennt sich deshalb aus?«

»Und hat aus alten Zeiten nicht nur die Ortskenntnisse, sondern auch eine Zugangsmöglichkeit. Frau Armbrüster, ich befürchte, es kommt noch mal Arbeit auf Sie zu.«

»Auf mich?« Mia Armbrüster sank auf ihrem Schreibtischstuhl in sich zusammen. Hörte das hier niemals auf?

»Ich brauche eine Aufstellung der ehemaligen Mitarbeitenden und der ehemaligen externen Dienstleister, im Idealfall auch die Namen der seinerzeit hier tätigen Personen. Sagen wir für die letzten zehn Jahre?«

Wim hatte seinen Hosentaschencomputer vorsorglich einfach ausgeschaltet, Rosalie hingegen hatte ihr Handy nur lautlos gestellt. Auf jeden Fall wollten sie sich ganz in Ruhe und vor allem allein mit Justus Bellinghausen unterhalten, sodass Bärbel Schwerdtfeger am Ende einer längeren Diskussion ihren Zuckerkuchen schmollend abgegeben hatte und gegangen war. Der Vorschlag, im Treppenhaus zu warten, hatte ihr gänzlich missfallen, und so hatte sie sich für die Bäckerei im nahe gelegenen Einkaufszentrum »Weißes Ross« entschieden. Hier hätte sie wenigstens etwas zu gucken, bis Justus sie abholen würde. Dass Rosalie einst in dem an die Bäckerei angeschlossenen Café mit Anne zum ersten Mal Händchen gehalten hatte, konnte Bärbel nicht wissen, aber Rosalie ließ diese Erinnerung inzwischen relativ unberührt.

»Die Leidenschaft für die Jagd merkt man auch Ihrem Zuhause an«, begann Wim die Unterredung und ließ seinen Blick durch das dunkelgrün tapezierte Wohnzimmer schweifen. Ausgestopfte Wildtiere standen überall verteilt, mehrere Geweihe zierten die Wände und über dem roten Sofa, auf dem sie Platz genommen hatten, hing ein dunkles

Ölgemälde, das einen dichten Nadelwald zeigte. Trotz der beinahe skurril anmutenden Einrichtung wirkte die Wohnung irgendwie gemütlich und aufgeräumt. Alles hatte seinen Platz.

»Ja, wenn Sie so wollen. Ich bin ja nicht nur Jäger, sondern von Haus aus Zoologe. Darum habe ich hier auch einen kleinen Zoo«, erklärte Justus Bellinghausen und lächelte verschmitzt.

Rosalie beobachtete die Mimik und Gestik ihres Gesprächspartners ganz genau. Es fiel ihr schwer, ihn richtig einzuordnen. Er wirkte freundlich, aber distanziert und er sah müde aus. Sie gab sich Mühe, sich ihre Beobachtungen nicht anmerken zu lassen, und klinkte sich in das Gespräch ein.

»Ach, das ist ja spannend. Aber das ist nur eine fachliche Vertiefung, oder?«

»Genau«, bestätigte Justus Bellinghausen und schlug die Beine übereinander. Der Sessel, auf dem er saß, knarzte dabei ein wenig.

»Und was haben Sie dann studiert?«, hakte Wim nach.

»Biologie.«

Wim machte sich Notizen und auch Rosalie horchte auf. »Hier in Braunschweig?«

»Korrekt, an der TU.« Justus Bellinghausen gab sich wortkarg, seine Antworten waren aber präzise.

Rosalie wechselte die Sitzposition, rutschte von der einen Pobacke auf die andere und lächelte Justus Bellinghausen an. Irgendwie musste man ihn ein wenig aus der Reserve locken. »Nun gut, Herr Bellinghausen, dann haben wir schon mal Ihren beruflichen Hintergrund und eine Erklärung für Ihre kleine private Sammlung hier. Lassen Sie uns mal auf das eigentliche Thema zu sprechen kommen. Mit Bärbel Schwerdtfeger sind Sie gut befreundet?«

Justus Bellinghausen verzog keine Miene. »Was auch immer Freundschaft bedeutet. Ich denke schon, ja.«

Rosalie schielte kurz zu Wim, der seinen Blick aber auf Justus Bellinghausen gerichtet hielt und mit einer Frage nachlegte.

»Und Enno?«

»Enno würde ich nicht als Freund bezeichnen«, sagte Justus Bellinghausen nüchtern, aber bestimmt.

»Geht das genauer?«, erkundigte sich Wim.

»Was möchten Sie denn hören? Wie ich Freundschaft definiere? Ist das allen Ernstes der Grund für Ihren Besuch? Habe ich deshalb die Polizei im Haus?« Von einer Sekunde auf die andere wirkte Justus Bellinghausen ungehalten.

»Uns interessiert Ihre persönliche Verbindung zu den Eheleuten Schwerdtfeger«, entgegnete Wim und ignorierte die kleine Provokation.

»Aha, und warum? Haben die was verbrochen?« Jetzt lachte Justus Bellinghausen kurz auf und Rosalie beschlich das Gefühl, dass ihnen die Gesprächssituation eventuell entgleiten könnte.

»Herr Bellinghausen, lassen Sie uns auf den Punkt kommen«, begann Rosalie und wechselte in einen ernsteren Tonfall. »Es geht um den Förderantrag des Jägereimuseums bei der Baumann-Stiftung in Hannover. Was halten Sie von diesem Antrag?«

»Ach, daher weht der Wind. Ich bin klar dagegen.«

»Und weshalb?«, hakte Wim nach. »So eine Erneuerung ist ja auch immer eine Chance.«

»Da kann ich nicht widersprechen. Aber ich denke, dass wir uns als Verein mit der Trägerschaft eines noch größeren und modernen Museums übernehmen würden. Alles Ehrenamtliche, wenn Sie verstehen, was ich meine. Manche Dinge sollten einfach so bleiben, wie sie sind. Vor allem, wenn sie sich bewährt haben.«

»Und darum haben Sie konsequenterweise auch im Vorstand dagegengestimmt und Bärbel Schwerdtfeger später bei ihrer Kontaktaufnahme zu Franz Baumann unterstützt?«, fragte Rosalie.

Justus Bellinghausen schaute aus dem Wohnzimmerfenster. »Bärbel hat den meisten Einfluss auf Enno. Und sie leidet am meisten unter ihm. Ich wollte ihr nur helfen.«

Wim nickte. »Völlig selbstlos natürlich.«

»Das habe ich nicht gesagt, Herr Schneider. In der Tat hätte ich auch davon profitiert, wenn Bärbel mit ihren Argumenten bei Baumann erfolgreich gewesen wäre. War sie aber anscheinend nicht. Sie tut mir wirklich leid mit diesem Ehemann an ihrer Seite.«

Rosalie fiel auf, dass Justus Bellinghausen jede ihrer Fragen zu parieren wusste und keinerlei Angriffsfläche bot. Sie musste noch eine Schippe drauflegen. »Woher kommt Ihr Groll gegen Enno Schwerdtfeger? Geht es nur um den Förderantrag oder sind Sie vielleicht wütend, weil er Sie damals entlassen hat?«

Erneut schmunzelte Justus Bellinghausen vor sich hin. »Entlassen? Hat er Ihnen das erzählt?«

»Spielt das eine Rolle?«, konterte Wim. »Wir haben die Information, dass Enno Schwerdtfeger Ihr Vorgesetzter in der Gebäudefirma war, in der er bis heute tätig ist.«

Justus Bellinghausen zuckte mit den Schultern. »Ja, und? Das ist richtig. Er hat mir damals den Job sogar verschafft. Die Firma hat kurzfristig Leute gesucht, Bärbel hat vermittelt. Meine Aufgaben waren aber von Anfang an nicht auf Dauer angelegt, das bin ich von meinen Aushilfsjobs schon gewohnt. Als der Vertrag auslief, habe ich mir halt etwas Neues gesucht. Eine Entlassung ist das wohl kaum.«

Erneut schaute Rosalie zu Wim. Er sah genauso ratlos aus, wie sie sich gerade fühlte. Ein mögliches Motiv von Justus Bellinghausen, sich mit Bärbel gegen Enno zu verbünden und sie zu unterstützen, brach damit weg. Hatte Bärbel Schwerdtfeger am Ende maßlos übertrieben oder sie sogar eiskalt angelogen?

»Gut, Herr Bellinghausen, dann noch mal zurück zum Antrag.« Wim nahm als Erster den Gesprächsfaden wieder auf. »Kann es vielleicht sein, dass Sie noch andere, ganz persönliche Beweggründe haben, diesen Antrag zu verhindern?«

»Persönliche Beweggründe?«

»Wir wissen von Ihrer ehemaligen Verlobten, mit der Sie gemeinsam in den Jagdverein eingetreten sind«, ergänzte Rosalie. »Und mit der Sie die heutige Ausstellung damals maßgeblich mitgestaltet haben.«

»Diana«, entgegnete Justus Bellinghausen leise und erhob sich plötzlich aus seinem Sessel. »Möchten Sie vielleicht auch etwas trinken?«

»Danke, nein«, erwiderte Wim. »Könnten Sie die Frage meiner Kollegin bitte beantworten und sich wieder hinsetzen?«

Justus Bellinghausen schaute auf seine Besucher herab. »Gerne, ich muss nur wirklich kurz etwas zu trinken holen, ich habe so ein Kratzen im Hals.«

Rosalie nickte. »Also gut.«

»Ich bin gleich wieder da.« Justus Bellinghausen begann zu husten und verließ das Wohnzimmer. Nachdem er die Tür angelehnt hatte, wandte Rosalie sich sofort an Wim und flüsterte ihm ins Ohr. »Boah, ist das anstrengend. Der Typ ist komisch.«

»Ist er«, bestätigte Wim so leise wie möglich und hielt sich dabei die Hand vor den Mund. »Später mehr, nicht, dass er etwas aufschnappt.«

Rosalie nickte und schaute auf die kleine Uhr, die zu ihrer rechten auf einem Beistelltisch stand.

»Was für ein schönes Stück, finden Sie nicht auch?« Sollte Justus Bellinghausen sie belauschen, so wäre der Austausch von Belanglosigkeiten zwischen ihnen die sicherste Gesprächsvariante. Wim Schneider verstand sofort.

»Oh ja, eine wunderbare Uhr. Sehen Sie mal die filigranen Schnitzarbeiten und dann das vergoldete Ziffernblatt.«

»Wirklich schön, ich tippe auf Biedermeier.«

Nun erhob Wim seine Stimme: »Sammeln Sie Antiquitäten, Herr Bellinghausen?« In dieser kleinen Wohnung konnte man ihn unmöglich überhören und spätestens jetzt war ihr Gastgeber genötigt, sich wieder in die Unterhaltung einzuklinken. Gespannt warteten Wim und Rosalie auf eine Reaktion, aber die erhoffte Antwort blieb aus.

Verwundert schaute Wim zu seiner Kollegin. »Hat der mich nicht gehört oder wollte er mich nicht hören? Herr Bellinghausen? Hallo? Haalloo? Mmh, merkwürdig! Frau Helmer, gehen Sie doch mal nachschauen. Ich sitze hier so eingequetscht in der Ecke.«

»Mache ich«, entgegnete Rosalie prompt, erhob sich, ging quer durch das Wohnzimmer in Richtung Tür und streckte ihren Kopf in den Flur. »Herr Bellinghausen?«

Als es immer noch still blieb, wurde Rosalie skeptisch. Zielstrebig ging sie den Flur entlang, dann von Raum zu Raum, Küche, Schlafzimmer, Arbeitszimmer, Bad. Überall Fehlanzeige. Justus Bellinghausen war verschwunden.

In dem Moment, als sie Wim über Bellinghausens Abwesenheit informieren wollte, fiel ihr Blick auf ein gerahmtes Foto, das auf einer Kommode neben der Flurgarderobe stand. Das war doch …? Konnte das sein? Fassungslos hielt Rosalie sich eine Hand vor den Mund, lehnte sich für einen kurzen Moment gegen die Wand hinter ihr, nahm schließlich das Foto und starrte ungläubig in die tiefblauen Augen, die sie direkt anschauten. Das Herz schlug ihr bis zum Hals.

43. KAPITEL

Kriminalhauptkommissar Schneider ging nicht ans Telefon. Dabei hätte Franz Maria Baumann sich am liebsten sofort den Ballast von der Seele geredet. Ob er einfach die 110 anrufen oder mal eben zu einer beliebigen Polizeidienststelle fahren sollte? Eigentlich konnte man doch überall eine Aussage machen. Andererseits kannte dieser Schneider nun schon die ganze Vorgeschichte und da bot es sich an, auch persönlich mit ihm zu reden. Bei der Gelegenheit konnte Franz sich auch noch mal danach erkundigen, ob es Neuigkeiten wegen Luise gab. Seitdem er den Entschluss gefasst hatte, vollumfänglich auszusagen und auch auf Georg keine Rücksicht mehr zu nehmen, ging es ihm bedeutend besser. Vorbei die Magenschmerzen und das Gedankenkarussell, heute Nacht würde er vermutlich endlich einmal wieder richtig gut schlafen können.

Zufrieden über seine Entscheidung trat Franz ans Wohnzimmerfenster und schaute nach draußen. Erneut hatte es zu schneien begonnen, einiges sprach für einen strengen Winter, gerade wenn es so früh im Jahr frostig wurde. Das Wetter sollte ihn aber nicht davon abhalten, noch eine Runde durch das Viertel zu spazieren. Nach all dem Grübeln würde ihm ein wenig frische Luft guttun, und wenn er wieder zu Hause war, wäre auch Herr Schneider sicher wieder erreichbar. Entschlossen schnappte sich Franz Maria Baumann seinen Mantel und einen großen Regenschirm und öffnete die Haustür. Als ein Taxi vorne an der Straße anhielt und er eine Frau aussteigen sah, blieb er jedoch wie angewurzelt stehen. Für einen Augenblick glaubte er, Luise zu erkennen, aber als die Frau sich umdrehte und auf die Hauseinfahrt zuging, war es Gitte Holthusen, die ihm zuwinkte und augenscheinlich einen leichten Linksdrall hatte.

Enno Schwerdtfeger hatte sich entschieden, ein paar Überstunden abzubauen und Bärbel am Nachmittag mit einem Blumenstrauß zu überraschen. Einen Schritt auf sie zugehen, den ehelichen Hausfrieden wiederherstellen, sich mit ihr versöhnen und heute Abend wieder einig auf dem Sofa sitzen. Er wusste, dass sie sehr gekränkt sein würde, wenn sie endlich einsah, dass Justus Bellinghausen vielleicht nicht derjenige war, für den sie ihn hielt. Da brauchte sie dann Ennos starke Schulter, und außerdem lief es auch im Jagdverein viel besser, wenn er eine loyale Bärbel an seiner Seite hatte. Nachdem er auf dem Heimweg einen freien Parkplatz auf dem Parkdeck des Einkaufszentrums ergattert hatte, begab er sich über die Rolltreppe eine Etage tiefer in den Verkaufsbereich. Hier irgendwo zwischen Supermarkt, Bioladen und Schlüsselservice gab es auch einen Floristen. Als er an einer Bäckerei vorbeikam, blieb er jedoch plötzlich stehen. An einem der hinteren Tische saß Bärbel, sah aus wie ein Häufchen Elend und stocherte in einem Stück Sahnetorte herum. Was machte seine Frau in dieser Ecke der Stadt? Ein weiteres Geheimnis, das sie vor ihm hatte? Enno verzog sich hinter eine Säule und überlegte, ob er sich zu erkennen geben oder aber das weitere Geschehen aus sicherer Entfernung beobachten sollte. Gerade als er sich überlegt hatte, dass es eigentlich total lächerlich und dem Versöhnungsversuch nicht förderlich wäre, jetzt auch noch ein Versteckspiel zu starten, tippte ihm jemand von hinten auf die Schulter. Reflexartig drehte Enno sich um und blickte in ein ihm bekanntes Gesicht.

»Gitte?«

»Ja, Franz, ich bin es wirklich, da bist du überrascht, was?« Gitte Holthusen lächelte und ging direkt auf Franz zu. Erstaunlicherweise geradeaus, sie hatte sich nach dem Ausstieg aus dem Taxi wieder gefangen, zumindest was die Laufrichtung betraf.

»Was machst du denn hier?«

»Anscheinend verwirre ich dich?«, scherzte Gitte und drückte ihm zur Begrüßung einen feuchten Kuss auf die Wange.

»Ja, entschuldige, mit dir hatte ich tatsächlich nicht gerechnet. Komm doch rein!«, entgegnete Franz Baumann und trat beiseite, um Gitte in das Haus zu lassen. Diskret wischte er sich einmal über die Stelle, an der Gitte ihren Lippenstift hinterlassen haben dürfte.

»Danke, das mache ich.« Gitte Holthusen japste nach Luft.

»Leg doch ab, möchtest du etwas trinken, ein Glas Wasser vielleicht?« Franz bemühte sich um Höflichkeit, auch wenn ihm dieser Spontanbesuch nicht behagte. Solange er denken konnte, hatte er sich nie mit Gitte allein getroffen.

»Gerne. Können wir uns irgendwo hinsetzen? Wir müssen dringend reden.«

»Natürlich, geh doch schon mal ins Wohnzimmer vor, ich bin nur kurz in die Küche und hole unsere Getränke.« Franz rang sich ein Lächeln ab und nahm Gittes Mantel entgegen. Diese nickte dankbar und ging durch die große Flügeltür in Richtung Ecksofa.

Was wollte sie bloß mit ihm bereden? Warum hatte sie ohne Georg den weiten Weg von Wettbergen bis auf die Bult auf sich genommen?

»Mit Sprudel oder ohne?«, rief Franz aus der Küche in Gittes Richtung.

»Ohne! Sonst muss ich immer so aufstoßen.«

Während sich in Franz' Kopf Bilder einer laut rülpsenden Gitte Holthusen formten, trug er ein Tablett mit Wasserkaraffe, zwei Gläsern und einem kleinen Teller mit Keksen zum Couchtisch.

»So, da bin ich. Was hast du denn auf dem Herzen? Geht es um Georg? Warum hast du ihn nicht mitgebracht?« Franz war verunsichert.

Während Gitte sich nach vorne lehnte, um sich einzuschenken, gab sie den Blick auf ihren V-Ausschnitt frei. Wie auch ihre Wangen durchzog ein auffälliges rotes Adergeflecht ihr ausladendes Dekolleté. »Wir beide reden jetzt mal Tacheles, Franz«, sagte sie bestimmt, nahm einen Schluck Wasser und lehnte sich wieder zurück.

»Tacheles?«, entgegnete Franz verwundert.

»Jawohl, Tacheles! Ich bin es leid. Du verdienst die Wahrheit.«

Franz durchfuhr ein kalter Schauer. »Gitte, was meinst du denn?«

»Ich sage dir jetzt, wie es ist: Luise lebt und ich weiß auch, wo sie ist!«

»So schnell sieht man sich wieder.«

Bärbel und Enno Schwerdtfeger sahen aus wie zwei begossene Pudel, als Wim das Wort ergriff. Auf der Suche nach Bärbel hatte Wim im Einkaufszentrum ihren Ehemann zuerst entdeckt und ihn direkt angesprochen, während Rosalie unmittelbar in die Bäckerei gegangen war. Nun saßen sie zu viert um einen runden Bistrotisch.

»Ja, das ist ein Ding, nech?«, entgegnete Bärbel Schwerdtfeger und lächelte zaghaft.

»Wo ist Justus Bellinghausen?« Rosalie kam direkt auf den Punkt.

»Woher sollen wir das denn wissen?« Enno Schwerdtfeger klang wieder einmal entrüstet.

Wim presste die Lippen zusammen, stützte seinen rechten Ellenbogen auf die Tischplatte zwischen ihnen ab und hob mahnend den Zeigefinger. »Jetzt passen Sie mal gut auf! Wir sind Ihre Lügen und Intrigen leid. Herr Bellinghausen hat sich vorhin unserer Unterredung entzogen und ist seitdem verschwunden. Und eigentlich wollte und sollte er Ihre Frau hier in diesem Café treffen und ist komischerweise nicht aufgetaucht, oder versteckt er sich vielleicht hinter der Kuchentheke? Geben Sie mir also recht, dass Herr Bellinghausen sich auffällig, wenn nicht sogar verdächtig verhält?« Wim legte eine kurze Redepause ein und nahm wahr, wie Enno Schwerdtfeger schluckte. Antworten ließ Wim ihn nicht, sondern fuhr direkt fort. »Ach so, ich verstehe! Sie wussten ja gar nichts davon, dass Ihre Frau sich heute mit Herrn Bellinghausen zum Kaffeeklatsch treffen wollte, oder? Das tut mir jetzt natürlich leid. Na ja, aber andererseits nehmen Sie es ja auch nicht so genau mit der Wahrheit, oder, Herr Schwerdtfeger?«

Ennos Gesichtsfarbe wechselte ins Rötliche, während seine Frau immer blasser wurde. »Ich weiß gar nicht, worauf Sie hinauswollen, Herr Schneider. Meine Frau kann sich doch treffen, mit wem sie möchte.«

»Ist das so?«, fragte Rosalie. »Dabei haben Sie doch zuletzt kein gutes Haar an Herrn Bellinghausen gelassen. Und was seinen Job in Ihrer Firma angeht, haben Sie da

Ihrer Frau gegenüber vielleicht ein wenig übertrieben, damit sie ein schlechtes Bild von ihrem sogenannten Freund Bellinghausen bekommt und sich von ihm lossagt?«

»Das habe ich Ihrem Kollegen doch alles schon am Telefon erzählt. Ich weiß nicht, wovon Sie reden«, erwiderte Enno Schwerdtfeger empört.

»Aber ich«, sagte Bärbel Schwerdtfeger plötzlich kleinlaut. »So war das nämlich nicht.«

»Wie war es denn dann?« Wim musste sich zusammenreißen, damit ihm nicht der Geduldsfaden riss. »Es ist ernst, Frau Schwerdtfeger, reden Sie endlich.«

Bärbel Schwerdtfeger seufzte und kämpfte mit den Tränen. »Hat Justus Ihnen über seine Tätigkeit in der Firma meines Mannes berichtet?«

Rosalie und Wim nickten zeitgleich. »So weit haben wir uns noch unterhalten können, bevor er sich heimlich aus dem Staub gemacht hat«, bestätigte Wim.

»Er wird Ihnen dann sicherlich die Wahrheit gesagt haben«, fuhr Bärbel Schwerdtfeger fort. »Er hat ja keinen Grund, deswegen zu lügen, ich hingegen schon. Ja, ich habe gelogen, als ich Sie angerufen habe, Frau Helmer.«

»Was um alles in der Welt hast du erzählt?« Enno Schwerdtfeger drehte sich zu seiner Frau und schaute sie entgeistert an.

»Na, dass du Justus entlassen hast.« Bärbel Schwerdtfeger senkte den Blick. »So, jetzt ist es raus.«

»Und dass Sie Justus außerdem ein schlechtes Zeugnis ausgestellt haben, um ihm einen reinzuwürgen«, vervollständigte Wim. »Wir wollten doch ab jetzt ehrlich sein, oder, Frau Schwerdtfeger?«

»Aber, aber … Bärbel … aber warum? Warum unterstellst du mir denn so was?« Enno Schwerdtfeger suchte nach den richtigen Worten.

»Na, weil du immer nur auf Justus rumhackst, weil du mir diese Freundschaft nicht gönnst, weil du eifersüchtig bist! Und weil du Justus bei der Polizei schlechtgemacht hast«, brach es aus Bärbel Schwerdtfeger heraus. »Es geht immer nur um das Durchsetzen deiner eigenen Interessen. Du kennst kein anderes Thema außer diesem Scheißförderantrag. Was andere fühlen, ist dir egal. Ich bin dir egal und Justus' Gefühle sind dir auch egal! Ich wollte … ach, ich weiß es doch auch nicht.«

»Ihren Freund in Schutz nehmen, in dem Sie ihn als Opfer darstellen?«, fragte Wim.

Bärbel Schwerdtfeger nickte stumm, während Enno die Augen verdrehte. »Justus' Gefühle? Sag mal, hörst du dich eigentlich selbst reden? Du hast mich vor der Polizei in ein falsches Licht gerückt, Bärbel! Spinnst du? Und der Tod von Diana ist 15 Jahre her, 15 Jahre! Es muss doch irgendwann auch mal gut sein. Aber bis heute zieht dein Freund Justus immer noch diese Karte, wenn es um seine Interessen geht. Jawohl, er interessiert sich nämlich auch nur für sich selbst. Oder glaubst du allen Ernstes, dass du ihm eine echte Freundin bist? Wach auf, Bärbel! Er benutzt dich doch nur, damit du dich gemeinsam mit ihm gegen mich verbündest.«

Rosalie hatte das Hin und Her zwischen den Eheleuten genau beobachtet und sich nicht eingemischt. Bärbel und Enno Schwerdtfeger hatten sich mit Wim Schneiders Zutun gegenseitig die richtigen Fragen gestellt und vor allem klärende Antworten geliefert. Nun aber sah Rosalie den geeigneten Augenblick gekommen, um die alles entscheidende Frage zu stellen. Mit Bedacht nahm sie das Foto aus ihrer Tasche, das sie auf der Flurkommode von Justus Bellinghausen entdeckt und mitgenommen hatte. Sie drehte es so, dass man die Person darauf unmittelbar erkennen konnte, und legte es auf den Tisch. Die junge Frau, die das Ehepaar Schwerdtfeger anlächelte, war der toten Isabell Gessner wie aus dem Gesicht geschnitten.

»Können Sie beide bestätigen, dass das hier Diana ist?«

44. KAPITEL

Ein Anruf in der Verwaltung des Naturhistorischen Museums hatte genügt, um von der zentralen Vergabestelle die erforderlichen Übersichten ehemaliger Dienstleister zu erhalten. Sichtlich zufrieden reichte Mia Armbrüster die Ausdrucke an Yves Degenhardt weiter.

»Das ging ja flott! Sehr schön!«

»Unsere Verwaltung ist gut sortiert.« Mia Armbrüster wirkte erleichtert. »Soweit ich das auf die Schnelle überblicken konnte, sind es aber nicht immer die gewünschten Zehnjahreszeiträume, sondern hier und da auch mal weniger. Da kann man aber sicher nachhaken. Dafür haben wir vereinzelt bereits Personallisten.«

Yves Degenhardt nickte und erhob sich vom Stuhl. »Damit lässt sich doch schon mal arbeiten. Dann danke ich und melde mich, wenn wir Sie wieder brauchen.«

»Was hoffentlich nicht so schnell der Fall sein wird«, entgegnete Mia Armbrüster spontan.

Yves Degenhardt lächelte. »Ich kann mir gut vorstellen, dass die letzten Tage sehr belastend für das Museum und auch für Sie persönlich gewesen sind. Aber wir alle machen nur unseren Job.«

»Da gebe ich Ihnen recht, und zwar in allen Punkten«, bestätigte Mia Armbrüster. »Ich begleite Sie noch zum Ausgang, ich wollte eh mal nach Brunonia schauen.«

»Geht es dem Tier gut?«, fragte Yves Degenhardt, als sie das Büro verließen und sich in das Treppenhaus begaben.

»Ich denke schon. Es gibt keine äußeren Anzeichen, dass dem nicht so ist. Aber sie wird weiterhin abgeschirmt, bis alle Aufregung sich gelegt hat oder sogar der Täter gefasst wurde.«

»Das ist doch …«, murmelte Yves Degenhardt, als er auf dem Weg nach unten einen ersten Blick auf die Liste warf.

»Haben Sie etwas entdeckt?«, erkundigte sich Mia Armbrüster neugierig.

Yves Degenhardt blieb stehen und fasste sich nachdenklich ans Kinn. »Allerdings.«

Georg Holthusen ging auf direktem Weg zur Vinothek, die Hände in die Manteltasche gestopft. Es war zwar erst nachmittags und der Durchschnitt der Bevölkerung würde sich jetzt einen Kaffee aufsetzen, aber Gitte gönnte sich ja zu jeder Tageszeit irgendein Gesöff. Da er sie zu seiner Überraschung zu Hause nicht angetroffen und sie auch keine Nachricht hinterlassen hatte, konnte sie sich eigentlich nur in ihrem Lieblingsgeschäft aufhalten und dort allein oder in Gesellschaft Prosecco trinken. Gitte war weder der Typ für einsame Spaziergänge noch für spontane Unternehmungen, aber die Wettberger Vinothek war mittlerweile so etwas wie ihr zweites Wohnzimmer geworden. Blieb nur zu hoffen, dass sie ihre Grenzen erkannte und sich nicht mal wieder danebenbenahm. Jetzt, wo Georg vor der Übernahme größerer Aufgaben stand, musste sich auch Gitte in der Öffentlichkeit zusammenreißen. Daher war es besser, immer ein Auge auf sie zu haben und sie jetzt rechtzeitig unter irgendeinem Vorwand wieder einzusammeln. Durch das beleuchtete Schaufenster erkannte Georg Gittes Freundinnen Andrea und Angelika, oder das A-Team, wie sie unter den Frauen auch genannt wurden. Mit dem

Rücken zur Straße saßen die beiden auf zwei Hochstühlen und hatten tatsächlich zwei Gläser mit prickelndem Inhalt vor sich stehen. Gitte konnte Georg jedoch ebenso wenig ausmachen wie ein drittes Glas. Ihn beschlich ein komisches Gefühl. Andrea nahm Georg zuerst durch die Scheibe wahr und steckte prompt den Kopf mit Angelika zusammen. Bei dem Gedanken an ihren Altweibertratsch klingelten Georg die Ohren. Zunächst blieb er vor der Eingangstür stehen und hielt für einen Augenblick inne. Sollte er reingehen und sich nach seiner Frau erkundigen? Dann würde er sich die Blöße geben, dass er Gitte suchte. Oder sollte er lieber so tun, als ob er etwas einkaufen wollte? Spontan entschied er sich für die zweite Variante und grüßte freundlich, als er die Vinothek betrat und am A-Team vorbeiging. Vor dem Weinregal mit den Herbstangeboten blieb er stehen und tat interessiert. Er spürte die Blicke der Frauen im Rücken, bis Andrea ihn ansprach. »Geht es Gitte besser?«

Georg horchte auf. Was sollte denn diese Frage? Hatte er etwas verpasst? Er nahm eine Weinflasche in die Hand und vermied es, sich umzudrehen, damit man ihm seine Verwunderung nicht direkt ansehen konnte. »Ja, es geht langsam wieder.« Seine Antwort fiel reserviert aus.

»Ich habe ja auch immer mit Kopfschmerzen zu kämpfen bei dieser Wetterlage«, mischte sich nun Angelika ein. »Aber so einen Schwindel, wie Gitte ihn immer hat, das kenne ich nicht.«

»Ich verkneife mir da jetzt mal einen Kommentar«, scherzte Andrea mit einem leicht gehässigen Unterton und spielte an einer ihrer Halsketten.

In Georg köchelte es, aber er wollte sich von diesen beiden Trutschen nicht aus der Fassung bringen lassen. »Gitte hat sich wegen ihres Schwindels bereits in ärztliche Behandlung begeben«, log er im Versuch, die Situation zu retten.

»Richtig so! Wir hatten ihr auch dazu geraten. Schwindel kann ja neben Wetterfühligkeit und Kopfschmerzen unendlich viele Ursachen haben. Und gerade jetzt hat Gitte ja so viel Stress, was auf Dauer nicht gut ist. Ein paar Gläschen weniger würden ihr aber sicher auch nicht schaden«, bemerkte Andrea.

Langsam drehte Georg sich um. »Es ist doch gut, dass ihr unter Freundinnen so offen redet.«

»Das stimmt.« Angelika lächelte süffisant und nippte an ihrem Glas. »Aber du solltest trotzdem mal ein Auge auf Gitte werfen, jetzt, wo sie sich auch noch so aufopferungsvoll um eure Bekannte kümmert. Das wächst ihr doch bald alles über den Kopf.«

»Bekannte?« Georg konnte den beiden Prosecco-Damen immer weniger folgen. Was spielte sich hier gerade ab?

»Na die, die am Wochenende von ihrem Mann rausgeschmissen worden ist und jetzt in unserem Ferienhaus wohnt«, erklärte Andrea. »Gitte macht mich ja gerade sozusagen zur Komplizin, aber was tut man nicht alles für eine gute Freundin?«

»Komplizin? Ferienhaus?« Georg lehnte sich an den Verkaufstresen. Plötzlich war er es, dem schwindelig wurde.

»Sag mal, redet ihr daheim gar nicht miteinander?« Angelika zog ihre überschminkten Augen zu schmalen Schlitzen zusammen.

»Ich war viel unterwegs«, rechtfertigte sich Georg und hoffte auf Antworten. Das A-Team schien sehr redselig zu sein.

»Na, wir haben doch von meinem Vater dieses olle Häuschen am Deister geerbt. Da wohnt Gittes Bekannte jetzt.

Selbstverständlich nur vorübergehend. Überwintern kann man da nicht. Schlechte Isolierung und so.«

Georg nickte. »Ach, dieses Häuschen! Jetzt fällt bei mir der Groschen.«

Andrea zuckte mit den Schultern. »Es ist ja nichts Neues, dass ihr Männer uns nicht richtig zuhört.«

Franz Maria Baumann wusste nicht, ob er lachen oder weinen sollte. So oder so liefen ihm die Tränen über das faltige Gesicht und verfingen sich in seinem grauen Dreitagebart. Es waren Tränen der Erleichterung, aber auch Tränen der Wut. Nicht nur, dass Luise am Leben war, er hatte sich auch seinen Frust über Georg von der Seele geredet. Ausgerechnet bei dessen Frau. Gitte hatte ihm zum Schluss einfach nur noch zugehört und versuchte ihn nun zu beruhigen.

»Ich kann nachvollziehen, dass du die Polizei über alles informieren willst, auch wenn es entsprechende Konsequenzen für Georg und dann wohl auch für die Stiftung hat. Er hat nicht nur eine Grenze überschritten«, sagte Gitte Holthusen einfühlsam, aber bestimmt und reichte Franz ein Taschentuch.

»Das stimmt leider. Aber zuerst muss ich diese Neuigkeiten verdauen und alles sacken lassen. Wir sollten sofort zu Luise fahren und sie abholen. Ich muss mich doch kümmern.«

»Warte noch einen Augenblick. Luise braucht noch Zeit, darum hat sie mich gebeten. Sie will ihre Ruhe haben.«

Franz schaute betreten zu Gitte. »War sie bei klarem Verstand?«

»Den Umständen entsprechend, wenn du mich fragst. Ich gebe aber zu, dass auch ich in den vergangenen Tagen gemerkt habe, dass sie ihre wirren Momente hat und dass es auch schlimmer geworden ist. Sie hat mir versichert, dass sie im neuen Jahr zum Neurologen gehen wird.«

»Braucht sie denn nicht jetzt einen Arzt? Sie ist doch hilflos durch die Gegend geirrt und wahrscheinlich auch unterkühlt?«

»Das dachte ich am Samstagabend auch, als sie plötzlich bei mir auftauchte, aber nachdem sie sich aufgewärmt hatte und der erste Schock überwunden war, ging es einigermaßen. Sie hat in den letzten Tagen viel geschlafen. Und weil Georg ja häufig weg war, konnte ich sie mit allem, was nötig ist, versorgen, ohne dass er etwas bemerkt hat. Deine Schwester hat einen ordentlichen Appetit, das kann ich dir sagen.«

»Du bist halt eine gute Köchin«, entgegnete Franz voller Dankbarkeit.

Gitte Holthusen lächelte. »Und ich habe so einiges eingefroren. Weil ich ja wusste, dass Georg und ich am Sonntag zusammen bei diesem Event in der Vinothek und hinterher gemeinsam zu Hause sein würden, habe ich Luise Samstagabend gleich mit diversen Tupperschalen versorgt. Selbst gekocht schmeckt ja eh am besten.

Meinst du denn, dass Georg auch etwas mit der Entführung zu tun hat? Das geht mir seit Tagen nicht aus dem Kopf. Er verhält sich so merkwürdig. Es fiel mir ganz schön schwer, mir nichts anmerken zu lassen, vor allem an diesem verflixten Sonntag. Wenn ich nur an dieses Abendbrot denke. Da habe ich ganz schön flunkern müssen, damit er keinen Verdacht schöpft.«

»Ich möchte mir nicht vorstellen, dass dein Mann etwas mit alledem zu tun. Aber nach seinem Erpressungsversuch habe ich mein Vertrauen in ihn wirklich verloren. Zumindest hat er ein Alibi. Wenn Luise tatsächlich am Samstagmittag in ihrem Haus überfallen wurde, dann kann Georg es jedenfalls nicht persönlich gewesen sein. Wir haben uns am frühen Nachmittag im Zooviertel getroffen.«

»Das stimmt«, bestätigte Gitte. »Außerdem hat er doch gar nicht mehr die körperliche Statur, deine Schwester zu überwältigen, vermutlich in ein Auto zu verfrachten und sie dann in der Pampa wieder auszusetzen. Denk doch nur mal an seine Rückenprobleme. Wenn er etwas damit zu tun hat, muss er jemanden beauftragt haben.«

»Aber wen? Und vor allem warum?«

»Zweiteres kann ich dir beantworten«, sagte Gitte Holthusen mit trauriger Stimme. »Weil ihm anscheinend jedes Mittel recht ist, um euch an der Spitze der Stiftung abzulösen. Georg ist ein absoluter Machtmensch. Außerdem erträgt er mich nicht mehr und sucht einen Zufluchtsort.«

Franz stand auf, ging um den Couchtisch herum und setzte sich neben Gitte. Behutsam legte er ihr einen Arm um die Schulter. »Sag doch so was nicht, Gitte.«

»Es ist die Wahrheit. Georg ist nicht mehr der, der er mal war. Ich bin ihm peinlich. Und ich verstehe das sogar.«

»Und warum ist Luise ausgerechnet zu dir gekommen?« Franz wollte die unangenehme Situation beenden und wechselte das Thema. Er hatte noch so einige Fragen zum Verschwinden seiner Schwester, die ihm unter den Nägeln brannten.

»Das habe ich sie natürlich auch gefragt. Sie ist angeblich mitten in einem Waldstück aufgewacht und war vollkommen orientierungslos. Sie meinte, dass sie sich nach dem Überfall in ihrem Haus an nichts mehr erinnern kann. Bis zum Einbruch der Dunkelheit ist sie dann durch die Gegend geirrt, irgendwann an eine Bundesstraße gelangt und dieser gefolgt. In einem Dorf hat sie dann eine Bushaltestelle gefunden. Sie hatte wohl noch Geld bei sich und konnte sich einen Fahrschein kaufen.«

»Das passt. Seitdem man ihr einmal das Portemonnaie gestohlen hat – ich behaupte ja bis heute, dass sie es verlegt hatte –, trägt sie jetzt immer ein paar Geldscheine mit sich rum. Für den Notfall.«

»Der dann wohl eingetreten ist. Jedenfalls ist sie mit diesem Bus bis an den Endhaltepunkt gefahren, irgendwo in der Südstadt, Altenbekener Damm oder so«, berichtete Gitte weiter.

»Dann war es offenbar einer der Regiobusse, der aus dem Landkreis Peine kam«, überlegte Franz.

»Das glaube ich auch. An die genaue Linie konnte sie sich aber nicht erinnern.«

Franz schüttelte den Kopf. »Unglaublich. Aber warum ist sie dann nicht direkt zu mir gekommen oder zur Stiftung? Sie war doch schon in Hannover. Oder sie hätte die Polizei rufen können.«

Gitte zog die Augenbrauen hoch. »Erstens hatte sie ja kein Handy dabei, nur das bisschen Bargeld. Und zweitens ist sie deine Schwester. Sie ist eine geborene Baumann.«

Franz warf Gitte einen fragenden Blick zu. »Das verstehe ich jetzt nicht.«

»Nicht? Ihr Baumanns seid so ziemlich die stolzesten Menschen, die ich kenne. Bloß niemandem zur Last fallen, bloß nicht um Hilfe bitten, immer schön den Schein wahren, alles im Namen der Familienehre und natürlich der heiligen Stiftung. Luise hat mir wortwörtlich gesagt, dass sie auf gar keinen Fall die Polizei einschalten will, um jegliche Form der Presseberichterstattung im Keim zu ersticken. ›Es ist ja alles noch mal gut gegangen‹, das waren ihre Worte.«

»Und darum wollte sie auch während der vermeintlich laufenden Kuratoriumssitzung nicht völlig derangiert zur Stiftung kommen«, überlegte Franz.

»Vermutlich. Und außer zu uns und dir hatte sie ja keine privaten Kontakte mehr in Hannover. Also hat sie sich ein Taxi genommen und ist aus Verzweiflung zu mir gefahren. Gott sei Dank konnte sie sich an unsere neue Adresse erinnern. Ein lichter Moment. Bei allem Stolz war Luise völlig fertig und verunsichert. Weißt du, deine Schwester hat schon lange gemerkt, dass man an ihren geistigen Fähigkeiten zweifelt, sie meinte auch, dass man im Vorfeld der Sitzung versucht habe, Einfluss auf sie zu nehmen. Das gilt sowohl für Georg als auch für irgendwelche Antragsteller. Sie stand gehörig unter Druck, einfach funktionieren zu müssen. Der Überfall hat ihr dann den Rest gegeben. Als sich nach einem längeren Gespräch alles langsam bei ihr gesetzt hat, ist sie in Tränen ausgebrochen und sprach dann plötzlich davon, dass sie jetzt niemandem mehr trauen könnte und dass man ihr womöglich nach dem Leben trachten würde. Ich konnte sie erst beruhigen, als ich ihr vorgeschlagen habe, sie ein paar Tage im Ferienhaus einer Freundin zu verstecken, damit sie sich erholen und sortieren kann. Das hat sie dankbar angenommen, aber dann kamen die Ängste. Nur mit Müh und Not hat sie mich noch ins Häuschen gelassen, sie will niemanden sehen. Sie fühlt sich verfolgt.«

Franz schloss die Augen. Was für ein Albtraum. Aber Luises Ängste konnte er nachfühlen.

45. KAPITEL

»Die Ähnlichkeit ist frappierend«, stellte Rosalie erneut fest und verglich zum wiederholten Mal die Fotos ihres aktuellen Mordopfers Isabell Gessner und der bei einem Jagdunfall ums Leben gekommenen Diana Mendel.

»Absolut richtig. Sie haben großartig reagiert und kombiniert«, entgegnete Wim anerkennend und knipste die Schreibtischlampe an. »Die Schlinge zieht sich zu. Ich bin mir ziemlich sicher, dass Bellinghausen unser Mann ist.«

»Das ›ziemlich‹ können Sie streichen.« Plötzlich erschien Yves Degenhardt in der Tür. »Schön, dass es endlich mit unserer Lagebesprechung klappt. Vor Ort und persönlich.«

Wim verzog den Mund und drehte sich zu seinem PC-Monitor. »Das hat sich ja angeboten, nachdem wir bereits auf dem Weg ins Büro waren, als Sie sich gemeldet haben.«

»Nun gut, dann fassen wir mal zusammen.« Yves Degenhardt nahm einen Filzstift und ging zum rollbaren Flipchart, das er gleich mitgebracht hatte. Rosalie entging nicht, dass Wim die Augen verdrehte und ihr einen vielsagenden Blick zuwarf. »Also, Justus Bellinghausen, 43 Jahre, wohnhaft im Eichtalviertel, ledig, keine Kinder, keine Beziehung.«

»Wenn man Bärbel Schwerdtfeger in diesem Punkt glauben darf«, bemerkte Wim.

»Das machen wir jetzt einfach mal, denn die liebe Frau Schwerdtfeger ist ja angeblich nicht nur Bellinghausens Busenfreundin, sondern entwickelt sich gerade auch zu einer wichtigen Zeugin, nachdem Sie sie zum Reden gebracht haben«, kommentierte Yves Degenhardt, während er Stichworte zu Papier brachte. »Wir müssen davon ausgehen, dass Bellinghausen in der Lage ist, sich Zugang zum Museum zu verschaffen, der Umstand, dass er zum Sicherheitspersonal der Firma gehörte, die als vorletzte für das Naturhistorische Museum tätig war, lässt diese Annahme zu.«

Wim nickte. »Da gebe ich Ihnen recht. Gut, dass Sie die Listen von Frau Armbrüster erbeten haben.«

Yves Degenhardt drehte sich langsam um und schaute zu Wim. »Habe ich mich gerade verhört, Herr Schneider? Sie geben mir recht und loben mich?«

»Wenn jemand gute Arbeit macht, erkenne ich das an.« Wim hielt dem Blick seines Vorgesetzten ausdruckslos stand.

Rosalie war inzwischen aufgestanden und ging zum Flipchart. »Jetzt ist es mal gut mit den Spitzen. Wir haben einen Mord aufzuklären und wer weiß, wofür Justus Bellinghausen noch alles verantwortlich ist. Kann ich mal bitte den Stift haben?«

Yves Degenhardt räusperte sich und kam Rosalies Bitte nach. »Nun mal nicht so gereizt. Wir reißen uns jetzt alle mal am Riemen.«

Rosalie versuchte zu lächeln und begann mit ihren Ausführungen. »Laut Bärbel Schwerdtfeger hat Justus Bellinghausen vor 20 Jahren während des Biologiestudiums die gleichaltrige Diana Mendel kennengelernt, seine ganz große Liebe. Nach vier Jahren folgte die Verlobung, ein Hochzeitstermin stand fest. Etwa zwölf Monate später kam es dann zu dem Jagdunfall, bei dem Diana getötet wurde. Sie ist in Justus' Armen verstorben, was er nie verwunden hat.«

»Wobei Enno Schwerdtfeger ja steif und fest behauptet, dass Justus diesen Verlust mittlerweile nur noch als Vorwand benutzt, um seine Interessen durchzusetzen«, ergänzte Wim.

»Das stimmt, aber wenn Sie mich fragen, dann ist Diana tatsächlich der Schlüssel. Ihr Verlust treibt Bellinghausen an, ihr Tod ist sein Motiv.« Rosalie klemmte sich eine Haarsträhne hinter das Ohr und notierte als Nächstes »Brunonia« auf dem Flipchart.

»Brunonia?« Yves Degenhardt klang skeptisch.

»Brunonia«, bestätigte Wim und schien dem Spannungsbogen, den Rosalie gerade aufbaute, etwas abgewinnen zu können.

Rosalie wandte sich ihren Kollegen zu. »Bärbel Schwerdtfeger wusste heute Nachmittag auch zu berichten, dass Diana im Rahmen ihres Studiums damals an einer Forschungsarbeit über Schlangen gearbeitet hat. Und ratet mal, wo eines ihrer Forschungsobjekte ihr Zuhause hatte.«

Georg Holthusen wankte. Vermutlich sah er seiner Frau ähnlich, die oftmals kaum geradeaus gehen konnte. Hatte er ihr unrecht getan? War es am Ende gar kein ein übermäßiger Alkoholkonsum, der Gitte immer wieder torkeln ließ, sondern eine Schwindelerkrankung? Die Erzählungen des A-Teams waren in vielerlei Hinsicht aufschlussreich gewesen, sie hatten ihm jedoch auch für den Moment den Boden unter den Füßen weggerissen. Neben den offenen Fragen rund um ihren Gesundheitszustand war es aber vor allem die Geschichte über die Bekannte, die Gitte angeblich in einem Häuschen am Deister versteckt hielt. Konnte das wirklich sein? Er musste sich eingestehen, dass er seine Frau womöglich unterschätzt hatte. Als er auf dem Heimweg in seine Straße einbog, sah er den markanten Jaguar schon von Weitem. Franz Baumann war zu Besuch und das hell erleuchtete Küchenfenster signalisierte Georg, dass Gitte ihn anscheinend ins Haus gelassen hatte. Wo hatte sie in der Zwischenzeit nur gesteckt? Während er sich dem Haus näherte, überkam ihn Panik. Worüber hatten Gitte und Franz sich unterhalten? Würde Franz Gitte reinen Wein einschenken? Georg war die Situation zu heikel. Vor einer erneuten Begegnung mit Franz musste er Gewissheit über das neue belastende Material haben, was Franz endgültig als den Todesschützen von damals überführen sollte. Er konnte nicht länger warten und würde noch einmal lügen müssen, ein allerletztes Mal.

Bärbel hatte zwar neben ihm auf dem Sofa Platz genommen, aber Enno Schwerdtfeger hatte sich die Zweisamkeit nach Feierabend eigentlich harmonischer vorgestellt. Das eisige Schweigen, das nach der Verabschiedung der beiden Polizeibeamten zwischen den Eheleuten eingetreten war, setzte sich auch hier weiter fort. Immer wieder schniefte Bärbel in ein Taschentuch und schluchzte leise vor sich hin.

»Soll ich uns vielleicht einen Tee machen?«, wagte Enno vorsichtig den ersten Schritt.

Bärbel nickte und ihre Lippen bebten, als sie zu einer Antwort ansetzte. »Ja, das wäre prima. Danke schön.«

»Ach, Bärbelchen, wie konnte es nur so weit kommen?«, fragte Enno Schwerdtfeger geknickt und legte seiner Frau eine Hand auf den Oberschenkel. Bärbel reagierte prompt, nahm seine Hand und drückte sie fest.

»Ich bin so unfassbar enttäuscht, ich bin fassungslos, ich … das hätte ich niemals für möglich gehalten. Justus …

er … wir …«, stammelte Bärbel vor sich hin und suchte nach den richtigen Worten.

»Wenn die Schlussfolgerungen der Polizei richtig sind, dann fehlen mir auch die Worte. Aber es scheint sich gerade alles zusammenzufügen. Unabhängig davon, dass Justus sich am Samstag krankgemeldet und niemand von uns ihn zu Gesicht bekommen hat, habe ich ihn vor dem Museum gesehen. Wegen seines Diana-Wahns hat er ein Motiv, und zwar ein ganz schön krankes. Ich war nie ein großer Fan von Justus, das weißt du, aber dass sich hinter seiner eloquenten Fassade womöglich ein Psychopath versteckt, das hätte ich niemals gedacht. Wenn das alles wirklich stimmt, dann hat er sich dir gegenüber skrupellos und manipulativ verhalten.«

Bärbel knüllte ihr benutztes Taschentuch zusammen und warf einen Blick auf das Holzkreuz über der Wohnzimmertür. »Nicht nur mir gegenüber. Er hat uns alle getäuscht und mich hat er ausgenutzt. Als ob er die ganze Zeit zur Tarnung eine Maske getragen hätte. Verstehst du, was ich meine? Er ist nicht nur ein Psychopath, Enno, er ist der Teufel. Ich habe den Teufel beschützt und auch noch wie wild verteidigt. Ich war geblendet und naiv, nur weil ich mich so sehr nach einem guten Freund gesehnt habe. Das verzeihe ich mir nie.«

Justus Bellinghausen ignorierte die wiederholten Anrufe aus Hannover. Georg Holthusen hatte jetzt vermutlich ein Riesenproblem, aber das interessierte ihn nicht. Es berührte ihn genauso wenig wie das Schicksal der alten Mäzenin, die er als ersten Teil der Abmachung mit gebührendem und kilometerweitem Abstand zu ihrem Haus irgendwo im Wald ausgesetzt hatte. Entweder war sie zäh und würde es irgendwie schaffen oder sie wäre eine jener dementen Personen, die einfach wegliefen und irgendwann tot aufgefunden wurden. Im Ergebnis hatte er es geschafft, rechtzeitig die Kuratoriumssitzung und damit den entscheidenden Beschluss zu verhindern, der die Zerstörung von Dianas Andenken nach sich gezogen hätte. Nur das hatte für den Moment gezählt. Georg Holthusen hatte ihm im Gegenzug in Aussicht gestellt, den Förderantrag sogar dauerhaft zu verhindern und das Thema ein für alle Mal aus der Welt zu schaffen. Mit ihm an der Spitze der Stiftung und als Letztentscheider wäre das vermutlich wirklich kein Problem gewesen. Dass Georg Holthusen aber Wort halten würde und vor allem immer die Wahrheit sagte, bezweifelte Justus, dafür war er einfach zu intrigant. Holthusens Ziel, den Bruder der Mäzenin zu Fall zu bringen und Stiftungsvorsitzender zu werden, war aber zweifelsohne von Justus' Zeugenaussage abhängig. Eine Hand wusch eigentlich die andere, nur dass Justus auf Grund der aktuellen Entwicklungen nicht mehr in der Lage dazu war, diesen zweiten Teil der Abmachung einzuhalten. Ihm fehlten Zeit und Muße, sich eine neue Aussage zulasten von Franz Baumann auszudenken und den Jagdunfall in ein anderes Licht zu rücken, in ein Licht, das Georg Holthusens Plänen in die Karten spielen würde. Für Justus galt es nun, seinen Abschied vorzubereiten und zu retten, was noch zu retten war, denn in seiner eigenen Wohnung war ihm ein Fehler unterlaufen. Obwohl er Situationen wie jene zigmal im Geiste durchgegangen war, hatte er plötzlich die Kontrolle verloren. Er hatte unüberlegt gehandelt und sich nun selbst in eine Sackgasse manövriert, aus der es kein Entkommen gab und die ihn nun dazu zwang zu handeln. Die erste Zeit würde er an seinem sicheren Ort überbrücken können, um sich dann endgültig abzusetzen. Er hatte gewusst, dass dieser Tag irgendwann kommen könnte, an dem er sich von der gemeinsamen Zeit im Eichtal lossagen musste, ausgeschlossen die Rückkehr in die eigenen vier Wände, die sie damals zusammen eingerichtet hatten. Dank seiner minutiösen Vorbereitung gab es jedoch für diesen Fall einen Ablaufplan. Das letzte Tagebuch, das er wie all die Vorgänger stets mit seinen Erlebnissen vollgeschrieben hatte, würde er wieder auf dem Friedhof deponieren. Die kleine Metallkiste im Erdreich unter der Bepflanzung schützte vor der Witterung und brachte seine Worte Diana besonders nah. Brunonia aber stellte bei seinem Plan die größte Herausforderung dar. Er hatte alles vorbereitet, um sie unbemerkt aus dem Museum zu holen, und obwohl es ihm nicht fremd war, Risiken einzugehen, würde ihm sein Vorhaben in der aktuellen Situation alles abverlangen. Ihrer gemeinsamen Schutzgöttin endlich die Unsterblichkeit zu schenken, wäre hingegen handwerkliche Routine und die Krönung seines schöpferischen Wirkens.

46. KAPITEL

Franz Maria Baumann hatte den Telefonhörer gerade zur Hand genommen, als Georg Holthusen die Haustür aufschloss. Mit einer kurzen Handbewegung deutete Gitte Franz an, im Wohnzimmer zu verschwinden, und nahm ihm den Hörer ab.

»Georg, wo kommst du her?«, begrüßte sie ihren Mann, als er aus dem Windfang am Eingang kommend den Flur betrat.

»Das könnte ich dich auch fragen. Du warst vorhin nicht zu Hause, da habe ich dich gesucht.«

»Mich gesucht? Ich war nur kurz spazieren«, entgegnete Gitte selbstbewusst und stellte sich vor das Telefontischchen.

»Wolltest du gerade jemanden anrufen?«, fragte Georg skeptisch und trat einen Schritt auf sie zu.

»Ja, stell dir vor, ich wollte mich kurz bei Andrea melden.«

»Andrea? Soso. Um dich nach deiner Bekannten zu erkundigen, die du in ihrem Ferienhaus versteckst?«

»Wie bitte?« Gitte fühlte sich ertappt und Georgs eiskalter Blick machte ihr Angst.

»Tu doch nicht so, du weißt genau, was ich meine!«, entgegnete Georg wütend und trat plötzlich mit dem Fuß gegen eine Milchkanne neben der Garderobe, die als Schirmständer fungierte. Das scheppernde Geräusch ließ Gitte zusammenzucken und veranlasste sie dazu, zügig nach einer diplomatischen Antwort zu suchen. »Das geht nur uns Frauen etwas an.«

»Aber wenn meine Frau mich belügt, dann geht mich das sehr wohl etwas an«, erwiderte Georg und packte Gitte am Handgelenk. »Sag mir jetzt die Wahrheit!«

»Au! Du tust mir weh!«, entgegnete Gitte und versuchte sich wegzudrehen. Mit dem Hinterteil touchierte sie dabei eine Vase, die neben dem Telefon stand, und brachte diese zu Fall.

Georg ignorierte die Scherben auf dem Boden, trat mitten hinein und festigte seinen Griff noch einmal, als er sich Gitte bis auf wenige Zentimeter näherte.

»Lass Gitte los, jetzt reicht's!« Franz erschien in der Tür.

»Ach, da bist du ja! Dein Auto in der Einfahrt ist nicht zu übersehen«, sagte Georg schnippisch und stieß Gitte von sich weg. »Hast du jetzt eine Affäre mit meiner Frau oder was verschafft mir die Ehre?«

Franz stellte sich vor Gitte, die in seine Richtung getaumelt war. »Rendezvous? Sag mal, drehst du jetzt vollkommen durch? Ich bin deine Unterstellungen und Lügen leid. Ich lasse mich auch nicht länger von dir erpressen. Aber vielleicht möchtest du deiner Frau ja jetzt die Wahrheit sagen und dein Gewissen bereinigen, bevor ich die Polizei anrufe? Nur deswegen bin ich hier. Gitte zuliebe. Sie verdient die Wahrheit, und zwar persönlich und am besten aus deinem Mund.« Franz fühlte sich erleichtert. Er hatte nicht nur Oberwasser gewonnen, sondern die Situation für Gitte und ihn gerettet.

»Merkwürdig, ich habe mehrere verpasste Anrufe«, bemerkte Wim, als er nach Stunden zum ersten Mal wieder auf sein Handy schaute.

»Vielleicht Biggi?«, fragte Rosalie neugierig, als sie den Wagen in unmittelbarer Nähe des Naturhistorischen Museums parkte. »Für Ihre Verhältnisse haben Sie relativ lange nichts von ihr erzählt. Geht es ihr besser?«

»Unterstellungen«, erwiderte Wim kurz und steckte sein Handy wieder weg. »Es war eine mir unbekannte Nummer. Wenn es wichtig war, kann man sich ja wieder bei mir melden.«

Rosalie registrierte, dass ihr Kollege das Thema »Biggi Höfgens« noch immer abblockte, und ließ ihn gewähren. »Oder man könnte Ihnen auf die Mailbox sprechen.«

»Habe ich nicht aktiviert.«

Rosalie seufzte. »Ich ahnte so was. Wie dem auch sei, da hinten in dem schwarzen Audi sehe ich Degenhardt mit dem Kollegen Köhler.«

Wim nickte. »Und am Hintereingang dürften sich die anderen positioniert haben. Nun heißt es abwarten.«

»Mit Blick auf die Uhr könnte es ein langer Abend werden. Es wird ja gerade erst dunkel und das Museum hat vor noch nicht mal 20 Minuten geschlossen«, stellte Rosalie fest und biss in das belegte Brötchen, das sie sich unterwegs noch bei einem Bäcker gekauft hatte.

»Ich kann mir auch Schöneres vorstellen, als schon wieder einen Abend mit Ihnen im Auto zu verbringen, aber was muss, das muss.«

»Sehr charmant.«

Wim zuckte mit den Schultern. »Wenn Sie das gleich auf sich persönlich beziehen. Die Observation hier ist jedenfalls unsere einzige Chance im Moment. Die Fahndung nach Bellinghausen ist raus und mit Blick auf die Datenlage und sein Profil waren wir uns einig, dass er zum Museum zurückkommen wird. Er steht gehörig unter Druck und

Brunonia scheint eine herausragende Bedeutung für ihn zu haben. Es kann doch nun wirklich kein Zufall mehr sein, dass Diana ausgerechnet im Museum hospitiert hat, als Brunonia dort eingezogen ist.«

»Und sogar die Eingewöhnung des Reptils dokumentiert und die Forschungsdaten für ihre Arbeit genutzt hat«, vervollständigte Rosalie. »Ein Hoch auf die flinke Frau Armbrüster und das gut bestückte Museumsarchiv.«

»So viel Detailwissen hatte Bärbel Schwerdtfeger dann doch nicht.«

»Justus und seine Göttinnen«, bemerkte Rosalie und wischte sich über den Mund. »Immer diese Remoulade.«

»Göttinnen?« Wim schaute fragend zu seiner Kollegin.

»Ja, das hat Frau Schwerdtfeger doch vorhin mal so beiläufig rausgehauen. Und sie hat recht. Brunonia, die hiesige Schutzgöttin, und Diana, die Göttin der Jagd und des Mondes.«

»Ach, das meinen Sie. Ja, das stimmt wohl. Was für ein tragischer Zufall, dass Diana Mendel bei einer Jagd verstorben ist.«

»Wo Sie es gerade sagen, ich habe da übrigens noch ein kleines Geschenk für Sie.« Rosalie beugte sich nach hinten zu ihrer Tasche.

»Für mich?«, fragte Wim verwundert. »Bitte nicht noch eine Pflanziska.«

»Pflanziska? Was immer das sein soll ... Also, ich war vorhin noch schnell in unserer Registratur und habe hier die Fallakte von damals. Dianas Jagdunfall. Noch nicht digitalisiert, so richtig aus Papier.«

Wim konnte sich ein Lachen nicht verkneifen, nahm die Akte entgegen und roch an ihr. »Ahh, wie das duftet! So riecht Verwaltung.«

Rosalie grinste. »Es freut mich, wenn ich Ihnen eine Freude machen konnte. Ich lehne mich jetzt mal zurück und Sie lesen vor, einverstanden?«

Biggis Körper glühte noch immer. Innerlich und äußerlich. Sie hatte nicht nur eine weitere Massage bei Nils gleich in der kommenden Woche gebucht, sondern sich auf dem Rückweg in einem Schreibwarenladen an der Podbielskistraße auch ein wunderschönes Notizheft gekauft. Solo per me! Dunkelblau mit einem weißen Kraken auf dem Cover. Biggi liebte diese hochintelligenten Lebewesen und nach ihrer intensiven hawaiischen Ganzkörpererfahrung war sie noch so im Meeresrauschen verhaftet, dass es genau dieses Heft und kein anderes hatte sein müssen. Künftig wollte sie hier aufschreiben, was sie bedrückte, was sie beschäftigte, aber auch, was sie Schönes erlebt hatte. Ein Tagebuch wäre zu weit gegriffen für dieses Vorhaben, immerhin war es nur ein Heft und Biggi keine Frau ausschweifender Formulierungen. Aber eine sehr persönliche Stichwortsammlung konnte sie sich gut vorstellen. Sich etwas von der Seele schreiben, nicht mehr alles in sich hineinfressen, ein Stückchen Hilfe zur Selbsthilfe. »Schreiben ist Therapie«, unter dieser Überschrift war sie in einem der Hochglanzmagazine im Wartebereich des Wellnesstempels auf einen Artikel aufmerksam geworden, der etwas in ihr ausgelöst hatte. Einen ganz neuen Impuls, die Lust, sich kreativ zu betätigen. Mit einem Glas Rotwein aus Bardolino an ihrer Seite machte sie es sich an ihrem kleinen Sekretär im Wohnzimmer gemütlich und schrieb ganz oben in die Mitte der ersten Seite des Notizheftes das Wort »Neuanfang«.

Nach einer lautstarken verbalen Auseinandersetzung hatte Georg schließlich klein beigegeben und sich auf ein klärendes Gespräch eingelassen. Es galt jetzt, um jeden Preis zu verhindern, dass Franz am Ende durchdrehte und ihn wegen Erpressung anzeigte.

»Bellinghausen hat mitbekommen, dass die Schwerdtfegers bereits auf unterschiedlichen Wegen versucht haben, auf Luise und dich Einfluss zu nehmen. Da hat er sich mit seinem Anliegen direkt an mich gewendet. Du weißt, wer er ist?« Georg richtete seine Frage direkt an Franz, der ihm am Esstisch der Holthusens gegenübersaß.

Franz nickte. »Jetzt, wo der Name gefallen ist, und nachdem ich mich noch mal mit dem Jagdunfall befasst habe, kann ich eins und eins zusammenzählen.«

»Kann mich bitte jemand ins Bild setzen?«, fragte Gitte Holthusen, die zwischen den beiden Rivalen Platz genommen hatte.

Georg drehte sich mit ernster Miene zu seiner Frau. »Er ist der Verlobte der jungen Frau, die vor einigen Jahren bei diesem Jagdunfall in der Nähe von Helmstedt ums Leben gekommen ist.«

»Ich erinnere mich«, entgegnete Gitte und beobachtete Franz, der seinen Blick starr auf Georg gerichtet hielt.

»Bellinghausen hat mich direkt mit den Geschehnissen von damals konfrontiert und mich dann emotional schnell mit diesem tragischen Vorfall um den Finger gewickelt. Er tat mir leid und ich hatte das Gefühl, ihm einen Gefallen schuldig zu sein«, fuhr Georg fort.

»Einen Gefallen, der aber dir etwas nutzte«, bemerkte Franz verbittert und nahm einen Schluck Wasser zu sich.

»Auch wenn ihr mir das jetzt nicht glaubt, aber am Ende hat er mich erpresst«, sagte Georg betreten.

»Dich?« Franz lachte kurz auf.

»Ja, mich! Als ich Bellinghausen gesagt habe, dass ich
nicht in der Position sei, ohne Weiteres diesen Förderantrag zu verhindern, hat er dagegengehalten, dass er der
Presse jederzeit mitteilen könne, was sich in der Baumann-Stiftung und im Jägereimuseum alles abspielt. Er
hat sich damit gebrüstet, mit seinem Insiderwissen und
einem einzigen Anruf alle Holthusens, Baumanns und
Schwerdtfegers dieser Welt zu Fall bringen zu können.
Ich müsse einsehen, dass er in diesem Machtspiel alle
Fäden in der Hand halten würde. Neben der Tatsache,
dass er um sämtliche Versuche der Einflussnahme auf
die Förderentscheidung wusste und mir mehr als einmal äußerst schlagfertig das Wort im Munde umdrehen
konnte, hat er den Druck dann noch mal erhöht, als ich
mich auf seine Drohung zunächst nicht einlassen wollte.
Eiskalt hat er mich damit konfrontiert, dass er durchaus
dazu in der Lage sei, seine Zeugenaussage von damals zu
widerrufen und mich zu belasten, wenn ich nichts unternehmen würde.«

Franz schaute überrascht. »Aber ich dachte, ich sei
damals beobachtet worden, wie ich die junge Frau …«

»… nicht du, Franz«, unterbrach Georg. »Bellinghausen hat mich erpresst. Er hat gesagt, er würde der Polizei etwas von einer posttraumatischen Belastungsstörung
erzählen und dass er sich nach Jahren der Verdrängung
jetzt erst wieder an einige Begebenheiten erinnern könnte.
Es gebe hinreichend ärztliche Gutachten, die ihm das attes-
tieren würden.«

»Unglaublich«, bemerkte Gitte und stand auf. »Ihr
könnt jetzt über mich denken, was ihr wollt, aber ich brauche einen Schnaps.«

Georg schüttelte den Kopf und erzählte weiter: »Unterm Strich musste ich dann tätig werden, damit er nicht zur Polizei geht.«

»Aber warum?«, fragte Franz nach. »Was hat Bellinghausen angetrieben?«

»Das hat er mir nicht so richtig erklärt. Es solle alles beim Alten bleiben, er hätte da persönliche Gründe und ich solle an die Konsequenzen denken, wenn ich mich widersetzen würde. So ungefähr hat er sich immer ausgedrückt.«

»Ich glaube, jetzt verstehe ich das Spiel«, sagte Gitte, als sie zurückkehrte und drei Schnapsgläser und eine Flasche Korn auf den Tisch stellte. »Als einfaches Mitglied des Kuratoriums warst du nicht in der Lage, dich an dieser Stelle über Luise hinwegzusetzen. Auch Franz war dir im Zweifel im Weg. Du musstest der Vorsitzende werden, damit der Förderantrag wirklich vom Tisch ist und du dich nicht auf Dauer erpressbar machst.«

Georg nahm die Schnapsflasche und schraubte sie auf. »So war es, Gitte, so und nicht anders. Ich brauche jetzt auch mal etwas Hochprozentiges.«

»Moment mal, dann ist es deine Schuld, dass Luise beinahe mit dem Leben bezahlt hätte?« Franz klammerte sich mit den Händen an die Tischkante. Die Adern seiner Mittelhände traten bläulich hervor.

Erschrocken schaute Georg auf. »Mit dem Leben? Beinahe? Weißt du etwa, wo sie steckt?«

»Wir wissen es beide«, bestätigte Gitte. »Aber bevor wir dir hierzu etwas sagen, wollen wir von dir die ganze Wahrheit wissen. Erzähl weiter.«

Franz blickte entgeistert zu Georg, während dieser die drei Schnapsgläser befüllte. »Du streitest es also nicht ab, etwas mit Luises Verschwinden zu tun zu haben?«

»Was sollte ich denn machen? Bellinghausen hätte mich in den Knast bringen können. Denk doch nur mal an Gitte. Also habe ich ihm sinngemäß den Vorschlag unterbreitet, dass man Luise vorübergehend aus dem Verkehr ...«

»Hör auf!« Franz sprang von seinem Stuhl auf. »Das ist unerträglich, dass du jetzt das Opfer mimst und auch noch Gitte vors Loch schiebst, an der du ja ansonsten auch kein gutes Haar mehr lässt! Hörst du dir eigentlich selbst zu? Das könnt ihr Politiker alle ganz hervorragend. Ihr windet euch raus, wenn es unangenehm wird, ihr verdreht die Tatsachen, und ihr geht über Leichen, wenn es sein muss. Aber nicht mit mir! Du hast meine Schwester diesem Wahnsinnigen überlassen! Und ich wette, dass es deine Idee war, mir den Jagdunfall anzudichten, nur um deinen Kopf zu retten und dir auch noch den Stiftungsvorsitz zu schnappen. Auf den hattest du es doch so oder so abgesehen, weil du machtgeil bist! Bellinghausen konnte es im Grunde doch scheißegal sein, an wen oder was er sich angeblich plötzlich erinnert. Nach 15 Jahren! Das ist doch lächerlich. Es war doch eh alles gelogen und Mittel zum Zweck. Und du, Georg Holthusen, du hast dieses Spiel mitgespielt und zu deinen Gunsten beeinflusst, weil es dir in den Kram gepasst hat. Und wofür? Du hast ein Menschenleben riskiert und du hättest deinen besten Freund geopfert!«

»Aber Franz, jetzt setz dich doch wieder hin«, versuchte Gitte zu beschwichtigen. »Wir können doch in Ruhe ...«

»Nix Franz! Ich fahre jetzt zu meiner Schwester. Und du wirst mich begleiten, Gitte, oder soll ich direkt die Polizei anrufen?«

47. KAPITEL

Die Alarmanlage war inzwischen erfolgreich deaktiviert und Justus Bellinghausen hatte auch dafür gesorgt, dass er unbemerkt die Notausgänge nutzen konnte. Den halben Tag hatte er hinter der schweren Eisentür verharrt, die zum Heizungskeller führte. Es hätte schon zu einem Ausfall der Anlage kommen müssen, damit sich hier unten jemand blicken ließ. Die Wärme in dem geschlossenen Raum hatte allerdings dafür gesorgt, dass sich große Schweißränder unter seinen Achseln gebildet hatten. Er konnte seine eigenen Ausdünstungen riechen. Dankbar hatte er daher die frische Luft eingesogen, als er endlich ins Freie treten konnte. Im Kellergang war es stockdunkel gewesen, aber er kannte sich aus und hatte den Weg zum Technikraum mühelos zurückgelegt. Das Personal musste das Gebäude mittlerweile verlassen haben, da war er sich sicher, und wenn seine Berechnungen stimmten, blieb ihm nun ein großzügiges Zeitfenster, um sich zu verabschieden und Brunonia zu holen. Den grünen Geländewagen hatte die Polizei vermutlich genauso zur Fahndung ausgeschrieben wie ihn selbst, und so hatte er abseits des Museums in einer unscheinbaren Seitenstraße im Univiertel geparkt, bevor er als normaler Besucher unbehelligt das Museum am Nachmittag betreten und sich eine gewöhnliche Eintrittskarte gekauft hatte. Seine neue Wollmütze, der künstliche Schnurrbart und gefärbte Kontaktlinsen, die er gegen sein markantes Brillengestell eingetauscht hatte, verliehen ihm ein verändertes Aussehen. Ihm war bewusst, dass das Museum in diesem Augenblick unter Beobachtung stand und dass sie nur darauf warteten, dass er sich dem Gebäude näherte. So würde er als Polizist jedenfalls agieren. Aber er war schlauer als der übergewichtige Kommissar und seine junge Kollegin, die auf seinem roten Sofa gesessen hatten, denn er war ihnen einen Schritt voraus und schon längst dort, wo sie ihn erst in der Nacht vermuteten. Der Weg nach draußen stellte ein Risiko dar, aber auch hierfür hatte er eine Lösung parat. Durch Kellergänge war das Naturhistorische Museum mit dem benachbarten Haus der Wissenschaft verbunden und dort gab es in der obersten Etage ein edles Restaurant. Er würde sich einfach unauffällig einer Gruppe Gäste anschließen, wenn diese das Gebäude verließ, vielleicht sogar ein spontanes Gespräch führen, lachen und scherzen. Niemand würde Verdacht schöpfen und niemand würde Brunonia bemerken, die er in einem Rucksack transportieren würde.

»Das glaube ich jetzt nicht!«, platzte es aus Rosalie heraus, während sie sich wieder aufrichtete. »Ihre Zeugen aus Hannover waren bei Dianas tödlichem Jagdunfall dabei?«

»Mich haut ja eigentlich nichts so schnell um, aber da bin ich jetzt auch mal baff«, entgegnete Wim und klappte die Fallakte wieder zu. »Kein Wort haben die Herren Baumann und Holthusen darüber verloren.«

Rosalie überlegte kurz. »Warum sollten sie auch? Sie kannten ja den Namen Bellinghausen im Zusammenhang der Befragung nicht, oder?«

»Und haben daher keine Veranlassung gesehen, sich dazu zu äußern?«, schlussfolgerte Wim. »So könnte es gewesen sein. Aber die Verbindung ist schon erstaunlich. Vielleicht hake ich da mal nach.«

»Das sollten Sie auf jeden Fall«, bestätigte Rosalie. »Wie wäre es mit jetzt?«

»Jetzt gleich?«

»Ja! Wir haben doch gerade nichts anderes zu tun. Keine Sorge, ich behalte das Museum im Blick, kann aber der Idee, dass ich bei einem Telefonat gleich alles mitbekomme, gerade eine Menge abgewinnen.«

Wim zuckte mit den Schultern. »Da haben Sie wohl recht. Da ist mein oller Hosentaschencomputer ja doch noch für etwas gut.«

Umständlich fischte Wim das Handy aus seiner Manteltasche und wühlte anschließend in seiner Aktentasche, die er zwischen seinen Beinen abgestellt hatte.

»Was suchen Sie?«, erkundigte sich Rosalie.

»Baumann hat mir in Hannover seine Visitenkarten gegeben.«

»Die gute alte Schule«, rutschte es Rosalie heraus.

»Wenn Sie das sagen«, kommentierte Wim und entdeckte eingeklemmt zwischen seinem Flachmann und einer Brotbox die Karte. »So, hier ist die Nummer. Dann schauen wir doch mal.«

»Ich bin gespannt«, sagte Rosalie und warf Wim einen erwartungsvollen Blick zu.

»Das ist doch …«, murmelte Wim vor sich hin, als er die auf der Karte angegebenen Kontaktdaten studierte.

»Ja?«

»Die Nummer, die mich vorhin versucht hat anzurufen. Das war der Baumann.«

Das Kartenhaus war zusammengebrochen. Mit gesenktem Kopf saß Georg Holthusen auf dem Beifahrersitz des Baumann'schen Jaguars und wirkte dank seines Rundrückens kleiner denn je. Für einen kurzen Moment hatte er vorhin darüber nachgedacht, die Glock 17 aus der oberen Schublade des Telefonsekretärs im Flur zu nehmen und Franz zu zwingen, das Haus ohne Gitte zu verlassen. Aber um welchen Preis? Franz schien wild entschlossen, so oder so die Polizei zu verständigen. Der Gebrauch einer Schusswaffe hätte Georg nur noch tiefer reingeritten. Gitte hatte es dann mit wohlwollenden, diplomatischen Worten zumindest geschafft, dass Georg sie begleiten konnte. Sie schien fest entschlossen, Herrin über die Situation zu bleiben und keine Alleingänge mehr zuzulassen. Wenn es aber nach Georg ging, würde es nun entscheidend auf Luise ankommen. Auf ihr Erinnerungsvermögen, auf ihren Gesamtzustand und infolgedessen auf ihre Einordnung der Geschehnisse. Es war der letzte Hebel, an dem Georg ansetzen konnte, um seinen Kopf vielleicht doch noch zu retten.

»Dort vorne musst du den Hang hochfahren«, meldete sich Gitte von der Rückbank. »Pass auf, mit dem Winterdienst nehmen die es hier am Ortsrand nicht so genau.«

»Ortsrand? Du lotst mich gerade mitten in den Wald«, entgegnete Franz Maria Baumann, der Wennigsen am Deister gerade im Rückspiegel verschwinden sah.

»Es ist nicht mehr weit. Direkt hinter der Kurve beginnt die kleine Siedlung. Du musst bis zum Ende durchfahren. Es ist das letzte Haus auf der linken Seite.« Gitte schaute aus dem Seitenfenster und machte einen konzentrierten Eindruck.

»Hoffentlich lässt sie uns überhaupt rein. Ich mache mir solche Sorgen«, antwortete Franz und schlug das Lenkrad nach rechts ein.

Gitte seufzte und legte Franz kurz eine Hand auf die Schulter. »Ich hatte dir dazu ja etwas gesagt. Eigentlich möchte deine Schwester gerne allein sein. Darum hatte sie mich gebeten. Aber was soll man machen? Die Situation hat sich wohl ein wenig verändert und ich verstehe dich.«

»Ein wenig verändert ist gut«, bemerkte Georg und legte sich im Geiste bereits die richtigen Worte für das anstehende Aufeinandertreffen zurecht.

»Es brennt Licht, schau mal!« Gitte zeigte zwischen den Köpfen der beiden Männer hindurch auf ein weißes Haus mit grünem Giebeldach, das im matten Schein einer Straßenlaterne hinter einer schneebedeckten Tanne auftauchte.

»Dann wollen wir mal«, sagte Franz entschlossen und parkte das Auto abrupt am Straßenrand. »Ihr wartet hier.«

»Bitte was?«, fragten die Holthusens gleichzeitig und hörbar perplex.

»Ja, ihr wartet hier.«

Die frühen Abendstunden, die große Deckenbeleuchtung im Büro heruntergedimmt und eine Tasse dampfender Kräutertee. Zum ersten Mal seit Tagen hatte Mia Armbrüster das Gefühl, sich ansatzweise wieder auf ihre wissenschaftliche Arbeit konzentrieren zu können. Das Ambiente war perfekt, um nachzuholen, was sie versäumt hatte. Die vereinbarte Abgabefrist rückte unaufhaltsam näher und die Blöße, eine Verlängerung zu erbitten, wollte sie sich nicht geben. Vermutlich hätte sie auch Probleme damit gehabt, eine überzeugende Begründung zu liefern. Ein Mord am Arbeitsplatz war als triftiger Grund sicher akzeptabel, aber nach ellenlangen Rechtfertigungen und damit einem Wiederaufwärmen der Erinnerungen an die vielen unangenehmen und stressigen Situationen, denen sie ausgesetzt gewesen war, stand ihr nicht der Sinn. Schnell schob sie die Gedanken beiseite und überflog stattdessen mit flinkem Blick die letzten getippten Absätze, um in dem mittlerweile mehrere Hundert Seiten umfassenden Dokument ihrer Habilitationsschrift wieder den Anschluss zu finden. Als sie plötzlich glaubte, irgendwo draußen auf dem Gang ein Geräusch zu hören, wurde sie stutzig und horchte auf. Was war das? Nachdenklich schaute Mia auf die Uhrzeit, die rechts unten auf dem Display ihres Laptops angezeigt wurde. Für den Sicherheitsdienst war es noch zu früh und die Putzkolonne würde erst morgen gegen 06.00 Uhr anrücken. Oder hatte sich unter Umständen der Schichtplan geändert? So etwas kam bei den chronisch unterbesetzten Dienstleistern regelmäßig vor. Vielleicht hatte sie sich auch nur verhört. Sie schüttelte den Kopf und versuchte sich wieder ihrem Text zu widmen. Das merkwürdige Gefühl in der Magengegend konnte sie jedoch nicht ohne Weiteres ablegen.

Bärbel Schwerdtfeger kam nicht zur Ruhe. Während Enno es sich nach ihrer Aussprache mit einem Bier im Fernsehsessel gemütlich gemacht hatte und dem Fernsehprogramm frönte, saß Bärbel mittlerweile geschlagene 25 Minuten auf der Toilette und grübelte.

»Geht's dir gut dadrin?«, hallte Ennos Frage aus dem Wohnzimmer durch die verschlossene Badezimmertür zu ihr herüber.

»Ja doch! Man wird ja wohl noch mal in Ruhe austreten dürfen«, erwiderte Bärbel genervt und starrte weiterhin auf ihr Handy. Sie hatte die Fotogalerie geöffnet und ließ die verschiedenen Aufnahmen der letzten Monate wie einen kleinen Film an sich vorbeirauschen. Justus und sie am Kuchenbüfett beim Tag der offenen Tür im September, Justus und sie während des Herbstmarktes in Riddagshausen im Oktober. War dieser zuvorkommende und freundlich dreinschauende Mensch wirklich das Monster, für das ihn plötzlich alle hielten? Konnte sie sich so getäuscht haben? Die Fakten waren erdrückend und das Gefühl, dass sie jemand bewusst manipuliert und benutzt hatte, war noch unerträglicher, als sich einfach nur von jemandem nicht ernst genommen zu fühlen. Von psychopathischen Zügen hatte Enno beim Abendbrot immer wieder gefaselt, von einer Persönlichkeitsstörung und dass er hoffte, dass man diesen kranken Kopf einfangen und für immer wegsperren würde. Am besten ab in die Klapse. Bärbel hatte nur stumm dagesessen und genickt, zu tief saßen Kränkung und Enttäuschung. Und obwohl Enno vermutlich recht hatte, fühlte sie diesen unbeschreiblichen Drang, Justus irgendwie helfen, ihn im Zweifel vor noch mehr Unheil schützen und vielleicht sogar aufhalten zu müssen. Die innere Zerrissenheit, die Bärbel seit Stunden heimsuchte, war kaum auszuhalten und ihr war klar, dass sie jetzt vielleicht einen Fehler begehen würde. Dennoch gab sie ihrem inneren Bedürfnis schließlich nach und wählte Justus' Nummer. Wenn jemand Justus retten konnte, dann sie.

48. KAPITEL

Nicht nur, dass er gegen einen Kinderrucksack gelaufen war, den irgendein Balg mitten im Gang achtlos hatte liegen lassen, jetzt klingelte auch noch sein Handy. Obwohl Justus Bellinghausen sich allein in dem großen Gebäude wähnte, zuckte er kurz zusammen, als der eindringliche Klingelton die Stille, in der er sich bewegte, plötzlich messerscharf durchschnitt und wegen des Steinfußbodens laut widerhallte. Blitzschnell griff er in die Innentasche seiner Jacke, holte das Handy heraus und drückte das Gespräch weg. Bärbel Schwerdtfeger war so ziemlich die letzte Person, mit der er jetzt reden wollte, er würde ihre Kontaktdaten direkt löschen und die Nummer für alle Zeiten blockieren. Dass das Handy sich nicht im Flugmodus befand, ärgerte ihn und zeugte von einer gewissen Fahrigkeit, die er sich beim besten Willen nicht leisten konnte. Nur kurz hatte er vorhin das Wetter und die Fahrtroute in Richtung Mariental-Horst über seine mobilen Daten gecheckt und musste danach versäumt haben, wieder die entsprechende Auswahl in den Einstellungen vorzunehmen. Sorgfältig überprüfte er das Handy erneut, vergewisserte sich, dass das kleine Flugsymbol auf dem Display zu sehen war, und setzte seinen Weg in der Dunkelheit fort. Im Erdgeschoss führte der Rundweg links neben der Kasse zunächst in den modern eingerichteten Entdeckersaal, der ihn vor allem wegen der 13 Meter langen Bodenschnittvitrine immer wieder aufs Neue beeindruckte. Weil hier das Leben über und vor allem unter der Erdoberfläche fast naturgetreu wiedergegeben wurde, konnte Justus sich der Faszination, die von dem Herzstück dieses Ausstellungsraumes ausging, einfach nicht entziehen. So hatte er dem Museumsdirektor auch im Nachhinein verzeihen können, dass drei seiner geliebten Braunschweiger Dioramen hatten abgebaut werden müssen, um dem gläsernen Meisterwerk Platz zu schaffen. Was hätte er darum gegeben, wenn auch Diana diese Form der Museumsgestaltung noch erlebt hätte. Mit den Fingerspitzen berührte er sanft das Glas, hinterließ wegen seiner Handschuhe wie immer keine Spuren und wandte sich nach rechts, um durch einen Durchgang schließlich feierlich das neue Schaumagazin zu betreten. Am Eingang hielt er kurz inne, um den Moment ganz bewusst zu genießen. Über 500 Exponate, Tierpräparation in Vollendung. Weichtiere, Schlangen und Reptilien in unterschiedlichen Gläsern bildeten hinter deckenhohen Glasscheiben das Gegenstück zu den ausgestopften Präparaten auf der anderen Seite. Ein imposantes Raumerlebnis, auch dank der verspiegelten Wand im hinteren Teil, das ihn beinahe demütig werden ließ. Diese Schaukästen vielleicht niemals wiederzusehen, war jenseits seiner Vorstellungskraft, aber unter den gegebenen Umständen wohl unausweichlich. Dennoch, er hatte sich sein eigenes Schaumagazin geschaffen, er konnte mithalten mit dem, was hier zu sehen war. Auch wenn es ihm an Vielfalt und Stückzahl noch mangelte, er verfügte in seinem unterirdischen Refugium über Exponate, die die Welt noch nicht gesehen hatte. Als Justus Bellinghausen plötzlich Schritte auf dem Gang hörte, blieb er wie angewurzelt stehen und hielt die Luft an. Er war nicht allein.

Erst nach mehrmaligem Anklopfen hatte Luise Janßen die Tür einen Spalt breit geöffnet. Genau so weit, wie die Türkette, die sie vor unbefugten Zutritten in das Ferienhäuschen schützen sollte, es zuließ. Vollkommen verblüfft hatte sie ihren Bruder angestarrt, ihn dann aber hereingelassen, um ihm schließlich um den Hals zu fallen. Eine knappe Minute hatten die Geschwister so dagestanden, einfach geschwiegen und sich festgehalten. Nun saßen sie in dem gemütlichen kleinen Wohnzimmer beieinander, und nachdem die Gemüter sich wieder beruhigt und Franz sein Auftauchen erklärt hatte, begann Luise zu erzählen. Die Rückrufe des Braunschweiger Kommissars ignorierte Franz Maria Baumann in der Zwischenzeit konsequent, seine volle Aufmerksamkeit galt seiner Schwester, die bis auf wenige Blessuren einen unversehrten Eindruck auf ihn machte.

»Ich hatte ja keine Ahnung, wer er war, weil er sich mir nicht vorgestellt hat. Erbärmlich, dass Georg ihn geschickt hat. Bist du dir da sicher?«, fragte Luise Janßen ungläubig.

Franz Baumann nickte. »Leider ja.«

Luise schüttelte den Kopf. »Ich fasse es nicht!«

»Wie ging es denn dann weiter?«, erkundigte sich Franz.

»Schneller, als ich gucken konnte, hat dieser Bellinghausen mich in den Hausflur gedrängt und mir eine Spritze in den Hals gejagt. Schau mal hier«, sagte Luise, zog ihr seidenes Halstuch nach unten und deutete mit dem Finger auf die bläulich verfärbte Einstichstelle. »Danach weiß ich nichts mehr. Ich nehme an, Gitte hat dir von meiner anschließenden Odyssee berichtet?«

»Ja, das hat sie und ich bin ihr sehr dankbar für das, was sie für dich, was sie für uns getan hat.«

»Das bin ich auch, das kannst du mir glauben. Für ihre Großzügigkeit und vor allem für ihre Diskretion. Wir werden diese Angelegenheit nicht publik machen, geschweige denn die Polizei über die wahren Geschehnisse informieren. Das habe ich Gitte auch schon gesagt. Ich melde mich unversehrt zurück, mir wird schon was einfallen. Vielleicht brauchte ich eine spontane Auszeit und wollte für niemanden erreichbar sein, irgendwie so. Außerdem kann jeder mal das Handy zu Hause vergessen und wegen des Wetters habe ich das Auto stehen lassen. Ach, da bin ich ganz kreativ.«

Franz Baumann glaubte, seinen Ohren nicht zu trauen. Spielte Luises Verstand ihr gerade wieder einen Streich?

»Wie bitte?«, fragte er seine Schwester entgeistert.

»Du hast mich schon verstanden«, entgegnete Luise. »Gitte hat wahrlich genug unter Georg zu leiden. Willst du sie jetzt auch noch in der Öffentlichkeit demütigen, indem ihr Ehemann verhaftet und ihm der Prozess gemacht wird? Was sollen denn die Leute denken? Man wird hinter vorgehaltener Hand tuscheln und sie womöglich meiden. Das hat sie nicht verdient. Von dem Schaden für unsere Stiftung mal ganz abgesehen. Ein Skandal dieser Güte bedeutet das Ende. Ich habe die Schlagzeilen in diesen Schmierengazetten schon vor Augen. Davon erholen wir uns doch nie wieder!«

»Aber Luise ...« Franz rang nach den richtigen Worten. War seine Schwester gerade etwa im Begriff, alles unter den Teppich zu kehren? Auch er hatte stets an das Wohl der Stiftung gedacht, aber sollte Georg Holthusen tatsächlich ungeschoren davonkommen?

»Was? Bevor du mich jetzt fragst: Ich bin vielleicht ein bisschen vergesslich, aber ansonsten weiß ich sehr genau, was ich tue. Ich bin eine mündige, zurechnungsfähige Bürgerin, der die Polizei glauben wird. Die können doch froh sein, wenn ich wieder da bin und die weniger zu tun haben. Und du kannst mir glauben, dass ich in den letzten Tagen hinreichend Zeit hatte, mir Gedanken zu machen. Ich weiß sehr genau, was ich da tue! Unser gemeinsames Erbe, unsere Mission, Franz, das wiegt einfach schwerer als die skrupellosen Intrigen eines Georg Holthusen und das durchgeknallte Handeln dieses irren Jägers aus Braunschweig. Das, was unsere Eltern aufgebaut und uns hinterlassen haben, wird nicht zerstört. Das lasse ich nicht zu, niemals! Ich werde Georg umgehend aus dem Kuratorium ausschließen und dafür sorgen, dass er schweigt und keinen Schaden mehr anrichten kann. Mit unserem Wissen haben wir ihn in der Hand. Und genau das, Bruderherz, sagen wir ihm jetzt persönlich. Würdest du ihn bitte reinholen? Ach, und Gitte natürlich auch.«

»Baumann geht wieder nicht ans Telefon.« Enttäuscht drückte Wim die rote Hörertaste und legte das Handy auf dem Oberschenkel ab.

»Dann versuchen wir es halt morgen«, entgegnete Rosalie. »Was ist mit Holthusen? Der hatte Ihnen ja keine Karte gegeben, oder?«

»Nein, aber warten Sie mal, ich habe ja alles mitgeschrieben. Ich lasse mir immer die Telefonnummer geben, falls noch Fragen auftauchen.« Wim griff erneut zur Aktentasche, um sein schwarzes Notizbuch hervorzuholen. Während er sich nach vorne beugte, rutschte das Handy in den Spalt zwischen Sitz und Fahrertür.

»So ein Mist!«, fluchte Wim.

»Kommen Sie irgendwie ran?«, erkundigte sich Rosalie.

»Mit meinen Wurstfingern bleibe ich da garantiert stecken.«

»Herrje, ich möchte jetzt ungern auf Ihren Schoß klettern, um Ihnen zu helfen.«

»Das möchte ich auch nicht. Diese Liebespaarszene muss sich zwischen uns nicht wiederholen, wenn es nach mir geht.«

Rosalie lachte auf. »Fragen Sie mich mal! Dann müssen wir wohl die Tür öffnen, um es zu erreichen.«

»Aber dann geht die Beleuchtung im Innenraum an und dann fallen wir auf«, erwiderte Wim.

»Die kann man doch manuell ausstellen, Herr Schneider, also wirklich, ich dachte, so viel technischen ...«

»Psst, Moment mal«, unterbrach Wim. »Wenn wir schon beim Thema ›Beleuchtung‹ sind. Da war gerade Licht im Museum.«

Rosalie drehte den Kopf und schaute nach links. »Wo denn? Ich kann nichts erkennen.«

»In einem der oberen Geschosse, ganz kurz, da an der Seite, irgendwo über diesem bodentiefen Fenster.«

»Bodentiefes Fenster? Ich sehe nur eine Hecke.«

»Frau Helmer, dass Sie in Ihrem Alter schlechter gucken können als ich, das macht mich beinahe betroffen.«

»Haha, jetzt mal im Ernst, es ist doch wirklich alles dunkel.«

Wim hielt den Blick konzentriert auf das Museumsgebäude gerichtet. »Wenn ich es Ihnen doch sage! Da war Licht. Wirklich kurz, aber es war da!«

Mia Armbrüster hatte den roten Faden verloren. Wiederholt hatte sie begonnen, den Text auf ihrem Laptop zu lesen, ohne den Inhalt zu erfassen. Ihre Gedanken waren immer wieder zu den Geräuschen abgedriftet, die sie außerhalb ihres Büros zu hören geglaubt hatte. Zunächst war da nur etwas Dumpfes gewesen, aber dann war etwas Schrilles gefolgt. Ein Piepen oder ein Klingelton? Auf jeden Fall kurz und laut und so prägnant, dass sie es nicht länger auf ihrem Schreibtischstuhl ausgehalten hatte. Auf Zehenspitzen war sie zur Tür geschlichen, ihr Smartphone in der Gesäßtasche und einen spitzen Brieföffner in der Hand, und hatte so leise wie möglich die Klinke nach unten gedrückt. Ihr Herz hatte in diesem Moment so kräftig geschlagen, dass sie das Puckern ihrer Halsschlagader hatte spüren können. Einmal tief durchatmen und dann nach draußen. Vorsichtig hatte sie auf dem Gang nach links und rechts geschaut und aus Macht der Gewohnheit mit der Hand nach dem Lichtschalter getastet. Erst als die Neonröhren unter der Decke zu flackern begonnen und schließlich aufgeleuchtet hatten, war ihr bewusst geworden, dass dies hier gerade ein großer Fehler sein könnte, und sie hatte das Licht umgehend wieder ausgeschaltet. Dass sie aber bei aller Vorsicht in einem sehr hellhörigen Gebäude mit jedem einzelnen ihrer Schritte unter Umständen auf sich aufmerksam machen würde, bemerkte sie erst jetzt, als es zu spät war. Der heimtückische Angriff erfolgte von hinten, als sie gerade den Museumsshop im Erdgeschoss passierte. Ihr Widersacher musste sie gezielt abgepasst haben. Ein angewinkelter Unterarm riss ihren Kopf nach hinten und würgte sie mit voller Kraft. Ihr Kehlkopf drohte zu zerquetschen. In Todesangst japste Mia nach Luft und versuchte, sich gegen die sich anbahnende Ohnmacht zu stemmen. Tausend Gedanken schossen ihr durch den Kopf, aber nach den ersten Sekunden des Schocks besann sie sich plötzlich des Brieföffners in ihrer Hand und rammte diesen ohne Umschweife in den Oberschenkel ihres Gegners. Ein lautes Stöhnen, aber kein Schrei, und ein kurzer

Augenblick, in dem sich die feste Umklammerung lockerte. Mia spürte, dass sie jetzt über sich hinauswachsen musste, um dieser Situation zu entfliehen. Intuitiv trat sie um sich, holte zu einem zweiten Stich aus und verfehlte ihr Ziel nur knapp. Verzweifelt kämpfte sie um ihr Leben und schaffte es, sich mit einer ruckartigen Windung aus dem Würgegriff zu befreien. Doch ehe sie sichs versah, hatte der Angreifer sie an der Schulter gepackt und wollte sie zu Boden reißen. Für wenige Sekunden blickte sie ihm direkt in die Augen und versuchte immer wieder, auf ihren Gegner einzustechen. Nach mehreren Ausweichmanövern traf sie ihn schließlich mit voller Wucht in der Wade, in der der Brieföffner abrupt stecken blieb. Es dauerte nur einen winzigen Moment, bis Mia registrierte, dass sie nicht mehr festgehalten wurde, und sich befreien konnte. Röchelnd wankte sie ein paar Schritte rückwärts, drehte sich um und rannte schließlich intuitiv zum Notausgang im Treppenhaus. Nachdem sie die weiße Flügeltür aufgerissen hatte, taumelte sie nach draußen und schaute noch einmal zurück. Noch immer lag der Angreifer am Boden, war aber gerade im Begriff, sich aufzurappeln. Ohne weiter darüber nachzudenken, setzte Mia ihre Flucht in Richtung Straße fort, kam aber auf dem frisch gefallenen Schnee ins Rutschen und stürzte. Panisch schrie sie um Hilfe, als eine Hand sie am Fußgelenk packte und mit aller Macht zurück in Richtung Museum zerrte.

49. KAPITEL

Nach Luise Janßens Machtwort herrschte betretenes Schweigen im Raum. Franz Maria Baumann hatte die Augen geschlossen und ließ die Entscheidung seiner Schwester auf sich wirken. Sollte er hinnehmen, dass sie sich einmal mehr gegen ihn durchgesetzt hatte? Letztlich war sie Opfer eines Verbrechens geworden und hatte sich aus reinem Ehrgefühl dafür entschieden, die Täter davonkommen zu lassen. Andererseits hatte sie Georg Holthusen bestraft, ihm das genommen, was ihm so viel bedeutete, und Gitte geschützt, die am wenigsten für die vertrackte Situation konnte, in der sie sich alle gemeinsam befanden. Franz musste anerkennen, dass Luise ihre eigenen Belange zurückgestellt und im Sinne der Stiftung gehandelt hatte. Vielleicht war ja genau dieser Wesenszug der entscheidende Unterschied zwischen einer wahrhaftigen Führungspersönlichkeit wie Luise und ihm, Franz Maria Baumann, der sich als Leidtragender einer versuchten Erpressung ganz sicher anders entschieden hätte.

Als Franz die Augen wieder öffnete, schaute er in die Runde, und es war schließlich Gitte, die als Erste das Wort ergriff und die unangenehme Redepause beendete.

»Luise, ich kann deine Entscheidung verstehen und denke, dass wir dir zu Dank verpflichtet sind.«

Luise Janßen schürzte die Lippen und nickte, kurz bevor sich Gitte direkt an ihren Ehemann wandte. »Und du, Georg, solltest dich wohl entschuldigen und akzeptieren, dass es endgültig vorbei ist. Keine falschen Spielchen und keine Intrigen mehr.«

Georg Holthusen hielt den Blick gesenkt und atmete schwer. Seine Reaktion wirkte gequält. Es schien, als habe er seine Niederlage erkannt und kapituliert. »Du hast recht. Ich entschuldige mich und danke dir für deine weise Entscheidung, Luise. Ich werde morgen meinen sofortigen Rücktritt aus dem Kuratorium bekanntgeben. Aus persönlichen Gründen.«

»Geht doch«, sagte Gitte und legte ihre Hand auf Georgs.

»Gut, dann haben wir das geklärt. Franz, würdest du mich wohl nach Hause fahren?« Erwartungsvoll schaute Luise Janßen zu ihrem Bruder und zog die Augenbrauen hoch.

»Jetzt? Um diese Uhrzeit?«, fragte Franz überrascht. »Du kannst doch bei mir …«

»Jetzt, sofort! Und ich möchte bitte nach Braunschweig in mein eigenes Bett«, unterbrach ihn Luise und erhob sich majestätisch von ihrem Stuhl, als wäre es ein goldener Thron.

Yves Degenhardt hatte zuerst gellende Hilfeschreie, dann Rosalies Stimme, und schließlich zwei Schüsse gehört. Sofort hatten Kollege Köhler und er die Autotüren aufgerissen und waren quer über den Vorplatz des Hauses der Wissenschaft zum Naturhistorischen Museum gesprintet. Rosalie stand schräg vor dem mächtigen Klinkerbau, direkt neben einem großen Dinosauriermodell, und hatte ihnen den Rücken zugewandt. Ihr rechter Arm mit der Dienstwaffe in der Hand hing schlaff an ihr herunter. Wim Schneider war zu Mia Armbrüster geeilt, die wenige Meter entfernt auf dem Asphalt kauerte, und half ihr aufzustehen.

Unmittelbar neben ihr lag Justus Bellinghausen mit aufgerissenen Augen auf dem Rücken und blutete aus dem Kopf. In seiner Hand hielt er noch immer den Brieföffner, mit dem er kurz zuvor auf Mia Armbrüster losgegangen war und sie oberhalb des Schlüsselbeins verletzt hatte.

»Was ist passiert?« Außer Atem blieb Yves Degenhardt neben Rosalie stehen und stützte sich mit den Händen auf den Knien ab.

»Ich ... er hat sich auf Frau Armbrüster gestürzt und wollte sie erstechen«, entgegnete Rosalie mit zitternder Stimme.

»Und davor? Rosalie, wie konnte es so weit kommen?«

»Wim Schneider und ich ... wir ... wir haben mitbekommen, dass die Armbrüster plötzlich aus dem Notausgang gestürzt kam, hingefallen ist und um Hilfe geschrien hat. Dann ging es ganz schnell. Wir haben ...«

»Frau Helmer hat zweifelsohne richtig gehandelt, wenn ich auch mal etwas dazu sagen darf«, mischte sich Wim vehement ein und näherte sich gemeinsam mit Mia Armbrüster, der er seinen Mantel um ihre Schultern gelegt hatte.

»Sie hat sich zuerst als Polizei zu erkennen gegeben und dann einen Warnschuss abgefeuert, bevor es zum finalen Todesschuss kam.«

Mia Armbrüster schluchzte und wischte sich die Tränen aus dem Gesicht. »Frau Helmer, Sie haben mir das Leben gerettet. Danke! Ohne Sie hätte er mich umgebracht.«

»Ich habe nur meine Pflicht getan«, entgegnete Rosalie und versuchte zu lächeln.

»Sie sind eine gute Polizistin«, sagte Wim und klopfte Rosalie auf die Schulter. »Ich hätte genauso gehandelt.«

»Und wieso haben Sie nicht?«, platzte es aus Yves Degenhardt heraus.

Langsam drehte Rosalie den Kopf. »Ist das dein Ernst, Yves? Ist das alles, was dir dazu einfällt? Ich saß im Auto auf der Seite, die dem Gebäude zugewandt war, ich war einfach ein paar Sekunden eher vor Ort. Und ist es nicht das, worauf es in diesen Situationen ankommt? Schnelles Handeln?«

Yves Degenhardt zog die Augenbrauen zusammen und suchte nach den passenden Worten. »Ja, wenn das so ist, dann fordere ich mal Verstärkung und einen Rettungswagen an. Wir brauchen hier das volle Programm und von dir, Rosalie, brauche ich einen ausführlichen Bericht. Schriftlich und bis morgen. Du weißt ja, was intern jetzt auf dich zukommt.«

»Das ist mir gerade so was von egal«, erwiderte Rosalie und schaute zu Wim. »Hätten Sie eventuell noch einen Schluck zu trinken für mich? Aus der Flasche in Ihrer Arbeitstasche? Na, Sie wissen schon.«

Wim nickte und musste sich das Schmunzeln verkneifen. »Sicher doch, kommen Sie mit.«

Enno und Bärbel Schwerdtfeger hatten die Angewohnheit, vor dem Einschlafen Radio zu hören. Spätnachrichten, sanfte Musik, Sleeptimer, einschlummern, gute Nacht. Als um 23.00 Uhr jedoch von einem Polizeieinsatz und tödlichen Schüssen vor dem Naturhistorischen Museum in Braunschweig die Rede war, saßen beide senkrecht im Bett und waren wieder glockenwach.

»Ich schaue jetzt im Internet nach«, sagte Enno, warf die Bettdecke zur Seite und schlüpfte in seine gefütterten Hausschuhe.

»Warte, ich komme mit«, entgegnete Bärbel und folgte ihrem Mann auf selbst gestrickten Wollsocken ins Wohnzimmer, wo beide Smartphones über Nacht aufgeladen werden sollten.

Entschlossen schnappte Enno sein Telefon, setzte sich auf das Sofa und entsperrte das Display via Face-ID. Bärbel knipste die Stehlampe in der Ecke an und nahm neben ihm Platz. Sie war zu aufgewühlt, um selbst zu recherchieren, und überließ Enno gerne das Feld.

»Oh Gott, mir ist ganz schlecht. Es ist bestimmt Justus, ich spüre das«, sagte sie leise und rückte noch ein bisschen näher an Enno heran.

»Moment, das haben wir gleich.« Konzentriert gab Enno ein paar einschlägige Begriffe in die Suchmaschine ein und wurde umgehend fündig. »›Nächtlicher Überfall im Museum auf Wissenschaftlerin Mia A., Mordversuch, Brieföffner‹ … Kaum zu glauben, Bärbel, die Armbrüster! ›Überraschte den Täter Justus …‹ Hier steht es, tatsächlich: ›überraschte den Täter Justus B.‹« Betreten schaute Enno zu seiner Frau, die die Hände vor das Gesicht geschlagen hatte. »Justus ist tot. Tut mir leid, Bärbel.«

»Schon gut, Enno, ich habe es gewusst. Vielleicht ist es besser so.«

Biggi Höfgens lag im Bett, versuchte, die Grunzlaute ihrer umtriebigen Nachbarin Jutta von nebenan zu ignorieren, und las auf ihrem Smartphone die morgige Ausgabe der Hannoverschen Allgemeinen Zeitung. Dank ihres Abos hatte sie schon am Vorabend eine Zugriffsberechtigung. Als die Push-Nachricht eines Online-Nachrichtenportals auf ihrem Display erschien, wurde sie stutzig. Sie hatte sich zwar fest vorgenommen, vorerst nichts mehr mit Braunschweig zu tun haben zu wollen, aber die reißerische Überschrift des »Breaking News«-Artikels machte sie neugierig. Nach einem Moment des Haderns gab sie sich einen Ruck, öffnete den Bericht und riss die Augen auf, als der Name der Todesschützin eines Polizeieinsatzes sie regelrecht ansprang. Kriminalkommissarin Rosalie H. hatte in Notwehr einen Einbrecher erschossen und dabei einer Mitarbeiterin des Naturhistorischen Museums das Leben gerettet. Unweigerlich dachte Biggi an Wim. Ob er auch vor Ort gewesen war? Wie es Rosalie jetzt wohl ging? Mit Daumen und Zeigefinger fasste Biggi sich an den Nasenrücken und begann, diesen sanft zu massieren. Eine Angewohnheit, die immer dann bei ihr zutage trat, wenn sie innerlich angespannt war oder nicht weiterwusste. Sollte sie sich melden? Zumindest bei Rosalie? Mit Blick auf die Uhr war es dafür heute eh zu spät, aber vielleicht morgen? Andererseits würde Rosalie Wim garantiert darüber berichten, und dann? Um keinen Preis wollte Biggi Salz in die Wunde streuen und es schlimmer machen, als es eh schon war. Als ihr ein lauter Seufzer entwich, erschrak Biggi für einen kurzen Moment und traf dann eine Entscheidung. Manchmal war es gar nicht nötig, eine Nacht über gewisse Dinge zu schlafen, manchmal genügte es, sich an seine Prinzipien zu halten. Buona notte!

50. KAPITEL

Dienstag, 16. Dezember

Einen Tag nach den tödlichen Schüssen vor dem Museum hatten sie den grünen Geländewagen im Univiertel gefunden und im Handschuhfach ein bis auf die letzte Seite vollgeschriebenes Tagebuch entdeckt. Einblicke in die wirre Gedankenwelt eines psychisch kranken Menschen. Immer wiederkehrende Ausführungen über die letzte Ruhestätte von Diana Mendel auf einem Klosterfriedhof, über eine Hütte im Lappwald und ein unterirdisches Refugium hatten über das darauffolgende Wochenende einen umfassenden Polizeieinsatz in der Samtgemeinde Grasleben nach sich gezogen. Wim hatte seine aufgeregte Schwester Sigrid nur mit Müh und Not davon abhalten können, aus dem nahe gelegenen Helmstedt anzureisen, um ihn während der Ermittlungen »bei ihr um die Ecke« mit belegten Broten zu versorgen. Unter einer dichten Decke Efeu hatten sie im Erdreich vor dem Grabstein von Diana Mendel eine kleine Metallkiste mit weiteren Tagebüchern freigebuddelt. Geständnisse von mindestens sieben weiteren Morden in immer kürzeren Abständen.

Die Analyse eines Polizeipsychologen hatte die Annahme bestätigt, dass Justus Bellinghausen den Tod seiner Verlobten offenbar nie verwunden und infolgedessen eine schwere Persönlichkeitsstörung entwickelt hatte. Neben seinem Wahn, die Erinnerungen an seine große Liebe um jeden Preis aufrechtzuerhalten, hatte er sich anscheinend gezielt auf Frauen eingelassen, die Diana ähnlich sahen, sie verführt und schließlich umgebracht. Besonders die Augen seiner Opfer, die er als Spiegel der Seele Dianas betrachtete, hatten es ihm angetan. Bei der bildhaften Beschreibung des Konservierungsprozesses hatte Rosalie mehrfach innegehalten und um Fassung gerungen, zu grausam waren die abscheulichen Details. Sein Fachwissen hatte Justus Bellinghausen sich zunutze gemacht, indem er Formalin verwendet hatte, das auf Dauer DNA-Strukturen zerstören und Rückschlüsse auf die Opfer unmöglich machen würde. Vor dem Hintergrund ihrer gemeinsamen Leidenschaft für das Jagen und Präparieren hatte Justus die Gefäße mit den konservierten Augen dann in ausgestopfte Tiere eingenäht und den Plan verfolgt, sich ein eigenes Schaumagazin zu schaffen, in dem jedes Exponat Dianas Seele in sich trug. Mit jedem Tagebucheintrag hatte sich das grausige Denken und Handeln eines kranken Geistes für die Ermittler komplettiert und auch Einblicke in das gestörte Verhältnis zu Brunonia gewährt, die er mit kleineren Leichenteilen offenbar mehr als einmal gefüttert und ihr in seiner Welt damit Geschenke gemacht hatte. Schließlich waren es auch eben jene Aufzeichnungen, die die Gewissheit mit sich gebracht hatten, dass Mads Johannsen und Christina Pannier tatsächlich Justus Bellinghausen zum Opfer gefallen waren.

Das Bild vervollständigte sich, als bereits am ersten Tag seines Einsatzes ein Suchtrupp die ausführlich beschriebene Hütte im Lappwald ausfindig gemacht hatte. Rückstände auf dem Fußboden und in den Abflüssen hatten den Beweis erbracht, dass hier nicht nur Tiere, sondern auch Menschen getötet oder zerlegt worden waren. Einzig das unterirdische Refugium hatten sie bislang genauso wenig gefunden wie Hinweise auf den Verbleib der sterblichen Überreste der Frauen oder ihrer Identität. Lediglich der Kopf von Isabell Gessner fand sich in einer Kühltruhe im Keller der Wohnung von Justus Bellinghausen, die ansonsten keinerlei Hinweise auf seine Taten aufwies. Seinen Wohnsitz im Eichtal hatte er penibel sauber gehalten und keine Beweise hinterlassen.

Burkhard Pannier und den Kindern nach Tagen des Bangens und Hoffens eine Todesnachricht zu überbringen, aber keinen Leichnam der Ehefrau und Mutter übergeben zu können, hatte Rosalie und Wim einiges abverlangt. Situationen wie diese wurden niemals zur Routine, erst recht nicht, wenn es um eine getötete Kollegin ging.

Neben der Suche nach den Toten wurde auch nach alten Grenz- oder Agententunnelanlagen gesucht, die es seinerzeit zwischen Ost- und Westdeutschland gegeben hatte und die Bellinghausen als Versteck genutzt haben könnte, bislang ohne Ergebnis. Nähere Unterlagen hierzu hatten sie bei den zuständigen Behörden angefordert, aber noch nicht erhalten.

Als Wim und Rosalie ihren Zwischenbericht nach einem gemeinsamen Morgenkaffee nun noch einmal korrekturlasen, beschlich sie beide das ungute Gefühl, dass Justus Bellinghausen seinen sicheren Ort mit ins Grab genommen haben könnte, das er anonym auf dem Braunschweiger Hauptfriedhof und nicht neben Diana in Mariental-Dorf erhalten hatte.

»Haben Sie noch Anmerkungen oder Ergänzungen?«, erkundigte sich Rosalie. »Ach, und ich habe unsere geliebte Tageszeitung schon durch, wenn Sie wollen, könnte das Ihre Anschlusslektüre sein.«

Wim lächelte. »Die Telefonate mit Franz Baumann und Georg Holthusen waren so ergebnislos, dass wir diese Passage noch knapper fassen können, wenn es nach mir geht. Wir haben eh schon so viel Text. Und zu Ihrem Angebot: ja, gerne. Was bin ich froh, dass Sie die ›Braunschweiger‹ immer dabeihaben. Ich vergesse irgendwann noch mal meinen Kopf zu Hause, und eine Zeitung erst am Abend zu lesen, macht mir persönlich keinen Spaß.«

»Na, wenn es so einfach ist, Ihnen einen Gefallen zu tun, dann könnten Sie sich eventuell umgehend revanchieren.«

»Horcht, horcht, nichts ist umsonst in dieser Welt!«, entgegnete Wim und zwinkerte Rosalie zu.

»Es ist nur eine Kleinigkeit. Ich bin die letzten Tage zu nichts gekommen und würde jetzt gerne zu Mads Johannsen ins Krankenhaus fahren, bevor ich es nach Feierabend wieder nicht schaffe. Könnten Sie für mich lügen und Degenhardt was auch immer erzählen, wenn er von seiner Dienstbesprechung bei der Polizeipräsidentin zurück ist?«

»Aber sicher doch. Selten habe ich so gerne gelogen, und jetzt ab mit Ihnen!« Wim zeigte auf die Tür und legte die Füße auf den Tisch. »Und ich werde jetzt ganz gemütlich lesen, was in unserer schönen Stadt alles passiert ist.«

»Super, ich danke Ihnen. Dann mache ich mich mal auf den Weg. Bis später!«, sagte Rosalie, während sie bereits im Gehen ihre Jacke anzog und das Büro verließ.

»Bis später und lassen Sie mich wissen, wie es dem jungen Kollegen mittlerweile geht!« Wim nickte zufrieden und widmete sich der Titelseite der Zeitung. In einem Bordell im Kultviertel hatte es gebrannt, im Stadtteil Thune war es zu einem einstündigen Stromausfall gekommen und auf der Celler Straße hatte es einen Wildunfall gegeben, weil ein Fuchs auf die Fahrbahn gelaufen war. Wenn das die lokalen Titelstorys waren, wollte Wim sich gar nicht ausmalen, was ihn im Weiteren noch alles an spektakulären Neuigkeiten erwarten würde. Er war gerade im Begriff, die Seite umzublättern, um sich zunächst der Landespolitik zu widmen, als sein Blick noch einmal auf dem Foto haften blieb, das den toten Fuchs zeigte. Biggi und der Fuchs im Garten. Wim wurde schwer ums Herz. Sie hatte vermutlich doch keine Halluzinationen gehabt. Der Fuchs, den sie die ganze Zeit nur wenige Hundert Meter Luftlinie von der Celler Straße entfernt zu sehen geglaubt hatte, war real. Eigentlich hatte Wim sich vorgenommen, Biggis Wunsch auf Abstand zu akzeptieren, aber war das hier nicht so etwas wie ein Zeichen? Basteln gehörte nicht zu seinen Talenten, aber diesen Artikel auszuschneiden und ihr gemeinsam mit einer neutralen Weihnachtskarte zu schicken, das sollte im Bereich des Möglichen liegen und vielleicht war es so etwas wie ein kleiner Schritt in die richtige Richtung.

Der starke Schneefall hatte ihr keine andere Wahl gelassen. Wenn sie nicht zu viel Zeit in ihrer selbst gewählten Pause verlieren wollte, musste es schnell gehen. Also hatte Rosalie sich ausnahmsweise ein Taxi gegönnt und sich zum Klinikum fahren lassen. Nachdem sie auf der Intensivstation angekommen war, setzte sie sich neben das Bett, in dem Mads noch immer an Maschinen angeschlossen lag, und begann zu erzählen.

»Hallo, Mads, da bin ich endlich mal wieder. Ja, du darfst jetzt sauer auf mich sein, ich bin eine unzuverlässige Freundin. Tut mir leid, dass ich mehrere Tage nicht da war.« Mit Mads zu reden, ohne dass er etwas erwiderte, war für Rosalie immer noch befremdlich, aber Dr. Weissensee hatte sie ausdrücklich ermutigt, am Ball zu bleiben. Persönliche Ansprache sei sehr wichtig für Komapatienten und es gab sonst kaum etwas, was Rosalie für Mads tun konnte.

»Weißt du noch, wie sehr ich mit meinem Alleingang am Gaußberg gehadert habe? Wie sehr es an mir genagt hat, dass ich diesen fatalen Fehler begangen habe? Gezweifelt habe ich an mir, meine Fähigkeiten als Polizistin in Frage gestellt, immer und immer wieder. In den düstersten Momenten habe ich sogar ans Aufhören gedacht. Und weißt du was? Jetzt, nachdem ich einen Menschen töten musste, um ein anderes Leben zu retten, da fühlt sich plötzlich alles anders an, so als ob ich diese Altlast endlich ablegen kann. Ist das nicht verrückt?«

Behutsam nahm Rosalie Mads' Hand und legte sie in die ihre. »Immer und immer wieder bin ich alles durchgegangen, habe mit Wim Schneider und dem Flipchart-Affen darüber gesprochen, auch mit der Psychologin, aber ich kann es drehen und wenden, wie ich will: Justus Bellinghausen hätte wohl selbst angeschossen noch weiter gewütet wie ein wildes Tier. Er hätte Mia Armbrüster umgebracht, und wenn es das Letzte in seinem Leben gewesen wäre, was er tat. Ich musste ihn direkt ausschalten. Es war die richtige Entscheidung, aufs Ganze zu gehen. Mich damit zu quälen, was gewesen wäre, wenn ... das bringt mich nicht weiter. Ich muss diese Zweifel an mir ablegen, sonst stehe ich mir für den Rest meines Berufslebens selbst im Weg. Dann kann ich keine gute Polizistin sein und dabei wünsche ich mir doch kaum etwas sehnlicher als das: eine gute Polizistin zu sein. Weißt du, wie ich das meine?«

Rosalie schluckte und kämpfte mit den Tränen, als sie plötzlich einen leichten Gegendruck an ihren Fingern wahrnahm. Konnte das sein? »Mads, hörst du mich?«

Gebannt starrte Rosalie auf seine Hand und spürte, wie ihr eigener Puls sich vor Aufregung rasant beschleunigte. Nur wenige Sekunden verstrichen, bis seine ganze Hand zu zucken begann und Rosalie endgültig in Tränen ausbrach. Mads hatte ihr geantwortet.

ENDE

NACHWORT

Fritz Bekeschus, Jahrgang 1920, geboren und aufgewachsen im ostpreußischen Königsberg, geriet im Zweiten Weltkrieg in russische Kriegsgefangenschaft. Mein Großvater überlebte diese Zeit in einem Strafgefangenenlager und wurde schließlich im niedersächsischen Mariental-Horst sesshaft. Durch die unmittelbare Nähe zur sowjetischen Besatzungszone waren die innerdeutsche Teilung, der Mauerbau und die militärische Überwachung der Grenze im Alltag der Menschen hier gegenwärtig. In einem Sommer in den 1960er-Jahren spazierte mein Großvater mit seinem Hund durch den nahe gelegenen Lappwald und beobachtete zwei vermeintliche Zivilisten, die plötzlich aus einer Luke im Erdreich ans Tageslicht kletterten. Zunächst entfernten sie sich, später trafen sie und mein Großvater aber unmittelbar aufeinander. In dem Gespräch, das sich dann entwickelte, versuchten die beiden Männer, meinem Großvater konkrete Informationen über das Leben in Mariental-Horst und in der Bundesrepublik Deutschland im Allgemeinen zu entlocken. Ohne dass es jemals wirklich bewiesen werden konnte, legt diese Gesprächssituation nahe, dass es sich bei den beiden Männern sehr wahrscheinlich um DDR-Agenten gehandelt hat, die aus Spionagezwecken ein extra angelegtes unterirdisches Tunnelsystem genutzt haben, um sich unbehelligt zwischen Ost und West hin- und herbewegen zu können.
  Diese Begegnung und die spannende Geschichte, die mein Großvater im Anschluss seinen Kindern und Enkeln

zu erzählen wusste, haben mich schon als kleiner Junge fasziniert und letztlich auch zu diesem Buch inspiriert. Aber nicht nur mein Großvater hat mit seinem Erlebnis dazu beigetragen, die Welt des Justus Bellinghausen zu kreieren, es waren auch meine unzähligen Besuche im Staatlichen Naturhistorischen Museum in Braunschweig, die für mich ein unvergessliches Stück Kindheitserinnerung sind. Dass meine Eltern mir so früh den Zugang zu der Welt der Museen ermöglicht haben, erfüllt mich mit tiefer Dankbarkeit und war der Grundstein dafür, dass ich mich bis heute für Museen aller Art begeistern kann.

Das Naturhistorische Museum als Handlungsort für dieses Buch zu wählen, war vor dem Hintergrund meiner persönlichen Erinnerungen daher Wunschtraum und Herausforderung zugleich. Meine Recherchebesuche vor Ort waren nicht nur eine Reise in meine Kindheit, sondern haben mich auch dazu inspiriert, mir das private Jägereimuseum rund um das Ehepaar Schwerdtfeger auszudenken, das es für diesen Krimi gebraucht, welches es aber in der Braunschweiger Museumslandschaft nie gegeben hat. Gleiches gilt für die Baumann-Stiftung in Hannover, die ebenfalls meiner Fantasie entsprungen ist, auch wenn ich hinsichtlich des Umgangs mit Förderanträgen so einige Verfahrensschritte aus meinem Hauptberuf in der öffentlichen Verwaltung kenne und mir dieses Wissen zunutze gemacht habe.

Es ist mir an dieser Stelle wichtig, einmal mehr darauf hinzuweisen, dass gerade bei einem Regionalkrimi die Beschreibung real existierender Handlungsorte dem Anspruch nach Authentizität gerecht werden sollte. Gleichwohl muss die künstlerische Freiheit für uns Autoren stets möglich sein

374

und Berücksichtigung finden. Sie können also davon ausgehen, dass der grüne Baumpython im Terrarium des Naturhistorischen Museums weder Brunonia heißt noch dass Abläufe, Sicherheitsvorkehrungen und Personenbeschreibungen der Realität entsprechen. Einen Besuch in diesem wunderbaren Museum möchte ich Ihnen aber nicht nur wegen der hier gezeigten lebenden Tiere, sondern vor allem auch wegen des sehr beeindruckenden und tatsächlich existierenden Schaumagazins und vieler anderer lohnender Exponate ausdrücklich empfehlen.

Mario Bekeschus

DANKSAGUNG

Auch die Veröffentlichung des dritten Falls von Kriminalhauptkommissar Wim Schneider wäre ohne meine Leserschaft und eine ganze Reihe von großartigen Personen um mich herum nicht möglich gewesen. Mein Dank gilt daher zuallererst allen Menschen, die sich für meine Niedersachsen-Krimis begeistern können und mich und meine Arbeit unterstützen. Dies schließt den Buchhandel, meine Kooperationspartner und vor allem die Mitarbeitenden des Gmeiner-Verlags mit ein. Insbesondere sei an dieser Stelle meine Lektorin Teresa Storkenmaier erwähnt, mit der ich seit dem allerersten Krimi vertrauensvoll zusammenarbeite.

Mein besonderer Dank gilt dem Direktor des Staatlichen Naturhistorischen Museums Braunschweig, Herrn PD Dr. Mike Reich, der mir nicht nur die Erlaubnis erteilt hat, das Museum als Handlungsort zu wählen, sondern auch für alle fachlichen Fragen geduldig zur Verfügung stand. Warum Brunonia am Ende die Fingerkuppe von Isabell Gessner nicht vollständig verdauen konnte, hat er mir genauso anschaulich erklärt wie unterschiedliche Präparations- und Konservierungsprozesse. Ich bin sicher, dass er als Liebhaber von Krimis einzuordnen weiß, dass Herr Direktor Reichert sich während der grausigen Ereignisse im Schlangenterrarium auf den Galapagosinseln befand und das Feld seiner (fiktiven) Mitarbeiterin Mia Armbrüster überlassen hat. Den Museumsdirektor unmittelbar in die Handlung einzubauen, behagte mir nach unseren sympathischen Gesprächen irgendwie nicht so recht.

Einblicke in die Arbeit der Kriminaltechnik waren für dieses Buch ebenfalls unerlässlich. Lieber Sven, ich danke dir sehr, dass du dir neben deinem Beruf als Polizeibeamter die Zeit genommen hast, mir die Abläufe und unterschiedlichen Verfahrensschritte zu erläutern, und mich auf so manche zündende Idee gebracht hast. Ohne dich wären die Taucher nicht in die Oker gestiegen und ohne dich hätte so mancher DNA-Abgleich viel zu lange gedauert. Ich freue mich, dass du mich auch weiterhin bei meiner Recherche unterstützt.

Der Schreibprozess und vor allem die anschließende Überarbeitungsphase wurden wieder von meinen beiden Hobbylektorinnen Birgit und Claudia begleitet, denen ich von ganzem Herzen für ihre Unterstützung danken möchte. Besonders ihr beide wisst, dass dieses Buch mir sehr viel abverlangt hat, wie oft ich gehadert habe und dass es am Ende anders kam als eigentlich gedacht. Euer Zuspruch war und ist sehr wertvoll für mich.

Wichtige Impulse und Hinweise habe ich auch von meinen Testleser:innen erhalten, von denen ich allen voran meiner Freundin Michaela danken möchte. Sie weiß genau, dass sie trotz ihres Autorinnen-Pseudonyms Mia M. Hope nichts mit der Schlangenexpertin Mia Armbrüster gemeinsam hat.

Aber auch meinem Vater möchte ich an dieser Stelle ausdrücklich danken. Nicht nur, weil wir mit Blick auf das Nachwort zu diesem Buch einen Teil unserer Familiengeschichte noch einmal gemeinsam durchgegangen sind, sondern auch, weil er mir in letzter Sekunde noch wichtige Hinweise zum tragischen Jagdunfall von Diana Mendel gegeben hat. Waidmannsdank!

Bedanken möchte ich mich auch bei Sandra Andrés von der Agentur »Autorenträume«, die bereits zum dritten Mal den perfekten Buchtrailer für mich produziert hat.

Zu guter Letzt danke ich meiner Familie, meinen Freunden und vor allem Patrick. Einfach für alles.

Kriminalhauptkommissar Wim Schneider ermittelt:

1. Fall: Gaußberg
ISBN 978-3-8392-0136-7

2. Fall: Hinter Liebfrauen
ISBN 978-3-8392-0358-3

3. Fall: Im Eichtal
ISBN 978-3-8392-0599-0